HERA LIND | Der Überraschungsmann

Das Buch

Barbara ist Mutter zweier Töchter und glücklich verheiratet mit Volker, dem gut aussehenden, erfolgreichen Arzt. Volkers Söhne aus erster Ehe, seine Exfrau, die Schwiegermutter – alle sind gern gesehene Gäste im Hause Wieser. Denn neben ihrem Job als Fremdenführerin sorgt Barbara für Haushalt und harmonische Familienstimmung. Und als ihr mit der neuen Nachbarin Lisa auch noch eine beste Freundin ins Haus schneit, scheint Barbaras Glück perfekt. Für die Karriere der jungen Lisa kämpft sie wie eine Löwin, hütet deren Kind und vergisst sich mehr und mehr selbst. Bis sie erkennen muss, dass ihr Mann das Wort »Nächstenliebe« anders interpretiert als sie, und ihre rosarote Welt zusammenstürzt. Tief verletzt flüchtet sie in ein Berghotel, wo ihr der Seminarleiter Justus behutsam wieder Selbstvertrauen gibt. Kann Liebe wirklich so blind machen?

Die Autorin

Hera Lind studierte Germanistik, Musik und Theologie und war Sängerin, bevor sie mit ihren zahlreichen Romanen von *Das Superweib* bis *Die Champagner-Diät* sensationellen Erfolg hatte. Im Diana Verlag erschien zuletzt *Männer sind wie Schuhe*. Auch mit ihren Tatsachenromanen *Wenn nur dein Lächeln bleibt*, *Der Mann, der wirklich liebte* und *Himmel und Hölle* eroberte sie wieder die *SPIEGEL*-Bestsellerliste. Hera Lind lebt mit ihrer Familie in Salzburg. Mehr über die Autorin unter www.heralind.com.

HERA LIND

Der Überraschungsmann

Roman

Diana Verlag

Herzlichen Dank an Renate Just und den Kunstmann Verlag
für die freundliche Genehmigung der Zitate auf Seite 219:
Renate Just, *Salzburg. Auf krummen Touren durch die Stadt*
© Verlag Antje Kunstmann GmbH, München 2010

Verlagsgruppe Random House FSC-DEU-0100
Das für dieses Buch verwendete
FSC®-zertifizierte Papier *Holmen Book Cream*
liefert Holmen Paper, Hallstavik, Schweden.

Taschenbucherstausgabe 09/2012
Copyright © 2011 sowie dieser Ausgabe 2012
by Diana Verlag, München,
in der Verlagsgruppe Random House GmbH
Umschlaggestaltung | t.mutzenbach design, München
unter Verwendung von Fotos von © Don Mason/Corbis
und Bob Elsdale/Photonica/gettyimages
Satz | Leingärtner, Nabburg
Druck und Bindung | GGP Media GmbH, Pößneck
Printed in Germany 2012
978-3-453-35593-4

www.diana-verlag.de

Für Franzi und Fritzi
in Liebe

1

Nebenan steht ja plötzlich ein Haus!«, rief Pauline mit vollem Mund. Sie zeigte mit ihrem Löffel auf die Fensterfront zum Garten. »Schaut doch nur!«

Wir reckten den Hals. Tatsächlich! Hinter der blühenden Holunderhecke war wie aus dem Nichts ein Fertighaus aufgestellt worden. Junge Leute schleppten Kartons aus einem Möbelwagen ins Haus. Sie agierten so schnell und lautlos, dass man meinte, fleißige Heinzelmännchen seien am Werk.

»Das ist ja direkt neben unserer Einfahrt!«, stellte Volker gereizt fest und wischte sich den Mund mit der Damastserviette ab. »Ich hatte ja gehofft, auf diesem Gründstück würde nie gebaut.« Er verzog missbilligend das Gesicht.

»Ach, Liebster! Vielleicht sind die neuen Nachbarn nett!« Liebevoll legte ich meine Hand auf die seine. Ich sah uns schon alle zusammen im Garten grillen, plaudern und lachen. Endlich Nachbarn! Ich fühlte mich schon viel zu lange etwas einsam in unserem Landhaus oberhalb von Salzburg.

»Volker, hast du auch noch Brot?« Schwiegermutter Leonore sprang geschäftig auf und rannte diensteifrig in die Küche, als ob ich miserable Hausfrau mal wieder nicht in der Lage gewesen wäre, meinen Mann zu verköstigen. Dabei türmten sich die Brotscheiben und Semmeln im Körbchen. In Wahrheit konnte sie nur nicht ertragen, dass ich ihren Sohn »Liebster« nannte.

»Leonore, es ist noch alles da«, presste ich mit einem Mindestmaß an Höflichkeit hervor.

»Jetzt kann ich gar nicht mehr den Wendekreis nutzen und muss umständlich rückwärts ausparken!« Volker war kein bisschen erfreut über die Baustelle da drüben.

»Dass das so schnell geht«, wunderte ich mich und reichte Pauline unauffällig die Serviette. Wenn meine neunjährige Tochter Cornflakes mampfte, nahm sie es mit ihren Manieren nicht so genau. Sofort erntete ich von Leonore einen »Du-kannst-sie-wirklich-nicht-erziehen«-Blick.

»Als die Jungen in diesem Alter waren, konnten sie sich bei Tisch schon benehmen«, sagte Leonore spitz, während sie sich umständlich wieder setzte und Volker zwei Scheiben Brot auf den Teller legte. »Wiebke war wenigstens konsequent.«

Bäh! Trockenpflaume Wiebke! Volkers erste Ehefrau, eine Apothekerin aus Flensburg, die gern zerknitterte naturbelassene schlammfarbene Sackkleider aus dem Dritte-Welt-Laden trug und statt einer Handtasche einen recycelten Kartoffelsack aus Jute benutzte. Eine, die zum Lachen in den Keller ging und meinen Volker kein bisschen glücklich gemacht hatte mit ihrem freudlosen Früchte- und Kräutertee. Von wegen Gute-Laune-Tee, dass ich nicht lache! Bei Trockenpflaume Wiebke gab es nur ökologisch angebautes Vollkornmüsli mit garantiertem Verdauungseffekt, das »vorher« und »nachher« genau gleich aussah. So! Das hätte ich Schwiegermutter Leonore gern mal in aller Deutlichkeit gesagt. Tat ich aber nicht, weil mir der Familienfrieden wichtiger war.

»Ein Kran hat gestern die Einzelteile gebracht«, unterbrach Charlotte meine Frustgedanken und wedelte genervt mit den Armen in der Luft herum: »Hallo, hört mir hier mal einer zu?«

»Natürlich hören wir dir zu, Liebes.«

»Kinder haben bei Tisch NICHT das Wort zu führen«, belehrte mich Leonore. Ihre stahlgraue Turmfrisur saß heute wieder eins a. Ob sie darin wohl eine Kranichfamilie beherbergte oder zumindest ein Nudelsieb, das ihr zu diesem Stand verhalf? Heimlich nannte ich die Frisur den »schiefen Turm von Pisa«.

»Wir haben uns früher bei Tisch GEMELDET, wenn wir etwas sagen wollten.« Sie sandte mir einen Adlerblick, in dem Triumph glomm. Tja, Leonore. Du damals. Wie toll!

»Wir sind aber nicht mehr im Mittelalter«, giftete Charlotte ihre Großmutter an. Meine Dreizehnjährige hielt zu mir. Dafür liebte ich sie. Dafür durfte das Monster Pubertät an ihr herumzerren, so viel es wollte.

Betretenes Schweigen machte sich breit. Leonore und ich hatten, gelinde gesagt, recht unterschiedliche Vorstellungen von der Rolle der Frau. Auch in Erziehungsfragen waren wir nicht immer einer Meinung. Sie hatte sich für Volker »aufgeopfert«, wie sie nicht müde wurde zu betonen, und ihre Operettenkarriere aus lauter Mutterliebe an den Nagel gehängt. Und da hing sie seitdem und starrte uns böse an. Welche Karriere will schon gern an einem Nagel hängen? Wir, Volker, die Kinder und ich, waren die Opfer ihrer am Nagel hängenden Karriere. Immer wenn Leonore bei uns zu Besuch war – und das war sie bei Gott oft! –, nahm sie die Karriere vom Nagel und begann, uns ganze Operetten auf dem Flügel vorzuspielen. Dann durfte sich keiner rühren, geschweige denn räuspern oder die Augen verdrehen und »langweilig« murmeln.

Ganz schlimm wurde es, wenn sie dazu auch noch SANG! Leonore war siebenundsiebzig, was für sie noch lange kein Grund war, ein wenig leiser zu treten. Nun ja. Im Moment hatte sie den Mund voll. Da war keine unmittelbare Gefahr im Verzug.

»KUCKT DOCH MAAAAL!« Paulinchen zerrte an meinem Ärmel.

Unauffällig spähten wir wieder aus dem Panoramafenster. Die Heinzelmännchen eilten fleißig wie die Ameisen zwischen Möbelwagen und Haus hin und her.

»Hoffentlich sind das keine Spießer!«, brummte Volkers Sohn Nathan missmutig. Der zwanzigjährige lange Lulatsch hing über dem Tisch wie ein Bär, den man mit Stockschlägen gezwungen hat, mit Messer und Gabel zu essen. Also wenn Wiebke DEN zu guten Tischmanieren erzogen hatte, war ich die Königin von England! (Nein. Falscher Vergleich. Für die hielt sich ja schon Leonore.)

»Von wegen keine laute Musik machen, kein Motorrad frisieren und sonntags nicht Rasenmähen!«

»Als ob DU jemals Rasen mähen würdest«, sagte sein jüngerer Bruder Emil lachend.

Der Bursche lümmelte wie immer in seiner geblümten Boss-Unterhose, die er uns eiskalt als Sportshorts verkaufte, in seinem Rippenunterhemd, aber mit Strickmütze am Tisch herum. Toll erzogen. Wirklich, Wiebke, klasse Tischmanieren! Aber ich mochte Emil. Der Kerl hatte so was Herzerfrischendes, Entwaffnendes im Gegensatz zu seinem arroganten Bruder Nathan, der die ganze Welt wissen ließ, wie blöd sie war.

»Ach, halt doch die Klappe!« Nathan schaufelte sein Rührei in sich hinein. »Du mähst ihn genauso wenig!«

»Ich mähe ihn öfter als du!«

»ICH mähe ihn!«, trumpfte Charlotte auf. »Ihr faulen Säcke mäht ja nie!«

»Mäh, mäh!«, machte Pauline kleinkindhaft. Dabei tropfte Milch aus dem zahnspangenbewehrten Mäulchen.

»Sie ist neun!«, sagte Leonore und funkelte mich aus ihren stahlgrauen Augen an. »NEUN.«

Ich fing Leonores starren Blick auf. Es folgte ein so unangenehmes Schweigen, dass ich den Tisch am liebsten verlassen hätte.

»Na und? Und ich bin achtzehn«, lachte Emil mit vollem Mund. »ACHTZEHN, OMAAAAA.«

»Kinder, bitte!«, sagte ich nachsichtig und wischte an meinem jüngeren Töchterchen herum. »Wir wollen doch unser Sonntagsfrühstück in Ruhe genießen.« Das war wieder mal einer der Momente, in denen ich mir vorkam wie eine dieser weichgespülten Vorzeigemuttis aus dem Werbefernsehen. Die bringt entweder diplomatisch geschickt Toffifee ins Spiel oder verzieht sich – weil sie es sich wert ist – klammheimlich mit einem Kinderschokoriegel in die Hängematte. Ein ganz kleiner fieser innerer Schweinehund sehnte sich nach meinem früheren Leben als Reiseleiterin in fernen Landen zurück. Ach, früher, seufz! Da nervten nur die Pauschaltouristen. Und die fuhren irgendwann wieder nach Hause. Dies hier war mein zweites Leben, mein Zuhause. Und daraus konnte ich nicht wieder in die Ferne flüchten. Außerdem hatte ich es ja so gewollt: Volker war mein Traummann. Ich wollte ihn, und ich hatte ihn. Der ganze Familienballast war im Hauptgewinn mit inbegriffen.

Volker, mein Mr Perfect, spähte immer noch besorgt zu dem neuen kleinen Nachbarhaus hinüber.

»Jetzt haben wir jahrelang ohne Nachbarn gelebt. Ich hatte mich schon daran gewöhnt, dass wir hier niemandem Rechenschaft schuldig sind ...«

»Aber das sind wir doch auch so nicht!« Neugierig schaute ich über die Hecke. »Die scheinen jung zu sein! Sehen doch nett aus!«

»Jetzt ist es vorbei mit eurer Ruhe«, machte Leonore meinen schwachen Versuch zunichte, Volker bei Laune zu halten. »Dabei musst du doch arbeiten und deine FAMILIE ernähren.« Wieder dieser stechende Blick in meine Richtung. Ja, ich war schon ein dicker Parasit in Leonores Leben. In ihren Augen war es nur meine Schuld, dass »die Familie zerbrochen« war. Dass »die arme Wiebke nun jeden Abend in ihren Kamillentee weinen muss«. Und dass Volker jetzt »noch drei weitere Mäuler zu stopfen hat«.

Als ob ICH meine Familie NICHT ernähren würde! Immerhin arbeitete ich noch als Stadtführerin. Natürlich verdiente ich nicht so viel wie Volker, der eine eigene Internistenpraxis hatte. Aber MEIN Maul musste er nicht stopfen. Wie gern hätte ich stattdessen Leonores Maul gestopft! Ihre fiesen Verbalattacken prallten nicht IMMER an mir ab, sosehr ich mir auch selbst stoische Gelassenheit verschrieben hatte. Ja, Volker HATTE vier Kinder von zwei Frauen – na und? Das war doch heutzutage völlig normal! Wir waren halt eine nette, große, wilde Patchworkfamilie. Klar ging es da turbulent zu!

Fassen wir doch mal zusammen: ein toller, erfolgreicher, gut aussehender Ehemann, ein ARZT mit eigener Praxis, den jeder in der Stadt kennt und schätzt – was kann sich eine durchschnittlich begabte und durchschnittlich aussehende Frau wie ich da mehr vom Schicksal erhoffen? Auf der anderen Waagschale befanden sich eine herrische, geltungssüchtige Schwiegermutter, die ständig ihrer Operettenkarriere nachweinte. Ein arroganter, fauler Stiefsohn, der fast nie mit mir sprach. Noch ein wilder Stiefsohn, der keine Manieren hatte, aber wenigstens heimlich zu mir hielt. Eine Exfrau, die kein bisschen meine Freundin sein wollte (und ich ihre auch nicht!), mit der mich Leonore aber ständig verglich.

Wenn es nach MIR ginge, wäre ich mit Volker und unseren beiden Töchtern vollauf zufrieden gewesen. Wir hätten es friedlich und gemütlich gehabt. Aber es mussten ja auch noch Nathan, Emil und Schwiegermonster Leonore jedes Wochenende bei uns sitzen. Und dabei von Wiebke schwärmen.

So gesehen sehnte ich mich regelrecht nach netten Nachbarn. Was mir fehlte, war eine richtige Freundin, eine, mit der ich lästern und lachen konnte. Eine, die mal eben auf ein Schwätzchen zu mir kommt, »Hast du mal Zucker?« fragt und dann auf eine ganze Flasche Prosecco bleibt, um gemeinsam mit mir sämtliche Mitmenschen durchzuhecheln. So wie bei den *Desperate Housewives*.

»Wir haben hier die älteren Rechte«, brummte Nathan, als wäre er der Hausbesitzer.

»Aber wieso denn? Du bist doch nur am Wochenende hier!« Charlotte stemmte beide Hände in die Hüften und streckte die Brust raus.

»Ja, kleine Prinzessin. Und du wohnst immer hier. Toll.« Emil zwickte seine Halbschwester liebevoll in ihren letzten Rest Babyspeck.

»He! Das ist sexuelle Belästigung«, quietschte Charlotte und schlug nach ihm.

»Also, dieses Vokabular bei Tisch!« Leonores Augen wurden schmal. »Volker, jetzt sag DU doch mal was!«

»Kinder, BITTE.« Volker reckte misstrauisch den Hals und spähte hinüber.

»Bestimmt blöde Spießer!« Nathan hatte sein Urteil bereits gefällt. »Wenn die nicht Bridge spielen, interessieren sie mich sowieso nicht.«

»Boah, du Lackaffe! Andere Menschen haben auch noch eine Daseinsberechtigung!« Emil schnappte sich eine Semmel und schmierte sich fingerdick Leberwurst darauf. Ihm schien diese Unterhaltung Spaß zu machen. Mir gefiel, wie er da mit seiner Strickmütze am Tisch saß und seine Großmutter provozierte.

»Ich finde, dass gerade Bridgespieler Spießer sind.«

»Ach, du hast ja keine Ahnung, du Prolet! Bridgespieler sind die Denker-Elite. Bill Gates spielt leidenschaftlich Bridge!«

»Aber zwischen dir und Bill Gates liegen Welten, Bruderherz.«

»Kinder, BITTE!« Ich rutschte verlegen auf meinem Stuhl hin und her und sprang schließlich auf: »Volker, Liebster? Noch Kaffee?« Nicht dass mir Leonore wieder zuvorkam! Genau wie bei Hase und Igel. Eine grauenvolle Vorstellung, dass es noch einen KLON von Leonore geben könnte.

Volker reichte mir schweigend seine Tasse. Seine Denkerstirn war in Falten gezogen. Ihm schien das mit den neuen Nachbarn ganz und gar nicht zu behagen. Die Streitereien seiner Söhne prallten völlig an ihm ab.

»Und ich hätte gern noch Kakao«, rief Pauline.

»Damit du noch mehr rumschlabbern kannst!«, ätzte Charlotte.

»Barbara? Wo du gerade stehst …« Nathan reichte mir sein leeres Glas, ohne mich anzusehen. »Ist noch was frisch gepresster Orangensaft da?«

Okay. Tief einatmen und ausatmen. Lächeln. Die Notausgänge befinden sich dort drüben und sind durch Leuchtstreifen kenntlich gemacht. Die Schwimmwesten befinden sich unter Ihrem Sitz.

»Natürlich.« Ich eilte in die Küche und füllte die Tassen und Gläser, die man mir in Auftrag gegeben hatte. Leonore sollte keinerlei Anlass haben, sich zu beschweren. Ich WAR eine tolle Hausfrau und Mutter. Und ich OPFERTE mich auf, jawoll! Meine Karriere als Reiseleiterin HING an einem Nagel. Warum WOLLTE Leonore mich dann kein bisschen gern haben? Ich TAT doch alles für ihren einzigen Prachtsohn!

Zum Glück waren Volkers Söhne aus erster Ehe nur am Wochenende da. Doch dann machte ich es mir zur Aufgabe, sie nach Strich und Faden zu verwöhnen. Volker hatte sich wiederholt beklagt, wie dröge und fantasielos ihre Mutter Wiebke war. An ihr war weder eine gute Köchin noch eine liebevolle Hausfrau verloren gegangen. Bei ihr gab es immer nur Reformhausaufstrich von der grünlich-bräunlichen Sorte. Geschmacksneutral, aber nicht gesundheitsschädlich. Morgens Magerquark, mittags Grünkernbratlinge, abends Graubrot mit grauem Aufstrich. Ich tat mein Bestes, ebenso farbenfrohe wie schmackhafte Speisen und Getränke auf den Tisch zu bringen. Trotzdem wurde Leonore nicht müde, von ihrer ersten Schwiegertochter zu schwärmen.

»Achtung, neue Nachbarn!«, rief Emil fröhlich. »Bitte melden

Sie sich zum Intelligenztest! Sonst können Sie unserem Nathan nicht unter die Augen treten!«

»Nathan der Weise, hahaha.« Charlotte las gerade Lessing im Deutschunterricht. Das gelbe Reclamheft neben ihrem Frühstücksei wies zahlreiche Eselsohren auf.

»Blöde Ziege, halt du dich da raus!«

»Ich bin nicht blöder als du. DU bist sitzen geblieben – ICH nicht.«

»Er ist NUR sitzen geblieben, weil seine Eltern sich getrennt haben.« Leonore warf mir einen eisigen Blick zu. »Weil es ihm an Nestwärme fehlte.«

Na ja. Die einen sagen so, die anderen sagen so.

»Wie oft habe ich euch gesagt, dass wir sonntags in Ruhe frühstücken wollen.« Volker schlug mit der flachen Hand auf den Tisch. »Ich habe so viel Stress mit meinen Patienten, dass ich wenigstens heute meine Ruhe haben will!«

»Wir schaffen das.« Besänftigend legte ich meine Hand auf seine Schulter, während ich ihm vorsichtig den frischen Kaffee hinstellte. Ich setzte mich wieder auf meinen Platz und nahm Paulinchen die voll geschmierte Serviette ab. »Ohne Zank und ohne Streit.«

»Das ist ja wohl das Mindeste«, grollte Volker. »Zank und Streit hatte ich mit Wiebke genug. Hier will ich ein harmonisches Familienleben!«

»Aber das haben wir doch, Liebster.« Ich schenkte meinem Mann mein liebevollstes Lächeln, so nach dem Motto »Gemeinsam sind wir stark«. »Entspann dich mein Schatz.«

»Voll die Harmonie!«, brummte Emil in seine Leberwurstsemmel hinein. »Voll die Nächstenliebe. Kaum Zickenkrieg, kaum Pubertätsterror.«

Kaum Schwiegermutterterror, dachte ich bei mir und rempelte ihn verschwörerisch unter dem Tisch an. Er grinste spitzbübisch zurück.

Emil war seinem Vater aber auch aus dem Gesicht geschnitten! Er hatte die gleichen Grübchen und das gleiche volle rötlich blonde Haar. Er war immer gut gelaunt, und seine hellwachen Augen blitzten übermütig in seinem sommersprossigen Gesicht.

»Die Frau ist nett!«, verkündete Pauline, nachdem sie sich erneut eine Schaufel Cornflakes einverleibt hatte. »Sie hat mir heute Morgen an der Hecke schon Hallo gesagt.«

»So, hat sie das.« Volker schlachtete ein bisschen zu brutal sein Frühstücksei.

»'ne affengeile Alte«, stellte Emil fachmännisch fest. Leonore fiel fast der Löffel aus der Hand.

»Auf dich fährt die garantiert nicht ab!« Nun ließ sich auch Nathan dazu verleiten, sich fast den Hals auszurenken. »Die Blonde mit den engen True-Religion-Jeans? Geschmack hat sie offensichtlich. Und einen geilen Arsch. Hoffentlich kann die Bridge spielen. Und wenn nicht, bringe ich es ihr bei.«

»True Religion? So heißt eine HOSE?«, entrüstete sich Leonore. »Da soll sich noch einer wundern, wenn die Welt gottlos zugrunde geht.«

Volker schaute auch wieder hinüber. Schweigend kaute er auf seiner Semmel herum.

»Und ein Klavier haben die auch«, verkündete Pauline neunmalklug. Leonore reckte erfreut den Kopf in Richtung Fensterfront. Der schiefe Turm von Pisa rutschte leicht zur Seite. »Sicher musikalisch gebildet. Ich werde gleich mal rübergehen und fragen, ob sie vierhändig spielen wollen. Da gibt es ganz hübsche leichte Czerny-Etüden für Anfänger.«

Oh, lieber Gott, mach, dass sie vorher im Garten ausrutscht und sich ein Bein bricht!

»Nee, Oma, bitte nicht!«, jaulte Emil auf. »Bitte, Papa, sag ihr, dass sie unsere neuen Nachbarn nicht sofort vergewaltigen soll!«

»Also BITTE! Was ist das denn für ein Vokabular!«

»Sie werden DANKBAR sein, dass ich ihnen musikalische Tipps gebe. Vielleicht möchten sie auch Unterricht.«

»Vielleicht auch nicht«, murmelte ich in meine Semmel hinein. »Das wäre immerhin eine Möglichkeit.«

Plötzlich wurde mir ganz mulmig. Ich durfte nicht zulassen, dass Leonore als Erste Kontakt zu den neuen Nachbarn aufnahm und mir damit eine mögliche Freundin vergraulte. Ich konnte Leonore nicht ansehen. Hatte sie denn so gar kein Feingefühl? »Lassen wir die armen Leute doch erst mal ankommen«, schlug ich so harmlos wie möglich vor. »Wenn sie Zeit und Lust haben, werden sie sich schon bei uns blicken lassen.«

Ich merkte, wie meine Stimme immer angespannter wurde.

Ich sah Volker flehentlich an. Dass er es aber auch nie schaffte, seiner Mutter mal die Stirn zu bieten!

»Einverstanden, Liebster?«

»Das weiß ich noch nicht.«

Jetzt sah ich auch, wie ein braunes Kleinklavier in das neue Haus gerollt wurde. Es ging alles blitzschnell und fast lautlos vonstatten.

»Na ja, ein Steinway ist es nicht gerade«, sagte Leonore enttäuscht. »Eher so ein japanisches Billiginstrument.«

»Dafür sieht die Frau hammergeil aus«, stellte Emil erneut fest. »Da ist das Klavier doch Nebensache.«

»Können wir jetzt bitte in Ruhe frühstücken und das Thema wechseln?«, wiederholte Volker gequält. »Sonst nehme ich meine Bergschuhe und bin weg.«

Ja, das tat Volker leider oft: einfach abhauen, wenn es stressig wurde. Dann konnte er Stunden, ja sogar ganze Wochenenden wegbleiben. In den Bergen. Deshalb versuchte ich ja, solche Situationen zu vermeiden! Manchmal kam ich mir vor wie eine der Frauen von Stepford.

2

Bereits am selben Abend machten unsere neuen Nachbarn einen Antrittsbesuch.

Ich räumte gerade den Abendbrottisch ab, während Volker seine Söhne wieder zu Wiebke und Leonore in ihre Seniorenresidenz an der Hellbrunner Allee fuhr, als sie klingelten. Leicht nervös strich ich mir die Haare aus der Stirn, als ich öffnete.

»Sekunde, ich habe gerade keine Hand frei …« Lächelnd bat ich das sympathisch wirkende Ehepaar in unsere gemütliche Wohnstube. Hastig stellte ich die schmutzigen Teller in der Küche ab, wischte noch eilig die Krümel vom Tisch und warf die Schürze über eine Stuhlkante: »Bitte. Kommen Sie herein! Ich bin Barbara Wieser.«

»Sven Ritter«, sagte der gut aussehende Mann, den ich auf Anfang vierzig schätzte. Er hatte blondes, volles Haar, ein offenes, freundliches Gesicht und eine durchtrainierte Figur. Mein erster Eindruck war der eines nordischen Hünen. Er überreichte mir, was ich bezaubernd fand, einen kleinen Blumenstrauß, den ich vor lauter Verlegenheit fast zerdrückte.

»Ich bin Lisa Ritter«, sagte das Fräuleinwunder strahlend und drückte mir fest die Hand. Ihre Hand war fein und glatt, aber kräftig. Soeben hatte sie damit noch ordentlich zugepackt, Möbel geschleppt und geputzt. Dass sie jetzt so fantastisch aussehen konnte, machte mich fast neidisch. Sie war hinreißend, wie ein aprilfrischer Frühlingstag. Ihre schulterlangen blonden

Haare fielen seidig glänzend auf die perfekt sitzende weiße Bluse, die ihre zart gebräunte Haut betonte. Ihre Augen waren so raffiniert geschminkt, dass es völlig natürlich wirkte, sie aber noch mehr strahlen ließen als ohnehin schon, und der kleine Saphir, den sie um den Hals trug, betonte ihr Blau umso intensiver. Schade eigentlich, dass Nathan und Emil schon weg sind, dachte ich. Die hätten erst gestaunt! Sie sah aus der Nähe noch besser aus als von Weitem! Wie Leonore auf das Paar reagiert hätte, versuchte ich mir lieber erst gar nicht vorzustellen. »Wissen Sie, wie viele Vorzeichen A-Dur hat?«, wäre noch die harmloseste Frage gewesen, mit denen sie die Neuen gleich mal ausgetestet hätte. »Nachdem Sie ein Kleinklavier haben, müssten Sie EIGENTLICH den ganzen Quintenzirkel in Moll rückwärts aufsagen können!« Wie gut, dass Leonore schon in ihr Senioren-Adlernest zurückgeflogen war!

»Ich freue mich, Sie kennenzulernen«, versuchte ich ganz damenhaft meinen Hausherrinnenpflichten nachzukommen. »Willkommen in unserer Nachbarschaft.«

»Sonnenblumenweg ist ja wirklich eine tolle Adresse«, sagte der Mann.

»Früher haben wir in der Bahnhofstraße gewohnt!« Lisa ließ ein Lachen hören, das wie eine glockenreine Tonleiter klang. Ihre weißen kleinen Zähne blitzten wie aufgereihte Perlen. Instinktiv presste ich die Lippen aufeinander und bereute, in den letzten drei Stunden keinen frischen Lippenstift aufgelegt zu haben. Vielleicht konnte ich das kurz nachholen? Ich spähte über die Schulter und überlegte, wo sich mein allerneuester, angesagtester Lippenstift wohl gerade befinden mochte. Mir fiel aber nur der halb aufgegessene bräunliche ein, der im Gästeklo lag.

»Mädels!«, rief ich am Fuße der Treppe. »Kommt mal runter, und begrüßt unsere neuen Nachbarn!«

Das ließen sich Charlotte und Paulinchen nicht zweimal sa-

gen! Natürlich hatten sie schon oben durch das Geländer ge-
lugt. Zu meiner Überraschung hatte sich auch Charlotte in
Schale geschmissen und ein für eine Dreizehnjährige erstaunlich professionelles Make-up aufgelegt. Sie war in enge Jeans
geschlüpft und trug die Bluse so weit offen, dass ihre beiden
neuesten Errungenschaften, die Emil gern ihre »offensichtli-
chen Talente« nannte, fast herausfielen. Paulinchen hingegen
steckte bereits in ihrem rosafarbenen Lillifee-Schlafanzug, auf
dem frische Zahnpasta klebte. Ihr war es herzlich egal, wie sie
auf die neuen Nachbarn wirkte. In dieser Hinsicht kam sie nach
ihrem Halbbruder Emil. Dafür besaß sie einen hinreißend
kindlichen Charme.

»Schaut mal, was ich hier habe!« Entwaffnend streckte sie
den Gästen ihren weißen Kuschel-Teddybären entgegen.

»Hi, Teddy«, sagte Lisa. »Ich bin Lisa. Und wie heißt du?«

»Auch Lisa«, sagte Pauline zu meiner Überraschung. Bisher
hatte der Teddy einfach nur Teddy geheißen.

»Quatsch nicht so blöd!«, zischte Charlotte und warf ihre
Mähne eine Spur zu gekünstelt über die Schulter. »Ich bin Charlotte, und das ist meine Babyschwester Pauline.«

»Ich bin neun!«, verteidigte sich Pauline und schmiegte sich
schutzsuchend an mich. »Du bist voll in der Pubertät und eine
blöde Kuh.«

»Dann hätten wir das ja auch besprochen«, sagte ich mit
einem nervösen Lachen. »Bitte setzen Sie sich. Darf ich Ihnen
etwas anbieten? Einen Sommerspritzer vielleicht?«

»Da sagen wir nicht Nein!« Sven zog sein süßes Frauchen auf
die Bank vor dem Kamin und streckte sich behaglich aus. »Gemütlich haben Sie es hier!«

»Ja, sehr«, sagte Lisa. Ihre wachen Augen hatten im Nu unser
großzügiges Reich in sich aufgenommen: den riesigen ovalen
Esstisch aus massivem Eichenholz, die dazu passende Sitzbank
mit den ockerfarbenen Bezügen, die Pflanzenpracht im Win-

tergarten, die vielen goldgerahmten Bilder von toskanischen Landschaften, die ebenfalls goldgerahmten großen Spiegel, die den ganzen Essbereich noch viel größer und heller wirken ließen. Ein lichtdurchfluteter Raum, von dem noch viele hell gebeizte Holztüren zu anderen Zimmern abgingen. Genauer gesagt zu einer Arbeitsgalerie, einer Bibliothek, einem Wohn- und Musikzimmer, einer Küche, einem Haushaltsraum und zu zwei Bädern. Außerdem führte eine Treppe nach oben ins Mädchenreich, wo sie jeweils ein eigenes Zimmer und ein gemeinsames Bad hatten. Dort lagen auch unser Schlafzimmer und unser Traumbad. Es besaß eine Glasdecke, und wenn Volker und ich nachts gemeinsam in der riesigen Sprudelwanne unseren Champagner tranken, konnten wir quasi nach den Sternen greifen. Besonders bei Vollmond war das so ziemlich das Atemberaubendste, was man sich nur als Ehepaar vorstellen kann – außer natürlich gemeinsam lauwarmen Abführtee trinken und die Teebeutel auswringen, bis kein Tropfen mehr herauskommt.

Eine andere helle Holztreppe führte nach unten zu den Räumen, in denen Volkers Söhne am Wochenende hausten. Dort befanden sich auch der große Fitnesskeller, der Tischtennisraum, der Partykeller, die Sauna und der direkte Zugang zu unserer Doppelgarage.

Ja, unser Haus im Sonnenblumenweg war ein Traum. Das hatte sich Volker mit seiner Arztpraxis auch hart erarbeitet. Es war sein zweiter Versuch, ein Familiennest zu schaffen, wie er manchmal seufzend sagte. Das erste Haus stand neben der Apotheke und gehörte nun Wiebke.

»Das ist ja eine Wahnsinnsvilla«, entfuhr es Lisa, die inzwischen ein großes Glas kühle Weißweinschorle in den Händen hielt. Ihre Augen leuchteten.

Ich hatte mich ganz schnell ins Bad verdrückt und ein bisschen Rouge, Puder und Lippenstift aufgelegt, während meine vernünftige große Tochter die Sommerspritzer zubereitet hatte.

»Los, Baby, wisch den Tisch ab«, herrschte sie Paulinchen an, die doch nur ihren frisch getauften Teddy Lisa begutachten lassen wollte. »Das sieht ja schlimm aus!«

»Passt schon«, beruhigte Sven sie. »Wir waren ja gar nicht angemeldet.«

»Wie schade, dass Sie meinen Mann gerade nicht antreffen«, sprudelte ich los, nachdem wir uns zugeprostet hatten. »Er bringt gerade seine Söhne zu seiner Exfrau zurück.«

»Die heißt Wiebke und ist blöd«, informierte Paulinchen die beiden.

Es war doch immer dasselbe mit Paulinchen. Kurz nachdem sie total nervte und peinlich war, sagte sie etwas total Süßes, und ich verliebte mich sofort wieder in mein Kind. Ich konnte sie nur gerührt an mich drücken.

»Das eilt ja nicht!« Lisa zog die Beine an und schlang die Arme um ihre Knie. »Wir ziehen ja so schnell nicht wieder aus!«

»Na hoffentlich«, sagte Sven lachend und legte zärtlich den Arm um sie. »Mein Vater hat mir dieses Grundstück vererbt, und da ich beruflich bald wieder weg muss, haben wir Nägel mit Köpfen gemacht und ganz schnell ein Fertighaus draufgestellt. Meine Frau hat nämlich ein Engagement am Landestheater!«

Oh Gott. Sie war WIRKLICH Musikerin! Aber Leonore würde sie mir NICHT wegnehmen! Sie würde KEINE Etüden mit ihr spielen. Schon gar nicht vierhändig. Nur über mein Leiche.

Hörbarer Stolz schwang in Svens Stimme mit, als er sie zärtlich anschaute. Lisa errötete vor Freude und Aufregung: »Ja, sie haben mich für die nächste Spielzeit engagiert! Ich kann es noch gar nicht fassen!«

»Bist du Schauspielerin? Wie cool ist das denn!« Charlotte war ganz nah an sie herangerückt und vergaß ganz, dass sie doch eigentlich keinerlei Regungen zeigen wollte.

»Sängerin. Sopranistin.«

Ich hatte es geahnt. Für einen Augenblick wusste ich nicht, was ich sagen sollte.

»Oh. Ähm … ach so.« Charlotte und ich wechselten einen Blick, der eine Spur Entsetzen erhielt.

Lisa gab ihr einen liebevollen Stups. »Das ist wahrscheinlich jetzt gar nicht mehr cool.«

»Na, auf so Geträller steh ich nicht so. Das tut unsere Oma schon ständig. Aber bitte nicht persönlich nehmen …«

»Singma!« Paulinchen hopste begierig mit ihrem Schlappohrenteddy vor ihr auf und ab.

»Boh, bist du paaaainlich!« Charlotte hätte sich am liebsten in Luft aufgelöst.

»Vielleicht singt sie anders als die Oma. Nicht ganz so … schrill.«

»Meine Schwiegermutter hat ihre Karriere schon seit Langem an den Nagel gehängt«, sagte ich erklärend. »Sie war mal Operettensängerin in Pritz an der Knatter.«

Lisa lachte amüsiert. »Was soll ich denn singen?«

»Was kannst du denn?«

»He, Mama, sag ihr, dass sie die Klappe halten soll …«

»Wer, deine Schwester oder ich?«

Na, auf den Mund gefallen war Lisa jedenfalls nicht. Und dann sang sie einfach. Sie stellte ihr Glas ab, stand auf und machte eine ausladende Geste, als wollte sie ein imaginäres Orchester dirigieren, und schmetterte mit strahlend schönem Sopran: »*O mio babbino caro*«.

Mir blieb der Mund offen stehen. Das Mädel war ja gut! Die konnte ja richtig was! KEIN Vergleich zu dem schauderhaften Blechvibrato von Leonore!

Selbst Charlotte, die zuerst nicht wusste, in welches Mauseloch sie sich verkriechen sollte vor lauter Peinlichkeit, starrte Lisa staunend an und vergaß völlig, ihr Gesicht zur üblichen Ich-halt's-nicht-aus-Grimasse zu verziehen.

Sven drehte nur sein Glas in den Händen und schaute seinem trällernden Frauchen verliebt zu. Seine Augen leuchteten. Die beiden waren so süß!

Ich war dermaßen erleichtert, dass ich beinahe laut gelacht hätte. Was für entzückende Nachbarn!

Als die glockenhelle Lisa fertig jubiliert hatte, verbeugte sie sich strahlend vor Paulinchen, die begeistert in die Hände klatschte. Die Schlappohren des Teddys klatschten gleich mit.

Wir applaudierten auch, sogar Sven, obwohl er solche Darbietungen seiner entzückenden Frau sicher schon gewöhnt war. Die Gläser, die wir auf der Bank vor dem Kamin abgestellt hatten, klirrten leise.

»Mensch, toll!«, entfuhr es mir. »Was sagt ihr, Kinder? Jetzt kriegen wir hier mal ganz andere Privatvorstellungen.« Ich zwinkerte ihnen verschwörerisch zu. »Richtig gute!«

»Ich hoffe, Sie können es ertragen, wenn ich nebenan übe«, sagte Lisa, immer noch erhitzt von ihrer Darbietung. Ihr Blusenkragen hüpfte im Takt zu ihrem Herzklopfen, und ihre Wangen waren leicht gerötet.

Ich möchte fast sagen, das war der Moment, in dem ich mich in Lisa verliebte. Vielleicht, weil sie mir die Freude an der Musik wiedergab. Oper und Operette war für mich bisher einfach ein vermintes Gelände gewesen. Ich schloss sie augenblicklich ins Herz, wünschte mir nichts sehnlicher, als ihre Freundin, Nachbarin, ältere Schwester, Managerin – ja, alles auf einmal zu sein. Ich sah mich schon ihren Terminkalender führen, ihre Fanpost beantworten und ihre Verehrerblumen entgegennehmen: »Frau Ritter ist im Moment nicht zu sprechen. Ich bin ihre Agentin. Ja, Ihre Autogrammwünsche leite ich zuverlässig weiter. Nein, sie ist im nächsten November schon total ausgebucht. Nein, sie gibt KEINEN Gesangsunterricht. Aber ich kenne da eine sehr lustige Witwe in der Seniorenresidenz an der Hellbrunner Allee …«

»Deswegen sind wir auch hier«, riss mich Sven Ritter aus meinen Träumen. »Weil wir auf eine gute Nachbarschaft hoffen. Und wie wir wissen, hatten Sie bisher keine Nachbarn hier im Sonnenblumenweg. Da hat paradiesische Ruhe geherrscht, und jetzt kommt ausgerechnet eine Sängerin.« Er warf Lisa einen besorgten Blick zu.

»Erstens herrschte hier mitnichten himmlische Ruhe, weil meine Schwiegermutter hier immer Operetten aufführt und manchmal auch … ähm …«

»Sie jault ganz fürchterlich«, nahm mir Pauline das Wort aus dem Mund. »Wie ein eingesperrter Hund. So …« Paulinchen warf sich in ihrem Schlafanzug in Positur und ahmte gekonnt ihre Großmutter nach. »Moine Lüppen, die kössen so hoiiiß …«

Ich musste mir heimlich die Lachtränen abwischen. Das Kind hatte ja echt Talent! Ich sollte es bei Dieter Bohlen anmelden. Wenn eine Neunjährige so brünstig knödeln konnte, würde ganz Deutschland jubeln vor Glück.

Sven lachte auch. Seine Augen blitzten mich übermütig an. Mir war, als würden wir uns schon lange kennen. Bei Gott, ich mochte den Mann. Ich mochte sie beide. Was für ein Volltreffer!

»Ist doch cool«, meinte Charlotte. Sie hatte ihre Meinung über »so Geträller« offensichtlich schnell geändert.

»Supercool«, bestätigte Pauline.

»Also ich freu mich!« Lächelnd hob ich mein Glas. »Ich freue mich wirklich. Machen Sie sich keine Sorgen. Üben Sie, so viel sie wollen. Das ist ja schöner als Vogelgezwitscher …«

»Und viel schöner als Oma.«

»Viel, viel schöner.«

»Wie alt ist denn eure Oma?«

»Siebenundsiebzig.«

»Oh.«

»Ja. Das finden wir auch.«

»Jetzt bin ich aber richtig gespannt auf eure Oma«, sagte Lisa, spitzbübisch grinsend.

»Die triffst du noch früh genug«, meinte Charlotte.

»Singst du denn auch so einen schmalzigen Schrott? So nach dem Motto ›Spül auf doiner Goige, Zigoiner …?‹ Jetzt legte sich auch noch Charlotte ins Zeug.

»Wir haben eine Spülmaschine«, konterte Lisa knapp. »Da darf der Zigeuner seine Geige auch drin spülen.« Svens Mundwinkel zuckten.

Ich schenkte Wein nach. Wir amüsierten uns alle prächtig.

»Manchmal sind es halt stundenlang Tonleitern«, meinte Lisa entschuldigend. »Singen ist einfach harte Arbeit.«

»Ja, das wissen wir. Besonders für den Zuhörer.«

»Ich höre meiner Frau gern zu.« Liebevoll strich Sven ihr über das glatte, weiche Haar. »Aber ich bin natürlich auch viel weg. Ich muss sie ja nicht täglich ertragen, diese Tonleitern …«

»Und was machen Sie, wenn ich fragen darf? Sind Sie auch Musiker?«

»Ich fahre zur See«, sagte Sven und wurde wieder ein bisschen rot.

»Er ist Kapitän«, sprudelte es aus Lisa heraus. Diesmal war sie es, die vor Stolz fast platzte.

»Boah, cool!«, entfuhr es den Mädchen. Zum ersten Mal waren sie sich völlig einig.

»Auf welchem Schiff?«

»Auf einem Luxusdampfer!«

»Ach, Krabbe. Jetzt gib doch nicht so an …«

Krabbe! Wie süß! Das passte genau zu der kessen Lisa. Dieser Sven hatte einen entzückenden norddeutschen Akzent, der an ihm zigmal sympathischer wirkte als an der Flensburgerin Wiebke.

»Ist doch wahr!« Lisa nahm einen großen Schluck von ihrem Gespritzten. »Ein Fünf-Sterne-Schiff. Alles vom Feinsten. Kaviar, Champagner, Austern satt, dazu hat jeder Gast einen eigenen Butler, der ihm die Schuhe putzt …«

»Boaaaah! Wie cooooool! Der Waaaaaahnsinn!«

»Also, Kinder, bitte! Ihr tut ja gerade so, als würdet ihr hier in Armut leben.«

Lisa lachte. »Ich war auch irre beeindruckt, als ich zum ersten Mal auf Svens Schiff kam.«

»Kannst du dir das leisten?«, fragte Paulinchen frech.

»Natürlich nicht. Da kostet ein Tag pro Person und Suite so um die tausend Euro.«

»HAMMER!«, entfuhr es Charlotte.

»Sie waren bestimmt als Sängerin an Bord«, mutmaßte ich und griff zu meinem Glas. Ich wusste nicht, wer eher vor Neid bersten würde: das Glas oder ich. Das war ja eine Traumschiffromanze, wie man sie nur aus dem Fernsehen kennt! Und das waren jetzt meine Nachbarn? Hurra! Endlich tat sich hier mal was! Ich musste schmunzeln, als ich an unsere Frühstücksunterhaltung zurückdachte: von wegen Spießer und nicht laut den Rasen mähen. Endlich kam hier mal so was wie Stimmung auf! Wein, Weib und Gesang!

»Genau. Da gibt es so eine Firma in Hamburg, die heißt Ships Best Entertainment, die schickt Sänger und Tänzer und was da so im Entertainmentbereich angefordert wird auf die Schiffe …«

»Auch ZAUBERER?«

»Klappe, Baby! Boah ey, du nervst!«

»Auch Zauberer. Und Seiltänzer und Trapezkünstler. Die schweben dann beim Abendessen über den Tischen …«

»Also, Krabbe! Jetzt übertreibst du aber.«

»Wieso denn? Auf den amerikanischen Luxusdampfern ist das so! Erst neulich hatten sie ein Akrobatenpaar aus der Ukraine da, das sich von Seilen heruntergelassen hat. Am Ende schwebte er nur noch an der Ferse über der Hummersuppe, während sie am kleinen Finger über dem Brotkorb baumelte und ihre Haare in die Weingläser hängen ließ …«

»Meine kleine Krabbe übertreibt immer!«, sagte Sven mit einem nachsichtigen Lächeln. »Sie hat eine blühende Fantasie.«

Ich LIEBE sie dafür, hätte ich am liebsten gerufen.

»Woher stammen Sie?«, fragte ich stattdessen. »Von Ihrem Akzent her könnten Sie aus Flensburg kommen.«

»Stimmt genau«, sagte Sven überrascht. »Dass Sie das so genau hören können …«

»Na ja, ich kenne jemanden, der genauso spricht«, wiegelte ich bescheiden ab. »Kennen Sie zufällig Wiebke Nöterich? Sie ist Apothekerin.« Nicht dass ich Sie besonders mag, wollte ich am liebsten sagen. Bei Ihnen klingt dieser Akzent viel sympathischer!

Sven errötete leicht und zuckte mit den Schultern. »Nicht dass ich wüsste …« Verunsichert sah er sich nach Lisa um. Bestimmt war ich ihm jetzt zu nahe getreten mit meiner plumpen Vertraulichkeit.

»Und jeden Abend gibt es im Theater an Bord eine große Show …«, erklärte Lisa den Kindern weiter. Sie schien von unserem Gespräch nichts mitbekommen zu haben.

»Die haben da ein THEATER?«

»Klar. Und ein Kino, Geschäfte und sogar ein kleines eigenes Krankenhaus.«

»Volker wollte immer mal als Schiffsarzt mitfahren«, sinnierte ich laut.

»Ihr Mann?«

»Ja. Er ist Internist.« Jetzt war ich an der Reihe, stolz zu erröten.

»Wow. Ist ja cool!«, sagte Lisa. »Ein Arzt in der Nachbarschaft.«

»Krabbe!«

»Na ja, man kann ja nie wissen …« Lisas Augen hatten so einen merkwürdigen Glanz bekommen.

»Wir sind kerngesund«, sagte Sven. »Wir werden Ihren Mann bestimmt nicht beanspruchen müssen.«

»Wer weiß?«, entgegnete Lisa verschmitzt.

»Krabbe. Der Mann ist Internist und nicht Gynäkologe.«

Was sollte das denn heißen? War Lisa eventuell …?

»Und du hast da aufm Schiff jeden Abend eine Show gesungen?«, wollte Pauline wissen.

»Eine Show singen – wie blöd bist du denn! IN einer Show singen, heißt das.«

»Genau. So jeden zweiten Abend trittst du da mit dem Ensemble auf, tagsüber hast du Proben oder kümmerst dich um die Gäste, begleitest Landausflüge oder spielst mit denen Bridge.«

»Sie spielen Bridge?« Jetzt musste ich aber laut auflachen.

»Klar. Das sollte man können auf einem Kreuzfahrtschiff.«

»Mein Stiefsohn wird Sie LIEBEN!«

Kapitän Sven hob gespielt empört eine Augenbraue: »Aber hoffentlich nicht zu doll?«

Wir lachten alle. Das war ja so aufregend! Wie GEBACKEN waren diese Nachbarn für uns!

»Erzähl! Erzähl weiter!« Paulinchen rüttelte an Lisas Arm.

»Na ja … Dann bleibst du da ein Jahr oder zwei, und wenn du Glück hast, angelst du dir den Kapitän.« Lisa kraulte nun Sven im Nacken. »Gell, Schatzibussi?«

»Na ja …« Sven war ein bisschen verlegen.

So ein norddeutscher gestandener blonder Hüne und Schatzibussi – das passte irgendwie gar nicht zusammen.

»Ich glaube, es war eher umgekehrt. Ich habe mir dich geschnappt: die süßeste und frechste Krabbe des ganzen Ensembles.«

»Und warum seid ihr jetzt nicht mehr auf dem Schiff?« Charlotte saß da, gespannt wie ein Flitzebogen. »Ich meine, hier ist es doch voll langweilig …«

»Weil wir jetzt verheiratet sind«, erklärte Lisa stolz und ließ einen schmalen Goldreif an ihrem Ringfinger aufblitzen. »Wir wollen eine Familie gründen.«

»Cooooool …«

Wie süß!, dachte ich. Er bringt seine Beute an Land und setzt sie in eine Landhausidylle unweit der schönsten Stadt überhaupt: Salzburg. Mit Blick auf Kühe, Wiesen und Berge. Sie wird sich hier wohl fühlen. Ich werde ihr meine geliebte Stadt zeigen. Auch wenn sie jetzt nicht mehr auf Weltreisen geht, hat sie sich doch die schönste Wahlheimat der ganzen Welt ausgesucht. GENAU WIE ICH, ging es mir durch den Kopf. Fast bekam ich eine Gänsehaut. So ein entzückendes Mädel; ich würde sie unter meine Fittiche nehmen, meine Kinder bekämen eine große Schwester, ich eine kleine … Und wir würden irgendwie alle eine große Familie …

»Kriegt ihr ein Baby?«, fragte Paulinchen mit großen Augen.

Die beiden sahen sich verliebt an. »Sollen wir es ihnen sagen?«

Sven wurde schon wieder rot.

»Aber wir wollten doch …«

»Aber sie wissen es sowieso schon.«

»Man sieht es Ihnen an«, sagte ich warm. »Man sieht es an Ihren Augen.«

»Cooooool, ey!«, freute sich Charlotte. »HAMMER!«

»Bald kannst du uns deinen Teddy mal ausleihen«, sagte Lisa augenzwinkernd zu Pauline.

Und dann hat sie heute noch Möbel geschleppt!, dachte ich. So eine patente junge Frau. Wenn ich da an Wiebke dachte! Die konnte ja schon keinen Besen mehr in die Hand nehmen, wenn sie sich einen Fingernagel abgebrochen hatte. Bei jeder Kleinigkeit rief sie Volker an. »Die Regentonne zum Sammeln von Biowasser ist voll!« – »Die Brotbackmaschine ist verstopft!« – »Der Entsafter röchelt.« Irgendwas fiel Wiebke immer ein. Statt sich von ihren Söhnen helfen zu lassen, zitierte sie stets meinen ohnehin gestressten Volker zu sich in die Wohnung neben der Apotheke.

Irgendwie hatte sie meinen Mann immer noch voll im Griff. Und irgendwann würde ich auch herausfinden, warum.

»Also, wir sind im zweiten Monat«, ließ Lisa inzwischen die Bombe platzen.

»Und sehr, sehr glücklich«, stellte Sven in seiner verhaltenen norddeutschen Art fest.

»Sehr, sehr« war schon Euphorie pur.

Er tätschelte ihre feine, schmale Hand, an der ein feiner, schmaler Diamantring funkelte: »Ich wollte meiner Frau noch rechtzeitig ein Haus einrichten, bevor ich wieder für vier Monate aufs Schiff gehe. Wenn das Kind dann kommt, nehme ich Landurlaub. Nicht wahr, Krabbe?«

Die beiden wechselten vielsagende Blicke. Mir zog sich das Herz zusammen. Wie romantisch!

»Aha, und da vertrauen Sie uns also Ihre Frau an«, sagte ich und schielte etwas besorgt auf das Glas mit dem gespritzten Weißwein. Sie hatte sicher zwei Gläser davon getrunken. »Bei uns ist sie in den besten Händen.« Unauffällig schob ihr Glas zur Seite und füllte ein neues mit Wasser.

Bald darauf verabschiedeten sich die beiden, und ich bot ihnen noch im Vorgarten die Hilfe meiner Stiefsöhne an. »Ab Freitag stehen Ihnen hier zwei kräftige Burschen zur Verfügung! In Ihrem Zustand sollten Sie nicht schwer tragen!«

»Schwanger sein ist doch keine Krankheit«, sagte Lisa und lachte meine Bedenken weg.

»Mama! Weißt du, was du da versprichst?« Charlotte verzog besorgt das Gesicht.

»Also, der Emil hilft bestimmt.« Paulinchen wollte wenigstens ihren Lieblingsbruder verteidigen. »Aber der Nathan rührt keinen Finger. Außer, um seine Bridgekarten zu ordnen.«

»So, ihr Mäuse«, sagte ich. »Ihr wisst, dass morgen Schule ist!«

»Na und? Zuerst soll mal das Baby ins Bett gehen!«, wehrte sich Charlotte

»Du musst um sechs Uhr aufstehen«, sagte ich seufzend. »Und ich auch.«

Die beiden neuen Nachbarn lachten. »Oje, dann wollen wir jetzt nicht mehr stören. Danke für den Wein!«

Fast hätte ich im Wiebke-Slang geantwortet: »Daför nech!«

»Wir sehen uns noch öfter!«

»Auf jeden Fall! – Jederzeit! Wir freuen uns!«

»Schade, dass mein Mann Sie nun nicht mehr antrifft.«

»Den lernen wir noch früh genug kennen«, zwitscherte Lisa leicht beschwipst, und Sven gab ihr einen mahnenden Stups. »Krabbe, du gehörst ins Bett.«

Arm in Arm schlenderten die beiden über unsere Auffahrt und verschwanden in der Dunkelheit. Lisas perlendes, helles Lachen wurde leiser, und bald darauf leuchtete nebenan ein matter Lichtschein auf.

»Jetzt haben wir also Nachbarn«, seufzte ich zufrieden.

»Papa wird sie mögen. Die sind voll nett«, meinte Charlotte, als sie mir beim Küchenaufräumen half. »He, Baby, sitz hier nicht rum! Du kannst auch was machen!«

»Papa wird bestimmt Gefallen an ihnen finden«, pflichtete ich ihr bei, stellte die Gläser in die Spülmaschine und drückte Paulinchen die Küchenrolle in die Hand. Hauptsache, jetzt keinen Streit mehr. Es war nach zehn.

»Und voll fesch ist die Lisa: voll die tolle Figur, tolle Haare und dann das hübsche Gesicht.«

»Man sieht noch gar nichts von der Schwangerschaft«, überlegte ich laut. »Ich wurde immer gleich rund wie ein Ballon.« Liebevoll musterte ich meine beiden Töchter: »Und bekam Pickel und strohige Haare. Aber ihr beide wart das allemal wert …«

»Ach, Mama, du bist viel hübscher«, meinte mein Paulinchen,

das mit den Beinen baumelnd auf der Küchenbank saß und ihren Teddy an den Ohren zupfte.

»Also, Mama, nichts gegen dich, aber du WEISST, dass Pauline das noch nicht objektiv beurteilen kann.« Charlotte knallte das Salatsieb in die Spüle. »Du bist für dein Alter total okay, aber DIE ist definitiv eine Schönheit.«

»Und du bist definitiv voll die blöde Zicke. Mama, du bist viel hübscher. Was HEISST objektiv?«

»Aber Kinder, Lisa ist doch viel jünger als ich«, stellte ich fest, während ich mein Töchterchen energisch von der Küchenbank zog und in Richtung Bad schob. »Ich könnte ja fast ihre Mutter sein!«

Als ich um Mitternacht neben Volker im Bett lag und durch unsere riesigen Glasfenster in den Sternenhimmel blickte, hatte ich plötzlich ein ganz warmes, schönes Gefühl im Bauch. Endlich habe ich eine Nachbarin, ging es mir durch den Kopf. Und dann gleich eine so süße! Wenn Volker abends Notdienst hat oder noch über seinen Gutachten sitzt, werde ich sie auf ein Glas Wein einladen – oder in ihrem Fall auf eine Tasse Tee –, und dann plaudern wir. Sie erzählt mir vom Luxusschiff und von ihrem schmucken großen norddeutschen Kapitän, und ich berate sie in Sachen Schwangerschaft, Geburt und Kindererziehung. Und vielleicht passt sie mir später mal auf Pauline auf, wenn ich arbeiten gehe. Dafür hüte ich dann ihr Baby, wenn sie im Landestheater Proben hat. Und wie verknallt erst Nathan und Emil in sie sein werden! Nathan wird ihr zeigen, wie man die Karten mischt, und dabei errötend an ihren Haaren schnuppern … Und Emil wird versuchen, sie zum Lachen zu bringen, was ihm nicht schwerfallen dürfte.

Ich ertappte mich selbst dabei, wie sich mein Gesicht zu einem fast seligen Lächeln verzog. Wie verliebt die beiden waren. Wie optimistisch sie in die Zukunft blickten. Wie zärtlich sie sich angesehen hatten. Wie stolz sie aufeinander waren. Und nun gründeten sie eine Familie. Bei uns im Sonnenblumenweg. Wir würden das alles hautnah miterleben und an ihrem jungen Glück teilhaben.

So verliebt waren Volker und ich auch gewesen, als wir unsere Familie gegründet hatten. Vor vierzehn Jahren. Aber was heißt hier »gewesen?«, dachte ich. Wir sind es doch immer noch! Gerührt betrachtete ich das vertraute Profil meines Mannes im matten Mondlicht. Die leichten Vorhänge bauschten sich ein bisschen, und ein kühler Windzug streifte meine bloßen Arme. Ich drehte mich auf den Rücken und starrte in den Nachthimmel.

3

Grüß Gott, meine Damen und Herren! Willkommen in unserer wunderschönen Barockstadt Salzburg! Wenn ich Sie zuerst hier rüber bitten darf!« Wie eine Glucke hob ich energisch den roten Schirm über meinen Kopf und ging langsam, aber stetig über die erste Kreuzung zum Mirabellplatz. Wie der Rattenfänger von Hameln, nur im Dirndl, kämpfte ich mich durch die Touristenmassen. Fuchtelnd versuchte ich meine Schäfchen dazu zu bringen, geschlossen bei Grün über die Straße zu gehen. »Bitte zügig, meine Herrschaften! Der Bus kann nicht warten!«

Etwa vierzig Personen, die in der Paris-Lodron-Straße aus dem Reisebus gequollen waren, stapften, latschten oder trippelten im üblichen deutschen Rentner-Look hinter mir her: beige Westen, beige Dreiviertelhosen, flache Treter, karierte Hemden die Männer, karierte Blusen die Frauen. Rote Schirmkappen mit Einheitslogo. Heute war es ein Kegelverein aus Tauberbischofsheim, der mir für die Stadtführung anvertraut worden war.

»Frollein, wir müssen zuerst mal aufs Klo.«

Damit hatte ich gerechnet. ALLE müssen zuerst mal aufs Klo. »Bitte, meine Damen, hier ist ein öffentliches WC, die Herren bitte auf der anderen Seite.«

Natürlich war meine Zehn-Uhr-Gruppe nicht die Erste. Etwa zweihundert Amerikaner und hunderttausend Japaner, dazu Spanier, Italiener und Russen standen da und warteten auf ihre

Pipi-machenden Kameraden aus aller Welt. Meine Kolleginnen, die anderen Fremdenführerinnen, ebenfalls im schmucken Dirndl, blieben mit stoischer Ruhe im Abseits stehen und erklärten Stadtpläne.

»Ja, wir haben auch einen Louis-Vuitton-Laden. Aber vielleicht wollen Sie zuerst unsere wahren Sehenswürdigkeiten …?«

»*Yes of course, there is also a McDonald's restaurant. But I would like to recommend you the original Stiegl-Keller. Yes, you can order the world famous Wiener Schnitzel over there …*«

»*Sí claro, hay que ir a pie un poco, pero no está lejos …*«

»*La funiculare per la montagna …*«

»Na, das kann ja dauern.« Schwitzend ließ sich einer der Kegelfreunde im beigefarbenen Seidenblouson auf einem Mäuerchen neben dem Mozarteum nieder. »Hilde, kannste dir des net verkneife?«

»Nein!«, keifte Hilde, bereits die Beckenbodenmuskulatur sowie ihr Gesicht anspannend. Sie war etwa die Vierunddreißigste in der Schlange vor dem Klohäuschen. »Ich platze bald, Hansjörg!«

»Wissen Sie was«, nahm ich Hilde und ein halbes Dutzend ihrer Blasengenossinnen zur Seite. »Wenn Sie es unauffällig machen, gehen Sie schnell hier im Mozarteum. Direkt links neben dem Konzertsaal ist für Damen, und wenn Sie es noch unauffälliger machen: Rechts neben dem Konzertsaal ist für Herren. Zwölf saubere Toiletten pro Seite. Da ist um diese Zeit keiner.«

»Aah, das ist 'n patentes Frolleinsche!«, freuten sich die Rentner aus Tauberbischofsheim und wackelten erfreut durch eine Gruppe geigen- und cellobewehrter koreanischer Studenten, die ihnen kopfschüttelnd hinterhersahen.

»Ja, sonst kommen wir hier ja nicht weiter«, gab ich ihnen achselzuckend zu verstehen. »Verpetzt mich nicht!«

Zehn Minuten später hatten alle vierzig Leute ihre Notdurft verrichtet. Schließlich standen wir im Mirabellgarten, in einem

Meer von Blüten, vor dieser traumhaften Salzburgkulisse: der Dom mit seiner grünen Kuppel und den zwei Türmen, und im Hintergrund die weiße stolze Festung. Vor blauem Himmel kann das so fantastisch aussehen, dass selbst ich, die ich diesen Job nun schon einige Jahre machte, bei diesem Anblick immer noch innerlich vor Glück aufjauchze. Hier durfte ich arbeiten! Hier durfte ich LEBEN! Gut, die große weite Welt hatte ich abgeschrieben, aber WENN ich schon immer wieder durch ein und dieselbe Stadt latschte, dann durch DIESE!

»Kirchtürme, Kuppeln, Festungsmauern und die grünen Berge der Voralpen, meine Damen und Herren. Genießen Sie auch den Blick auf die noch schneebedeckten Alpen! Dieses Panorama werden Sie so schnell nicht wieder vergessen!«

Die Rentner aus Tauberbischofsheim staunten nicht schlecht und zückten ihre Fotoapparate. »Heinz, nimm doch mal die Helga in den Arm! Stellt eusch mal vor die Kulisse! Helga, sach mal dem Japaner, er soll ausm Bild gehen!«

»Meine Damen und Herren! Wenn ich zuerst etwas sagen darf! Nachher haben Sie Zeit für Fotos und private Fragen!« Ich scheuchte meine Herde mit weit ausholenden Gesten auf einen Kiesweg unter eine schattige Linde.

»Schauen Sie! Das Schloss Mirabell wurde 1606 im Auftrag von Erzbischof Wolf Dietrich von Raitenau erbaut!«

Aha, murmel, glotz, staun, starr. Ich wusste, dass diese Nachricht keinen der Rentner vom Hocker reißen würde. Deshalb schob ich die eigentliche Sensation noch hinterher: »Was glauben Sie, für wen hat er es bauen lassen?«

»Keine Ahnung.«

»Für seine GELIEBTE!«

»Dä Bischoff? Hatte 'ne Geliebte? Na ja. Die Pfawwe ware damals auch nisch bessä als heude«, murmelten die Rentner durcheinander.

»Und wissen Sie, wie viele Kinder er mit dieser Dame hatte?«

Murmel, mutmaß, argwöhn. Keiner der Rentner hatte eine Vorstellung.

»Fünfzehn, meine Damen und Herren! Fünfzehn uneheliche Kinder! Die er keineswegs geheim hielt, im Gegenteil! Mit dem Bau dieses Gartenschlosses zeigte er aller Welt, wie stolz er auf seine Potenz war!«

»Huch, also wirklich. So genau wollten wir's gar net wisse …«

»Gut. Die Geliebte hieß Salome Alt, wie die Kinder hießen, weiß ich nicht. Der Erzbischof wurde schließlich in der Festung eingesperrt – und dort ließ man ihn sechs Jahre lang verrotten, bis er tot war.«

Alle drehten sich zur Festung um und schwiegen geschockt. Die Zahnradbahn krabbelte gerade wie ein leuchtender Goldkäfer in der Morgensonne nach oben, als könnte sie sich an keinerlei Folter auf der Festung erinnern.

»Heute wird in diesem Schloss gern und viel geheiratet«, glättete ich schnell die Wogen der moralischen Entrüstung. Sofort lächelten die Leute wieder. Besonders die Damen.

»Die beliebte Schauspielerin Veronika Ferres hat hier 2002 hochschwanger geheiratet«, sagte ich wie nebenbei, und siehe da, das interessierte die Tauberbischofsheimer Kegelbrüder und -schwestern weitaus mehr als der omnipotente Erzbischof Wolf Dietrich.

»Aber die ist auch schon wieder geschieden«, murmelte eine Dauergewellte neben mir, die vergessen hatte, die noch vom Schlafen platt gedrückten Haare am Hinterkopf etwas aufzutoupieren.

»Am neunten Neunten Nullneun haben hier neunundneunzig Paare geheiratet, im Neun-Minuten-Takt«, improvisierte ich schnell. »Die Schlange der Brautpaare ging hier einmal quer durch den Mirabellgarten, bis dort die Treppe hinauf.« Die Leute staunten, drehten die Köpfe, murmelten und lachten. Wie leicht die Menschen doch zu beeindrucken sind, dachte ich

zum wiederholten Mal. Von Jahreszahlen und Architektenna-
men wollen die gar nicht so viel wissen. Man muss nur ihre
kindliche Fantasie mit irgendwelchen hanebüchenen Behaup-
tungen füttern, dann sind sie ganz Ohr und können gar nicht
genug davon bekommen. Den Amerikanern erzähle ich an dieser Stelle immer, dass die Szene aus *Sound of Music* hier gedreht wurde, in der Julie Andrews mit den Kindern »Do re mi«
singt und dabei auf den Stufen herumspringt. Das bringt die
Amerikaner regelmäßig so sehr aus der Fassung vor Begeisterung, dass sie alle auf der Treppe herumspringen – trotz impo-
santen Übergewichts und abenteuerlicher Kleidung. Aber die
deutschsprachigen Touristen kennen diesen Film aus den Fünf-
zigerjahren leider nicht. Amerikaner und Japaner dagegen reisen extra AN, um auf den Spuren von *Sound of Music* zu wan-
deln. Für die ist Salzburg die *Sound-of-music*-Stadt, und die
ganze barocke Pracht, die unzähligen Kunstschätze in Kirchen,
Klöster und Museen, ja sogar Mozart, sind nur nette Nebener-
scheinungen.

»Im Jahre 1818 wurde das Schloss Mirabell übrigens durch
einen verheerenden Brand fast zerstört. Der wenig spektakuläre
Profanbau, den Sie heute sehen, ist seiner ehemaligen barocken
Fassade beraubt und wurde im klassizistischen Stil …«

Kein Mensch hörte mehr zu. Ich lief weiter, erklärte noch die
barocken Brunnen und dass sie die Elemente Feuer, Wasser,
Luft und Erde symbolisieren, und landete dann am Makart-
platz, gegenüber von Mozarts Wohnhaus. Ein O-Bus glitt gerade lautlos, von der Theatergasse kommend, um die Kurve,
Menschen mit grauen Gesichtern saßen teilnahmslos darin. Sie
hatten offensichtlich schon vergessen, welches Geschenk es ist,
in dieser Stadt wohnen und arbeiten zu dürfen. Am liebsten
hätte ich von außen an die Busfenster geklopft und gerufen:
»He, Leute, wisst ihr eigentlich, wie GUT wir es haben, dass wir
hier leben dürfen?!«

Wir standen direkt vor dem Salzburger Landestheater. In den Schaukästen wurden die Opernproduktionen der nächsten Spielzeit angekündigt. Und während ich meine Informationen herunterspulte – über den berühmtem Architekten Fischer von Erlach, der für die barocke, von 1694 bis 1703 erbaute Dreifaltigkeitskirche verantwortlich ist, die der Wiener Karlskirche ähnlich sieht und vor der alljährlich in den letzten beiden Aprilwochen die Magnolien in einer solchen Pracht blühen, dass es einem den Atem verschlägt; über den berühmtem Mathematiker und Physiker Christian Doppler, der ebenfalls in diesem grauen Haus da vorn gelebt und gewirkt hat (»Kennen Sie den berühmten Doppler-Effekt, meine Damen und Herren? Tatütataa, tatüütataa … Der Ton wird für unser Ohr tiefer, je mehr sich das Feuerwehrauto entfernt, obwohl er objektiv immer auf einer Höhe bleibt …«) – während ich das also alles herunterspulte und mit aller Kraft versuchte, die Aufmerksamkeit meiner Zuhörer nicht zu verlieren, sah ich plötzlich das Gesicht meiner neuen Nachbarin. Im Schaukasten. *Così fan tutte.* Sie trug ein weißes Kleidchen, so eine Art Unterkleid, war barfuß und sang gerade ein Duett mit einer Dunkelhaarigen in ebenso einem Unschuldsfähnchen. Beide sahen hinreißend aus, weiblich, ledig, jung. Na, so ein Zufall, dachte ich. Gestern noch in meinem Wohnzimmer und heute auf der Showbühne! Fast hätte ich die Rentner aus Tauberbischofsheim darauf hingewiesen, aber was sollten sie mit dieser Information anfangen?

»Und diese zauberhafte junge Frau hier, schauen Sie, die Blonde, die ist seit gestern meine neue Nachbarin. Sie heißt Lisa, ist ganz neu im Ensemble und hat einen Vertrag für die nächste Spielzeit. Sie kann wunderschön singen, ist schwanger und liebt einen blonden norddeutschen Kapitän. Wie im Traumschiff! Nur in echt! Gestern Abend saß sie noch an meinem Kamin und hat meinen Kindern eine Arie vorgesungen.«

Ich verkniff es mir. Obwohl das die Leute mit Sicherheit viel mehr interessiert hätte als Christian Doppler und sein Doppler-Effekt.

Als wir über die Kreuzung vor dem Hotel Sacher schritten, um den Makartsteg zu erreichen, wo wie immer der Bettler mit der Hasenscharte Ziehharmonika spielt, und ich meinen Spruch über die Original-Sacher-Torte aufsagte, die man hier unbedingt einmal probieren müsse, musste ich über mich selbst den Kopf schütteln. Und während ich meine schwerfällige Gruppe mühsam in den frühsommerlichen Altsalzburger Kulissenzauber hineinlockte, wurde mir auf einmal bewusst, wie sehr ich mich auf den Sommer mit meiner Nachbarin freute.

»Na, was gibt's heute Gutes zu essen?«

Volker rieb sich schon die Hände, nachdem er seine schwere braune Arzttasche auf die Kaminbank gewuchtet hatte. Doch erst mal breitete er die Arme aus. Ich riss mir die Schürze ab, warf sie über eine Stuhllehne und ließ mich jubelnd wie ein Kind hineinfallen. Um meinen Volker mit den üblichen wilden Begrüßungsküssen bedecken zu können, musste ich mich auf die Zehenspitzen stellen. Doch dann konnte ich ihn umhalsen und an mich drücken, als gäbe es kein Morgen. Ich war so unendlich verliebt in meinen Mann, dass ich auf diese innigen Begrüßungsattacken einfach nicht verzichten konnte. Wie immer schloss Volker ergeben lächelnd die Augen und ließ sich von mir abküssen, während ich seinen wunderbaren Duft in mir aufsog. Volker benutzte kein Parfum. Er roch – nach Volker, dem Aphrodisiakum schlechthin. Seine Bartstoppeln kratzten mich ganz leicht; er musste sich zweimal am Tag rasieren.

»Kalbsbraten mit Knödeln und Salat«, flüsterte ich ihm zärtlich ins Ohr, denn das war schließlich die Antwort auf seine Frage. Meine Güte, ich war wirklich eine Musterhausfrau geworden! Aus lauter Liebe zu ihm! Heute war ich bereits frühmorgens auf der Schranne gewesen, dem bunten Bauernmarkt auf dem Mirabellplatz, und hatte im Vorbeigehen meine Einkäufe erledigt. Jetzt duftete es verführerisch aus der Küche, wo der Kalbsbraten bereits im Ofen schmorte, und die Knödel in brauner Butter auf dem Herd vor sich hin zischten. Heimlich gab ich mir ein Fleißkärtchen.

»Du bist ein Traum!«, flüsterte Volker heiser an meiner Halsbeuge. »Wenn ein Mann nach getaner Arbeit nach Hause kommt, und es duftet bereits in der Auffahrt nach köstlichem Essen, woraufhin ihn sein zum Anbeißen aussehendes Weiberl begrüßt, das ihn nach so langer Zeit immer noch gern hat, dann darf er sich schon bei seinem Herrgott bedanken …« Er verdrehte die Augen und murmelte: »Himmelvater, dank dir schön.«

Na gut. Gegen Wiebke konnte ich noch locker anstinken. Da musste er nicht großartig den Himmelvater rühmen. Aber auch der kann ja mal einen schlechten Tag haben. Als er Wiebke schuf, hatte sein Apostelverein wahrscheinlich gerade gegen den ersten FC Satan verloren oder so. »Ach, komm, du willst mich mal wieder verscheißern …« Ich wurde doch tatsächlich immer noch rot! Volker konnte sich so herrlich über mich lustig machen, dass ich oft nicht wusste, ob ich mitlachen oder mich schämen sollte.

»Nein, im Ernst!« Volker lockerte seine Krawatte und warf sie mit Schwung auf die Arzttasche, wo sie sich ringelte wie eine Schlange. »Ich habe acht kalte, trostlose Jahre mit Wiebke ›Knöterich‹ verbracht. Wenn ich da nach Hause kam, hatte sie weder was gekocht noch sonst was vorbereitet. Höchstens Hagebuttentee und geschroteten Vollweizenbrei.«

Triumphierend beugte ich mich zur Bank am Kamin, wo ich bereits einen gut gekühlten Riesling bereitgestellt hatte. Nachdem ich sie ihm überreicht hatte, öffnete er geschickt die Flasche, füllte zwei Weißweingläser und reichte mir eines davon: »Prost, mein Schatz.« Wir stießen an wie jeden Abend, und tranken unseren Lieblingswein, einen Hillinger – kalt und trocken, wie ein guter Welschriesling sein muss. Wir saßen eng umschlungen auf der Bank, ich spürte die wohlige Wärme des Kamins im Rücken und die noch viel wohligere Wärme des Mannes an meiner Seite. Das war einer der Momente, die man für immer festhalten möchte. Alles war perfekt! Alles! Die Kinder waren gesund, kamen in der Schule bestens mit und machten uns nur Freude. Volkers Praxis lief fantastisch, mir machte mein Job als Fremdenführerin riesigen Spaß, unser Haus war ein Traum, wir wohnten in der schönsten Stadt der Welt, und jetzt hatten wir auch noch neue, nette Nachbarn, die mich aus meiner Einsamkeit hier in dem Landhaus oberhalb von Salzburg erlösen würden.

Vertrauensvoll lehnte ich meinen Kopf an Volkers Schulter und schwärmte ihm noch einmal von dem Besuch der beiden am letzten Sonntagabend vor, als er seine Söhne zu Wiebke gefahren hatte. Seitdem hatte ich das junge Paar nicht mehr gesehen. Wiebke hatte ich zum Glück schon länger nicht mehr gesehen. Ich kannte wirklich keinen Menschen, der so wenig Charme hatte, so wenig herzlich war und so wenig versuchte, sich ein bisschen nett zu machen. Wiebke schminkte sich nicht, gab sich keine Mühe mit ihren Haaren, konnte nicht kochen und war nicht witzig. Ein noch viel unfassbareres Wunder, dass es ihr irgendwann mal gelungen war, sich meinen Volker zu krallen. Volker ließ sich nur ungern von mir zu diesem Thema befragen. Er hatte ihr »halt ein Kind gemacht«, woraufhin sie darauf bestand, zu heiraten. Und dann bekamen sie eben noch ein Kind. Glücklich war mein armer Volker mit dieser Dörrpflaume nie. Er hatte einfach das Warnschild nicht gesehen, auf dem stand: Fantasie- und humorfreie Zone! Achtung, nicht heiraten!

Aber was sollte ich mir weiter Gedanken über sie machen. Viel lieber redete ich über unsere neuen Nachbarn. »Sie sind so was von nett!«, schwärmte ich glücklich.

»Im Moment versperren sie mit ihrem Kranwagen einfach nur die Einfahrt«, brummte Volker und nahm einen Schluck Weißwein. Ich beobachtete, wie sich sein Kehlkopf hob und senkte. Gibt es so was, dachte ich, dass man sogar in den Kehlkopf seines Mannes verliebt sein kann? Volker hatte einen kräftigen Hals, der immer braun gebrannt war und besonders zu seinem weißen Hemdkragen einfach umwerfend männlich aussah. Normalerweise betrachte ich wirklich keine Kehlköpfe und sehe ihnen beim Schlucken zu, aber Volker war die berühmte Ausnahme. Die berühmte große Liebe, die es sonst nur in Romanen und Filmen gibt. An dem Tag, an dem Volker und ich uns begegnet waren, hatte der liebe Gott ganz bestimmt wahnsinnig gute Laune gehabt. Ganz im Gegensatz zu Volker jetzt.

»Die knallen doch wirklich noch einen Balkon an ihren Fertigbau. Wirklich sehr stilvoll«, ätzte Volker. »Wo wir jahrelang an unserem Haus gebaut und alles von Hand haben zimmern lassen, wollen die das in einer Woche aus dem Boden stampfen.«

»Ach, Volker!« Ich strich ihm eine seiner grauen Strähnen aus der Stirn und zwirbelte sie zwischen meinen Fingern. »Lass sie doch! Es sind junge Leute! Besonders sie, denn sie ist mindestens fünfzehn Jahre jünger als er. Wenn nicht sogar zwanzig. Sie ist Österreicherin, und er kommt aus Norddeutschland. Was für eine reizende Mischung!«

Volker packte meinen Finger und hielt ihn fest. »Was ist der noch mal von Beruf, hast du gesagt?«

»Kapitän! Ist das nicht aufregend?«

»Seit wann siedeln sich norddeutsche Seefahrer in Salzburg an? Wo schwimmt denn sein Kahn? Auf dem Wallersee?«

»Ach, komm!« Ich stupste ihm zärtlich-tadelnd die Wange. »Der fährt einen Ozeanriesen, du! Der ist immer mindestens vier Monate auf allen Weltmeeren unterwegs! Sie haben sich ja an Bord eines solchen Traumschiffes kennengelernt«, schwärmte ich weiter. »Sein Vater hat ihm das Grundstück vererbt, und er setzt jetzt seine kleine Frau drauf, damit sie in Ruhe niederkommen kann.«

»Das klingt ja grässlich kitschig. Maria und Josef auf Herbergssuche.« Volker schob meine Hand behutsam weg. Er mochte es nicht, wenn ich ihm ins Gesicht fasste. Er behauptete, eine fürchterlich empfindliche Haut zu haben und von jeder Berührung Pickel zu bekommen.

»Jedenfalls kriegen sie ein Baby!« Ich rutschte von Volker ab, um ihm ins Gesicht zu sehen, als ich diese kleine Bombe platzen ließ. »Ist das nicht süß?«

»Nein!«, sagte Volker und stand abrupt auf. »Ich höre jetzt schon das Geplärre unter unserem Schlafzimmerfenster: Hüäää, hüäää, hüäää!«, machte er so täuschend echt, dass ich lachen musste.

»Das kannst du aber perfekt!«

»Na, es ist ja noch gar nicht so lange her, dass unsere Mädchen so gequäkt haben! Nacht für Nacht! Und als die Erste damit fertig war, fing die Zweite an! Zehn Jahre zuvor habe ich das Gleiche schon mit meinen Söhnen erlebt. Vielen Dank auch!«

»Aber Volker!« Liebevoll strich ich ihm über den Arm. »Du bist doch nachts nicht aufgestanden! Ich habe doch im Kinderzimmer übernachtet, damit du deine Ruhe hattest!«

»Das ist ja auch nicht zu viel verlangt«, brummte Volker und legte dann versöhnlich den Arm um mich. »Ich war damals gerade mit meinen Nachtdiensten im Krankenhaus fertig und hatte ungefähr zehn Jahre lang nicht mehr durchgeschlafen.«

Er griff zur Fernbedienung und stellte unseren gemeinsamen Lieblingssender, Klassik Radio, an. Der »*Ungarische Tanz*« von Brahms erklang. Dann begann Volker, ganz selbstverständlich den Tisch zu decken. Also hallo? Wenn Volker kein Traummann war, wer dann? Als Gott Volker schuf, hatte er wahrscheinlich gerade einen runden Geburtstag. Den Trillionsten vielleicht.

»Meine Güte, was hatten wir jungen Ärzte damals für einen Stress. Wiebke verlangte von mir, dass ich nachts genauso oft aufstehe wie sie, denn sie war schließlich Apothekerin und hatte Nachtdienste.« Sehr gewissenhaft stellte Volker mit seinen feingliedrigen Händen die Gedecke auf die farblich passenden Sets und legte dann das Besteck dazu. »Aber du – du hast es geschafft, Ruhe und Frieden in mein Leben zu bringen. So habe ich mir ein Familienleben immer vorgestellt. Die Frau waltet daheim, und der Mann geht sammeln und jagen.« Er hielt inne, sah mich an und lächelte dieses umwerfende Volker-Lächeln, das nur für mich reserviert war: »Welche Gläser nehmen wir heute?«

»Die Riedel-Gläser«, sagte ich. »Man gönnt sich ja sonst nichts.«

Volker lächelte mich an: »Mit dir passt alles. Du hast so viel Geschmack …«

»Hab ja auch dich zum Mann«, kokettierte ich. »Wer sollte da noch an meinem Geschmack zweifeln?«

»Ach, Herzerl!«, sagte er. Volker nannte mich nie Barbara, das klang ja auch nach Rhabarber oder Abrakadabra. Zum Glück auch nicht »Babs« – also wirklich, das klang doch nach versehentlichem Aufstoßenmüssen. Oder gar Bärbel – bitte, wer lässt sich denn freiwillig so nennen? Nein, Volker nannte mich »Herz« oder »Herzerl«. Das war genau so süß wie die »Krabbe« aus Svens Mund für Lisa.

»Ach, Herzerl«, sagte also Volker, »alles ist so … harmonisch und stimmig. Du schreist nie mit den Kindern, du lernst mit ihnen, bist geduldig und singst mit ihnen …« Er grinste. »Zum Glück nur leise … Du bist einfach ein Traum von einer Mutter.«

Meine Güte, was sagte er für liebe Dinge! Ich glühte innerlich vor Stolz und Glück. Ja, ich hatte mir wirklich Mühe gegeben, Volker und den Kindern ein behagliches Heim zu bieten, wohl wissend, was er alles bei Wiebke vermisst hatte. Auch seine eigene Mutter, Leonore, war eine dieser kaltherzigen, ehrgeizigen, strengen Mütter gewesen, die ihn nie gelobt und nie in den Arm genommen hatte. Bei einer schlechten Schulnote bekam er keinen Nachtisch. Volkers Vater war irgendein hohes Tier in der Regierung gewesen, und Volker sagte immer, er sei »zwanzig Jahre lang beim Militär« gewesen. Ich fand, dass er einfach nur Liebe und Fürsorge verdient hatte. Und ganz viel Nachtisch. Und dass es meine Aufgabe war, diese Versäumnisse in seiner Kindheit und seiner ersten Ehe auszugleichen. Es war die schönste Aufgabe der Welt. Ich war so voller Liebe und Zärtlichkeit für ihn und unsere Töchter, dass ich manchmal schier davon überlief. Wie das Töpfchen Brei aus dem Märchen.

»Wie lange habe ich mich nach so einer Familie gesehnt!« Volker nahm mich wieder in den Arm, und ich stellte mich auf die Zehen und umarmte ihn, in jeder Hand ein Messer.

Ich betrachtete unser Spiegelbild. Im Krimi würde die Frau jetzt von hinten zustechen. In die Halsschlagader. Ich musste grinsen. Welchen Grund sollte ich haben, meinen geliebten Volker zu ermorden? Vielleicht hatte Wiebke mit dem Gedanken gespielt? Als Volker sie verließ? Als er … mich kennen und lieben gelernt hatte? Ja, das muss ein schwarzer Tag in Wiebkes Leben gewesen sein. Aber sollte ich mich deswegen schuldig fühlen? Dafür, dass ich meinen schillernden Märchenprinzen aus den Fängen einer bleifarbenen Schlammeule gerettet hatte? Außerdem hatte ich es ja nicht mit Absicht getan.

Volker liebte es, diese Begebenheit unseren Mädchen zu erzählen: »Eure Mama kam in meine Praxis und wollte ganz schnell eine Impfung, weil sie in ein tropisches Land reiste. Sie hatte überhaupt keine Zeit und musste noch packen – einen Krankenschein hatte sie auch nicht dabei. Da habe ich ihr mit Schmackes in den Hintern gestochen, damit sie mich nicht so schnell wieder vergisst.«

Und das hatte ich auch nicht. Die Pobacke tat mir noch drei Wochen weh wie nach einem Hornissenstich, ich hatte irgendeine allergische Reaktion und fühlte mich, als säße ich mit nacktem Hintern in den Brennnesseln. Nach der Reise war ich sofort wieder hingegangen, zum »wilden Stecher«, wie Volker sich gern selbst nannte. (Also, Volker, BITTE! Nicht vor den KINDERN!) Und zwar um mich über die grobe Behandlung zu beschweren. Als ich ihm zum zweiten Mal mein »Hintergesicht« zeigte, hatte ich wohlweislich keinen verwaschenen Baumwollschlüpfer an wie beim ersten Mal, sondern nur einen Hauch von Spitze, den ich mir extra für diesen Anlass zugelegt hatte. Diese Version erzählten wir den Kindern natürlich nicht. Volker sagte mir immer wieder unter vier Augen, das Spitzenhöschen sei für ihn ein Wink mit dem Zaunpfahl gewesen. Er sei schließlich nicht nur ein Arzt, sondern auch ein Mann. Der gut aussehende Doktor lud mich als Wiedergutmachung zum Essen ein und erzählte mir von seinem trostlosen Dasein mit Wiebke, der Trockenpflaume, von der er sich so oder so scheiden lassen würde, egal ob ich bei der nächsten Impfung einen Baumwollschlüpfer oder ein Spitzenhöschen tragen würde. Genau das waren seine Worte! Meine Wäschewahl könne seinen Entschluss, sich scheiden zu lassen, in keinster Weise beeinflussen, obwohl er persönlich mehr für Spitzenhöschen sei!

Danach lud ich ihn zum Essen ein, natürlich zu mir in meine kleine Wohnung, wo ich ein Fünf-Gänge-Menü zauberte, in dessen Dessert an einer Wunderkerze ein Spitzenhöschen steckte, das dann gleich mitsamt Wunderkerze verbrannte. Der Rest ist Geschichte. Liebe geht durch den Magen. Ja, wir waren schon ein richtiges Traumpaar. In aller Bescheidenheit.

»Wo sind denn eigentlich die Mädels?«, fragte Volker und machte sich sanft von mir los.

»Nebenan auf der Baustelle.« Ich wies mit dem Kopf auf die Panoramascheibe, durch die man hinter der Gartenhecke das neue Haus und den Kran stehen sah. Na gut, bei näherem Hinsehen musste ich zugeben, dass sich unser bisher unverbauter Blick auf die Festung damit erledigt hatte. Das konnte natürlich schon den Unmut meines lieben Volker erregen.

»Die schöne Aussicht ist weg!«

»Ja, aber dafür sehen wir die Festung jeden Tag, wenn wir in der Stadt sind! Du gehst morgens auf dem Mönchsberg joggen und kannst sie dir von dort aus ansehen!«

»Das ist nicht dasselbe. Hol die Mädchen.«

»Sie finden das so aufregend, und ich habe ihnen erlaubt, bis zum Abendessen zuzuschauen.«

Volker runzelte die Stirn. »Ich finde es nicht gut, dass sie sich auf einer Baustelle herumtreiben.«

Diesen autoritären Besserwisserton kannte ich gar nicht an ihm! Das war eher O-Ton Leonore. »Hallo, Volker?« Ich wedelte mit der Hand vor seinem Gesicht herum. »Wenn du da drin bist, dann sag dem Mann, der sich hier wie ein Macho aufspielt, dass ich seinen Humor gerade nicht verstehe!«

»Ist das denn nicht gefährlich?«, sagte Volker, schon etwas milder. Trotzdem, irgendetwas HATTE er. Einen Löffel zu viel Spießermüsli aus dem neuesten Schrot-und-Korn-Sortiment seiner Exgattin vielleicht?

»Quatsch! Lisa hat mir versprochen, dass die Kinder hinter der Hecke stehen bleiben. Sieh doch, Paulinchen ist es sowieso schon langweilig geworden! Sie springt auf dem Trampolin herum!«

Tatsächlich. Hinter der Pergola, die unsere große Terrasse vor neugierigen Blicken schützte – vor welchen eigentlich? Vor denen der zukünftigen Nachbarn vielleicht? –, tauchte immer wieder ein Blondschopf auf und verschwand wieder. Und da war noch ein Blondschopf und … ups! … noch ein dritter!

»Wer ist denn das dritte Kind?« Volker spähte nun ebenfalls konzentriert in den Garten.

»Keine Ahnung. Sie haben doch keine Freundin eingeladen …?«

Wir standen da, Arm in Arm, jeder mit einem Teller in der Hand, und schauten in unser kleines Reich, das wir bisher für uns gehabt hatten.

»Das ist … Lisa!« Hastig stellte ich den Teller ab und zog Volker in den Wintergarten. Tatsächlich. Mit fliegenden Haaren, jubelnd und kichernd, sprang die neue Nachbarin mit meinen Töchtern auf dem Trampolin herum.

»Na?« Fast triumphierend wandte ich mich an meinen Mann. »Was hältst du von ihr?

»Ist die nicht schwanger, hast du gesagt?«

»Ja! Warum?«

»Dann sollte sie nicht so wild da rumspringen!«

»Ach du!« Ich musste lachen. »Lisa hat gesagt, schwanger sein ist doch keine Krankheit!«

Dass ausgerechnet mein Volker plötzlich solche Bedenken hatte, wunderte mich. Fast schien es mir, als wäre er eifersüchtig auf die neuen Nachbarn. Weil ich so von ihnen geschwärmt hatte? Nein, das bildete ich mir bestimmt nur ein. Wie albern von mir, so etwas zu denken!

Volker hatte inzwischen die riesige gläserne Schiebetür zum Garten geöffnet und trat auf die Terrasse hinaus. Hinter der Pergola hörte man die Mädchen quietschen und lachen.

»Und jetzt noch mal Hand in Hand, Lisa! Los, alle drei!«

»Huch! Also los! Okay, und eins und zwei und drei … Aua, das war mein Kopf!«

»Und jetzt ich! Ich mit Lisa allein!«

»Nein, du warst schon! Jetzt ICH mit Lisa!«

Das Trampolin quietschte unter der Last der drei.

Meine Töchter rangen bereits um ihre Gunst.

»Jetzt sag ihr endlich Hallo«, forderte ich Volker auf, der das Ganze misstrauisch beäugte.

»Hängt die jetzt immer bei uns rum?«

»Liebster, die hängt nicht rum, die bespaßt unsere Kinder!«

»Kann die nicht vorher fragen?«

»Ach, sei doch nicht albern …«

»Dieser Krach stört mich aber.«

»Hallo? Den Krach machen UNSERE Kinder! Hoffentlich stören sie die anderen nicht!«

»Na ja, ohne Nachbarn hat mir unser Leben besser gefallen.«

»Aber warum denn? Wenn das jetzt humorlose alte Spießer wären, die uns unsere Tannennadeln auf ihrem Grundstück einzeln unter die Nase halten oder in einen Schnellhefter kleben, um ihn ihrem Rechtsanwalt zu geben.«

»Wer sagt denn, dass es keine sind?«

»Wie bitte? Ein Kapitän und eine Sängerin? Was ist daran bitte spießig?«

»Ihr Haus. Lieblos und stillos dahingeknallt. Landhausstil, billig imitiert.«

»Aber wenn sie doch keine Zeit haben, jahrelang zu bauen! Das habe ich dir doch alles schon erklärt!« Ich zerrte fast bockig an Volkers Arm. »Außerdem werden die sich bestimmt noch hübsch einrichten. Mit dem Kran und dem Bauschutt sieht das alles noch nicht toll aus. Gib ihnen doch einfach ein bisschen Zeit.«

»Ich hab mit denen nichts zu schaffen.«

»Volker, jetzt sei doch nicht so stur! Wir haben neue Nachbarn und sollten uns mit ihnen arrangieren.«

»Mein Fünfer-BMW ist total verdreckt, den konnte ich erst mal in die Waschanlage fahren.«

»Wer ist denn jetzt hier der Spießer?«

Volker sah mich überrascht an. Ein kleines Lächeln zuckte um seine Mundwinkel.

Vielleicht spielte er mir nur wieder was vor, und ich fiel darauf rein? Volker konnte sich so köstlich verstellen! Manchmal kam er mit düsterer Trauermiene ins Zimmer und sagte: »Ich habe leider sehr schlechte Nachrichten. Du musst jetzt ganz stark sein.« Wenn mir dann der Schreck in die Glieder fuhr und ich leichenblass fragte, »Ist jemand gestorben?«, grinste er plötzlich und sagte: »Heute komme ich nicht zum Abendessen.« Dann fiel ich ihm total erleichtert um den Hals, und er amüsierte sich königlich.

Die Kinder hatten uns bemerkt. »Papa! Mama! Juhuu! Schaut mal, wer hier ist!«

»Also, jetzt sag ihr guten Tag, und zieh nicht so ein Gesicht«, hörte ich mich sagen. Betont munter zog ich Volker an der Hand über den Rasen bis zur Hecke, an der das Trampolin stand.

Mit finsterer Miene schritt Volker, den ganzen hochherrschaftlichen Besitzerstolz eines Hausherrn vor sich her tragend, zum Trampolin. In diesem Moment glich er Nathan auf so erschreckende Weise, dass ich eine Gänsehaut bekam. Ich würde Lisa nachher erklären, dass er einen speziellen Sinn für Humor hatte.

Die Mädchen rannten uns mit fliegenden Haaren und geröteten Gesichtern entgegen. Paulinchen lief die Nase.

»Bäh, du Ferkel! Wisch dir den Rotz aus dem Gesicht!«

»Charlotte, lass doch einmal deine Schwester in Ruhe. Ständig nörgelst du an ihr herum!« Ich zog ein Taschentuch aus der Hosentasche und reichte es Paulinchen. Sie ignorierte es und wischte sich mit dem Handrücken die Nase ab. Einen kurzen Moment lang sehnte ich mich nach einer achtwöchigen Chinareise, zusammen mit den Teilnehmern des Volkshochschulkurses »Batiken wie Buddha« aus Avenwedde.

»Da siehst du mal, Mama, was die Pauline für ein Schweinchen ist. Da muss man sich ja schämen!«

Aha. Wenn das nicht ein Anbiederungsversuch bei Lisa war! Mein Blick wanderte von der Rotznase meiner Tochter zum grimmigen Gesicht meines Volker und schließlich zu Lisa, die mit geröteten Wangen vom Trampolin aufs Gras sprang. Sie war barfuß, ihre weißen Hosenbeine hatte sie hochgekrempelt. Ihre leicht gebräunten Beine waren glatt rasiert wie ein Kinderpopo, und ihre zierlichen Zehen zierte eine *French Pedicure*. Ich werde sie fragen, wo sie das hat machen lassen, ging es mir durch den Kopf. Das sieht entzückend aus. Ich betrachte selten die Zehen anderer Frauen, aber diese waren einfach zum Anbeißen.

»Hallo«, sagte sie und strahlte erst mich und dann Volker an. »Ich musste dieses geile Teil einfach mal ausprobieren! Seit meiner Kindheit träume ich von so einem riesigen Trampolin.« Ihre Augen blitzten übermütig.

Das geile Teil. Das war vielleicht ein bisschen zu … burschikos für eine persönliche Bekanntmachung. Um Volkers Mundwinkel zuckte es. War er jetzt *amused* oder nicht?

»Die Lisa kann einen Rückwärtssalto!«, brüllte Paulinchen begeistert, als sei ich taub, und zerrte an meinem Arm.

Hinter der Hecke ging lärmend und kreischend der Betonmischer an. Es war ein ziemlicher Krach, und selbst ich verzog schmerzhaft das Gesicht.

»Sie hat ihn mir schon beigebracht.« Charlotte turnte schon wieder auf dem Trampolin herum. »Hier!«, schrie sie gegen den Lärm an. »Ist voll easy. Salto rückwärts …«

»Du wirst dir noch das Genick brechen!« Volker kehrte wirklich ein Stück weit den Spießer heraus, den ich so noch gar nicht an ihm kannte. Wieso war er bloß so NEGATIV?

»Servus, ich bin übrigens die Lisa!« Lässig reichte meine neue Nachbarin Volker die Hand.

Dieser war zwar immer noch bemüht, grimmig zu gucken, ergriff sie aber und drückte sie kurz: »Wieser.«

Aha. Er hatte also nicht vor, die reizende junge Dame zu duzen. Ich ja eigentlich auch nicht. Also nicht sofort. Wir waren doch beim letzten Mal noch per Sie, oder?

»Wie lange wird das da drüben noch dauern?« Volker wies mit dem Kinn auf Kran, Schutt, Baustelle und Dreck. Jetzt glich er erschreckend Leonore. »Wie lange wollen Sie an dieser Stelle noch f statt fis spielen?«

In diesem Moment tauchte der blonde Schopf von Sven Ritter auf, der wohl am Betonmischer gestanden hatte. Der Betonmischer verstummte, und augenblicklich herrschte wieder himmlische Ruhe. Man hörte nur die Amseln zwitschern.

»Oh, hallo!« Der nette neue Nachbar wischte sich die Hände an den vor Dreck starrenden Hosenbeinen ab und kam durch unser Gartentor, das die Kinder offen gelassen hatten. Wie bei Peter und der Wolf, schoss es mir plötzlich durch den Kopf. Nur dass hier keinerlei Gefahr drohte. Alles eitel Freude und Sonnenschein. Und meinen muffigen Volker würde ich auch noch für die neuen Nachbarn begeistern.

»Ich bin Sven Ritter, und das ist meine Frau Lisa. Ich hoffe, wir stören Sie nicht allzu sehr mit diesem Krach hier.«

Sven lächelte fast ein wenig schüchtern und gab meinem Volker die Hand. Ich bemerkte, dass sie ein wenig zitterte. War er etwa aufgeregt? Nein, Quatsch. Er hatte nur schwer am Bau gearbeitet.

»Dr. Wieser«, sagte Volker knapp, ohne das Lächeln zu erwidern. Ich wunderte mich, dass er sich mit Doktortitel vorstellte. Das machte er doch sonst nicht. Was war denn bloß los mit ihm? Hatte er das nötig? Sollte das jetzt ein gorillamäßiges Auf-die-Brust-Getrommel werden, so nach dem Motto: »Wer ist der tollere Mann, wer hat den tolleren Job, wer hat die hübschere Frau?« Ich sah ihn schon vor mir, wie er Tarzan-Schreie ausstoßend an einer Liane zwischen unseren Häusern hing, die Keule drohend in der Hand.

»Was ist denn das für eine Baufirma?«, fragte Volker knapp und wies mit dem Kopf auf den Kran, an dem irgendein Schild befestigt war.

Dass Männer so etwas interessieren kann! Viel lieber hätte ich Lisa gefragt, wo sie dieses süße T-Shirt mit dem frechen Aufdruck her hatte. Die weiße Jeans mit dem blau-weiß-gestreiften Piratenmuster. Und mit welcher Haarspülung sie ihr Blond dermaßen zum Strahlen brachte. DAS waren Fragen, die die Welt bewegten! Baufirma? Hmpf! Schutt! Schrott! Banal. Männliches Imponiergehabe. Aber immerhin, jetzt hatten sie wenigstens ein Gesprächsthema.

Die Männer verzogen sich bereits diskutierend hinter die Hecke. Beide hatten die Hände in den Hosentaschen vergraben und die Schultern hochgezogen, und ich sah noch, wie Volker einen möglichst belanglosen Seitenblick auf das Auto warf, das bei den Nachbarn vor der Garage stand. Es war irgendwas Schnittiges, Neues, Glänzendes. Jetzt erklärte Sven meinem Volker bestimmt in aller Freundlichkeit die ganzen langweiligen Details zur Baufirma und dem Rasen, der in Längsbahnen einfach so ausgerollt worden war, statt Hälmchen für Hälmchen eigenhändig angesät worden zu sein.

Lisa und ich wechselten einen verständnisvollen Blick. Das heißt, mein Blick warb um Verständnis für Volkers spätpubertäres Benehmen, und sie blitzte mich übermütig und lausbübisch an.

»Sie haben es wirklich sehr schön hier. Und so liebe Mädels! So gut erzogen.« Sie drehte sich einmal um ihre eigene Achse und machte eine weit ausholende Geste, die mich und die Mädels, Schwimmteich und Grundstück mit einschloss. »Ich freu mich so sehr, dass wir jetzt Nachbarn sind!«

Gott, war die süß! Am liebsten hätte ich sie in den Arm genommen! Und mein Mann ist in Wahrheit der freundlichste und netteste Mensch, den man sich vorstellen kann, hätte ich am liebsten gerufen. Hilfsbereit und herzlich, Sie werden ihn mögen. Stattdessen hörte ich mich sagen: »Da ich hier wohl die Ältere bin, schlage ich vor, dass wir uns duzen. Ich bin Barbara.«

»Oh! Klar. Gute Idee! Lisa!« Sie strahlte, und wir schüttelten uns erfreut die Hand.

»Da, wo ich herkomme, sagen sowieso alle du!«

»Wo kommen Sie denn her?«

»Du.«

»Wie?«

»Du. Wo kommst DU her.« Lisa lachte verschmitzt und ließ mich ihre weißen, kleinen, perfekten Zähne sehen. »Aus einem Tal bei Innsbruck. ›Sie‹ sagen nur die Piefkes, die bei uns Urlaub machen. Über die machen wir uns heimlich lustig.«

Sie verfiel sofort in diesen entzückenden Tiroler Akzent, den ich schon am ersten Abend bei ihr wahrgenommen hatte.

»Dann haben sie sich bestimmt über deinen Liebsten lustig gemacht«, lachte ich.

»Über meinen Liebsten?« Lisa steckte ihre Hände in die Hosentaschen. »Das versteh ich nicht …«

»Na, der spricht ja nun WIRKLICH plattes Norddeutsch!«

»Ach, der!« Lisas Stimme klang ein klein wenig erstickt. »Also der … der war noch gar nicht so oft da.« Sie ignorierte meinen erstaunten Blick. »Also, was ist los, Mädels? Zeigt ihr eurer Mama die Saltos oder nicht?!«

Das ließen sich die Mädels nicht zweimal sagen, und Lisa und ich standen Schulter an Schulter da und sahen ihnen dabei zu.

»Super! Toll! Wie ein Profi!«

»Na, ein bisschen was habe ich den Trapezkünstlern auf dem Schiff abgeschaut«, erklärte Lisa. »Ich zeig euch gern noch andere Stunts.«

Ich sah sie von der Seite an. Nun war sie in unserem Leben. Sie würde nicht wieder abreisen wie eine Urlaubsbekanntschaft. Sie würde jetzt hier wohnen. Sollte ich nicht lieber etwas mehr Abstand halten, sich die Dinge in Ruhe entwickeln lassen? Wie sagte Leonore immer mit spitz erhobenem Zeigefinger? »DU Rindvieh sagt sich viel leichter als SIE Rindvieh. Wenn man sich erst mal duzt, gibt es kein Zurück mehr.« Apropos Rindvieh!

»Bei euch riecht's gut«, stellte Lisa fest, nachdem sie ihr Näschen in den Wind gehalten hatte.

»Oh! Ach du Schreck! Mein Kalbsbraten!« Ich raste los, über den Rasen und die Terrasse durch den Wintergarten und den großen offenen Essbereich in die Küche, wo die Knödel inzwischen eine innige Verbindung mit den Röstzwiebeln eingegangen waren. Es duftete wirklich verführerisch. Der Kalbsbraten schmorte zum Glück auf kleinster Stufe in seinem eigenen Saft vor sich hin – ein Blick in den Backofen genügte, um festzustellen, dass nichts angebrannt oder gar verkohlt war. »Ja, in aller Bescheidenheit«, murmelte ich selbstzufrieden vor mich hin, als ich mit der Schöpfkelle den Bratensaft über das Kälbchen träufelte: »Beim Kochen passiert mir so schnell kein Missgeschick.« Das war nun WIRKLICH ein Werbespot, oder? Ich meine, das war doch nicht ICH, die hier Selbstgespräche über dem Schmorbraten hielt? Hallo?

»Alles in Ordnung?«

Ich fuhr erschrocken herum und stieß mir fast den Kopf an der Dunstabzugshaube.

Lisa lehnte barfuß im Türrahmen. »Ich dachte, ich kann vielleicht was helfen …«

»Ähm, nein! Ich meine …, Sie können natürlich gerne mitessen, ähm, du, also ihr!«

»Nein, das können wir doch nicht machen!« Lisa verschränkte die Arme vor der Brust und stellte ein zierliches Füßchen Größe 36 auf das andere. »Ich wollte hier wirklich nicht so reinplatzen.«

So wirklich verlegen wirkte sie allerdings nicht. Genau das mochte ich so an ihr. Sie war einfach ein frisches, ungekünsteltes Naturkind: Singen konnte sie, Saltos rückwärts, und sie war weder von Schüchternheit geschlagen noch von falscher Scham. Sie besaß genau das richtige Maß an Höflichkeit und unbekümmerter Spontaneität. Meine Augen glitten kurz hinüber zum Spiegel, und was ich darin sah, gefiel mir: ein wohlwollendes, herzliches, entspanntes Lächeln. Auf beiden Gesichtern.

Ich war mir ganz sicher, eine neue Freundin gefunden zu haben.

4

Meine Damen und Herren, Sie stehen jetzt vor Mozarts Geburtshaus! Am 27. Jänner 1756 hat hier in der Getreidegasse neun um acht Uhr abends der größte Sohn Salzburgs das Licht der Welt erblickt! Einen Tag später wurde er bereits im Dom auf den Namen Johannes Chrysostomus Wolfgangus Theophilus Mozart getauft!«

Ich musste schreien, um mir in der vollen Getreidegasse Gehör zu verschaffen. Es war ein Samstagvormittag im Frühsommer, das Wetter geradezu göttlich, und alle Welt drängte sich zwischen Grünmarkt, Getreidegasse, Domplatz und Altem Markt. Der Balkon des Café Tomaselli drohte jeden Moment abzubrechen, so viele Menschen saßen darauf und schauten über die Brüstung auf das Getümmel aus Straßenmalern, Gauklern, Musikanten, Porträtzeichnern, Einradfahrern, Kindern, Hunden und Touristen mit und ohne Stadtführer. Heute musste ich mir wirklich was einfallen lassen, um meine Gruppe bei der Stange zu halten. Natürlich konnte ich erzählen, wie viele Geigen und Cembali in Mozarts Geburtshaus zu besichtigen waren. Aber dann würden die Mienen meiner Zuhörer förmlich erschlaffen. Die Ersten strebten jetzt schon dem lieblichen »McDonald's«-Schild zu, das gülden und im Stil alter Handwerkszünfte in Sichtweite hing, oder drohten in Scharen in die Getreidegasse zu strömen, um sich dem Shoppen hinzugeben.

»Als Kinderstar wurde er von seinem Vater vermarktet wie

Michael Jackson, nur schlimmer«, versuchte ich das Interesse meiner Gruppe wach zu halten. »So eine Tournee konnte gut und gern zwei Jahre dauern, allerdings nicht im gut geheizten Tourbus, sondern in einer Kutsche. Abends musste der Kleine oft mit eiskalten Fingern spielen, tagsüber wurde er durchgeschüttelt. Immerhin hat der Papst ihn zum Ritter geschlagen, als er acht war. Und er komponierte sich die Finger wund. Mozart war dann später so eine Art wandelndes Radio«, erklärte ich meinen erstaunt dreinblickenden Gästen. »Im Dienste des Erzbischofs hatte er einfach ständig für Unterhaltung zu sorgen. Was der Kerl geleistet hat, ist heute für einen jungen Mann schier unglaublich. Er hat ständig neue Werke komponiert, aber mit der Hand, nicht mit dem Computer! Dann musste er sie noch einstudieren, und zwar mit zum Teil echt dämlichen Musikern, die das auf die Schnelle gar nicht in die Birne bekamen, zumal sie auch keine CD zum Üben hatten, geschweige denn einen iPod! Außerdem jeden Monat eine neue Messe für den Dom, Opern, Kammermusik, Klavierstücke, und dann musste er sich natürlich noch mit Kollegen im übrigen Europa kurzschließen, um auf dem neuesten Stand zu bleiben. Und das alles für einen Hungerlohn, meine Damen und Herren. Irgendwann hatte er die Nase voll von dem erzbischöflichen Terror. Man hat ihn mit einem ›Tritt in den Arsch‹, wie er selbst an seinen Vater schrieb, aus erzbischöflichen Diensten entlassen. Mozart ist nur dreiunddreißig Jahre alt geworden und in einem Armengrab verscharrt worden.«

Ich hatte es geschafft, dass keines meiner mir anvertrauten Schäfchen ins Fischgeschäft nebenan gestapft war oder bei H&M schnell ein Blüschen gekauft hatte. Lächelnd führte ich meine Gruppe weiter. Wir schlängelten uns durch die enge Getreidegasse am Rathaus vorbei zum Alten Markt, wo ich meine Gruppe auf das kleinste Haus Salzburgs aufmerksam machte. Alter Markt 10 a: vier Quadratmeter unter einer Dachschräge.

In dem winzigen Schaufenster lagen drei Uhrenarmbänder. Das kleinste davon kostete 3 800 Euro. Ohne Uhr dran.

Ich dirigierte meine schon schwer atmende, schwitzende Meute zum Residenzplatz und moderierte den Residenzbrunnen an, den ein weiterer Erzbischof ab 1656 im Stil der römischen Brunnen auf der Piazza Navona hatte bauen lassen. Damit hatte er sich gegen die hiesigen Architekten-Kleingeister durchgesetzt und den Italiener Tommaso di Garona engagiert, um den größten italienischen Barockbrunnen nördlich der Alpen erstehen zu lassen. Die Wasserfontäne spritzte weiße Gischt in den knallblauen Himmel, und ein bunter Regenbogen erstrahlte in ihr. Die Amis waren entzückt und rissen ihre Fotoapparate an die Backe.

»Schauen Sie mal, was sich da abspielt, in dem Brunnen! Vier Pferde, und zwar Seepferde, wie Sie sehen, umrahmen drei Giganten, die – mühsam, aber doch! – eine riesige Steinschale auf den Schultern balancieren, in der enorme Fische mit enormen Schwanzflossen ein enormes Becken hochhalten, welches wiederum dem Meereskönig Triton als Sitzgelegenheit dient und ihm ermöglicht, aus seinem Muschelhorn einen Wasserstrahl in die Luft zu pusten! Wir Salzburger sagen, wenn er sich das Wasser auf die Brust pustet, gibt es schlechtes Wetter, wenn es auf seinen Rücken prasselt, scheint die Sonne. Na, haben wir recht? In diesem Schönwetter-Wasserstrahl wiederum hat sich durch die seitliche Sonneneinstrahlung ein Regenbogen gebildet, der diesen Moment unvergesslich macht! Schnell, meine Damen und Herren! Sie dürfen sich was wünschen!«

Wieder waren die Amis begeistert und freuten sich wie die Kinder. Also, ehrlich gesagt freuten sie sich viel mehr als die Kinder. Jedenfalls mehr als MEINE KINDER. Die hätten »laaaangweilig!« gemurmelt und gefragt, wann wir endlich weitergehen. Was sollte ich mir wünschen? Genau in diesem Moment sah ich Volkers Auto vor einem dieser alten italienisch anmutenden Barockhäuser stehen. Das Haus trug die Jahreszahl 1328. Ganz oben gab es eine grün bepflanzte Dachterrasse. Ob er da gerade einen Patienten besuchte? Jemanden, der zu alt war, um noch die vielen Stufen hinabzusteigen und ihn in seiner Praxis aufzusuchen? Wahrscheinlich. Diese Häuser hatten keine Aufzüge. Hatte ich mir das jetzt gewünscht, dass ich ihn hier treffe? Weil ich gerade so intensiv an ihn dachte? Oder stand der schwarze Fünfer-BMW mit dem Schild »Arzt im Notfalleinsatz« schon länger hier? Gleich würde ich Volker überraschen und mit ihm ins Café Tomaselli gehen. Mein Herz hüpfte vor Freude. Nein, ich hatte wirklich keinen Wunsch offen. Keinen einzigen.

»Ich bin heute sooooo traurig!« Lisa stand vor der Tür, klein, zart und durchgefroren, denn es regnete wieder mal Bindfäden und war ungefähr zwanzig Grad zu kalt für die Jahreszeit. Passend dazu machte sie ein Gesicht wie drei Tage Regenwetter.

»He, Süße! Was ist denn los? Komm rein! Du zitterst ja!«

»Sven ist wieder auf dem Schiff!«

»Heute schon?«

»Die Reederei hat angerufen, er musste sofort kommen.«

»Ach, du arme Maus!«

»Ich bin so allein! Seit fünf Uhr früh stehe ich am Fenster und heule!«

»Wann ging denn seine Maschine?«

»Um sechs Uhr zwanzig! Ich habe sie noch über unser Haus fliegen hören!«

»Wo ist er hingeflogen?«

»Nach Miami. Dort befindet sich auch der Sitz seiner Reederei. Sie haben noch ein paar Tage Dienstbesprechung, dann umrundet er in vier Monaten Südamerika und kommt erst im Oktober durch den Panamakanal nach Mexiko!«

Ich nahm die kleine, zerbrechliche Lisa in meine Arme und tröstete sie. Wie sehr ich das junge Ding doch in mein Herz geschlossen hatte! Sie gehörte wirklich fast schon zur Familie. Zum ersten Mal war sie nicht perfekt gekleidet und geschminkt. Sie sah einfach nur verheult, verknittert und einsam aus. Ihr Gesicht war genauso grau wie der ausgebeulte Jogginganzug, in dem sie steckte.

»Dafür kommst du jetzt ganz oft zu uns!« Ich zog Lisa mit in die Küche: »Die anderen schlafen noch – warte, ich mache uns einen Tee.«

Barfuß tappte sie hinter mir her wie ein junger Hund und setzte sich im Schneidersitz auf die Küchenbank. Mit ihren schmalen Fingern zerkrümelte sie ein Stück Würfelzucker aus der grün-weißen Keramik-Zuckerdose. Das reinste Häufchen Elend. Sie weinte bitterlich.

»Ich fühle mich so scheiße …«

»Tja, Süße, das ist nun mal das Schicksal einer Seemannsbraut.« Ich lächelte tröstend.

»Warum tue ich mir das nur an!«

»Wein ruhig. Wein dich einfach aus. Sieht ja keiner.«

»Wir haben uns noch die ganze Nacht … ähm … du weißt schon.« Sie schniefte.

Als sie mich sensationslüstern anstarrte, musste sie unter Tränen lachen. Ich hätte ihr am liebsten die Nase geputzt, strich ihr aber stattdessen zärtlich eine Haarsträhne aus dem Gesicht. »Das ist doch toll«, sagte ich warmherzig. Ich schob ihr eine Tasse Tee hin und setzte mich neben sie. »Andere Ehepaare streiten sich oder öden sich an.«

»Echt? Ihr etwa auch?!« Ein kleiner Funke glomm in ihren verweinten Augen auf.

»Na ja, nicht WIR. Aber viele.«

»Ihr seid immer noch glücklich verheiratet, oder?«

»Sieht man das denn nicht?« Ich rührte in meiner Teetasse. »Ja, wir sind glücklich. Aber ihr doch auch!«

»Wir sehen uns jetzt nicht mehr …« Lisa schnäuzte sich geräuschvoll die Nase. »VIER Monate!« Sie weinte schon wieder. »Du bist so lieb zu mir. Ich habe dich gar nicht verdient, Barbara!« Ihre Stimme klang erstickt.

»Blödsinn. Sei nicht albern. Wenn dein Mann weg ist, hast du wenigstens eine Freundin!« Ich legte beruhigend den Arm um die schmale Gestalt, die von Schluchzern geschüttelt wurde. Als sie mich ansah, war ihr Gesicht von roten Flecken überzogen. Sie wirkte wirklich mitgenommen, die Arme. Irgendwas Tröstendes musste mir doch jetzt über die Lippen kommen! »He, Süße! Sei doch froh, dass du nicht so einen langweiligen Schnarcher neben dir hast! Was glaubst du, wie viele Frauen sich ihren Mann nach Timbuktu wünschen!«

»Aber du doch nicht?« Sie wandte mir ungläubig das Gesicht zu.

»Nein, zufällig kann ich meinen Mann noch richtig gut riechen.«

Mist, das war das Falsche. Sie schluchzte schon wieder.

»Das hält die Liebe lebendig«, versuchte ich es erneut. »So eine vorübergehende Trennung.«

Was faselte ich denn da? Eigentlich fand ich es grässlich, dass sie ihren Sven jetzt vier ganze Monate nicht sehen würde. Einen ganzen Sommer lang! So frisch verheiratet und schwanger wie sie war. Ich hätte mir selbst eine kleben können. Ich nahm ihr den Würfelzucker ab und warf zwei Stück davon in ihre Tasse. Wie bei einem kranken Kind rührte ich ihren Tee um und konnte mich gerade noch beherrschen, nicht hineinzupusten. »Trink, los! Das wirkt Wunder.«

Lisa hob die Tasse und wärmte ihre Hand daran. »Meinst du, er betrügt mich?«

»Quatsch.« Ich nahm einen so großen Schluck von meinem eigenen Tee, dass ich mir die Zunge verbrannte.

»Der liebt dich. Über alles.«

Sie stellte ihre Tasse wieder ab. «Meinst du wirklich?«

»Ja! Allein schon, wie verliebt der dich immer angeschaut hat, wenn ihr hier wart. Der konnte ja gar nicht die Augen von dir lassen. Und wie unglaublich stolz er auf dich war bei der Premiere von *Così fan tutte*. Der hatte Tränen in den Augen, als du die stehenden Ovationen bekamst. Und wie er dir die Rosen auf die Bühne geworfen hat! Und dann die verstohlenen Kusshände …«

Ein scheues Grinsen erschien auf ihrem blassen, unausgeschlafenen Gesicht: »Da hast du uns aber genau beobachtet.«

Sie wischte sich mit dem Handrücken über die Nase wie mein Paulinchen, und ich reichte ihr unauffällig ein Taschentuch. »Na ja, man freut sich doch irgendwie an einem so jungen Glück.«

»Du bist wirklich unglaublich nett.« Lisa legte ihre Hand auf die meine. »Ich bin so froh, dass ich dich zur Nachbarin und Freundin habe.« Sie schnäuzte sich geräuschvoll in das Taschentuch und ließ es im Ärmel ihres Jogginganzugs verschwinden.

Geschmeichelt lehnte ich mich zurück. »Fast könnte ich deine Mutter sein.«

»Du bist sogar ein Jahr älter als meine Mutter«, sagte Lisa, und ein letzter kleiner Schluchzer bahnte sich seinen Weg nach draußen. Sie weint genauso entzückend wie Paulinchen, dachte ich gerührt.

»Dann hat deine Mutter dich mit siebzehn bekommen?«

»Ja. Das ist so bei uns im Tal. Da geht das schnell.« Sie grinste. »Meine Mutter war immer auf Hochzeiten und Volksfesten mit ihrem Dreigesang unterwegs, da hat sie den Sepp getroffen. Der spielte Geige und ist dann mein Vater geworden.«

»Und? Wie ist deine Mutter? Habt ihr ein gutes Verhältnis?« Wir hatten noch nie darüber gesprochen. Fast spürte ich einen kleinen eifersüchtigen Stich. Wie albern, dachte ich. Ich habe doch selbst zwei entzückende Töchter.

»Sie ist … ganz anders als du. Ein bisschen altbacken. Also nicht besonders cool. Du siehst übrigens viel jünger aus. Sie ist … eine einfache Landfrau, macht sich nicht besonders schick oder so. Ich hab ja auch noch sechs jüngere Geschwister.«

Sechs jüngere Geschwister! Donnerwetter! Hut ab vor dieser Landfrau. Sieben Kinder, und das alles neben der Land- und Hausarbeit. Dem Kühemelken, Schafescheren und was weiß ich, was solche Bauersfrauen in den entlegenen Tälern Tirols noch so alles tun müssen. Auf einmal betrachtete ich Lisa mit ganz anderen Augen.

»Bist du deshalb so früh von zu Hause abgehauen und auf Schiffen rumgetingelt?«

»Ja. Ich wollte raus aus dem engen Tal. Ich wollte die Welt sehen. Na ja, und das hab ich ja auch …« Sie lächelte versonnen, und ihre Augen schwammen schon wieder in Tränen. »Ich war in der Karibik, in der Südsee, in Australien und Neuseeland …«

»Freust du dich denn nicht über die Schwangerschaft? Ist es vielleicht noch zu früh?« Jetzt kam ich mir aber wirklich vor wie eine Tante vom Sozialamt.

»Doch!« Das kam wie aus der Pistole geschossen. »Ich habe mir ein Kind gewünscht! Er ist ja viel älter als ich, trotzdem wünsche ich mir ein Zuhause!«

»Da hast du dir wirklich einen viel älteren Mann gesucht.« Ich kratzte mich an der Nase, um jetzt bloß nicht das Falsche zu sagen. »Ich meine, er könnte ja fast dein Vater sein.«

»Quatsch!«, gab Lisa mit kaum verhohlener Empörung zurück. »Ich steh halt einfach nicht auf grüne Buben. Ich wollte einen Mann, der mir auch was bieten kann.«

»Für Sven wird es jedenfalls höchste Zeit, dass er Vater wird.« Ich nahm einen Schluck Tee.

»Sven?«, fragte Lisa, als sei sie mit den Gedanken ganz woanders gewesen.

»Ja, natürlich. Hatte er … ähm … viele … Bei seinem Beruf, meine ich, also da kommt er ja viel rum und so in seiner schmucken Uniform …« Ich hatte inzwischen Bilder von ihm im Internet gesehen. Okay, zugegeben, ich hatte ihn gegoogelt. Mitsamt seinem weißen Kahn. Sven gefiel mir ausgesprochen gut in seiner ruhigen norddeutschen, bescheidenen Art.

»Du meinst, ob er viele Affären hatte?« Lisa sah mich aus ihren ungeschminkten blauen Augen so intensiv an, dass ich schnell in meine Teetasse guckte.

»Entschuldige. Das war total indiskret.« Ich schlug mir sofort die Hand vor den Mund. Was INTERESSIERTE mich das eigentlich!

Lisa presste die Lippen aufeinander. Das Grübchen in ihrer Wange, das sich sonst immer bildete, wenn sie lachte, grub sich noch tiefer in ihr Gesicht ein. »Klar hatte er Weibergeschichten. Das hat er mir auch ganz offen gesagt. Er hatte schon ein Leben vor mir. Das ist ja nur logisch bei dem Altersunterschied.« Sie nahm einen Schluck Tee und sah mich herausfordernd an. «Das kann ich ihm ja wohl schlecht verübeln. Aber damit ist es jetzt vorbei.«

»Mit Sicherheit«, schickte ich rasch hinterher und schenkte Tee nach. »Der weiß jetzt, wohin er gehört.«

»Ich kriege sein Kind«, stellte Lisa fest, als wenn das nicht schon hinlänglich bekannt wäre. »Das sollte er nicht vergessen.«

»Das wird er bestimmt nicht.«

»Und ich bin die Erste, mit der er es ernst meint.«

»Klar.«

»Die anderen waren einfach nur Affären.«

»Natürlich.«

»Er liebt nur mich.«

»Das tut er. Entspann dich.« Ich strich sanft über ihren Arm.

»Du bist Volkers zweite Frau, nicht wahr?«

Ich zuckte mit den Schultern und lächelte. »Soweit ich weiß, ja …«

»Wie ist das so für dich, die Nummer zwei zu sein?«

Ich schüttelte den Kopf: »So kann man das nicht sagen. Für Volker bin ich die Nummer eins.«

»Natürlich.«

»Der Knöterich ... Verzeihung, Wiebke Nöterich, seine Ex-frau, hat irgendwie gar nicht zu ihm gepasst.«

»Und warum hat er sie dann geheiratet?«

»Weil der Knöterich schwanger war.«

»Du meinst, genau wie bei uns?« Lisa wirkte wie hypnotisiert.

»Nein. Ihr liebt euch. Ihr passt zusammen. Ihr seid ein Traumpaar. Du bist eine bezaubernde, talentierte junge Frau, nach der sich alle Männer die Finger lecken. Du könntest jeden kriegen. Jeden, mach dir da mal keine Sorgen.« Mein Redefluss kannte keine Grenzen. Irgendwie war ich nicht so gut im Trösten, wie ich dachte. Was plapperte ich denn da die ganze Zeit?

»Ich will aber gar nicht ›jeden‹.« Lisa zeichnete Gänsefüßchen in die Luft.

»Nein. Entschuldige. Du willst Sven. Und das kann ich sehr gut nachvollziehen.«

»Weißt du, es ist das erste Mal, dass er ohne mich wegfährt.« Sie strich sich müde mit der Hand über die Augen. »Zwei Jahre waren wir jetzt Tag und Nacht zusammen.« Sie spitzte die Lippen und nahm einen Schluck Tee. »Aber jetzt bekomme ich ein Kind und muss lernen, mit den gegebenen Umständen umzugehen.« Sie stellte die Tasse mit Schwung auf den Tisch. »Ich bin eine erwachsene Frau.«

Mir schossen die Tränen in die Augen. Diese tapfere Entschlossenheit rührte mich.

»Besuch doch mal deine Mutter!«, schlug ich vor.

Lisa zuckte überrascht zusammen. »Wie kommst du denn auf DIE Idee?«

»Na, du hast doch jetzt Zeit ...«

»Ach weißt du, wir verstehen uns nicht besonders gut.«

»Wenn Frauen schwanger sind, lernen sie ihre Mütter ganz neu kennen.«

»Ich war ihr nie besonders wichtig.«

»Du meinst, sie springt NICHT vor Freude aus dem Hemd und geht mit dir Strampler kaufen und das Kinderzimmer einrichten?«

»Nein, ganz bestimmt nicht. Ihr jüngstes Kind ist gerade selbst erst aus den Windeln. Außerdem ist sie mit der Wahl meines Mannes nicht einverstanden.«

»Warum nicht?«

»Zu alt. Hatte schon andere Frauen. Was weiß denn ich.« Lisa schüttelte entschieden den Kopf.

Ach, DESHALB war Sven noch nicht so oft in ihrem Tal gewesen. Was für eine dumme Mutter. Wenn eine Tochter glücklich verliebt ist, ist es doch völlig UNERHEBLICH, wie alt ihr Auserwählter ist und wie viele Frauen er schon vorher hatte. Hauptsache, das Kind ist glücklich!

»MIR bist du wichtig«, hörte ich mich sagen. »Bei mir bist du immer willkommen.« Ich beugte mich zu ihr und nahm sie in den Arm. »Wir haben dich alle ins Herz geschlossen, Lisa. Selbst Volker.«

»Meinst du? Echt?« Sie zuckte unschlüssig die Achseln.

»Ja. Auch wenn er das nicht so zeigt. Weißt du, seine Mutter Leonore war auch nicht gerade herzlich. Er kann seine Gefühle einfach nicht so zeigen.«

Lisas Augen füllten sich erneut mit Tränen. Hach! Was sollte ich denn noch sagen, damit sie endlich mit dem Weinen aufhörte!

»Fühl dich einfach als Teil unserer Familie. Ich werde auf dich aufpassen, dich zur Schwangerschaftsgymnastik begleiten und mit dir Strampler kaufen. Und bis zum Geburtstermin ist dein Sven ja wieder da …«

Das war das falsche Stichwort. Jetzt schluchzte sie erneut. Das hatte ich ganz bestimmt nicht gewollt! Sie tat mir so LEID! Das arme einsame Ding! Wie konnte diese Mutter nicht zu ihr halten? Sie trösten, aufbauen und stärken? Dazu war eine Mutter doch da, egal wie viele Kinder sie hatte!

»Was ist denn das für eine Arie?« Auf einmal stand Volker in seinen Overnight-Boxershorts und seinem schwarzen Boss-T-Shirt in der Küchentür.

»Volker! Seit wann stehst du denn da? Hast du unser Frauengespräch etwa belauscht?«

»Na ja, schlafen kann man bei dem Geheule jedenfalls nicht …«

Lisa erhob sich. »Ich geh dann mal …«

Ich hielt sie an ihrer Kapuze fest. »Du bleibst! Volker tut immer so machomäßig«, flüsterte ich Lisa verschwörerisch zu. »In Wirklichkeit ist er der sanfteste und netteste Frauenversteher der Welt!«

Mir leuchtete selbst ein, dass das unglaubwürdig klang. Am liebsten hätte ich noch hinzugefügt: Du solltest ihn mal im Bett erleben! Wie zärtlich, rücksichtsvoll und fantasievoll er da ist! Aber das ging nun – bei aller Frauenfreundschaft – entschieden zu weit.

Lisa warf Volker einen flackernden Blick zu, in dem die ganze Peinlichkeit dieses Augenblicks stand. Zum Glück hörte ich vertraute trappelnde Schritte nahen.

»Wann gibt's Frühstück?!« Paulinchen kam schlaftrunken die Treppe herunter. Sie hatte ihren Teddy im Arm und drehte an dessen Ohr.

»Jetzt«, sagte ich munter. Ich umarmte das schlafwarme Kind, das so unbeschreiblich gut nach süßen Träumen roch. Danke, dass du in dieser Sekunde aufgetaucht bist, dachte ich liebevoll. Du rettest mich immer, wenn es peinlich wird.

»Aber Lisa muss auch mitfrühstücken«, beharrte Paulinchen.

»Natürlich«, flüsterte ich in ihre vom Schlaf zerzausten Haare hinein. »Meinst du, wir schicken sie jetzt allein nach Hause?«

Im Spiegel sah ich, wie Volker vor der Espressomaschine unwillig die Brauen hochzog. Na klar, er stand hier in der Unterhose. Da hatte er vielleicht noch nicht so gern Besuch. Aber in diesem Fall konnten wir doch mal eine Ausnahme machen. Außerdem war Lisa ja in dem Sinn gar kein »Besuch«. Da war Volkers Mutter Leonore ein viel störenderer Fremdkörper. Sie wollte ständig im Mittelpunkt stehen und von ihrer großen Zeit als Operettensängerin erzählen. Als ob wir diese Geschichten nicht schon tausendmal gehört hätten!

Volkers Söhne krochen ebenfalls aus ihren Kellerzimmern, ließen ihre Gelenke knacken und gähnten laut. Wie große haarige Wildschweine fielen sie über den Küchentisch her.

»Morgen!«

»Morgen.«

Ich stellte Emil seinen Lieblingsbecher mit Kakao hin, Nathan wollte keinen.

»Lass ihm seine Freiheit!«, hörte ich Volker zu Lisa sagen. »Männer brauchen das.« Dabei sah ich, dass Volker Lisa einen aufmunternden Blick zuwarf. Na also! Er war bei Weitem nicht so überheblich, wie er sich anfangs gegeben hatte.

»Wenn er dich liebt, hast du nichts zu befürchten. Er ist ein guter Mann. Ich habe ihn mir genau angesehen. Mach dir keine Sorgen.« Er drückte ihren Arm.

Lisa lächelte, nickte, stand auf und begann den Tisch zu decken.

Ich warf Volker einen dankbaren Blick zu, den er auffing und erwiderte. Zuversichtlich drückte ich mein Paulinchen an mich. Wir würden Lisas Kind schon schaukeln!

5

Was ist los?«

Mein verschlafener Blick fiel auf den Wecker. Es war zehn nach drei.

»Ein Notruf.«

»Oje!« Hastig glitt ich aus dem Bett, meine Füße tasteten nach den Pantoffeln, und ich griff nach dem seidenen Morgenmantel, den Volker mir geschenkt hatte. So schlich ich die Treppe hinunter, um Volker Kaffee zu machen. Minuten später stand er neben mir, die Arzttasche in der Hand. Sein Gesicht drückte tiefe Besorgnis aus.

»Musst du weit?«

»Lisa«, sagte er und zeigte auf das Nachbarhaus.

Mein Herz setzte einen Schlag aus. Blass starrte ich ihn an. »Das Baby?«

»Keine Ahnung. Sie weint.«

Ohne meinen Kaffee, der gerade vor sich hin rülpsend durch die Maschine lief, auch nur eines Blickes zu würdigen, verschwand er durch die Wintergartentür. Er nahm den kürzesten Weg, durch den Garten. Von drüben sah ich einen matten Lichtschein. Er kam von ihrem Schlafzimmerfenster.

»Soll ich mitgehen?«, rief ich leise hinter ihm her. Direkt neben mir im Kinderzimmer schliefen die Mädchen.

»Ich ruf dich, wenn ich dich brauche. Mach dein Handy an!« Mit diesen Worten verschwand er im feuchten Gras und wurde von der Dunkelheit verschluckt. Ich lehnte meine Schläfe an den Türrahmen und lauschte auf meinen pochenden Herzschlag. Lieber Gott, dachte ich. Lass nichts mit ihrem Baby sein. Lass alles gut sein. Als ich kurz darauf die Lichter im Wohnzimmer und das Außenlicht angehen sah, war ich noch beunruhigter. Ich hörte Stimmen. Er telefonierte. Dann sah ich einen Krankenwagen vorfahren, sah das Blaulicht unheimlich über der Hecke aufblinken. Um Gottes willen! Stimmen. Volker erklärte den Rettungsfahrern irgendwas. Die Haustür wurde zugezogen. Das Licht ging aus. So schnell und lautlos, wie er gekommen war, glitt der Krankenwagen auch schon wieder aus der Einfahrt. War Volker mitgefahren? Ich wartete. Mein Herz polterte.

Da kam Volker auch schon wieder zurückgestapft. Er war kreideweiß im Gesicht.

»Volker! Was ist passiert?« Fröstelnd schob ich die Panoramatür zum Garten auf. Ich zitterte vor Angst und Kälte.

»Ich habe sie mit Verdacht auf vorzeitige Wehen in die Klinik geschickt. Ich bin ja kein Gynäkologe.«

»Vorzeitige Wehen?!«

»Sie hat Blutungen. Damit sollte man nicht spaßen. Sie sollte einfach unter Beobachtung sein.«

»Volker! Da fahre ich hin!« Schon riss ich meine Jacke vom Haken, schlang mir ein Tuch um die Schultern und bückte mich nach den erstbesten Schuhen, die ich finden konnte.

Volker legte mir die Hand auf die Schultern: »Beruhige dich, mein Herz. Das ist nicht unsere Aufgabe.«

»Aber wir können sie doch jetzt nicht so ganz allein …«

In dem Moment erschien Paulinchen mit ihrem Teddy auf der Treppe. »Was ist passiert, Mami?«

»Nichts, mein Schatz. Der Papa hatte einen Notfall. Alles bestens.«

»Dein Platz ist hier«, sagte Volker und hob Pauline hoch, um sie mir in den Arm zu drücken. »Bring sie wieder ins Bett.«

»Aber wir können sie doch nicht allein …«

»Sie ist nicht allein.« Volker sprach mit mir wie mit einer debilen Dreijährigen. »Sie hat zwei ausgebildete Pfleger bei sich, die sie fachgerecht transportieren, und in der Klinik erwarten sie die entsprechenden Fachkräfte. Ich habe telefonisch bereits alles veranlasst. Sie wird jetzt eine Nacht zur Beobachtung in der Klinik bleiben und wehenhemmende Mittel bekommen. Du kannst sie ja morgen im Lauf des Tages besuchen.« Mit diesen Worten stapfte er schon wieder die Treppe hinauf. »Ich habe morgen früh um sieben meinen ersten Patienten. Ich würde wirklich gern noch drei Stunden schlafen.«

So früh hatte ich noch nie ein Krankenhaus betreten. Die Mädchen hatte ich einfach schon vor der noch geschlossenen Schule abgesetzt: Paulinchen vor ihrer Volksschule und Charlotte vor ihrem Gymnasium.

»In euren Schultaschen sind Brote und Obst. Kakao ist in der Thermoskanne. Frühstückt ihr ausnahmsweise mal in der Schule, ja?«

»Wen hast du denn lieber, die Lisa oder uns?«

»Kinder! Wie könnt ihr denn so reden!«

»Papa sagt, es ist nichts Schlimmes. WIR sind deine Kinder!«

»Natürlich seid ihr das. Und jetzt steigt bitte aus, und macht mir hier keinen Stress!«

So hatte ich meine beiden Töchter fast aus dem Auto geschubst. Ein schlechtes Gewissen saß mir während der ganzen Fahrt zum Krankenhaus im Genick. Stimmte es etwa, dass mir Lisa wichtiger geworden war als meine eigenen Töchter? Wie meine Mädels da frierend im Morgengrauen allein vor der Schule gestanden und mir ratlos nachgesehen hatten! Mir zog sich das Herz zusammen. Aber ich musste doch nach Lisa sehen! Wenn es ihre eigene Mutter schon nicht tat … Ich schluckte mehrmals. Mir war abwechselnd heiß und kalt, als ich suchend den Krankenhausflur hinunterschritt. Schwestern in quietschenden weißen Gesundheitslatschen schoben Frühstückswagen über die leeren, grauen Flure. Es roch nach Desinfektionsmitteln und Kaffee. Hier waren auch meine Kinder zur Welt gekommen, und bei der Erinnerung an die Geburten wurde mir ganz warm ums Herz. Lieber Gott, lass bei Lisa alles gut gegangen sein!

»Wo finde ich Lisa Ritter?«

»Vierhundertzwei.« Die freundliche Schwester wies mir den Weg und musterte mich wohlwollend. »Sie sind sicher die Mutter?«

Ich zuckte kurz zusammen, wollte mich aber um diese frühe Morgenstunde auf keine unerquickliche Diskussion einlassen. Und wer weiß? Vielleicht würden sie mich gar nicht zu ihr hineinlassen, wenn ich etwas anderes behauptete! Außerdem kam es altersmäßig ja wirklich knapp hin. Ich hatte kein Problem damit.

»Ja.«

»Bitte folgen Sie mir.« Die Schwester eilte vor mir her, klopfte leise an die Tür, öffnete sie einen Spalt und wich dann zurück. »Es ist gerade ein Arzt bei ihr.«

»Dann warte ich. – Danke, Schwester.«

Auf leisen Sohlen schlich ich in den Wartebereich und ließ mich auf einer Holzbank nieder. Immerhin war es ein Einzelzimmer. Lisa war offensichtlich privat versichert. Sven hatte gut für sie vorgesorgt. Wie hatte Lisa noch gesagt? Ich will einen Mann, der mich versorgen kann! Ich starrte auf das Aquarium, in dem Goldfische in einer grünlichen Brühe hin und her schwammen. Jetzt hörte ich leise Stimmen und Schritte aus Lisas Zimmer. Endlich ging die Tür auf, und der Arzt huschte hinaus. Sein weißer Kittel wehte hinter ihm her, als er eilig in Richtung Ausgang strebte.

Aber das war doch …

»Volker!?«

75

Ich sprang auf, lief einige Schritte hinter ihm her.

Volker fuhr herum. »Barbara! Was machst du hier!«

»Ich wollte nach Lisa sehen! Ist alles gut?!«

Er trat einen Schritt zurück, fasste sich und nickte. »Ja, alles gut. Sie konnten die Blutungen stoppen.« Er fuhr sich über die Stirn. »Das war knapp.«

Mir entfuhr ein erleichterter Seufzer. »Kind noch drin?!«

Er nickte lächelnd, Schweißperlen standen ihm auf der Stirn. »Kind noch drin.«

Ich umarmte ihn impulsiv und drückte ihn heftig an mich.

»Wie lieb von dir, dass du nach ihr gesehen hast!«

»Das ist doch meine Pflicht als Arzt.«

»Du hast mich ganz schön erschreckt, als du heute Nacht so teilnahmslos warst!«

»Das war ich nicht. Aber ich bin kein Fachmann, weißt du! Man muss in solchen Fällen die Ruhe bewahren und das Richtige tun.« Er legte zwei Finger unter mein Kinn und sah mir eindringlich in die Augen: »Drück jetzt nicht auf die Tränendrüse oder so. Beunruhige sie nicht. Sie weint sowieso.«

»Warum denn nur? Wenn alles gut gegangen ist?«

»Sie war heute Nacht drauf und dran …« Volker sah sich um, ob auch niemand mithörte, und zog mich verschwörerisch in die Ecke mit dem trüben Aquarium.

»Ich weiß nicht, inwieweit ich dich einweihen darf …«

Mir wurde ganz weich in den Knien. »Einweihen – in was denn?« Das klang ja gar nicht gut. Plötzlich wurde mir ganz mulmig zumute.

»Sie war heute Nacht drauf und dran …« Volker sah sich ängstlich um.

»Was denn, Volker, um Gottes willen? Wollte sie sich was antun?«

Manchmal beliebte Volker ja zu scherzen, von wegen: »Du musst jetzt ganz stark sein« oder so. Aber in so einer Situation würde er doch nicht … Auf Lisas Kosten würde er doch keinen seiner makabren Späße machen? Schweigend starrte ich ihn an. Die Spannung wurde unerträglich.

»Volker? Sie wollte sich doch nichts antun?« Meine Frage hallte von den Wänden des Wartebereichs wider.

Volker zögerte, dann brach es aus ihm heraus: »Sie wollte das Kind nicht mehr.«

Meine Knie wurden weich, ich musste mich setzen. »Wie meinst du das?«

»Sie hat da was genommen. So ein starkes Abführmittel …«

Das war jetzt aber ein sehr geschmackloser Scherz, oder?

»Sie hat ein Abführmittel genommen? Um das Kind loszuwerden?« Ich sprang auf, und mir wurde schwarz vor Augen. »Volker, sag, dass das nicht wahr ist.«

Volker rieb sich den Nacken. »Eigentlich fällt das alles unter die ärztliche Schweigepflicht. Ich darf dir das gar nicht sagen.« Er hob die Hände wie jemand, dem jetzt sowieso schon alles egal ist.

»Aber Volker!« Ich schüttelte seinen Arm und versuchte, nicht zu schreien. »Sie ist unsere Nachbarin! Unsere Freundin! Sven hat sie uns anvertraut! Ich muss doch wissen, was los ist!«

Volker presste die Lippen zusammen. Seine Augen waren ganz schmal. »Tja, dieser Sven, weißt du …« Er zog sich einen Stuhl heran und betrachtete mich besorgt.

Inzwischen liefen mir die Tränen über die Wangen. »Was ist mit Sven?«

»Also gut. Aber du weißt es offiziell nicht, hörst du?« Skeptisch zog ich eine Braue hoch, wischte mir mit beiden Daumen die Tränen aus den Augenwinkeln.

»Sie hat plötzlich Zweifel bekommen, ob sie das alles schafft mit dem Kind …«

Ich verstand nicht. »Aber warum denn?! Sie hat sich doch so gefreut!«

»Sie hat sich wohl überschätzt.« Volker rieb sich die Schläfen. Dann fügte er hinzu:

»Und sie weiß auch nicht, ob das alles gut geht mit diesem … Seemann.«

Wie angewurzelt stand ich da. »Wieso nennst du ihn Seemann? Er heißt Sven! Du kennst ihn doch!«

»Ja, schon. Aber er ist eben weit weg, und sie ist hin und her gerissen.«

Volker musterte mich so merkwürdig. Die beiden hatten an Svens letztem Abend noch zusammen in der Bar gesessen und ein Männergespräch geführt. Plötzlich ging mir ein Licht auf. »Ob er ihr treu ist?« Einen Augenblick lang starrten wir uns an.

»Ich muss dir was sagen«, hob ich schließlich an. »Sie hat tatsächlich so ihre Zweifel daran geäußert, frühmorgens in der Küche, als sie so geweint hat.«

»Tja, und deshalb wusste ich nicht, ob ich dich da mit reinziehen soll. Das geht uns alles ja auch gar nichts an.«

»Und ob es das tut! Wer könnte ihr helfen?«, fragte ich eifrig. »Ein Psychologe oder so was?«

»Den habe ich schon bestellt. Er kommt, so schnell er kann.« Volker vergrub die Hände in seinen Kitteltaschen.

»Dann ist es ja gut.« Ich seufzte, halb erleichtert, halb besorgt. »Volker, ich weiß, dass du mir als Arzt keine Diagnose sagen darfst oder so, aber handelt es sich bei ihr um eine Art pränatale Depression!?« Ich meine, gab es so was überhaupt? Ich kannte nur postnatale Depressionen, und die hatten mich auch zuverlässig ereilt, als Schwiegermutter Leonore an meinem Wochenbett aufgetaucht war und mir erste Vorträge über das Stillen und die Kindererziehung gehalten hatte.

Volker lächelte nachsichtig. »So ähnlich. Ich weiß auch nicht, ob wir uns da einmischen sollen. Aber im Moment sieht es so aus, als würde sie wirklich so eine Art Mutterersatz brauchen. Sie fühlt sich einfach sehr einsam.« Er presste die Lippen zusammen und schaute nervös auf die Uhr. »Tja. Ich muss leider los.«

Ein Blick auf die Wanduhr im Wartebereich sagte mir, dass es genau acht Uhr war. Sein Wartezimmer war bereits voller Patienten. Ich riss mich zusammen. »Gut, dass du es mir gesagt hast, Volker. Ich werde sie trösten.«

»Aber nicht wieder mitweinen!«

»Nein!«

Volker und ich tauschten einen innigen Blick. Wellen der Zuneigung überrollten mich.

»Bis später, ich muss dringend in die Praxis! Danke, dass du dich um unser Sorgenkind kümmerst. «

»Das ist doch Ehrensache.« Ich drückte ihm schnell einen kleinen Kuss auf die Wange. »Bis später, ich liebe dich!« Mit diesen Worten huschte ich in Lisas Zimmer.

Sie starrte mit offenen Augen an die Decke. Es roch … muffig. Nach getrocknetem Blut. Nach Schweiß. Nach einer schrecklichen, anstrengenden Nacht. Sie war so blass und sah so zerbrechlich, so klein und hilflos aus! Ihre sonst so kecke Nase wirkte so spitz. Was war nur mit der selbstbewussten, fröhlichen jungen Frau passiert, die bei uns auf dem Trampolin herumgesprungen war?

»Hallo«, flüsterte ich, zog mir einen Stuhl heran und nahm ihre eiskalte Hand. »Was machst du denn für Sachen?«

»Es ist alles in Ordnung«, kam es von Lisas ausgedörrten Lippen. »Dein Mann hat das Kind gerettet.« Sie klang verzweifelt.

Ich schluckte mehrmals und improvisierte schnell eine aufmunternde Bemerkung. »Dein Kind spielt dir ja schon früh Streiche.« Mein Lächeln geriet schiefer als beabsichtigt. Ich ließ mich vorsichtig auf die Bettkante sinken und strich Lisa über das feuchte Haar.

Plötzlich schlang Lisa die Arme um mich und weinte schon wieder ganz fürchterlich.

Ich wiegte sie, so gut ich konnte, in meinen Armen. Was musste das arme Mädel durchgemacht haben! »He!«, versuchte ich es mit einem rauen Lachen. »Ist doch alles gut gegangen!«

»Ist es nicht! Nichts ist gut!«

Mich durchzuckte ein schrecklicher Gedanke. »Oder ist es nicht … normal?«

»Doch! Sie haben gleich einen Ultraschall gemacht, eine Fruchtwasseranalyse und den ganzen Scheiß. Es ist ein Mädchen!«

»Aber das ist doch wunderbar!« Ich schüttelte sie leicht, sodass ihr einige Haarsträhnen ins Gesicht fielen. »Das ist doch kein Scheiß!«

»Doch! Alles ist Scheiße!«

»Hallo! Du schenkst deinem Mann eine gesunde Tochter! Was gibt es denn da zu weinen!«

»Ich fühle mich so hundsmiserabel!«

Das waren wahrscheinlich noch die Nachwirkungen des nächtlichen Schocks. Bestimmt hatte sie jetzt ein schlechtes Gewissen. Ich versuchte sie zu verstehen. »Das brauchst du doch nicht, Liebes! Beruhige dich doch!«

»Ich mache euch so viel Stress! Ich bringe so viel Unruhe in euer heiles Familienleben!«

»Bis jetzt hast du immer nur Freude in unser Leben gebracht.«

»Ach, Barbara, ich habe dich gar nicht verdient!«

»Quatsch keinen Blödsinn!« Ich schüttelte sie leicht und wiegte sie dann in meinen Armen wie meine Töchter, wenn sie sich wehgetan hatten. »Du hattest einen kleinen Aussetzer. Volker hat mir alles erzählt.«

Sie zuckte zusammen, wurde in meinen Armen ganz steif.

»Was hat er dir erzählt?«, flüsterte sie erstickt an meiner Schulter.

Ich spürte ihre Tränen an meinem Hals. Oh. Das hätte ich vielleicht doch nicht sagen sollen. Das fiel unter die ärztliche Schweigepflicht. »Na, was du getan hast.« Ich presste sie an mich, damit sie mich nicht anschauen musste.

»Was ich getan habe …?«

»Dummerchen«, flüsterte ich in ihr Haar. »Ist doch wohl Ehrensache, dass wir uns um dich kümmern!«

Lisa schluchzte nun von Neuem los und konnte sich gar nicht mehr beruhigen. Ich hielt sie fest und summte leise vor mich hin.

»Ich bin so ein mieses Stück!«, presste sie erstickt hervor.

»Du hättest dabei draufgehen können. Mach so was nie wieder!«

»Ich bin so ein obermieses Stück!«

»Na ja, eine Heldentat war das nicht gerade. Aber pssst!, es ist ja vorbei …«

»Ich fühl mich so beschissen!«

»Ist ja gut, Liebes, ist ja gut.« Ich weiß nicht, wie lange ich sie so wiegte. Sie zitterte und schluchzte, ihre Zähne schlugen aufeinander wie bei Schüttelfrost.

Wie verzweifelt musste sie sein, wie einsam, dass sie zu so etwas in der Lage gewesen war! Ihre ganze muntere Fassade war in sich zusammengebrochen wie ein heiterer Frühlingstag unter einem schweren Gewitter. Ich tauchte einen Handtuchzipfel in kaltes Wasser und fuhr ihr damit über die Stirn. Sie war fiebrig heiß.

»Ich hab es echt nicht anders verdient, als hier zu verrecken …«

Oh, Gott. Bestimmt kam jetzt der nächste Depressionsschub. Hoffentlich kam dieser Psychologe bald. Endlich hörte dieser Schüttelfrost auf. Ich legte ihr meine Jacke über die Schultern, rieb ihr die eiskalten Füße. Was sollte ich auch sonst tun? Endlich versiegte die Tränenflut.

Lisa starrte aus dem Fenster, wo ein grauer, regnerischer

Morgen heraufgezogen war. Draußen sah man einen Gärtner mit der Schubkarre einen Weg heraufstreben. Er blieb irgendwo stehen und begann, Pflanzen auszuladen und in die Erde zu setzen. Dabei pfiff er vor sich hin.

»Siehst du, das Leben geht weiter.«

Das hätte ich lieber nicht sagen sollen. Lisa heulte schon wieder.

»Aber nicht mehr lange!«

»He! Beruhige dich doch! Komm her, wir ziehen dir ein frisches Nachthemd an. Du bist ja ganz durchgeschwitzt.«

Tatsächlich ließ sich Lisa willig von mir umziehen. Zum Glück lagen im Schrank mehrere frische Krankenhausnachthemden von der grün geblümten Sorte, die man im Nacken zubinden kann, und frische Handtücher fand ich auch.

»Du bist wie eine Mutter zu mir, und das habe ich nicht verdient!«

Lisa konnte ihren Tränenfluss gar nicht stoppen.

»Natürlich hast du das verdient. Was ist mit DEINER Mutter? Soll ich sie anrufen?«

»Nein. Sie würde nicht kommen.«

»Ihr hattet richtig Krach – oder?«

Sie nickte schweigend.

»Sie war gar nicht glücklich über deine Schwangerschaft?«

»Nein. Sie hat gleich gesagt, dass ich es wegmachen soll …«

Ich strich ihr sanft über das Haar. »Du bist glücklich verheiratet! Weshalb solltest du es wegmachen?«

Lisa weinte. Ihre Schultern zuckten.

Ich streichelte sie liebevoll. »Selbst in so einer Situation würde sie dir nicht beistehen?«

»Nein.«

Aus ihren kleinen, ungeschminkten Augen liefen Tränen, die rechts und links im Kopfkissen versickerten.

»Sie hält mich für den schlechtesten Menschen der Welt.«

»Aber …« Wie konnte eine Mutter ihre Tochter nur so im Stich lassen! Selbst wenn sie gegen die Verbindung mit dem viel älteren Sven war, musste sie doch zu ihr halten! Nur weil Sven ein Seemann war? Lisa hatte mir das alles schon erzählt. Ein Seemann war nicht gerade das, was man sich in dem engen Tal in Tirol für Lisa vorgestellt hatte. Er war viel älter als sie und könnte ihr Vater sein! Ihre Eltern hatten sich einen gleichaltrigen Bauernsohn für sie gewünscht und sie quasi verstoßen. Dieser Stachel hatte sich tief in Lisas Seele eingegraben. Und nun zweifelte auch sie noch an Svens Treue. Wie verzweifelt und überfordert musste die arme Lisa sein, dass sie sich so etwas angetan hatte! Ich konnte ihre kummervolle Miene fast nicht mehr ertragen.

»Liebe kleine Lisa! Wir haben dich alle ins Herz geschlossen! Dich und dein Kind! Mach dir keine Sorgen!«

Was sollte ich denn NOCH sagen? Wenn ihre Eltern sie nicht mehr wollten, dann sollte sie bei uns die nötige Geborgenheit finden. Auf jeden Fall würde ich Sven informieren. Er musste Landurlaub nehmen. Das war ja nun wirklich ein Notfall.

Es klopfte. Für einen winzig kleinen Moment durchzuckte mich der Gedanke, es könnte Sven sein. Wie ich meinen Volker kannte, hatte er ihn bestimmt schon informiert. Er würde jetzt in seiner ganzen Größe lächelnd in der Tür stehen und »Krabbe, was machst du denn für Sachen?« sagen. Aber natürlich war es nicht Sven. So schnell konnte der unmöglich vom Panamakanal, oder wo er sonst gerade war, herbeieilen.

Es war eine dunkelhaarige Frau um die vierzig mit Brille, die sich zögernd ins Krankenzimmer schob. Lisas Mutter?! Mein Herz machte einen hoffnungsvollen Hopser. Mein Mund war ganz trocken, als ich aufstand und ihr erwartungsvoll die Hand reichte.

Als sie fragte: »Sind Sie die Mutter?«, wusste ich, dass ich mich geirrt hatte. Es war die Psychologin.

6

Wie immer bei uns im Salzburger Land kam der Sommer nach einigen trostlosen Regenwochen, in denen es hartnäckig um die zehn Grad kalt gewesen war, dann doch noch mit strahlendem Sonnenschein.

Lisa blieb einige Zeit im Krankenhaus. Es ging ihr zunehmend besser, und bald war ihr seelischer Zustand wieder stabil. Sie war eben ein robustes Naturkind, wie Volker immer lächelnd sagte. Ich besuchte sie, sooft ich konnte, aber natürlich hatte ich auch zu Hause meine Pflichten: die Kinder, der Haushalt, der Job.

Meine täglichen Stadtführungen, die im Sommer besonders überhand nahmen, ließen die Tage in meiner Erinnerung verschwimmen. Plötzlich nahm das Leben ein rasantes Tempo an. Oft waren es drei Touren hintereinander, die ich absolvieren musste. Zweihundert Menschen pro Tag, die ich durch die verstopfte Innenstadt schleuste. Zwischendurch hetzte ich oft für zehn Minuten in die Klinik, nur um Lisa das Gefühl zu geben, dass ich sie nicht vergessen hatte. Ihr Bäuchlein rundete sich inzwischen, und wir überlegten uns sogar schon einen Namen für ihr Töchterchen. Manchmal alberten wir herum, manchmal redeten wir ganz ernsthaft miteinander, und manchmal schwiegen wir auch. Wir hatten uns intensiv angefreundet, und sie war ein Teil meines Lebens geworden.

Dann kamen plötzlich die Schulferien, und Lisa kehrte heim.

Wir freuten uns alle riesig und behandelten sie mit besonderer Rücksicht.

»Komm, Süße, setz dich hier in den Schatten an den Schwimmteich!«

Ich breitete ein großes Badehandtuch für sie aus und brachte ihr frisches Obst und einen Stapel Zeitschriften.

»Die Kinder wissen es nicht«, raunte ich ihr zu. »Wir haben ihnen nur gesagt, dass du etwas erkältet warst.«

»Gut, danke. Ihr seid alle so lieb zu mir …«

»Aber jetzt nicht wieder weinen, hörst du?!«

»Nein, das habe ich auch schon Volker versprochen.« Sie lächelte matt. »Er hat gesagt, eine traurige Mutter schadet dem Kind.«

»Na, siehst du. Ganz meine Meinung!« Ich legte meine Hand auf ihr Bäuchlein. »Dein Töchterchen hat eine fröhliche, glückliche und entspannte Mama verdient.«

Sie legte ihre Wange an meine Schulter. »Ich habe DICH nicht verdient!«

»Warum sagst du das nur immer? Ich bin doch deine Freundin.«

Lisa biss sich auf die Lippen. Sie schien wirklich schreckliche Gewissensbisse zu haben, weil sie Volker und mich in den letzten Wochen so beansprucht hatte.

Ich warf einen heimlichen Blick auf die anderen, die am Teich spielten oder lasen.

»Hast du es eigentlich Sven gebeichtet?«

Lisa schüttelte nur stumm den Kopf. »Volker meint, Sven muss damit nicht behelligt werden.«

»Na gut.« Ich zuckte mit den Schultern. »Wie er meint. Er hat wahrscheinlich recht.«

Lisa seufzte. »Sven kann aus der Ferne sowieso nicht helfen.«

»Aber dafür tun wir es umso mehr.«

So. Eigentlich wartete jetzt die Hausarbeit auf mich. Fünf Kinder würden gleich Hunger haben, und Volker kam sicher auch zum Mittagessen.

»Magst du mit Nathan Bridge spielen?«

»Nein.« Lisa blätterte bereits in den Zeitschriften. »Nicht böse sein, Barbara, aber er ist irgendwie so blöd zu mir.«

»Keine Sorge, so ist er zu uns allen. Wir müssen ihn nehmen, wie er ist.«

»Er ist irgendwie komisch, findest du nicht?« Lisa rupfte kleine Grashalme aus.

»Vielleicht ist er unsterblich in dich verliebt?«

Sie schnitt eine Grimasse.

»Das sollte ein Witz sein«, sagte ich grinsend.

Lisas Gesicht erhellte sich, als sie Emil sah.

»Oh, was sehen meine trüben Abiturientenaugen?« Emil kam in wilden Sprüngen über den Rasen galoppiert und schmatzte Lisa einen Kuss auf die Wange. Lisa wurde rot vor Freude. »Da ist sie ja wieder, die schönste Frau Europas!«

»Na, siehst du!«, sagte ich lachend. »Alle freuen sich über deine Anwesenheit.«

»Fast alle.« Lisa wies mit dem Kopf zu Nathan hinüber, der uns keines Blickes würdigte.

»Sag mal, bist du wieder so weit hergestellt, dass ich dich zu einer Partie Tischtennis überreden kann?« Emil sprang auf und zog Lisa mit hoch. »Los, Nachbarin. Ein bisschen Schwangerschaftsgymnastik kann deiner Figur nicht schaden!«

Ich liebte Emil für seine Frische und Fröhlichkeit. Er kam so sehr nach Volker! Erleichtert verzog ich mich zum Kartoffelschälen ins Haus. Das Klacken des Tischtennisballs leistete mir bei meiner Küchenarbeit Gesellschaft. Ich hörte Emil wiehernd lachen und Lisa fröhlich kichern und quietschen, als die beiden sich mit coolen Sprüchen »von der Platte putzten«. Na bitte! Schon ging es meiner kleinen Lisa besser. Sie brauchte einfach

Leben um sich herum! Dann hatte sie gar keine Zeit mehr für trübe oder dumme Gedanken! Ich setzte die Kartoffeln auf und begann das Gemüse zu putzen. Für Lisa musste es jetzt besonders frische Kost sein.

Gerade spielten sie mit den Mädchen »Rundlauf«. Sie rannten barfuß oder in ihren unvermeidlichen Flipflops vor meinem Küchenfenster im Kreis herum. Emil steckte wieder in seinen Bossunterhosen und hatte seine rotlockige Haarpracht unter seiner Rastamütze verbannt. Lisa hatte sich ein weißes Tuch um die Hüften gebunden, passend zu ihrem weißen Bikini, der ihr bronzefarbenes Bäuchlein perfekt zur Geltung brachte. So sahen also Schwangere heutzutage aus!

»Hach! Renn doch, du Schnecke!«

»Ich war dran, gib her, du Eierloch!«

»Mein Ball!«

»Du gehörst auf die andere Seite – wann kapierst du das endlich, du Baby!«

»Los! Den kannst du aus der Hecke holen!«

»ICH bin schwanger. Ich kann mich nicht mehr bücken.«

»Doch! Kannst du wohl! Du bist nur zu faul!«

»Pass auf, du Frechdachs! Ein bisschen mehr Respekt vor einer werdenden Mutter!«

Als das Telefon klingelte, hörte ich: »Vorsicht, Oma-Alarm! Bestimmt will sie uns am Telefon wieder was vorsingen!«

»Höre ich Zigoooooinergooooooigen …«, zwitscherte Paulinchen, und Emil jaulte im Falsett.

»Schnauze!«, brüllte Nathan.

Vielstimmiges Gelächter folgte.

Ach, wie schön, dass Lisa wieder fröhlich war!

Es platschte, und ich sah, dass sie allesamt in den Schwimmteich gesprungen waren.

Einschließlich Lisa.

»Sie ist gut über ihre … Sache hinweggekommen.«

Ich stand in einem seidenen Nichts von Spitzennachthemd vor dem riesigen goldgerahmten Spiegel in unserem dunkelblau gekachelten Luxusbad und putzte mir die Zähne.

»Sie war einfach durch den Wind.«

Volker lag bereits auf dem Bett und zappte ziellos durchs Fernsehprogramm.

Sein knapper, fast herablassender Ton erschreckte mich.

»Du tust, als wäre das eine Bagatelle?!« Vorwurfsvoll zeigte ich mit meiner elektrischen Zahnbürste auf ihn. »Sie hätte sterben können!«

»Sie ist ein dummes junges Ding und hat uns wirklich in was mit reingerissen.«

Ich erstarrte. Volker war bei allem, was Lisa betraf, so erschreckend lieblos!

»Sag mal, was ist denn mit dir los? Magst du Lisa nicht?«

»Das steht doch überhaupt nicht zur Debatte.« Volker starrte auf den Fernseher.

»Aber du musst doch mitbekommen haben, wie sehr sie mir ans Herz gewachsen ist!«

»Ja. Hab ich schon mitgekriegt. Sie ist dir ja fast wichtiger als wir.«

»Volker, das stimmt nicht! Aber sie braucht mich jetzt! Sie hat doch niemanden!«

»Ich will mich nicht mit dir streiten«, sagte Volker und schaltete von einem Politmagazin zu einer Doku über den Kalten Krieg. »Komm ins Bett.«

Ich zögerte. Ich wollte ihm in die Augen sehen, aber er wich meinem Blick aus. Normalerweise wurde ich etwas netter ins Bett eingeladen.

»Warum hast du Lisa eigentlich eingeredet, Sven müsste von dieser Sache gar nichts wissen?«, bohrte ich nach. »Das war ja wohl ein Notfall!«

Das Fernsehbild zuckte erneut. Volker starrte auf eine Dauerwerbesendung, als hinge sein Leben davon ab. Eine dicke Mittsechzigerin pries die Vorteile leberwurstfarbener Miederhöschen. Ich wandte mich ab.

»Meinst du, der kann einfach so sein Schiff verlassen? Wie stellst du dir das vor?«

»Aber wie kannst du nur so unbeteiligt daherreden? Geht dir Lisa denn dermaßen am Arsch vorbei?«

Endlich sah Volker mir in die Augen. In seinem Blick lag ein belustigtes Funkeln.

»Du legst dich aber ganz schön ins Zeug für das Mädel. Ich finde es rührend, wie du dich um sie kümmerst. «

Wahrscheinlich hatte Volker mir gar nicht richtig zugehört. Bestimmt hatte er einen harten Tag gehabt, und das war seine Art, sich von den unzähligen Leidensgeschichten seiner Patienten zu distanzieren.

Der Sommermond strahlte durch unsere schräg stehenden Dachfenster zu uns herein. Auf dem Nachttisch standen die zwei Gläser Champagner, die wir mit hochgenommen hatten. Was sollte ich unsere harmonische Zweisamkeit länger zerstören?

Volker schaltete weiter um. »Wenn du sie unbedingt bemuttern willst – bitte sehr!«, sagte er. »Vergiss nur deine eigene Familie darüber nicht, und verweichliche sie nicht so.«

»Ich finde sie tapfer und stark. Sie tut so, als wäre nichts gewesen.« Mit wilden Strichen bürstete ich mir die Haare.

»Ist ja noch einmal gut gegangen«, antwortete er ziemlich unbeteiligt. »Das war einfach eine dumme Kurzschlusshandlung – vorbei und vergessen.«

»Wenn du meinst …« Komisch. Er tat wirklich so, als ob ihn Lisa nicht für fünf Pfennige interessierte. Dabei war sie doch fast … die Hauptperson in meinem Leben!

Diese Erkenntnis versetzte mir einen milden Schreck. Hatte

Volker recht, wenn er immer wieder darauf hinwies, dass ich das Verhältnis nicht zu eng werden lassen sollte? Aber das ging doch gar nicht mehr! Nicht nach dem, was passiert war!

»Komm jetzt endlich ins Bett, Herz! Ich möchte noch was von dir haben, bevor ich am Wochenende wieder auf einen unvermeidlichen Kongress muss.«

»Aber erst machst du die Glotze aus!« Ich warf die Bürste auf den Sessel.

»Herzerl, ich habe nur noch Augen für dich. Was hast du denn da für einen Sterntalerfetzen an? Zieh den doch gleich mal aus …«

Ich kuschelte mich an ihn, konnte mir wieder nicht verkneifen, an ihm zu schnuppern. Er streichelte zärtlich meinen Hals, seine Finger wanderten tiefer und tiefer … Ich liebte seine Hand! Sie war so weich, so warm und so … huch … zielstrebig. Ein wollüstiger Seufzer entrang sich meiner Brust. Volker konnte mich innerhalb weniger Minuten … nun ja … glücklich machen. Wunschlos glücklich. Er dachte nie zuerst an sich. Ich konnte nicht fassen, dass es mit Wiebke einfach nicht hingehauen hatte. Ihm zufolge hatten sie jahrelang nicht miteinander geschlafen. Ich meine, Volker war doch ein Traum von einem Mann! Erfahren, rücksichtsvoll, zärtlich, geduldig, liebevoll … Wahrscheinlich hatte Wiebke ihn einfach nie geliebt. Oder sie war völlig frigide. Anders konnte ich mir das einfach nicht erklären. Mit einem Mann wie Volker, da ging doch einfach eine Rakete ab! Ein ganzes Feuerwerk wurde da abgebrannt! Ach, Wiebke, dachte ich. Wenn du wüsstest, worauf du freiwillig verzichtet hast. Wie konntest du diesen Mann nur hergeben? Wir liebten uns, das heißt, Volker gab wie immer den Rhythmus vor. Wir waren gut eingespielt, ich ließ mich ganz und gar fallen, vertraute ihm, vertraute mich ihm an. In genau der richtigen Sekunde drang er in mich ein, legte ganz sacht die Hand auf meinen Mund, weil ich schreien wollte, einfach nur schreien, vor Glück, vor Wonne, vor Lust. »Hör nicht auf, hör bitte nicht auf, hör niemals damit auf …«

»Pssst, Herzerl, die Kinder …«

Er legte seine Wange ganz dicht an meine, ich spürte seinen warmen Atem an meinem Hals, klammerte mich an ihn. Er rieb sich in mir, langsam, fester, härter, rhythmischer. Sein Atem ging schneller, und ich grub meine Finger in seinen knackigen Po, und dann kamen wir gemeinsam, unsere schweißnassen Körper verschmolzen miteinander. Es war der perfekte Liebesakt. Ich konnte und wollte mir nicht vorstellen, dass er jemals so mit einer anderen Frau … Aber das war ja krank. Wie konnte ich nur unmittelbar vor und nach dem ehelichen Liebesakt an Wiebke denken? Erst stritt ich mit ihm über Lisa, dann dachte ich an Wiebke … Da geisterten ja gleich zwei Frauen in unserem Schlafzimmer herum!

Wie um diesen bescheuerten Gedanken zu verscheuchen, begann ich ein neues Thema: »Was ist das denn für ein Kongress?«

»Ist das jetzt wichtig?«

»Na ja, ich meine, wo fährst du überhaupt hin?«

»Nach Athen. Ich fliege nach Athen.«

»Oh!« Ich richtete mich auf. »Da wollte ich immer schon mal hin! Akropolis und so!«

Er schloss ergeben die Augen. »Herz! Und wer soll dann bei den Kindern bleiben?«

»Lisa?! Jedenfalls NICHT deine Mutter!« Ups. Das war mir jetzt wirklich nur so rausgerutscht.

»Dass dir meine Mutter jetzt nicht mehr gut genug ist, finde ich nicht nett.«

»Nein, Quatsch, vergiss es. Ich will es ihr einfach nicht mehr zumuten.«

»Aber der schwangeren Lisa.«

»Wie meinst du das?«

»Das Mädchen ist instabil. Ich möchte ihr nicht meine Kinder anvertrauen.«

»Ich dachte, sie wäre darüber hinweg? Es war ein dummer Aussetzer, vorbei und vergessen?«

»Danke für dieses spannende Thema. Ich hatte mir Sex mit meiner Frau gewünscht.«

»Aber den hattest du doch …«

»Nicht genug.«

»Also, Lisa würde bestimmt gern bei den Kindern bleiben. Ich habe so das Gefühl, sie würde sich gern mal bei mir revanchieren! Und außerdem lenkt sie das ab …«

»Lisa, Lisa, Lisa!«, sagte Volker barsch. »Gibt es denn kein anderes Thema mehr?!«

Ich stützte mich auf den Arm. »Eigentlich doch gar kein so schlechter Gedanke, oder? Nur wir zwei beide … Ein ganzes Wochenende in Athen … In einem Luxusbett, mit Blick auf die Akropolis …« Ich knabberte an seiner Wange herum und zupfte spielerisch an seiner Augenbraue.

»Herz, ich möchte nicht Wiebke recht geben müssen und sagen, du bist naiv.«

Aha. Sagte Wiebke das? Blöde Trockenpflaume!

Volker umschloss meine beiden Handgelenke und sah mir direkt ins Gesicht: »Ich bin da nicht zum Honeymoon. Ich bin da zum Arbeiten.«

»Klar.« Ich schüttelte über mich selbst den Kopf. »Entschuldige. Blödsinn. Ich habe ja selbst drei Führungen am Wochenende.«

»Und schon da nutzt du Lisa fürs Babysitten aus.«

»Liebster, ich nutze sie doch nicht AUS! Wir helfen uns gegenseitig, wie das gute Nachbarinnen und Freundinnen eben so tun!«

»Herz, lass es nicht so eng werden mit ihr. Mach dich nicht abhängig.«

»Ich mag sie einfach! Ich finde sie … bezaubernd! Sie ist unkompliziert, hilfsbereit, fröhlich, hübsch, talentiert …«

»Du bist ihr ja schon vollkommen verfallen!« Skeptisch zog Volker die Braue hoch, an der ich gerade noch gezupft hatte.

»Du etwa nicht?«

»Natürlich nicht!«, sagte Volker empört. »Sie ist ein nettes Mädel, aber sie gehört doch nicht zu unserer Familie!«

»Ich finde schon.« Fast trotzig setzte ich mich auf und stemmte die Hände in die Hüften. »Sie bringt doch wirklich frischen Wind in die Bude. Nichts gegen deine Mutter, wirklich nicht.«

»Aber?!« Volkers Augenbrauen zogen sich zusammen wie dunkle Wolken am Firmament. Sein ganzes Gesicht glich einer Gewitterlandschaft.

»Schon gut. Aber wenn hier jemand auf die Kinder eingeht und sich wirklich mit ihnen beschäftigt, dann Lisa.«

»So.« Um seine Mundwinkel zuckte es. Sollte das vielleicht ein Lächeln werden?

Eifrig setzte ich mich auf. »Sie passt zu uns, Volker! Sie ist eine Bereicherung! Ich wünsche mir so sehr, dass du sie auch magst!«

»Warum sollte ich sie nicht mögen?«

»Seit Lisa da ist, spielen die Kinder miteinander, und du wirst sehen, sie wird auch Nathan noch aus seinem Schneckenhaus herausholen. So eine Familie hast du dir doch immer gewünscht!«

»Ich möchte, dass meine Mutter am Wochenende die Kinder hütet.«

»Oh bitte nicht! Die Kinder …« Ich biss mir auf die Lippen, um zu verschlucken, was mir beinahe rausgerutscht wäre: »… mögen sie überhaupt nicht!« Stattdessen ergänzte ich: »… wollen Lisa!«

»Meine Mutter hat hier die älteren Rechte.«

»Oh, Volker, das kann doch nicht wahr sein! Ich mag Lisa ehrlich gesagt ein BISSCHEN lieber als deine Mutter.«

»Ist ja gut.« Volker reichte mir mein Champagnerglas. »Wenn sie dich und die Kinder glücklich macht … Ich hab ja gar nichts gegen sie. Nur am Wochenende ist meine Mutter dran. Ich habe ihr schon Bescheid gesagt.«

»Aber Lisa …« Ich verstummte und trank einen Schluck. Der Champagner schmeckte schon leicht abgestanden.

»Sie ist unsere Nachbarin. Lass sie nicht zu nahe an uns heran.«

Ich fuhr herum. »Aber warum denn nicht?«

»Weil wir sie dann nicht wieder loswerden.«

»Du willst Lisa LOSWERDEN?« Ich schnaubte ungläubig.

»Ich will sie jedenfalls nicht heiraten.«

Mir entfuhr ein hysterisches Lachen. »Das wäre ja noch schöner!« Ich fuhr Volker mit der Hand durch seine dichten grauen Locken und zerzauste sie. »Komm mal wieder runter, Herr Doktor.«

»Na ja.« Volker nahm meine Hand aus seinen Haaren, drückte einen Kuss darauf und hielt sie fest. »Du hast recht. Weißt du, ich arbeite Tag und Nacht wie ein Berserker für unser Haus und all das, wofür ich Kredite aufgenommen habe, und deine kleine Lisa, die nur ein bisschen trällert und ansonsten von einem Kapitän schwanger ist, liegt bei uns am Schwimmteich und sonnt sich. Da komme ich mir manchmal ein bisschen blöd vor.«

Ich wandte mich ab. »So siehst du das? Also echt, Volker, ich fasse es nicht! Nach allem, was sie durchgemacht hat.«

»Ja. Genau darum. Sie wollte unser Mitleid erzwingen. ADS nennt man so was. Aufmerksamkeitsdefizitsyndrom.«

Ich lachte schrill auf. »Also wenn hier EINER ADS hat, dann DEINE MUTTER!«

Volker überhörte das.

»Warum bleibt sie nicht in ihrem kleinen Fertighaus? Warum

muss sie bei uns am Schwimmteich ›abhängen‹?« Hier machte er verächtlich Gänsefüßchen in die Luft.

»Weil sie keinen Schwimmteich HAT?«

»Es werden auch Fertigschwimmteiche geliefert …«

Ich starrte ihn mit offenem Mund an und wusste nicht, ob ich lachen oder weinen sollte.

»Fertigschwimmteiche.«

»Ja, ihr Haus, ihren Balkon und ihren Rasen hat sie sich ja auch dahin geknallt.«

»Aber Volker, was soll sie denn da hinter ihrer Hecke, so ganz allein?«

»Eben: Ein Familienleben kann man nicht im Katalog bestellen und nach einem Tag liefern lassen.«

Ich klappte den Mund zu. Mir fiel nichts ein.

»Sie hat sich bei uns eingeschlichen wie ein Parasit.«

»Das ist nicht wahr! Du bist gemein!« War ich das? Hatte ich mit so schriller Stimme geschrien? »Lisa tut doch keinem was! Sie ist doch einfach nur DA!«

»Und deshalb musst du sie jetzt adoptieren oder was?«

»Ich mag sie! Lisa ist meine Freundin!«

»Und ich bin dein Mann.«

»Lisa ist hübsch und witzig und hilfsbereit und nett und unkompliziert …«

»Hast du alles schon gesagt! «

»Lisa braucht uns! Lisa ist uns quasi vom Schicksal ins Haus gespült worden, Lisa …«

»Lisa, Lisa, Lisa, Lisa, Lisa, Lisa, Lisa!«

»Hä?«

»Musst du schon im Bett öfter ihren Namen sagen als meinen?«

Das konnte nicht sein Ernst sein. So kannte ich meinen Mann gar nicht. Er hatte sich so verändert, seit Lisa in unser Leben getreten war! Er war doch nicht etwa EIFERSÜCHTIG?

Einen Augenblick starrten wir einander an.

»Ach, weißt du was, Volker? Schlaf gut!«

Ich riss meine Decke vom Bett und schnappte mir mein Kissen. »Gute Reise nach Athen. Denk mal ein bisschen nach, wenn du Zeit dafür hast. Ich schlafe im Kinderzimmer!«

»So weit hat deine Lisa uns also schon gebracht, ja? Dass wir getrennt schlafen?«

»Ich liebe dich, Volker, aber im Moment bist du ein ganz bescheuerter Trottel.«

Wütend knallte ich die Schlafzimmertür hinter mir zu.

7

Ein langes, einsames, kaltes, regnerisches Wochenende folgte. Ich musste bei Leonore zu Kreuze kriechen, sie abholen, bewirten, ihr beim Operettenträllern zuhören und bei den Kindern gut Wetter machen, die sich bockig in ihre Zimmer verzogen hatten. Sie wollten viel lieber Lisa! Aber Lisa war zu einem Opernseminar nach München gefahren. Sie wollte *Così fan tutte* noch mal ganz neu szenisch erarbeiten, bevor ihr dann die Schwangerschaft endgültig in die Quere kam.

»Ich bin ja wirklich schon gespannt auf dieses Mädchen«, sagte Leonore, als sie schließlich bei mir in der Küche saß. »Alle reden nur noch von ihr.«

»Na ja, sie ist sehr nett.« Kraftlos lächelte ich sie an.

»Wie ich höre, kann sie ganz nett singen. Ich werde sie mir mal anhören, ob sie was taugt.«

Oh, das würde mir diesen beschissenen Tag ECHT retten! Ich war so frustriert, dass ich Leonore am liebsten ihre Adlerhorstfrisur ruiniert hätte. Der schiefe Turm von Pisa saß heute wieder eins a. Doch ich war auf Oma Leonore angewiesen. Noch. Es gab kein Entrinnen. Ich musste zu meinem Job.

»Kinder, ich GEH dann mal«, rief ich und hämmerte an ihre Zimmertüren. »Oma Leonore ist da und singt euch gern was vor!«

»Hmpf.«

»Tschüss, bis später, ich liebe euch!«

»Von wegen!«

Es war wieder einer dieser kühlen Tage, an denen der Salzburger Schnürlregen seinem Namen alle Ehre machte, und eine reiche indische Familie wollte unbedingt zu den Rieseneishöhlen gebracht werden. Warum wollten die nicht nach Bad Reichenhall in die Sauna? Oder in die Therme nach Berchtesgaden? Nein, sie wollten bei diesem Hundewetter in die Eishöhlen. Man gönnt sich ja sonst nichts. Ich seufzte. Wie gerne wäre ich jetzt mit meinem Volker in Athen gewesen! Da musste herrlichstes Sommerwetter sein! Aber mein armer Volker musste ja arbeiten. Und ich auch.

Mit meinem roten Panoramabus holte ich die Inder wie verabredet morgens um zehn vor ihrem Hotel ab. Zu meiner Überraschung kamen sie mir in ihren Saris entgegen, eine Schulter frei, die andere gerade mal locker mit hauchdünner indischer Seide bedeckt, und ihre nackten Füße steckten in Flipflops.

Ähm … Wollten die so mit?

Die Männer hatten zwar einen Turban auf, aber dafür kurzärmelige Hemden an. Auch die Kinder waren hochsommerlich gekleidet, bunte Kleidchen die Mädchen, kurze Hosen und T-Shirts die Buben.

Die indische Oma bequemte sich zuerst zu mir in den Bus; schwer atmend und keuchend zwängte sie sich und ihre vielen bunten Seidentücher hinein. Ihre grauen langen Haare, die sie zu einem Dutt gebunden hatte, waren vom Sprühregen schon ganz durchnässt.

Das Busthermometer zeigte schauerliche elf Grad. Ich selbst steckte in meinem wärmsten Winterdirndl, in groben Strümpfen, festen Schnürschuhen, einer dicken, kratzigen Wolljacke und fror immer noch.

Nachdem die Oma endlich auf der Rückbank verstaut war,

krabbelten drei Frauen, dann die Kinder und schließlich die dicken Männer herein.

Ich fragte auf Englisch, ob sie sich wohl fühlten und ob ihnen warm genug sei.

Die Inder wackelten erfreut mit den Köpfen, was bei ihnen »Ja« bedeutete, obwohl es aussah wie »Nein«.

»*Don't you have warmer clothes?*«, fragte ich. »*It will be cold in the ice caves!*«

Die Inder wollten aber keinesfalls wärmere Sachen holen, sosehr ich ihnen auch anbot, vor dem Hotel auf sie zu warten. Entweder hatten sie keine warmen Klamotten, oder aber sie fanden es angenehm, mal ein bisschen zu frieren.

»Voll die ganz neue Grenzerfahrung«, hätte Emil jetzt gesagt. Ich musste den Kopf senken, damit sie nicht im Rückspiegel sahen, wie ich mir ein Lachen verkniff.

»*You need warmer clothes!*«, beharrte ich. »*It may be some degrees under zero over there!*«

Die Inder winkten lässig ab, sie würden sich bei Bedarf vor Ort warme Sachen kaufen, und ich solle endlich losfahren.

Ich gehorchte, und da die Heizung im Wagen volle Pulle aufgedreht war, fühlten sie sich auch keineswegs unwohl.

In mein kleines Mikrofon sprach ich, was die Inder auf die Schnelle über die *Ice Caves* wissen sollten: Dass sie etwa eine Autostunde von hier entfernt lagen, unweit von Werfen. »*At the end of the nineteenth century the caves were only known to hunters and poachers*«, sprach ich in mein Mikrofon, während ich den Blinker setzte und mich in Richtung Villach auf die Autobahn einordnete.

Die Inderkinder bohrten in der Nase und hörten mir gar nicht zu. Bestimmt dachten sie auf Indisch »Laaangweilig«, und ich konnte es ihnen nicht einmal verübeln. Eines der Mädchen packte einen süßlich riechenden Kaugummi aus.

»Erst 1879 drang der Salzburger Naturforscher Anton von

Posselt-Czorich – ein Name, den ihr euch ganz bestimmt merken werdet, liebe Inder – rund zweihundert Meter weit ins Dunkel vor und entdeckte die Eisriesenwelt damit offiziell. Ein Jahr später veröffentlichte er zwar einen ausführlichen Bericht über seinen Besuch in der Zeitschrift des Alpenvereins, *a mountaineering magazine*, dennoch geriet die Höhle wieder *back in obscurity.*« Während ich die Scheibenwischer kurz vor Golling auf die stärkste Stufe stellte, erklärte ich, dass immerhin schon 1920 die ersten primitiven Steiganlagen zu Höhle und ihrem Inneren errichtet worden seien.

Spätestens jetzt mussten die sich doch mal über ihr Schuhwerk Gedanken machen! Doch die Inder saßen fröhlich auf ihren Rückbänken, genossen offensichtlich den Anblick der nassen Felsen rechts und links der Autobahn und bekamen auch keinesfalls Depressionen, als wir in den zweiten Tunnel einfuhren. Die Kinder ließen eine Tüte Gummibärchen herumgehen, an denen sich auch die Oma erfreute.

»1924 war der Eisteil der Höhle durchgehend begehbar, und 1925 entstand ein großzügiges Schutzhaus. Rund fünfundzwanzig Jahre war der Aufstieg zur Höhle ausschließlich zu Fuß möglich …«

Du machst ihnen falsche Hoffnungen, dachte ich. Die denken jetzt, dass man da sonnenbaden und in Flipflops rumlatschen kann.

»Ab 1955 konnte man in die Seilbahn umsteigen, die den steilsten Teil des Weges, nämlich von 1080 auf 1580 Meter, in wenigen Minuten bewältigt.«

Wie ich bei einem Blick in den Rückspiegel feststellte, wackelten die Inder erfreut mit den Köpfen. Na bitte!, schienen sie zu denken. Was regt sich die Alte in dem bescheuerten Grobgestrickten denn so auf?

»*The Eisriesenwelt is actually owned by the National Austrian Forestry Commission.* Wir bitten Sie jetzt schon zur Kenntnis zu nehmen, dass ein absolutes Fotografier- und Filmverbot herrscht.«

Die Inder hinter mir im Fond hörten erstmals mit dem erfreuten Kopfwackeln auf.

»Das gilt aber nicht für uns, nicht wahr?«, beugte sich ein Turbanträger mit schwarzem Bart vertraulich vor und wedelte mit einem Hunderteuroschein vor meinem Gesicht herum. »Wir wollen schon fotografieren. Dafür sind wir hier.«

»Es tut mir leid, aber ich habe das leider nicht zu entscheiden!«

Mit ausladenden Bewegungen begann ich, den Kleinbus über die kurvige, steile Panoramastraße nach oben zu steuern. Von Panorama leider keine Spur: Wir versanken in einer Art graubrauner Mondlandschaft. Sämtliche neun Mitglieder der Inderfamilie klebten jedoch begeistert mit ihren Designer-Fotoapparaten an den beschlagenen Fensterscheiben.

»Der Fußmarsch innerhalb der Höhle umfasst tausendvierhundert Steinstufen«, sagte ich mit einem möglichst warnenden Unterton. Dabei kam ich mir vor wie ein ganz mieser Spielverderber.

»Auch in der Höhle dürfen Sie leider nicht fotografieren.«

»*Why not?*«

Inzwischen flatterten zweihundert Euro vor mir im Luftstrom der Wagenheizung. Ich begann hilflos zu kichern.

»Es geht um die Naturbelassenheit der Höhlen. Blitzlichter zerstören den schönen Eindruck der absoluten Dunkelheit.«

»*No ploblem. No ploblem*«, sangen die freundlichen Herren auf der Rückbank.

Sah ich richtig? Ich kniff die Augen zusammen. Da flatterte doch glatt ein Fünfhunderteuroschein über der Heißluftzufuhr!

Die Damen in ihren Saris sagten zwar nichts, freuten sich aber immer noch. Genau wie die Kinder auch.

Ich beschloss, noch ein bisschen deutlicher zu werden: »EIN-

TAUSENDVIERHUNDERT Stufen. Das entspricht etwa achtzig Stockwerke. Sie werden vorher mit Grubenlampen ausgestattet, die Sie auf der Stirn tragen, damit Sie beide Hände frei haben, um sich abzufangen, falls Sie auf den feuchtkalten Stufen ausrutschen.«

Erfreutes Wackeln mit den Köpfen.

Wann schrien die endlich: »Ich will hier raus?« Meine Kinder hätten längst protestiert! Ich konnte es nicht fassen. Wie fies musste ich denn noch werden?

»Bevor wir die Höhle erreichen, müssen wir zwei Mal eine halbe Stunde durch unwegsames Gelände über Steine, Wurzeln und Geröll gehen«, ergriff ich erneut das Wort. »Dabei überwinden wir bereits 134 Höhenmeter.« Das Mikrofon quietschte, es war übersteuert.

»*No ploblem, no ploblem!*«

Ob sie gleich mit einem Tausender wedeln würden?

Ich reckte den Hals. »Wie alt ist denn die Oma auf der Rückbank?«

»*Oh, she is eightythree. Yes, eightythree.*«

»Und Sie sind sicher, dass Sie sie mit in die Eishöhle nehmen wollen?«

»*Yes, sure!* Sie hat noch nie in ihrem Leben Schnee gesehen, geschweige denn Eisskulpturen, und sie sagt, sie kann nicht sterben, bevor sie die gesehen hat!«

»Und Sie wollen wirklich mit Flipflops diese Höhlenwanderung antreten?«

»*Sure. Why not?*«

Das fand ich wirklich witzig. Hier in den abgelegenen Tälern hielt man Flipflops wahrscheinlich für Fliegenklatschen oder ein Fertiggericht aus der Tiefkühltruhe.

Als wir schließlich den windigen Parkplatz erreichten, wo uns Minusgrade erwarteten und feuchte Nebelschwaden umwaberten, waren die Inder ganz aus dem Häuschen vor Freude.

Die leere Gummibärchentüte wurde vom Wind erfasst und davongetragen. Die Kinder sprangen herum und rissen die Arme in die Höhe, als wären sie die ersten Menschen auf dem Mond.

Meine Kinder hätten sich wie geprügelte Hunde in die Andenken- und Würstchenbude verkrochen: »Ich will andere Eltern!«; »IMMER muss ich zu Fuß in die Eisriesenwelt!« Aber die Inder wackelten erfreut los. Die Oma zog zwar unauffällig den Seidenschal über ihre nackte Schulter, war aber guter Dinge.

»Zehn Mal«, sagte ich am Ticketschalter zu dem Naturburschen, der dort mit Mütze und Handschuhen hinterm Ofen saß.

»Bleib du fesches Dirndl doch hier unten!«, schlug er vor. »Oben hat's eh an Führer.«

»Ich kann die Inder unmöglich in ihr Unglück rennen lassen!«

Diese schrien gerade auf – vor Entzücken. Sie standen vor dem ersten Schnee ihres Lebens! Zwar handelte es sich nur um ein dreckiges Schneebrett, das von vielen Fußabdrücken verunstaltet war, aber sie gingen in die Hocke und fotografierten es, als handelte es sich um einen seltenen Diamanten oder um ein Neugeborenes. Sie steckten ihre Finger hinein und führten ein Stück grauschwarzen Altschnee zum Munde, an dem sie begeistert leckten.

»*It's cold*!«, sagten sie lachend, als ob ich ihnen das nicht schon eine Stunde lang gepredigt hätte. Davon würden die Inderkinder in achtzig Jahren noch schwärmen.

»*You really should buy warmer clothes now!*« Ich zwinkerte dem Naturburschen hinter dem Ticketschalter zu. Der würde jetzt das Geschäft seines Lebens machen. Hinter ihm sah man Pullover, Mützen, Handschuhe und Wetterjäckchen. Bestimmt bekam ich jetzt Prozente.

»*No, we are really okay.*«

Die Inder wollten doch partout erfrieren! Fröhlich erklommen sie die Schneebretter mit ihren Flipflops, die Kinder kreischten vor Begeisterung, und die Oma stieß jauchzende Laute aus, als ihre turbanbewehrten Söhne sie darüberhievten. Die Frauen in ihren flatternden Saris kicherten, rutschten, stolperten und freuten sich. Statt sich ihre paar Klamotten eng um den Körper zu wickeln, ließen sie ihre Schleier und Tücher im Wind flattern. Dass diese nicht über alle Berge flogen, war mir ein Rätsel. Irgendwo mussten sie doch ein paar Sicherheitsnadeln aufgetrieben haben. Dann wurde der Weg steil und eisig, und die Inder stöhnten und keuchten. Sie hatten natürlich überhaupt keine Kondition. Im Schneckentempo bewegten wir uns vorwärts. Der Sturm peitschte. Es schneite. Die Pfützen waren vereist und brachen unter unseren Füßen. Die Baumgrenze war erreicht. Um uns herum nur noch kahle Felsen und tropfendes Gestein. Wasserfälle brausten hernieder. Die Oma und sämtliche Kinder wurden inzwischen huckepack getragen. Die Turbanträger klapperten mit den Zähnen. Ihre Füße in den Flipflops waren blau gefroren.

Hab ich's euch nicht gesagt? Ich hab es euch doch gesagt!

Meine groben Schnürschuhe knirschten im Schnee. Die Inder rutschten und stolperten. Immer wenn sie hinfielen, und das taten sie oft und gern, lachten sie sich kaputt.

Freunde, das ist erst der HINweg. In der Höhle wird es deutlich kälter, steiler und rutschiger. Außerdem gibt es dort kein Tageslicht. Und keinen McDonald's. Nur mal so nebenbei erwähnt. Das alles sagte ich freundlich auf Englisch. Ich hätte es auch auf Chinesisch oder Guatemaltekisch sagen können – sie WOLLTEN mich einfach nicht verstehen.

Normalerweise brauchte ich mit einer Gruppe etwa eine Stunde. Bis zum EINGANG der Höhle, wohlgemerkt. Danach ging es ja erst richtig los. Immerhin gelangten wir auf diese Weise, wenn auch mit großer Verspätung, bis zum Eingang der Höhle. Dann fing die Oma an zu weinen.

»*She's cold*«, erklärte mir einer der Turbanträger.

»Was Sie nicht sagen.«

»*She wants to go back.*«

»Ja, wie – jetzt?!«

»*You go back with her.*«

»*No! I don't even think about that!*«

Der Turbanträger zog zwei Fünfhunderter aus seiner Hemd-tasche. »*You go.*«

»Okay, okay!« Ich steckte mir die Kohle in den Busenritz meines Dirndls und nahm die Oma in den Schwitzkasten. »Aber huckepack trage ich sie nicht!«

Als ich nach einer Stunde mit der laut jammernden Oma un-ten bei der Andenkenbude ankam, hörte ich johlendes Geläch-ter. Es kam von dem Naturbuschen. Der hatte es sich bei Schnaps und Bier am Ofen in seiner Andenkenbude bequem gemacht.

»Na so a Gaudi hab i lang net g'habt!«

»Ja du, und ICH erst!«

Die indische Oma wollte auch eine Gaudi. Da sie kein Wort Englisch sprach, konnte ich nur erahnen, was sie wollte: Sie musste dringend mal Pipi.

Mit dem betrunkenen Almöhi schleifte ich die arme alte Dame auf das Plumpsklo hinter der Bude. Ihre Hände waren so steif gefroren, dass sie nicht mehr in der Lage war, ihre Saris zur Seite zu räumen.

Der Wurzelsepp lachte heiser und schlug sich auf die Schen-kel. »Vorhang auf«, krächzte er begeistert, »die Show beginnt!«

Ich schlug ihm vor, doch wieder in seine Bude zu gehen, und versuchte, die Würde der alten Dame weitgehend zu retten, in-dem ich ihr bei ihrer umständlichen Verrichtung half.

»Also des find i voll supa«, sagte der Wurzelsepp lachend.

Zu meinem Erstaunen lachte die indische Oma auch, sobald wir ihr etwas Schnaps eingeflößt und sie in Naturburschen-

Fleecejacken und -Mützen gehüllt hatten. Sie schob ihre nackten Füße vor das Feuer und schleuderte ihre Flipflops hinein. Wir boten ihr Mannerschnitten und Steckerlfisch an, welche sie begeistert in sich hineinstopfte. Als die anderen Inder nach vier Stunden wieder zurückkamen, waren alle »very *impressed*«. Die Kinder und Frauen heulten, die Männer schüttelten ihre Köpfe. Alle entsorgten ihre Flipflops und kauften sich Wanderschuhe. Das hätten sie ruhig mal eher tun sollen, dachte ich. Wir betranken uns.

Das heißt, sie betranken sich. Ich musste ja noch fahren. Es war fast Mitternacht, als ich sie endlich wieder vor ihrem Hotel ablieferte. Nie wieder, das schwor ich mir, trage ich eine indische Oma durch die Eisriesenwelt! Da höre ich ja noch lieber meiner eigenen Schwiegermutter beim Operettenträllern zu.

Wie das bei uns in Salzburg so ist, waren es kurz darauf wieder 36 Grad, und die Kinder und ich sehnten uns nach einer Abkühlung. Da sie auf keinen Fall wieder bei Leonore bleiben wollten, hatte ich vorgeschlagen, sie auf meine Nachmittagstour nach Hellbrunn mitzunehmen.

Lisa war auch mit von der Partie.

So hatte ich alle meine Lieben bei mir, was mich glücklich machte. Mit Volker war auch alles wieder im Reinen: Wir hatten uns nach seiner Athenreise wieder vertragen und schon wieder stürmisch und zärtlich geliebt.

Mit den Fahrrädern schaukelten wir gemächlich über die fünf Kilometer lange, schnurgerade Allee, die von der Salzburger Altstadt nach Hellbrunn führt. Lisa flitzte im kurzen, knappen Sommer-Hängerchen mit ihrem Mountainbike übermütig vor unserer Gruppe her, und kein Mensch konnte ahnen, dass sie schon im fünften Monat war. Meine Mädels strampelten irgendwo im Pulk der palavernden Italiener.

»*Signore e Signori!*«, versuchte ich mir Gehör zu verschaffen, als wir unsere Räder in den Park schoben und unter lautem Getöse am Fahrradständer anschlossen. »Dieses Lustschloss italienischer Prägung ließ sich Fürstbischof Markus Sittikus 1613 bis 1615 von seinem Hofbaumeister Santino Solari erbauen. Schloss und Park – *un pò più piano per favore* – sind ein Gesamtkunstwerk der Spätrenaissance und damit einer der wertvollsten Kulturschätze Österreichs!«

Lisa und die Kinder lehnten an der gelben Mauer und amüsierten sich über meine verzweifelten Versuche, mir Gehör zu verschaffen.

»*Signore e Signori*, hier vorn steht der Glaspavillon aus *Sound of Music*, darin spielt die Szene, in der der Briefträger Max der ältesten Tochter …«

Keine Chance. Ich konnte die vor Begeisterung rasenden Italiener nicht dazu bringen, mir zuzuhören. »*Sixteen, going on seventeen*«, brüllte ich, und die laut quakenden Damen neben mir kapierten, was ich sagen wollte. Sie rissen sich gegenseitig die Fotoapparate aus der Hand und schubsten sich vor den Pavillon, um sich gemeinsam zu fotografieren. Dann kamen sie auf die Idee, mir die ganzen Fotoapparate umzuhängen, und platzierten sich schnatternd und lachend im Halbkreis.

»Ich möchte noch etwas sagen … *per piacere, più piano* …«

Keine Chance. Ich war einfach nur die Mattka fürs Grobe: Fotografieren und Klappe halten. So waren die Italiener.

Da ertönte plötzlich Lisas helle Stimme. »*I am sixteen, going on seventeen* …« Und sofort schwiegen alle Italiener. Charlotte und Pauline sangen mit. Sie wirkten wirklich wie die Trapp-Family!

»*Belle voci!*«, flüsterten sie ergeben und fotografierten meine drei Mädchen. Ich stand da und lauschte ebenfalls ganz verzückt. Bisher hatten Charlotte und Pauline das Singen immer schrecklich peinlich gefunden, aber hier mit Lisa genossen sie es.

»*Sue figlie cantano fantasticamente …*«, flüsterten mir die Damen mit Tränen in den Augen zu.

»Ja, ja, ich bin auch wirklich stolz auf meine Töchter«, flüsterte ich zurück.

Brausender Applaus tobte über den drei blonden Pferdeschwänzen von Lisa, Charlotte und Pauline. Armreifen schepperten, und Euroscheine wurden aus Portemonnaies und Handtaschen gerissen: »Brave, brave!« Die Touristen bekamen sich vor lauter Begeisterung kaum noch ein.

Mir wollten vor Glück fast die Tränen kommen: Noch NIE waren meine Mädels dazu bereit gewesen, auch nur einen KANON zu singen! Von wegen »*Bona nox, bist a rechta Ochs*«! Da konnte sich Oma Leonore bemühen, wie sie wollte. Und jetzt sonnten sie sich auf einmal im Applausgewitter. Und wie Lisa unsere Familie bereicherte! Wenn Volker das doch nur endlich einsähe!

Endlich hatte ich die Italiener da, wo ich sie haben wollte: Sie hatten Respekt und hörten aufmerksam zu. Wir wanderten in gesitteten Zweierreihen durch den herrlichen Park, wo unter Schatten spendenden Bäumen ganze Familien auf ihren Decken saßen und picknickten, Kinder Ball spielten und Hunde tobten. Das war wieder einer dieser Momente, in denen ich wunschlos glücklich war.

An der Kasse zu den Wasserspielen saß ein netter junger Kerl, der mir ordnungsgemäß dreißig Tickets verkaufte und mich kaum eines Blickes würdigte. Als Lisa sich dann als Letzte durch den Eingang schob, kam er sofort aus seinem Häuschen gesprungen: »Gehört sie zu Ihnen?«

»Ja. Warum?«

»Ist das Ihre Tochter?«

»Nein … Warum?«

»Kann ich mal deine Handynummer haben?«

»Nein.«

»Warum nicht?«

»Weil ich schwanger bin?«

»Komm, pflanz mi net – wo bist du denn schwanger?«

»Sie IST schwanger!«, sagte ich streng und schob das achsel-zuckende Lieschen vor mir her, indem ich schützend den Arm um sie legte.

»Ja! Bäh! Ist sie!«, rief Paulinchen und streckte ihm die Zunge raus.

»Das glaube ich nicht! Von wem willst du denn schwanger sein?«, rief der Bursche enttäuscht.

»Von meinem Mann!« Lisa lachte und warf die Haare in den Nacken.

»Frecher Kerl!« Charlotte schüttelte den Kopf. »Mama, wir müssen echt auf Lisa aufpassen.«

Wir hatten keine Zeit für Privatgespräche, die Gruppe drängelte sich bereits um den Fürstentisch, bereit für eine kalte Dusche von unten. Oder wussten die Italiener etwa nicht, was da jetzt gleich auf sie zukommen würde?

»Mama, verarschst du die jetzt?«

»Klar!« Ich warf meinen Mädels einen verschmitzten Blick zu.

»*Signore e signori*, die Wasserspiele wurden vor vierhundert Jahren erfunden, und zwar von besagtem Fürstbischof Markus Sittikus, der an diesem Tisch seine Gäste bewirtete. Bitte nehmen Sie doch einmal Platz!«

Das ließen sich die fröhlichen Italiener nicht zweimal sagen. Erschöpfte Hintern sanken auf marmorne Hocker. Es wurde wieder heftig palavert, gelacht und diskutiert. Ich selbst setzte mich natürlich wohlweislich an den Kopf des Tisches. Das war der einzige Platz der trocken bleiben würde.

Lisa und die Kinder lehnten an der steinernen Balustrade und zwinkerten mir verschwörerisch zu.

»Zehn, neun, acht …«

»Gleich kreischen sie.«

»Sieben, sechs, fünf, vier …«

»Mal sehen, wer von denen sitzen bleibt.«

»Drei, zwei, eins …!«

Der Brunnenmeister betätigte unauffällig einen Hebel, und bei »Null« schossen fingerdicke Wasserstrahlen aus den Hockern. Markerschütternde Schreie aus dreißig Italienerkehlen, und meine drei Mädels lachten sich kaputt.

Erschrocken sprangen die Italiener auf und sahen aus, als hätten sie sich allesamt in die Hose gemacht.

»Tja, meine lieben Herrschaften! Solche Späße dachte sich der Fürstbischof damals aus! Und die Höflichkeit gebot es seinen Gästen, so lange auf der Fontäne sitzen zu bleiben, bis der Gastgeber sich erhob und das Fest beendete.«

Ich saß immer noch gelassen auf meinem trockenen Thron.

Die Italiener überlegten nicht lange, setzten sich mit voller Absicht wieder auf die Fontänenhocker und ließen sich abkühlen. Das Gekreisch und Geschnatter erfüllte den ganzen Hellbrunner Park. Ich überließ sie ihrer kindlichen Freude. Wieder bildeten sich Regenbogen in der nassen Pracht, und man fotografierte sich gegenseitig, nass und begeistert.

»Du hast echt einen tollen Job«, sagte Lisa, die inzwischen für die Mädels und sich ein Eis gekauft hatte. »Hier. Willst du mal beißen?«

Meine Töchter saßen etwas abseits ebenfalls auf den nassen Hockern und genossen die Erfrischung. Ich biss ein Stück von ihrem Schoko-Magnum ab: »Danke. Ja, ich liebe meinen Beruf. Ich wüsste keine Stadt auf der Welt, die so viele wunderschöne Dinge zu bieten hat. Ich bin jedes Mal so stolz und glücklich, wenn ich nur einen kleinen Teil davon zeigen darf.«

»Das machst du auch toll. Vier Sprachen: Hut ab!«

»Danke. Mit dir an meiner Seite macht es gleich doppelt so viel Spaß!« Ich lächelte sie liebevoll an. »Du bist echt eine große

Bereicherung für uns, Lisa. Ich bin wahnsinnig froh, dass du in unser Leben gekommen bist.« Ich drückte sie kurz an mich.

Lisa musterte mich fast erstaunt, dann wanderte ihr Blick zu den Touristen, die inzwischen zur nächsten Wasserattraktion weitergegangen waren und kreischten, als wüssten sie immer noch nicht, dass sie nass gespritzt wurden. So als hätte sie meine Liebeserklärung gar nicht gehört, wechselte sie abrupt das Thema.

»Wenn die Leute aus trostlosen Städten kommen«, sinnierte sie und leckte an ihrem Eis, »wie frustriert müssen die sein, wenn sie wieder zurückfahren müssen?«

Ich schaute sie amüsiert an. »Wie kommst du jetzt darauf?«

»Na ja, hier ist es so traumhaft, aber sie dürfen nicht bleiben, sie müssen zurück nach …«

»… Wanne-Eickel, Bochum oder Essen … Tja.« Ich ließ mich neben ihr auf einer Treppenstufe nieder, spürte das Rauschen der Bäume, die das römische Theater umarmten, und betrachtete den steinernen Flussgott, der seit vierhundert Jahren am Beckenrand ruhte. »In Salzburg leben zu dürfen ist wohl der Sechser im Lotto.«

»Und dann noch so einen tollen Mann, tolle Kinder, ein tolles Haus haben und toll aussehen.« Lisa mied meinen Blick und konzentrierte sich wieder auf ihr Eis.

»Na ja, das mit dem Tollaussehen musst du gerade sagen …« Neidisch betrachtete ich ihre braunen, langen, schlanken Beine, die sie lässig übereinandergeschlagen hatte. Ihr knallbuntes Hängerchen ließ sie unglaublich frech und sexy aussehen. »Im Vergleich dazu wirke ich in meinem Dirndl geradezu altbacken!«

»Du siehst toll aus!«, widersprach Lisa. »Dein Mann kann sich alle zehn Finger nach dir lecken.«

Ich starrte auf meine Schuhspitzen. »Deiner doch auch!«

»Es geht uns schon schweinemäßig gut, was?« Lisa sah mich fast schuldbewusst von der Seite an. »So müsste es immer bleiben!«

»Vermisst du ihn?«

»Wen?«

»Sven natürlich.«

Lisa steckte ihren Eisstiel in die Erde und malte wilde Muster damit. »Klar. Und wie!«

»Besuch ihn doch mal!«

»Auf dem Schiff?«

»Na, wo denn sonst!«

»Willst du mich loswerden?«

»Quatsch. Lisa, ich hatte noch nie so viel Spaß mit einem Menschen wie mit dir!«

Sie hob den Blick. Als sie mich ansah, hatte sie rote Flecken auf den Wangen.

»Du magst mich richtig gern, was?« Sie glühte förmlich.

»Natürlich, Lisa! Wir ALLE lieben dich! Du bringst richtig Schwung in unsere Familie!«

Plötzlich ging ihr Atem ganz schnell. Lisa sprang auf und fuhr sich durch die Haare. »Ich werde Sven auf dem Schiff besuchen! Das ist eine wirklich gute Idee.«

Sie drehte sich einmal um ihre eigene Achse. »Jetzt in der Sommerpause muss ich auch gar nicht singen!«

»Wo ist er denn gerade?«

Sie kratzte sich an der Nase, als müsste sie nachdenken.

»Er gurkt in der Ostsee rum.«

Überrascht sagte ich: »War nicht von Südamerika die Rede?« Ich warf ihr einen fragenden Blick zu. »Vom Panamakanal und so …?«

Sie stutzte. »Ach so, das weißt du ja noch gar nicht. Er hat die Reederei gewechselt.«

»Er hat die Reederei … Aber warum denn das?«

»Sie haben ihm da wegen irgendwas Stress gemacht.« Lisa presste die Lippen aufeinander.

»Sie haben ihn entlassen?«, fragte ich entsetzt.

»Das geht in diesen Kreisen ganz schnell.«

»Aber was hat er denn angestellt? Alkohol am Steuer?« Grinsend verschränkte ich die Arme vor der Brust. »Oder beim Rückwärtseinparken die Hafenmauer geschrammt?«

»Keine Ahnung. Er hat es mir nicht gesagt. Weißt du, wir mailen uns zwar manchmal, aber so richtig kann man sich ja doch nicht unterhalten. Wenn er anruft, ist entweder die Verbindung schlecht, oder es kommt gerade einer auf die Brücke, oder es kommt ein Funkspruch rein … Ich höre das ja immer im Hintergrund.«

Ich legte den Arm um sie: »Fahr hin! Es ist wirklich wichtig für euch, dass ihr euch zwischendurch mal seht.« Ich klopfte ihr liebevoll auf den Bauch. »Und euer Töchterchen muss der glückliche Vater doch auch mal begrüßen.«

Sie schob meine Hand weg. »Kommst du ohne mich klar?«

»Natürlich! Dann muss ich halt Oma Leonore bemühen«, sagte ich. Doch insgeheim wurde mir ganz flau bei dem Gedanken.

»Ich bleib nicht lange.« Das klang so treuherzig, dass ich lachen musste.

»Lisa! Du bist mit IHM verheiratet, nicht mit UNS!« Ich hob beide Hände und gab mir Mühe, so locker wie möglich zu klingen. Volker hatte schon recht gehabt: Nicht dass sie da was verwechselte!

Lisa lehnte ihren Kopf an meine Schulter. »Aber eigentlich gehöre ich schon zu EUCH.«

»Wo ist Lisa?« Die Kinder saßen am Frühstückstisch im Garten und ließen gelangweilt die Beine baumeln.

»Ich habe sie heute Morgen schon ganz früh zum Flughafen gebracht. Schatz, wasch dir die Hände!«

»Mir ist voll fad!« Paulinchen wackelte freudlos davon. »Ohne Lisa ist hier nix los.«

»Baby! Beschäftige dich doch mal mit dir selbst!«

»Ach komm, Charlotte, du könntest doch auch mal mit ihr spielen.«

»Ich denke nicht daran. Puppen kämmen oder was?«

Emil nahm sich eine Semmel aus dem Körbchen und strich fingerdick Nutella darauf. »Wo ist unsere Süße denn hingeflogen?«

»Zu ihrem Kapitän. Wechseln wir das Thema. Papa kommt. Er mag es nicht, wenn wir ständig von Lisa sprechen.«

»Warum darf Papa das denn nicht hören?«, fragte Paulinchen, die mit frisch gewaschenen Händen aus dem Kinderbad kam.

»Lisa, Lisa, Lisa!«, ätzte Nathan, der bis jetzt seine Bridgekarten sortiert hatte.

»Lisa, Lisa, der Lenz ist da!«, knödelte Emil. »Veronika, der Spargel wächst!«

»Sehr witzig. Arsch.«

»Also ICH vermisse Lisa jetzt schon!«

»Kinder! Ruhe jetzt! Papa kommt!«

»Warum dürfen wir nicht über Lisa reden?!« Hatte Paulinchen schon immer eine so durchdringende helle Stimme?

»Weil er möchte, dass Oma Leonore unser Lieblingsgast ist! Pssst!«

Ich wurde rot und fühlte, wie meine Hände zitterten, als Volker morgenfrisch und gut gelaunt vom Joggen zurückkam. Er umfasste mich mit einem Arm, mit dem anderen griff er nach dem Glas Orangensaft, das ich ihm reichte.

»Ist hier schon wieder nur von Lisa die Rede?«

»Nein. Blödsinn.« Ich wischte mir die Hände an einem Küchenhandtuch ab. »Wie war das Laufen?«

»Sagt mal, was HABT ihr denn nur alle mit dieser Lisa? Können wir ohne sie nicht mehr leben, oder was?« Volker schüttete durstig den Orangensaft in sich hinein.

»Sie ist eben nett«, sagte Charlotte betont gelangweilt und

verdrehte genervt die Augen. »Und sie singt echt besser als die Oma.«

»Und auch die geileren Sachen.«

»Sie spielt mit uns!«, verteidigte Paulinchen sie. »Und die Oma NIE. Die will nur, dass wir ihr zuhören und Beifall klatschen.«

»Mit mir spielt sie auch«, grunzte Emil in seine Nutella-semmel. »Leider nur Tischtennis.«

»Nathan ist in Lisa verkna-hallt«, sang Paulinchen.

»Quatsch!« Zu meinem großen Erstaunen wurde Nathan plötzlich knallrot. Mit seinen Bridgekarten zog er ihr eins über.

»He! Lass das, du blöder Arsch!«

»Kinder, bitte.« Für den Familienfrieden war ich zuständig! Ich stellte Paulinchen schnell ein Butterbrot vor die Nase und bat Nathan, meine Tochter nicht weiter zu schlagen.

»Habe ich dir schon erzählt, wie viel Spaß wir neulich in Hellbrunn hatten, als Lisa für die Italiener gesungen hat? Sogar die Mädchen haben mit eingestimmt«, sagte ich leichthin zu Volker. »Die Italiener haben sie fotografiert und uns für die Trapp-Familie gehalten …«

»Ist das so? Mit Lisa singen sie? Hat sie hier meine Mutter aus dem Familienkreis verdrängt?«, sagte mein Mann scharf.

»Aber nein, Volker. Deine Mutter kommt übrigens morgen, wenn ich die Salzkammergut-Tour mache.«

»Meine Mutter gehört hier immer noch zur Familie, okay? Und Lisa NICHT.« Er knallte sein leeres Glas in die Spüle. »Schon gar nicht, wenn sie hier Nathan den Kopf verdreht. Der Junge soll erst mal was leisten.«

Nathan zeigte ihm wortlos einen Vogel.

»Ja doch, Volker. Beruhige dich.«

»Die soll zu ihrem Kapitän fahren und uns in Ruhe lassen.«

»Tut sie ja! Volker! Wirklich, bitte! Setz dich zu uns. Wir wechseln das Thema.«

Mehr und mehr hatte ich das Gefühl, Lisa vor Volker verteidigen zu müssen. Sie TAT doch keinem was!

»Tut mir leid.« Volker setzte sich an den Tisch und schlug die
Zeitung auf.

»Wo ist denn der Kahn?«

»Ostsee. Sie ist nach Stockholm geflogen.«

»Ich denke, der Typ umrundet Südamerika?« Volker ließ die
Zeitung wieder sinken.

»Er hat die Reederei gewechselt. Wieso nennst du ihn ›Typ‹?
Ich dachte, du magst Sven?«

»Offensichtlich magst DU ihn.«

Was war denn DAS jetzt wieder für ein Seitenhieb? Ich starrte ins Leere. Ich beschloss, nichts zu sagen, und presste nur die
Lippen aufeinander. Irgendwas war los mit Volker. Was HATTE
er denn nur? War er wirklich so merkwürdig, weil er Angst hatte, Lisa könnte Leonores Platz einnehmen? Oder schenkte ich
Lisa in seinen Augen einfach zu viel Aufmerksamkeit? Sollte ich
mich mehr um Volker kümmern als um Lisa? Wurde ich zu
»plump vertraulich« mit ihr?

In dem Moment klingelte das Telefon.

»Das wird Leonore sein«, sagte ich fast schon erleichtert und
griff nach dem Hörer.

Die Kinder stürmten so schnell in ihre Zimmer, dass es
staubte.

»Da siehst du, was du angerichtet hast.« Volker verkroch sich
hinter seiner Zeitung.

»Leonore?«

Eine Männerstimme meldete sich. »Hier ist Felix. Grüß dich,
Barbara. Ist Volker da?«

»Oh.« Ich fuhr mir mit der Hand über die Stirn. »Er sitzt hier.
Soll ich ihn dir geben?«

Volker streckte bereits die Hand nach dem Hörer aus, ohne
die Zeitung sinken zu lassen.

»Hallo, altes Haus!«, brüllte er fast übermütig in den Hörer. Offensichtlich war Volker total erleichtert, dass sein alter Kumpel anrief. »Ja, das passt gut«, hörte ich ihn fröhlich sagen. »Nein, da habe ich noch nichts vor. Das wollten wir doch immer schon mal machen.«

Ich war ehrlich gesagt auch erleichtert. Anscheinend lud sein Wandergeselle Volker gerade zum Bergsteigen ein.

»Du, der Traunstein ist aber nicht so ohne. Welchen Steig willst du nehmen?«

Pause. Felix redete am anderen Ende der Leitung. Ich räumte so geräuschlos wie möglich das Geschirr in die Spülmaschine.

»Aber wenn, dann ganz früh. Ja, natürlich mit voller Kletterausrüstung. Ich hole dich morgen um fünf mit meinem Wagen ab«, sagte Volker.

Felix ließ mich noch herzlich grüßen, danach legte Volker auf. Er faltete die Zeitung zusammen und knallte seine Serviette auf den Tisch. Dann nahm er mich in den Arm und schwenkte mich in der Küche herum. »Tut mir leid, Herzerl. Eine Woche Bergsteigen ist jetzt genau das Richtige für mich. Du schließt dich mit Leonore kurz, ja? Ich bin duschen.«

8

Am nächsten Morgen um sieben holte ich Leonore mit dem Auto ab und hörte mir den Redeschwall an, den sie ohne Punkt und Komma von sich gab. Sie erzählte von ihren Klavierschülern, den begabten und den weniger begabten. Wie beliebt sie doch bei allen war, und wie sehr man sie bei ihrem letzten Operettenkonzert im Seniorenheim gefeiert hatte.

»Du kannst dir ja gar nicht vorstellen, wie viele Blumensträuße ich bekommen habe. Eimerweise. Solche Berge!«

Sie machte eine ausladende Handbewegung neben mir auf dem Beifahrersitz, und ich musste mich ducken, um überhaupt noch etwas sehen zu können. Von mir bekam sie natürlich keine solchen Blumenberge. Nur ab und zu mal ein kleines Dankeschön-Blümchen. Sofort fühlte ich mich geizig, mickrig und schäbig und bekam ein ganz schlechtes Gewissen. Ich sollte mich viel mehr um Leonore kümmern. Sie war eine alte Frau und hatte doch nur noch uns! Ich liebte Volker, also musste es mir doch auch irgendwie gelingen, Leonore zu lieben! Oder … vielleicht auch nicht.

»Und wie beeindruckt sie von meinen Arien waren!«, setzte Oma Leonore ihre Selbstbeweihräucherung fort. »Frau Wieser, in IHREM Alter, und noch alles auswendig!«

»Toll«, sagte ich geistesabwesend. Ich setzte den Blinker und schielte auf meine Armbanduhr. In einer Dreiviertelstunde musste ich im Dirndl am Mirabellplatz stehen, um diesmal eine

Busladung Spanier abzuholen. Sie hatten die große Panorama-
tour zum Königssee samt Berchtesgaden und Hitlers Kehlstein-
haus gebucht. Das würde wieder eine Ganztagestour werden.
Meine Gedanken eilten zu Lisa. Ich merkte, wie sehr ich sie ver-
misste. Wenn sie da wäre, würde sie jetzt völlig gelassen in der
Küche sitzen, ihren Kaffee schlürfen, mir beim Schminken zu-
sehen und mir sogar noch ein paar nützliche Tipps geben:
»Schau mal, wenn du meine Wimperntusche nimmst, verkle-
ben sie nicht so schnell, die ist sogar wasserfest. Und den Lid-
strich würde ich so ansetzen …« Später würde sie dann mit den
Kindern am Pool abhängen, Tischtennis spielen oder Bridge. Ja,
Nathan hatte sich inzwischen sogar dazu herabgelassen, mit
ihr Karten zu spielen! Sie war einfach die Lisa-für-alle. Wenn
ich abends wiederkäme, wäre der Tisch gedeckt, und sie hätte
einen riesigen knackigen Salat gemacht.

»Die ganzen Lehar- und Strauß-Partien sind einfach unvergesslich«, schwärmte Leonore weiter, als ich in unsere Einfahrt fuhr. »Und Robert Stolz! *Du sollst der Kaiser meiner Seele sein!*« Die Garagentür stand offen. Volker war leider schon
weg.

Sofort eilte Leonore ins Wohnzimmer und setzte sich an den
Flügel. Sie drosch auf die Tasten ein und trällerte laut und schrill
los, während ich mich bemühte, nicht allzu profan mit den
Frühstückstellern zu klappern. Nach und nach krochen die
Kinder aus ihren Höhlen und standen mit vorwurfsvollen Bli-
cken im Pyjama in der Küche.

»Sag mal, spinnt die Oma jetzt? Es ist noch nicht mal acht!«
Das war Charlotte. Die Spucketröpfchen flogen ihr durch die
Zahnspange. Sie war richtig sauer. »Und das in den FERIEN!«

»Boah, Oma«, sagte Emil gähnend, der sich irgendwo in seiner Bossunterhose kratzte. »Voll krass die geile Mucke.«

»Oma! Ich hab gerade so süß geträumt!« Pauline. Vorwurfsvoll.

»Scheiße! Kann man in diesem Haus nicht einmal in Ruhe chillen.« Nathan schlurfte ebenfalls herbei.

»Leonore! Vielleicht mal ein leiseres Lied!«, rief ich ins Wohnzimmer hinüber.

»Vilja, oh Vilja, du Waaaaldmägdelein!«, klirrte Leonores Stimme. »Fass mich und lass mich dein Herzliebster sein …«

»Vilja, du SAUFmägdelein«, knödelte Emil gut gelaunt dazwischen. »Bang fleht ein triebkranker MAAAAANNN …«

»Kinder, ihr seid vollkommen verroht, was euren Musikgeschmack betrifft. Einer muss die Kultur in diesem Hause ja aufrechterhalten! Barbara versteht davon schließlich nichts!«

Dann frühstückten wir mit Oma Leonore, die den ganzen Tisch unterhielt und gar nicht merkte, dass die Kinder immer schweigsamer wurden.

»Ich weiß einen schönen Kanon, der ist ganz leicht: ›FROH zu sein, bedarf es wenig …‹.«

Nathan verließ grußlos den Tisch.

»Ich will Lisa«, hörte ich Pauline in ihren Teddy flüstern.

Mir taten die Füße weh, als ich zum vierten Mal an einem Tag mit erhobenem rotem Schirm vor meiner Gruppe her latschte und mir einen Weg durch die Massen bahnte. »Die Anfänge der Salzburger Festspiele gehen ins neunzehnte Jahrhundert zurück. Das Große Festspielhaus, vor dem wir jetzt stehen, bietet zweitausendeinhundertsiebenundsiebzig Zuschauern Platz. Es wurde von Clemens Holzmeister entworfen. Teile davon ragen in den Felsen des Mönchsbergs hinein. Im Jahr 1917 wurden die Festspiele gegründet. Der Wiener Regisseur Max Reinhard …«

Ich hatte nicht das Gefühl, dass die Leute mir noch aufmerksam zuhörten. Aber auch ich war mit meinen Gedanken ganz woanders, während ich diese Informationen herunterleierte, nämlich bei Volker. Er war so verändert in letzter Zeit. Mein armer Mann. Wie fluchtartig er zu dieser Wandertour mit Felix aufgebrochen war! Natürlich wehrte er sich gegen Lisa und verteidigte den Platz seiner Mutter, die bisher schließlich unentbehrlich gewesen war! Nur weil ich mit Leonore nicht so besonders gut auskam und eher mit Lisa auf einer Wellenlänge war, konnte ich die eine doch nicht einfach gegen die andere austauschen. Da stand plötzlich eine neue Nachbarin samt ihrem Fertighaus auf der Matte, und Leonore wurde von mir und den Kindern eiskalt abserviert. Dazu noch sein anderes Problem: Wiebke! Mit der musste er sich ja auch immer noch rumschlagen. Dauernd bestellte sie ihn ein. Von dem ganzen Stress in seiner Praxis und den vielen Patienten, die ihn mit ihren Sorgen und Wehwehchen belämmerten, mal ganz abgesehen! Wenn er dann nach Hause kam, wollte er MICH, seine Kinder und seine Ruhe. Das alles hatte ich einfach übersehen und seine Bedürfnisse ignoriert. Das war wirklich unsensibel und eigennützig von mir! Ich würde mich ab sofort etwas mehr von Lisa distanzieren und eine normale Nachbarschaft mit ihr pflegen. Nicht mehr und nicht weniger. Nur gut, dass sie jetzt bei ihrem Sven war. Da gehörte sie auch hin.

Nachdem mir diese Erkenntnis gekommen war, fühlte ich mich plötzlich wie von einer Last befreit. »Meine Damen und Herren! Hier vor dem Dom wird der ›Jedermann‹ gespielt! Schauen Sie sich diese Kulisse an! Wer von Ihnen kennt den ›Jedermann‹?!« Jetzt war ich endlich wieder ganz bei mir! »Was soll ich Sie mit Jahreszahlen und Namen quälen, wenn wir hier bei 35 Grad im Schatten stehen? Setzen Sie sich mal hier auf die Holzbänke. Ja, stellen Sie sich vor, die Hautevolee aus aller Welt schwitzt sich hier im feinsten Dirndlgewand kaputt, um dieses Spektakel zu sehen. Die Sonne knallt erbarmungslos auf die Schauspieler. Morgen wieder, genau um diese Zeit, wenn die Sonne hinter den Domtürmen untergeht, wird HIER aus dem Dom, auf dieser Treppe« – ich zeigte mit einer dramatischen Geste hinter mich – »der TOD hinunterschreiten. Dieses Jahr ist es Ben Becker im Ganzkörperkondom. Auf der Bühne findet dann eine riesige Party statt. Ein Wildschwein wird angefahren, und fünfzig verrückte Leute mit den abgefahrensten Perücken und Kleidern fressen und saufen um die Wette. Der Jedermann tanzt barfuß mit seiner Buhlschaft, seine alte Mutter ruft noch, er solle in die Kirche gehen und seine Sünden bereuen, aber er denkt gar nicht daran und wirft sie der Länge nach auf den Tisch – die Buhlschaft, nicht die Mutter. Und dann kommt ER. Der Tod. Ganz leise, von hinten, und legt dem Jedermann plötzlich die Hand aufs Herz. Drückt ihm die Luft ab. Um genau zu sein, meine Damen und Herren, handelt es sich um einen waschechten Herzinfarkt. Das will das Stück uns vermitteln: Es kann JEDEN treffen. Ohne Vorwarnung. Mitten im prallen Leben. Gerade den sogenannten Lebemann. Sie kennen bestimmt alle so einen!«

Die Leute nickten und schauten betreten und fasziniert zugleich drein.

Ich dachte eine Sekunde lang an Volker. Na ja, ich dachte ja ständig an ihn. ER würde NIE einen Herzinfarkt kriegen, so gesund wie er lebte. Außerdem fuhr er weder Porsche, noch vernaschte er Frauen.

»Und dann schreit es hier aus allen Fenstern der Residenz, vom Dach dort und vom Kapitelplatz da hinten JEEEEE-DER-MANNNNNN!!!«

Da hatte ich sie wieder. Meine Leute. Sie starrten mich an, und keiner schaute gelangweilt auf die Uhr oder fragte mich, wo hier die öffentlichen Toiletten sind. Ich war wieder in meinem Element. Und mein Familienleben würde ich auch bald wieder im Griff haben.

»Ich habe dich gesehen. Du hast ja eine richtige Show abgezogen!«

Aus heiterem Himmel stand Volker vor dem Café Tomaselli

und breitete die Arme aus, in die ich mich überrascht und erschöpft fallen ließ. Es waren einige Tage vergangen.

»Hallo, mein Liebster! Was machst du denn hier? Ich dachte, ihr wolltet noch länger bleiben?«

»Ein dringender Hausbesuch. Ich bin heute früh wiedergekommen.« Volker zeigte auf eine Hausfassade, die in der Nachmittagssonne leuchtete.

»Ja, richtig!« Ich strich mir eine Strähne aus der Stirn und blinzelte gegen die Sonne. »Da habe ich deinen Wagen schon mal stehen sehen.«

Volker zog kurz die Stirn in Falten. »Wann denn das?«

»Och, irgendwann mal samstags. Ich habe gerade den Residenzbrunnen erklärt, und es gab den schönsten Regenbogen. Und als ich den Leuten sagte, sie dürften sich was wünschen, hab ich deinen Fünfer-BMW da stehen sehen.«

»Kann sein«, sagte Volker beiläufig. »Ich hab da eine Patientin wohnen. Die ist schon ganz alt, und das Haus hat keinen Aufzug.«

»Genau das habe ich mir gedacht.« Ich lächelte meinen Volker liebevoll an. »Aber erzähl – wie war deine Wandertour?«

Volker nahm meinen Arm. »Gut. Prima. Der Felix ist ein Teufelskerl. Scheut sich vor nix.« Er lachte in Erinnerung an die gemeinsamen Erlebnisse. »Und wie ist es bei dir? Hast du Zeit, kurz mit mir im Tomaselli einen Kaffee zu trinken?«

»Gern! Oh Liebster, wie ich mich freue, dich hier zu treffen! Komm, wir müssen reden …« Und schon zog ich meinen Volker auf die Terrasse. »Es tut mir wahnsinnig leid, dass ich dich mit Lisa so überrumpelt habe«, sprudelte es gleich aus mir heraus. »Ich war so unsensibel und gedankenlos …«

»Aber Herzerl, nun steiger dich da mal nicht so rein.«

»Doch, ich habe nachgedacht und kann jetzt sehr gut verstehen, warum du so gegen unsere neue Nachbarin bist.« Ich grinste und stieß mit meinem Wasserglas an seines: »Samma wieda guat?!«

Das war einer von Volkers Lieblingssprüchen, und ich liebte ihn dafür, dass er nie lange beleidigt war.

»Herzerl! Natürlich samma guat!« Volker flüsterte der Kellnerin etwas ins Ohr, und eine Sekunde später standen zwei Gläser Champagner vor uns. »Du bist die wunderbarste Frau der Welt. Und wenn die kleine Lisa dich mag, kann ich das gut verstehen. Haben wir das Thema jetzt besprochen?!« Volker zauberte ein schwarzes Kästchen vom Juwelier Ranft hervor und legte mir eine filigrane Kette mit kleinen roten Rubinen um den Hals. »Für die einzige Frau, die ich jemals geliebt habe und lieben werde.«

»Huch! Volker!« Ich griff mir an den Hals. »Das wäre doch nicht nöööö …« Vielleicht war meine Stimme eine Spur zu hoch und zu schrill.

»Pssst! Ich wollte nur sagen: Auch wenn Lisa bei uns ein und aus geht: Vergiss bitte meine Mutter nicht.«

»Volker, das wird nicht mehr vorkommen.« Schuldbewusst schaute ich in mein Glas. »Das war sehr egoistisch von mir. Und den Kindern tut es auch leid.« Das stimmte zwar kein bisschen, aber ich wollte die innige Versöhnung nicht trüben.

»Meine Mutter fühlte sich schon richtig zurückgesetzt«, sagte Volker erleichtert. »Ich bin froh, dass du zur Vernunft gekommen bist.«

»Und wie soll das weitergehen?« Ich spürte diese Steilfalte zwischen den Augen, die mich aussehen ließ wie eine strenge Lehrerin. »Ich meine, Lisa WOHNT da nun mal.«

»Vielleicht nicht mehr lange«, erwiderte Volker.

»Was willst du damit sagen? Wieso sollte sie wegziehen?« Ich verstand das alles nicht. »Hast du ihr etwa … gedroht?«

»Ich habe ihr Grundstück gekauft«, sagte Volker mit Grabesstimme. »Und ihr Haus auch.«

Erschrocken starrte ich ihn an, und plötzlich pochte das Blut in meinen Wangen. »Volker! Ich fasse es nicht!«

»Ich will, dass meine Mutter da einzieht.« Volkers Miene war undurchschaubar.

»Volker! Das kannst du mir nicht antun!«

Volker machte den Mund auf, um etwas zu erwidern, dann überlegte er es sich anders und nahm erst mal einen Schluck Champagner.

»Bitte nicht deine Mutter!«, wimmerte ich den Tränen nahe.

Einen Moment lang sprach niemand von uns ein Wort. Die Kellner eilten geschäftig hin und her. Eine hübsche rothaarige Frau nahm am Nachbartisch Platz. Sie sah interessiert zu uns herüber und griff nach der Speisekarte. Volker saß mit dem Rücken zu ihr, sodass er nicht merkte, dass sie uns zuhören konnte.

»Mutter fühlt sich nicht wohl im Seniorenheim. Sie ist viel lieber in unserer Nähe.«

»Aber das musst du doch mit mir absprechen!«

Oh Gott, bitte mach, dass das nicht wahr ist!, dachte ich. Dann wird sie mir jeden Abend was vorsingen! Am Gartenzaun, oder noch schlimmer, gleich bei uns zu Hause: *Du sollst der Kaiser meiner Seele sein!*

»Oh, bitte tu mir das nicht an, Volker! Sie wird nicht mehr von meiner Seite weichen! Die Kinder werden überhaupt nicht mehr aus ihren Zimmern kommen!

»Warum? Ich kann doch Häuser und Grundstücke kaufen, so viel ich will!«

»Aber was wird dann aus Lisa?« Plötzlich fing meine Stimme an zu zittern. »Sie bekommt ein Baby! Wo soll sie denn wohnen?«

Blöd, dass diese Frau mithörte. Ich konnte sie ja schlecht bitten, sich die Ohren zuzuhalten. Sie verschanzte sich diskret hinter ihrer Getränkekarte.

»Du musst jetzt ganz stark sein …« Volker nahm meine beiden Hände und drückte sie ganz fest. »Lisa kommt nicht zurück. Nie mehr.«

Entsetzt sprang ich auf. »Volker! Was soll das heißen?!« Mir wollte schier das Herz brechen. Meine kleine Lisa! Sie konnte doch nicht einfach so aus meinem Leben verschwinden!

»Ist sie … tot?« Meine Lippen waren blutleer.

Plötzlich entspannte sich Volkers Gesichtsausdruck, und er lachte mich aus. »Herzerl! Schon wieder bist du auf mich reingefallen! Wie leicht man dich doch ins Bockshorn jagen kann! Du solltest mal dein Gesicht sehen!«

Ich verzog das Gesicht zu einem gequälten Grinsen. Aus den Augenwinkeln konnte ich sehen, dass sich die hübsche Rothaarige am Nachbartisch amüsierte, sosehr sie sich auch bemühte, hinter der Getränkekarte zu verschwinden.

Volker nahm meine beiden Hände und sagte glucksend: »Lisa hat gerade angerufen. Du hattest ja dein Handy aus, deshalb hat sie es bei mir probiert. Sie kommt früher zurück. Du sollst sie vom Flughafen abholen.«

Die kleine Dachterrasse am Salzburger Flughafen war gefüllt mit fröhlichen Abholern. Die Leute saßen in der lauen Abendluft, aßen Eis oder tranken Bier und genossen die herrliche Aussicht auf die Festung und den Untersberg. Wo gibt es denn so was?, dachte ich stolz. Dass man selbst am Flughafen auf einer gemütlichen Aussichtsterrasse sitzt und den Leuten schon beim Aussteigen aus dem Flugzeug zuwinken kann? Ich blinzelte in die Sonne. Wo war sie denn? Ach, da stand sie ja plötzlich! Ich hatte sie gar nicht aussteigen sehen. Sie sah umwerfend gut aus in ihrem beigefarbenen Reisekostüm mit ihrer Louis-Vuitton-Handtasche, passendem Rollköfferchen und ihren pfiffigen hochhackigen Stiefeln. Sie legte die Hand über die Augen, sah zur Dachterrasse empor, und ich winkte wie verrückt. Ich glaube, ich sprang sogar auf und ab wie ein Tennisball.

Die Leute guckten mich an und lachten amüsiert. »Da hat aber jemand Sehnsucht!«, spöttelte ein älterer Herr.

Zwei Minuten später lagen wir uns in den Armen.

»Mein Gott, was habe ich dich vermisst!«

»Ich dich auch!«

»Wie geht's dem Bäuchlein?«

»Alles noch drin!«

»Wie war's?«

»Traumhaft! Wir waren in Stockholm, Kopenhagen, Helsinki, St. Petersburg. Weiße Nächte! Ein Traum!«

Ich zahlte den Parkschein und wuchtete ihr Gepäck in den Kofferraum.

»Und?«

»Was und?« Sie ließ sich auf den Beifahrersitz fallen, schnallte sich an und lachte kokett. Ihre schlanken Beine waren braun gebrannt.

»Du weißt, was ich meine.«

Ich legte den Rückwärtsgang ein und fuhr los. »Hat er sich gefreut?«

»Ja, natürlich. Es war ja das erste Mal, dass ich als seine Frau an Bord war und nicht mehr als Sängerin. Ich wohnte nun ganz offiziell in seiner Suite. Morgens kam der philippinische Butler und brachte mir mein Vier-Minuten-Ei und frisch gepressten Orangensaft …«, sprudelte sie drauflos.

Ich ertappte mich dabei, wie ich sie fast neidisch von der Seite anstarrte. »Du bist braun geworden. Steht dir gut!«

»Ja, ich habe viel auf dem Balkon gelegen. Schau mal, Maniküre, Pediküre … Habe ich mir alles machen lassen.«

»Super. Steht dir toll.«

»Es gab vier Bälle an Bord, und Sven hat nur mit mir getanzt. Er hat mir in Stockholm und Kopenhagen ganz süße Umstandskleider gekauft …«

»Hatte Sven denn genug Zeit für dich?«

»Ja, die hat er sich einfach genommen! Eine Woche lang hat er mich auf Händen getragen. Wir sind durch die Städte gebummelt, und er ist in St. Petersburg mit mir in die Eremitage gegangen. Wir hatten sogar eine private Führung. Sieh doch nur, was er mir geschenkt hat!« Sie entblößte ihr schmales Handgelenk, an dem ein filigranes Armband glitzerte.

»Wunderschön!«, sagte ich beeindruckt. »Ich freue mich wirklich, dass bei euch alles in Ordnung ist. Und? Freut er sich auf eure Tochter?«

»Und WIE!«

»Habt ihr schon einen Namen?«

»Sven ist für Kirsten, aber das steht nicht zur Debatte.« Sie kicherte. »Ich meinte, da könnten wir sie gleich Wiebke nennen.«

»Dann kündige ich dir die Freundschaft«, drohte ich ihr im Scherz. »Dann ist also alles bestens?«

Ich stand vor unserer Einfahrt und betätigte die Fernbedienung. Das grüne Einfahrtstor schob sich lautlos auf.

»Ja, echt. Alles super«, sagte sie hastig. »Und wie war es bei euch?«

»Na ja, wir hatten ein paar … Differenzen. Volker war ein paar Tage wandern mit seinem Freund Felix.«

»Es gab Streit? Aber doch nicht meinetwegen?«

Ich zog den Autoschlüssel ab und drehte ihn in den Händen. »Versteh das jetzt bitte nicht falsch, aber Volker und ich hatten ein paar Diskussionen deinetwegen und wegen Leonore, die hier die älteren Rechte hat …«

In dem Moment kamen die Kinder aus der Haustür geschossen. »Wir haben dich vermisst, Lisa, es war so langweilig ohne dich!«

»Echt?«

»Gib her, das trage ich!«

»Nein, ich!«

Die Kinder schleppten ihr Gepäck, als auch Emil hinzukam und mit Hand anlegte.

»Hallo, schöne Frau!«, begrüßte er sie fröhlich.

»Was ist das denn?« Lisa strich ihm liebevoll übers Gesicht. »Wird das mal 'n Bart, wenn's fertig ist?«

Die beiden umarmten sich wie Geschwister. Er wirbelte sie so heftig herum, dass ich mir Sorgen um das Baby machte. Pauline konnte sich gerade noch hinter den Koffern in Sicherheit bringen.

Nathan stand mit verschränkten Armen in der Haustür und rührte sich nicht. Er war auch gerade erst von einem mehrtägigen Bridgeturnier zurückgekommen.

»Willst du nicht Hallo sagen?«, fragte ich, als ich an ihm vorbei ins Haus ging.

»Hi«, sagte Nathan. Er hatte etwas Merkwürdiges im Blick, als er sie anschaute.

Ich schüttelte den Kopf und ging mir die Hände waschen.

9

»Warum isst Lisa nicht mit uns zu Abend?« Volker schaute sich suchend am Tisch um, als ob eines der Kinder fehlen würde.

»Sie ist drüben«, sagte ich schnell. »Willst du noch etwas Sauce?«

»Sie kann doch rüberkommen.« Volker redete geradeso, als hätten wir nie über Lisa diskutiert.

»Ich hol sie!« Schon war Charlotte aufgesprungen und rannte durch die offen stehende Schiebetür in den Garten.

Ich kniff die Augen zusammen und sah Volker skeptisch an: »Bist du sicher?«

»Herzerl! Dass du immer gleich so überreagierst. Natürlich ist Lisa bei uns am Familientisch willkommen. Nicht wahr, Kinder?«

»Au ja!«, freute sich Pauline und klatschte in die Hände. »Sie wollte mir nämlich was aus dem Pipi-Langstrumpf-Museum mitbringen!«

»Ich find's auch blöd, wenn die jetzt allein da drüben sitzt!« Emil war schon aufgesprungen und holte noch einen Stuhl und ein Gedeck.

»Muss die wirklich immer hier rumhängen?« Nathan stand auf und legte seine Serviette auf den halb leer gegessenen Teller. »Ich geh in mein Zimmer.«

»Ich fass es nicht!«, sagte ich. »Was hat er denn gegen Lisa?«

»Vielleicht das Gleiche wie ich bisher?« Volker rieb sich lächelnd das Kinn. »Aber wie du siehst, habe ich eure Freundschaft endlich akzeptiert, und er wird sich auch noch an unseren Dauergast gewöhnen.«

In dem Moment kam Lisa, von Charlotte regelrecht am Ärmel herbeigeschleift, durch die Terrassentür. Sie trug ein weißes gerade geschnittenes Leinenkleid, das ihre gebräunte Haut wie Bronze schimmern ließ. Die blonde Mähne hatte sie lässig hochgesteckt. Die sich in ihrem Nacken ringelnden Strähnen sahen aus wie kleine glänzende Schlangen. Sie sah hinreißend aus. Die schönste Schwangere, die ich je gesehen hatte.

»Stör ich auch nicht?«

»Aber nein!«, rief ich hastig. »Setz dich!«

Emil schob ihr den Stuhl hin, und Volker schenkte ihr ein Glas Wasser ein.

»Ich kann aber nichts essen!«, sagte Lisa und berührte ihren Bauch. »Ich habe bestimmt drei Kilo zugenommen.«

»Steht dir aber gut!«, sagte Volker. »Wie geht's dem Baby?«

Zum ersten Mal hatte er nicht mehr diesen herablassenden Ton drauf, sondern es schwang Friedensbereitschaft in seiner Stimme mit.

»Und was macht Sven?« Volker nahm sich eine Scheibe Brot aus dem Körbchen und belegte sie mit Schinken.

»Oh, danke, alles supi.«

»Du hast ihn hoffentlich schön gegrüßt?!«

Ich warf ihm einen dankbaren Blick zu.

»Ähm, was? Sven? Äh ja, klar. Schöne Grüße übrigens zurück. Kinder, schaut, was ich euch mitgebracht habe …«

Die Kinder steckten die Köpfe zusammen und packten ihre Mitbringsel aus. Ich bestaunte noch einmal das wunderschöne Armband, das im Schein unserer Kronleuchter funkelte.

Mir hatte Lisa so eine russische Puppe mitgebracht, in der weitere russische Puppen stecken. Wir drehten sie alle auf und waren überrascht, wie viele kleine Püppchen sich noch darin verbargen, und ich stellte sie alle auf den Kaminsims.

Volker erkundigte sich interessiert nach dem Schiff: wie viele Knoten, wie viele Meilen, wie viele Tonnen – typische Männerfragen eben, die sie aber wie aus der Pistole geschossen beantwortete. Fast so, als hätte sie sie auswendig gelernt.

Es wurde dann noch ein sehr harmonisches Abendessen. Lisa hatte Prospekte vom Schiff dabei und zeigte uns die vielen Schnappschüsse, die jemand von ihr und Sven mit dem Handy gemacht hatte. Sven sah toll aus in seiner Uniform. Die beiden waren ein Traumpaar.

Dann ging Volker in sein Arbeitszimmer, Emil wollte ein Fußballspiel im Fernsehen sehen, und ich brachte die Mädchen ins Bett, während Lisa ganz selbstverständlich die Küche aufräumte. Dabei sang sie ganz entzückend vor sich hin. Ganz unauffällig und selbstverständlich. Ohne gefallen zu wollen. Sie sang immer, wenn sie glücklich war.

Witzig, dachte ich. Oma Leonore singt auch immer. Aber bei ihr ist es eine quälende Selbstinszenierung.

»Endlich ist Lisa wieder da«, sagten die Mädchen seufzend, als ich ihnen gute Nacht sagte.

Paulinchen hüpfte vor lauter Aufregung noch ein bisschen in ihrem Lillifee-Schlafanzug auf dem Bett herum: »Mama, kommt jetzt die Oma Leonore nicht mehr so oft?«

»Mama, die Oma neeeeervt so!«, ließ sich Charlotte vernehmen.

»Mal sehen.« Ich strich ihnen über die Köpfe. »Ich habe Lisa auch lieber als die Oma, aber das muss unter uns bleiben!«

Später standen Lisa und ich in der Küche und lehnten an den funkelnden Arbeitsflächen, jede ein Glas Wein in der Hand.

»Danke, dass du aufgeräumt hast.«

»Das habe ich doch gern getan. Schließlich bin ich deine

Freundin. Außerdem habe ich dich auch vermisst«, sagte Lisa plötzlich mit einer ganz veränderten Stimme. Wie eine welke Blume ließ sie ihren Kopf auf meine Schulter sinken.

Ich rutschte erstaunt von ihr ab. »Ach komm. Du warst mit deinem Mann zusammen, und ihr hattet eine tolle Zeit!«

»Ich muss dir was sagen, weiß aber nicht, wie.«

Ihr Gesicht war auf einmal ganz blass unter der Bräune.

»Was ist los?« Gleich rückte ich wieder dicht an sie heran.

»Also, ich habe mal irgendwann im Bad was gesucht. Ehrlich gesagt wollte ich mir seinen Rasierapparat ausleihen.«

»Ja und?« Was sollte das denn jetzt werden? Trotzdem war es tausendmal interessanter als die Geschichten über die Christel von der Post.

»Und dann habe ich sein Necessaire aus dem Badezimmer-schränkchen genommen. Ich wollte wirklich nicht rumschnüf-feln oder so …«

»Und dann?«

»Dann habe ich Kondome darin gefunden.«

»Oh.« Ich musste mich setzen. »Das ist …« Ich sah sie ratlos an. »Das ist Scheiße.«

»Das findest du doch auch, oder?« Ihre Augen füllten sich mit Tränen. Eine davon blieb an ihren langen Wimpern hängen.

»Das muss doch gar nichts bedeuten.« Glaubte ich das selber?

»Findest du?« Lisa setzte sich auf die Arbeitsfläche und ließ mutlos die Beine baumeln.

»Ich weiß nicht …«

»Wieso hat Sven Kondome im Necessaire?« Sie sah mich rat-los an und nahm einen Schluck Wein, obwohl das gar nicht gut für sie war.

»Du bist schwanger! Wozu braucht er da Kondome?«

Sie zuckte die Achseln.

»Hast du ihn gefragt?«

»Nicht sofort. Ich hab da erst mal zwanzig Minuten wie bematscht auf dem Klodeckel gesessen, und mir sind tausend Dinge durch den Kopf gegangen.«

Ich legte meine Hand auf ihren Arm. »Das kann ich mir vorstellen.« Ich schob ihr Glas beiseite und setzte mich neben sie. »Du Arme. Was tut er dir bloß an!«

»Als er dann von der Brücke kam, mussten wir erst mal mit Gästen essen. Ich habe die ganze Zeit im kleinen Schwarzen neben ihm gesessen und Small Talk gemacht, und in meinem kleinen Handtäschchen waren die verdammten Kondome. Am liebsten hätte ich sie ihm vor allen Leuten in die Hummersuppe geworfen!«

Ich starrte sie an. Ihre ganze fröhliche Fassade war in sich zusammengefallen. Sie war wütend, gekränkt und verletzt. Hatte er deswegen die Reederei wechseln müssen? Wegen Weibergeschichten? Seemänner sind doch alle gleich! Keiner ist seiner Frau treu, dachte ich bei mir, wollte Lisa aber nicht noch mehr beunruhigen. Stattdessen fragte ich: »Aber sie waren noch original verpackt?«

»Es war ein Sechserpack, und eines fehlte.«

»Das klingt aber gar nicht gut.«

»Na ja, als die Tafel endlich aufgehoben wurde und Sven auf unsere Kabine kam, habe ich ihm die Dinger wortlos unter die Nase gehalten. Mir war total schlecht, und ich hatte Herzklopfen. Ich habe allen Ernstes überlegt, über die Reling zu springen …«

Oh Gott, nicht noch so ein Drama. Das arme Mädchen!

»Und?« Jetzt hatte ich richtig Herzklopfen. »Was hat er gesagt?«

»Er hat mich ganz blöd angeguckt und gefragt: ›Was ist das?‹ – ›Kondome!‹, habe ich gesagt. ›Und was soll ich damit?‹, hat er gefragt.«

»DAS hat er gesagt?« Auf einmal hatte ich einen ganz trockenen Mund. Meine Finger tasteten nach dem Weinglas, um es aus ihrer Reichweite zu bringen. Konnte sich Sven dermaßen verstellen?

»»Die habe ich bei DIR gefunden!‹, habe ich gesagt. ›In DEI-NEM Necessaire!‹ ›Echt?‹, hat er sich blöd gestellt. ›Wie kommen die denn da rein?‹ ›Das frage ich DICH!‹, habe ich gesagt.«

Ich fuhr mir mit der Zunge über die ausgedörrten Lippen.

»Er hat dann so getan, als wisse er gar nicht, wovon ich rede, und schließlich meinte er, die hätte er schon seit zehn Jahren immer dabei und ich solle doch mal aufs Ablaufdatum schauen.«

»Und?«

»Ich habe ihm das Necessaire zu Weihnachten geschenkt. Er muss sie also ganz bewusst erst vor Kurzem da reingetan haben.«

Ich biss mir auf die Unterlippe.

»Na ja, er schwört jedenfalls Stein und Bein, dass er keine Ahnung hat, woher die Dinger kommen, und dass er ganz sicher kein Verhältnis hat, nur mich liebt, mir treu ist und mich in meinem Zustand nie betrügen würde. Die ganze Arie rauf und runter.« Lisa sprang von der Arbeitsfläche. »Was sagst du dazu?«

Ich schüttelte wortlos den Kopf.

»Genau, das ist auch meine Meinung!«

»Du glaubst, dass er dich belügt?«

»Ich weiß es nicht! Wir haben dann über nichts anderes mehr gesprochen, ich habe drei Tage lang nur geheult und ihn nachts nicht mehr an mich rangelassen. Irgendwann hat er dann gemeint, wenn ich ihm nicht vertraue, solle ich doch abhauen. Ich hab ihn angebrüllt, dass ich das Kind sowieso nicht wollte und deswegen im Krankenhaus war, woraufhin wir einen Riesenkrach hatten und er mir vorwarf, dass ich hysterisch und unreif bin ...«

»DESHALB bist du also früher nach Hause gekommen!«

Lisa schluchzte auf. »Ja! Ich wollte unbedingt zu dir!«

Sie warf sich in meine Arme und weinte ganz fürchterlich. Ich war viel zu perplex, um irgendetwas sagen zu können, strich ihr nur beruhigend über die Haare und spürte ihre Tränen an meinem Hals. Genau wie damals im Krankenhaus.

Ich sah mein Gesicht im Spiegel über dem Kühlschrank. Wut, Mitleid und Ratlosigkeit standen darin. Was würde Volker sagen? Volker wusste bestimmt Rat. Aber das war jetzt nicht der richtige Moment, ihn um Hilfe zu bitten. Ich war froh, dass er heute beim Abendessen so freundlich zu Lisa gewesen war.

»Ist ja gut, ist ja gut!« Ich wiegte sie in meinen Armen. Aber es war überhaupt nichts gut. Mir gingen tausend Dinge durch den Kopf. Jetzt konnte ich Lisa erst recht nicht hinter ihre Hecke schicken, damit unser Familienleben wieder in normale Bahnen geriet. Hoffentlich würde Volker das einsehen!

»Kann ich irgendwie helfen?« Plötzlich stand Nathan in der Küchentür. »Entschuldigung, ich wollte mir nur noch was zu trinken holen!«

»Nein, das ist eine reine Frauensache.« Ich reichte Nathan ein Glas aus dem Hängeschrank über mir. »Tu mir einen Gefallen und lass uns in Ruhe.«

»Ich habe auch Kondome im Kulturbeutel«, sagte Nathan plötzlich. »Das muss überhaupt nichts bedeuten.«

»Hast du gelauscht?« Ich funkelte ihn wütend an.

»Mann, ich wohne hier!«, giftete er zurück. »Entschuldigung, dass ich nicht mit Ohrenklappen rumlaufe!«

Er riss die Kühlschranktür auf, nahm sich eine Literpackung Milch und latschte wieder davon.

Natürlich berichtete ich Volker noch in derselben Nacht, was vorgefallen war, und flehte ihn an, die arme Lisa jetzt nicht hinter ihre Hecke zu verbannen. Wir hatten uns gerade wieder leidenschaftlich geliebt, aber bevor er einschlafen konnte, wollte ich das Thema noch unbedingt besprechen.

»Herzerl, damit das ein für alle Mal klar ist!«, sagte Volker zärtlich, während er mich noch im Arm hielt. »Ich habe eingesehen, dass Lisa dir am Herzen liegt. Die Kinder lieben sie, und sie liebt die Kinder. Bitte nimm zur Kenntnis, dass ich Lisa inzwischen sehr mag.« Er gab mir einen zärtlichen Stups und drehte sich dann um, um den Wecker zu stellen. »Danke, Volker.« Ich legte mich auf den Rücken und seufzte erleichtert auf. »Ich will und muss mich jetzt um sie kümmern.«

»Das kann ich gut verstehen.«

Ich seufzte besorgt. »Sie muss demnächst die Premiere von *Così fan tutte* singen. Wie soll sie das machen, wenn es ihr so schlecht geht?«

»Wenn sie nicht schwanger wäre, würde ich ihr einen Stimmungsaufheller verschreiben. Aber hiermit hast du die offizielle Erlaubnis, sie in unsere Familie aufzunehmen.«

»Du bist so lieb, Volker, danke!«

»Keine Ursache.«

»Meinst du, sie trennen sich?«

»Das würde mich nicht wundern.«

»Was denkst denn du, ich meine, wegen der Kondome?«

»Wenn ein Mann Kondome dabei hat, will er sich sämtliche Optionen offen halten. So sehe ich das.«

»Und wenn seine Frau schwanger ist?«

»Dann ist er ein Arschloch.«

»Und?« Ich stützte mich seitlich auf und stupste ihn mit dem Zeigefinger an die Wange. »Hast du welche?«

Er nahm meine Hand und umschloss meine Finger. »Bitte nicht ins Gesicht!«

»Tschuldigung. Also? Hast du welche?«

»Du kannst ja mal in meinem Kulturbeutel rumwühlen.«

»Aber Volker, ich käme nie auf die Idee!«

»Misstrauen ist der Anfang vom Ende.«

»Du meinst, sie hätte nicht nachschauen sollen?«

»Die Kleine hängt in seiner Kabine rum, er ist auf der Brücke, sie langweilt sich, kommt auf blöde Gedanken, fängt an zu schnüffeln …«

»Sie sagt, sie hätte nur was gesucht.«

Jetzt richtete sich Volker auf: »Glaubst du das?«

»Ich weiß nicht …«

»Herzerl: Entweder ist Vertrauen da oder nicht. Schlaf gut, ich muss morgen früh raus.« Volker beugte sich zu mir herunter und gab mir einen zärtlichen Gute-Nacht-Kuss. Ich schloss die Augen und genoss seine weichen Lippen auf den meinen. Aber plötzlich schob er mir seine Zunge in den Mund, fordernd, fast aggressiv. Ich öffnete die Lippen, erwiderte seinen Kuss. Was sollte das denn werden? Ich meine, wir hatten doch gerade erst …

Volker rollte sich auf mich, presste mit seinen Knien meine Beine auseinander, hielt meine Handgelenke fest und drang heftig in mich ein. Ich gab einen überraschten Laut von mir, und er legte mir die Hand auf den Mund wie immer, weil er nicht wollte, dass die Kinder etwas mitbekamen. Nach ein paar Stößen atmete er schnell, seine Halsschlagader pulsierte an meinen Lippen, ein Schweißtropfen perlte von seiner Stirn. Mein Herz klopfte an seiner Brust, seines raste wie verrückt, dann wurde es ruhiger.

»Hallo?«, sagte ich nach einer Weile. »Volker? Bist du das?«

»Grunz!«, sagte er. »Ich wollte auch mal ein Arschloch sein.«

Dann schlief er ein.

10

Der Sommer verging wie im Flug, und die Festspiele waren in vollem Gange. Das Landestheater hatte Ferien, sodass Lisa hauptsächlich bei uns war. Sie übte stundenlang im Wohnzimmer oder machte dort ihre Schwangerschaftsgymnastik. Ich hatte mit meinen Touristenführungen so viel um die Ohren, dass ich gar nicht mehr wusste, welcher Tag eigentlich war. Volker arbeitete ebenfalls rund um die Uhr; er hatte jetzt auch noch Urlaubsvertretungen für Kollegen zu machen und übernahm deren Hausbesuche – an manchen Tagen hatte er sechzig Patienten. Ich kümmerte mich zusätzlich um Oma Leonore, die sich vernachlässigt fühlte, und holte sie, sooft ich konnte, auf dem Rückweg ab, um sie zum Abendessen mit nach Hause zu nehmen. Dort setzte sie sich sofort an den Flügel und begann zu singen.

»Oma, sing noch mal die Fette aus Dingsda!«, stachelte Emil sie auch noch an.

Die Kinder flüchteten, ich applaudierte ihr höflichkeitshalber aus der Küche. Lisa kam glücklicherweise gleich zu meiner Rettung herüber, die beiden sangen zweistimmig, und Oma Leonore fühlte sich wieder gebraucht. Lisa war ein ausgleichendes Element. Volker hatte sie anscheinend darum gebeten, ein »kollegiales Verhältnis« zu Leonore aufzubauen, und ich fand es entzückend von Lisa, dass sie sich darauf eingelassen hatte. Wir grillten fast jeden Abend bei uns im Garten. So vergingen die

Sommertage: viel zu schnell. Ich hetzte herum, die Kinder chillten tagsüber am Schwimmteich, und ich war heilfroh, dass Lisa sich um sie kümmerte. Emil und sie verstanden sich blendend, wie ein eingespieltes Team kauften sie ein, bereiteten das Essen vor und bespaßten die Mädchen. Charlotte lernte auch eine Menge von Lisa, die sie zu kleineren Hausarbeiten heranzog: Kartoffelschälen, Gemüseputzen, Wäschefalten – all das fand in meiner Abwesenheit ganz selbstverständlich zu Hause statt. Hätte Oma Leonore ihr solche Arbeiten aufgetragen, wäre Charlotte geflüchtet und hätte sich über »Kinderarbeit« beschwert. Aber bei Lisa war das selbstverständlich. Sie selbst kannte es von zu Hause gar nicht anders, dort halfen alle Geschwister mit. Ich war unendlich erleichtert und dankbar, dass Lisa mir so im Haushalt half. Genau wie die Sache zu Beginn ihrer Schwangerschaft war auch ihr Zerwürfnis mit Sven kein Thema. Sie hatte in ihrem Elternhaus gelernt, dass man sich zusammenriss und nicht rumjammerte. Sicher lenkten unser turbulentes Familienleben und die Hausarbeit sie auch von ihrem Kummer ab.

Volker war inzwischen auch froh über Lisas ständige Anwesenheit. Wir hätten sonst eine Haushälterin oder ein Kindermädchen engagieren müssen. Seiner Mutter Leonore hätte man dieses Programm ohnehin nicht zumuten können. Alles fügte sich ganz selbstverständlich zusammen.

Eines Abends hörten wir unserer Lisa alle beim Üben zu. Sie verging regelrecht vor Lampenfieber, und wir wollten ihr helfen und Mut machen.

Oma Leonore begleitete sie mehr schlecht als recht am Flügel. Sie vergriff sich dauernd. Die Aufregung schien sich sogar auf sie übertragen zu haben. »Ich hab meine Brille nicht dabei«, versuchte sie ihre Fehler zu vertuschen. »Außerdem komme ich aus dem Operettenfach und kenne diese Oper nicht so gut.« Ach. Das war mir neu. Aber sie musste ihre Bühne plötzlich mit Lisa teilen. DAS war ihr Problem.

Volker lehnte mit der Videokamera an der Tür. Ich zwinkerte ihm spitzbübisch zu, doch er merkte es gar nicht und filmte nur Lisa. Für Sven, wie er mir zugeraunt hatte. Er wollte ihm die Aufnahmen per Skype schicken.

Die Mädchen hockten auf der Erde. Paulinchen drehte so nervös am Ohr ihres Teddys, dass dieses nur noch an einem seidenen Faden hing.

Mitten in ihrer Arie hörte Lisa auf zu singen. »Ich kann das nicht! Ich schaffe das nicht! Das Baby schnürt mir die Luft ab!«

»Das Baby gibt dir Kraft für zwei!«, versuchte ich sie aufzubauen.

»Red doch keinen Blödsinn!«, bürstete Leonore mich ab. »Du verstehst nichts von Musik, also halt einfach den Mund.«

Wir waren alle schrecklich nervös.

»Wir stehen hinter dir!«, meinte Volker. »Wir werden in der Loge sitzen und dir so fest die Daumen drücken, dass du singen wirst wie eine Nachtigall. Und, Mutter, ich möchte nicht, dass du so mit meiner Frau redest!«

Ich schenkte ihm einen dankbaren Blick.

»Ich bin so schlecht«, stöhnte Lisa.

»Liebste Lisa«, rief ich, »du bist nicht schlecht! Du singst toll!«

Lisa sah sich Hilfe suchend nach Volker um. »Ich halte das einfach nicht länger durch!«

»Doch!«, sagte Volker ruhig. »Du hältst das durch.«

»Lampenfieber gehört dazu«, sagte Leonore belehrend. »Ohne Lampenfieber hat ein Künstler gar keinen Respekt vor der heiligen Musik.«

In dem Moment erbrach sich die arme Lisa auf unseren Parkettboden.

Erschrocken sprang ich auf und holte die nötigen Utensilien, um das Malheur zu beseitigen.

»Wääähh«, schrie Pauline, »jetzt muss ich auch gleich kotzen!«

»Stell dich nicht so an!«, fauchte Charlotte, die auch schon ganz grün im Gesicht war.

»Es tut mir so leid«, stöhnte Lisa. »Ich bin so schlecht!« Dann fing sie fürchterlich an zu weinen. Volker wurde ganz weiß im Gesicht. Als er seine Kamera beiseitelegte, sah ich, dass seine Finger zitterten.

»Das heißt, mir IST schlecht, nicht ICH BIN schlecht«, murmelte Paulinchen.

Leonore sandte meinem armen Kind einen strafenden Adlerblick, der es sofort zum Schweigen brachte.

»Kind, so was kann doch passieren!«, tröstete Leonore unsere liebste Lisa. »Ich habe mir früher auch immer vor Angst in die Hose gemacht! Bei der Operettenaufführung war ich dann spitze!« Sie fing an zu trällern: »*Schlösser, die im Monde liegen* …«

»Mutter, jetzt nicht!«, sagte Volker.

Ich rutschte auf den Knien herum und wischte das Erbrochene auf.

»Volker, kannst du ihr nicht irgendwas geben?«

»Ich überlege gerade …«

»Irgendwas gegen Lampenfieber?«

»So was lässt sich mit Tabletten nicht abstellen«, sagte Volker und wiegte bedenklich den Kopf. »Wenn ich ihr Beruhigungsmittel gebe, gefährden wir das Baby. Sie hat dem Kind schon genug zugemutet.«

Oh Gott! Ich schlug die Hände vor das Gesicht. Wie sollten wir der armen Lisa nur helfen? Sie war ja ein psychisches Wrack!

»Ich stehe das nicht mehr durch«, jammerte Lisa erneut. Sie würgte, bis nur noch Galle kam. Ich streckte ihr den Spucknapf hin und hielt ein Handtuch bereit.

»Armes Mädchen! Sie hat es aber auch wirklich nicht leicht!«

Leonore tätschelte Lisa mitleidig den Rücken. »Schwanger von einem verlogenen Kerl, der nichts taugt, und dann aber *Lache, Bajazzo!*«

»Mutter!«

»Männer sind Schweine«, sagte Leonore. »Alle!«

»Ist ja gut, Mutter!« So scharf hatte ich Volkers Stimme noch nie erlebt. Es war das erste Mal, dass Volker sich traute, seine Mutter so in ihre Schranken zu weisen. »Lisa gehört hier zur Familie, und mit solchen Bemerkungen hilfst du ihr auch nicht weiter.«

Ich sah ihn dankbar an. Endlich hatte er es gesagt! Lisa gehört zur Familie!

»Setz dich erst mal!« Wir schoben Lisa auf das Wohnzimmersofa. Ihre Beine zitterten wie Espenlaub. Paulinchen drängte ihr den Teddy auf, bei dessen Anblick sie schon wieder weinen musste.

»Hm? Schätzchen!«, sagte Volker leise und befühlte ihre Stirn.

Ich zuckte überrascht zusammen und freute mich, dass Volker Lisa endlich genauso ins Herz geschlossen hatte wie der Rest unserer Familie. Dann kochte ich erst mal Tee, anschließend saßen wir alle im Kreis um die verzweifelte Lisa herum. Wir flößten ihr die heiße Flüssigkeit ein und sagten, dass sie die Premiere bestimmt bravourös meistern würde. Sie solle sich das Publikum doch einfach in Unterhosen vorstellen. Letzteres war Leonores glorreiche Idee.

»Oder ganz nackert«, fügte Paulinchen in kindlichem Eifer hinzu.

Lisa musste unter Schluchzern lachen. Ein Rotzfaden seilte sich von ihrer Nase ab.

»Hm?« Ich strich ihr aufmunternd über den Rücken. «Du hattest doch beim letzten Mal auch keine Angst vor der Premiere! Wovor fürchtest du dich diesmal nur so?«

»Das hat sie doch eben schon gesagt!«, bellte Volker mich an. »Sie ist schwanger, und das Kind drückt ihr aufs Zwerchfell.«

Ich schüttelte den Kopf. Sie war schwanger und hatte Krach mit dem Vater ihres Kindes. Das hätte mich auch fertig gemacht.

Irgendwann waren die Festspiele zu Ende, die Bänke auf dem Domplatz wurden wieder abgebaut, die Hofstallgasse vor dem Festspielhaus wurde mit Wasser abgespritzt und endgültig von den Pferdeäpfeln befreit. Die Straßen leerten sich wieder, der Makartsteg drohte nicht mehr einzustürzen, und die Tomaselli-Terrasse lag wieder im Morgenfrieden da. Im Café Bazar saßen nur noch Salzburger, die dort ihre Zeitung lasen, und die Panoramabusse schaukelten nur noch zweimal am Tag ins Salzkammergut, um ein paar spärliche Herbsttouristen an den Mondsee, den Wolfgangsee und nach Bad Ischl zu fahren.

Die Bäume färbten sich bunt, die Hellbrunner Allee war eine einzige rotgelbe Farbenpracht, und es duftete nach Herbst. Abends machte man in den Häusern bereits die Kamine an, es roch nach Rauch.

Es war eines dieser Wochenenden, an dem man zum ersten Mal dicke Socken anzieht. Volker machte Hausbesuche, die Großen waren bei Wiebke. Die Mädchen saßen in ihren Zimmern, Lisa hatte bei uns im Wohnzimmer ihre Partie geübt, aber jetzt war es schon länger still.

Ich steckte meinen Kopf zur Tür herein. »Lisa? Alles in Ordnung?« Ich schlich mich ins Wohnzimmer, wo Lisa auf ihrer Gymnastikmatte lag und verzweifelt Atemübungen machte.

»Ich glaube, ich muss sterben!« Sie ließ sich zur Seite plumpsen wie ein Kartoffelsack.

»Liebes, komm, lass uns reden!« Ich setzte mich neben sie auf die Erde. »Lisa. Ich bin für dich da.« Mir wurde ganz warm vor Zuneigung.

»Ich muss schon wieder weinen, und wenn ich weine, kann ich nicht singen …«

»Wein ruhig, du Arme«, sagte ich mitfühlend. »Ich bin ja bei dir.«

»Das IST ja das Schlimme!« Fast boxte sie nach mir. »Ich nutze dich nur aus!«

»Quatsch, im Gegenteil! Du hast mir den ganzen Sommer über so toll geholfen – was hätte ich ohne dich bloß gemacht?«

Sie rollte sich zusammen wie ein Igel. »Ich bin so schlecht!«

»Nein! Du bist gut! Das klingt fantastisch, ich habe dich üben hören!«, versuchte ich sie aufzubauen. »Ich bewundere dich sowieso, wie du das alles schaffst, diese schwere Partie, die Schwangerschaft und …«

»Bitte REDE nicht davon!«, stöhnte sie, und ihre Stimme brach. »Ich schaffe das NIE! Ich halte das einfach nicht durch!« Die Panik stand ihr ins Gesicht geschrieben.

Ich schlug mir die Hand vor den Mund. Das war ja nicht gerade aufbauend von mir. Trotzdem musste ich das Thema einfach ansprechen: »Sag mal, Süße, will denn dein Sven denn gar nicht mehr bei der Geburt dabei sein?«

»Er ist ein Arschloch!«, schluchzte sie und fuhr erst recht die Stacheln aus.

»Ist denn das Zerwürfnis so endgültig, nur wegen der paar Kondome?« Ich strich ihr unablässig über den Rücken. »Ich meine, dass er sie im Kulturbeutel hatte, BEWEIST doch nichts!«

»Er ist ein Arschloch, das hat sogar Volker gesagt!«

Ups! Volker hatte Lisa gesagt, wie er die Situation einschätzte? Kein Wunder, dass sie da verzweifelt war! Ich war wirklich irritiert. Damit hätte er sie doch verschonen müssen!

»Können wir bitte flüstern?« Die Kinder sollten nichts mitbekommen. Fassungslos schüttelte ich den Kopf. »Hast du denn gar nicht versucht, dich noch mal mit ihm auszusprechen?«

»Ich kann ihn nicht erreichen! Er ist da oben in Alaska, ohne Internetempfang!«

Ich nahm sie bei den Händen. »Hast du es denn versucht?«, hakte ich nach.

»Ja, natürlich! Was glaubst du denn! Er antwortet nicht auf meine E-Mails!«

»Und anrufen … Geht das nicht?« Ich versuchte, so locker wie möglich zu klingen.

Endlich wandte sie mir das Gesicht zu. Die pure Verzweiflung stand darin. »Weißt du, wie blöd das ist, wenn er da nie allein ist auf seiner Brücke, sondern immer von seinen Offizieren und Matrosen umgeben ist? Wie sollen wir da vernünftig reden?«

»MÖCHTEST du denn noch mal vernünftig reden?«

»Ich weiß nicht! Oh, Barbara, es ist alles so schrecklich verfahren, ich weiß keinen Ausweg …«

Sie ließ ihren Kopf gegen meine Schulter fallen. »Weißt du, es ist verrückt, aber inzwischen fühle ich mich bei euch viel wohler als bei ihm. Ihr seid mir so vertraut geworden, und er ist mir so fremd.«

Ich nickte betroffen. »Ja, das kann ich verstehen. Wir hatten einen so harmonischen Sommer, und er war einfach nicht dabei. Die Kondomgeschichte hat dein Vertrauen in ihn natürlich erheblich erschüttert.«

»Ich vertraue EUCH«, sagte Lisa plötzlich mit fester Stimme.

»Ach, Liebes …« Ich wiegte sie in den Armen. Wie gern ich sie doch hatte!

»Sogar mit Nathan verstehe ich mich jetzt viel besser«, schniefte Lisa. »Ich habe euch alle so ins Herz geschlossen, deine süßen Kinder, dich und Volker – ja, selbst Oma Leonore kümmert sich um mich. Wenn sie nicht gerade trällert …« Jetzt lachte sie unter Tränen. »Ihr seid genau das, was ich mir immer gewünscht habe: eine tolle, große Familie, in der ich meinen Platz gefunden habe.«

Ich starrte sie nur an. Ich wagte weder ihr zuzustimmen noch ihr zu widersprechen. Wenn ich es recht bedachte, waren wir nämlich jetzt ganz genau an dem Punkt, vor dem Volker mich immer gewarnt hatte. »Lass es nicht zu eng werden mit ihr«, hörte ich ihn sagen. »Sie ist unsere Nachbarin. Wir werden sie sonst nicht wieder los.«

Aber ich hatte ja alles getan, um sie in unser Leben zu holen. Schon fast aus Trotz Volker gegenüber. Mich durchzuckte ein schrecklicher Gedanke. Wenn sich Sven jetzt tatsächlich aus dem Staub machte, hatten wir nicht nur Lisa, sondern auch ihr Baby an der Backe. Volker HATTE mich gewarnt! Plötzlich war mein Kopf ganz leer.

»Ist alles in Ordnung mit dir?« Lisa befreite sich aus meiner Umarmung und musterte mich besorgt. »Mir geht es jetzt nämlich schon viel besser! Danke, dass du mich getröstet hast!«

Lisa schenkte mir ein entwaffnendes Lächeln aus verweinten Augen, aber ich konnte es im Moment nicht erwidern. Sosehr ich mich bemühte, ihr gerade eine liebevolle Freundin zu sein, so sehr bedrückte mich plötzlich der Gedanke, genau in die Falle gelaufen zu sein, die Volker mir so deutlich vor Augen gehalten hatte.

Als Lisa endlich glücklich drüben in ihrem Häuschen war, schlich ich in Volkers Arbeitszimmer. Er war immer noch nicht von seinen Hausbesuchen zurück. Mit zitternden Fingern googelte ich das Schiff, auf dem Sven Kapitän war. Es war die MS Voyager, die Reederei hieß »Seven Seas Cruises«, das stand alles in den Schiffsunterlagen, die Lisa uns von ihrer Ostseereise mitgebracht hatte. Komisch, dachte ich, während ich im Internet herumsurfte. Komisch, dass sich die Segel im wahrsten Sinne des Wortes um hundertachtzig Grad gedreht hatten. Tja, aber das war anscheinend bei Seeleuten so. Man durfte ihnen einfach nicht trauen. In diesem Punkt waren Leonore und

Volker einer Meinung gewesen. Die arme Lisa! Dabei hatte dieser Sven einen so sympathischen, verlässlichen Eindruck auf mich gemacht. Als ich sein Foto auf der Internetseite der Reederei auftauchen sah, schlug ich mir mit der flachen Hand vor die Stirn: Sogar ich, eine verheiratete Frau mit jeder Menge Lebenserfahrung, war auf diesen gut aussehenden Typen hereingefallen. Und mit Uniform sah er einfach NOCH viel besser aus! Natürlich war der von Frauen umschwärmt! Die Millionärinnen RISSEN sich um den! Bestimmt wollten die alle abends bei ihm am Tisch sitzen oder sogar mit ihm an Land gehen. Der brauchte schon von BERUFS wegen Kondome. Wäre ich eine einsame amerikanische Millionärin, würde ich bei dem feschen blonden Kapitän eventuell auch schwach werden. Klar band der nicht jeder auf die Nase, dass er zu Hause eine schwangere Ehefrau sitzen hatte. Aber charakterstark war das nicht gerade. Ich kniff die Lippen zusammen und schüttelte missbilligend den Kopf.

Kurz entschlossen wählte ich die zwölfstellige Nummer, die auf der Reisebroschüre angegeben war. In flüssigem Englisch bat ich die Dame am anderen Ende der Leitung, mich zu Kapitän Sven Ritter durchzustellen.

»In welcher Angelegenheit?«

»Privat. Es geht um seine Frau.« Ich hörte meine Stimme als Echo nachhallen. Ein kurzes Knacken, und schon hatte ich ihn am Apparat.

»Hallo, Barbara«, hörte ich seine sympathische tiefe Stimme mit dem norddeutschen Akzent. »Wie geht's?«

Sofort bekam ich eine Gänsehaut. Ich sah ihn vor mir, wie er hier mit Lisa auf der Kaminbank gesessen hatte. Verliebt hatten sie mir eröffnet, dass sie Eltern werden würden.

»Wie es mir geht, steht hier nicht zur Debatte«, antwortete ich kühl. »Aber warum fragst du nicht nach Lisa?«

Stille. Dann kam ein zögerliches: »Ähm …, ist es schon so weit?«

»Nein, natürlich NICHT! Du als werdender Vater solltest doch wissen, wann der Geburtstermin ist!« Ärgerlich klopfte ich mit einem Bleistift auf Volkers Arbeitsplatte. »Ihr geht es nicht gut, Sven. Sie weint ständig. Sie hat Angstattacken. Sie traut sich das Singen nicht mehr zu. Sie versucht, dich zu erreichen, doch du hast nie Zeit für sie.«

Ich hörte den Nachhall meiner entrüsteten Stimme. Endlich kam die Antwort.

»Das tut mir echt leid, aber ich bin hier furchtbar beschäftigt …«

»Und das ist ALLES, was du dazu zu sagen hast?«

»Tja.« Es rauschte und knackte im Äther.

»Sven!«, schrie ich gegen das Satellitengeräusch an. »Kannst du nicht wie geplant im Oktober kommen?«

»Nein, das geht wohl nicht. Ich habe die Reederei gewechselt …«

»Was heißt hier ›wohl nicht‹?! Willst du oder kannst du nicht?«

» Bitte glaub mir, Barbara, ich KANN NICHT.« Pause. Dann, von weit her: »Ich bin neu. Ich kann noch nicht um Urlaub bitten!«

»Aber du kannst sie doch jetzt nicht einfach so im Stich lassen!«, rief ich in den Hörer.

»Das verstehst du nicht«, drang seine tiefe Stimme aus dem Hörer. »Bitte, Barbara, kümmere dich um sie. Sie braucht dich. Ich kann hier am anderen Ende der Welt einfach nichts für sie tun.«

Nach diesen Worten war die Leitung tot. Ich raufte mir fassungslos die Haare und fluchte vor Entsetzen. Verdammter Schuft! Was für ein Arschloch! Leonore hatte den Nagel auf den Kopf getroffen: Männer sind Schweine. Mir wurde ganz heiß vor lauter Frust. Er hatte einfach aufgelegt!

»Gut, das ist ja dann wohl eine Sache für den Anwalt!« Meine Stimme klirrte vor Zorn. Energisch lief ich in Volkers Arbeitszimmer auf und ab und hörte meine Absätze auf dem Parkettboden klappern. »Dieser Sven muss jetzt Farbe bekennen.«

Volker war endlich zurückgekommen und hatte mich ganz aufgelöst an seinem Computer vorgefunden. Stirnrunzelnd hatte er mich gemustert. »Barbara? Ist irgendwas? Liegt dir irgendwas auf der Seele? Was machst du an meinem Computer?« Sanft, aber bestimmt hatte er mich von seinem Stuhl hochgezogen.

»Volker, du musst Lisa helfen! Die klappt uns noch zusammen!«

Mit gefasster Miene hatte Volker genickt, wie ferngesteuert. »Ja. Sie ist im Moment sehr labil.«

»Der Mann hat unsere Lisa nicht verdient«, sagte ich erschüttert. »Sie erst schwängern, dann mit irgendwelchen Hafennutten betrügen und ab mit dem Schiff über alle Berge!«

Ich biss mir auf die Unterlippe. Das mit den Hafennutten entsprang ja nur meiner regen Fantasie.

»Na ja, über Berge fahren Schiffe nicht gerade«, murmelte Volker unkonzentriert.

»Selbst wenn die beiden nicht wieder zusammenkommen sollten …« Ich schüttelte fassungslos den Kopf und verschränkte die Arme vor der Brust. »… Zahlen muss er auf jeden Fall. Was wird denn überhaupt aus dem Haus?« Ratlos drehte ich mich um meine eigene Achse. »Das gehört ja wohl ihm? Das Grundstück hat sein Vater ihm vererbt. Aber das Fertighaus muss er ihr doch lassen?«

Volker drehte sich auf seinem Ledersessel zu mir um. »Ich weiß das alles nicht, mein Herz.«

»Kommt der denn überhaupt noch mal wieder, der Kerl?«

»Woher soll ich das wissen? Ich kenne den Mann doch kaum.«

»Aber wir lassen Lisa doch jetzt nicht im Stich?«

»Natürlich nicht!« Volker zog mich zu sich auf den Schoß. »Du kämpfst ja für sie wie eine Löwin!«

Ich nahm sein vertrautes Gesicht in meine Hände und küsste ihn zärtlich auf die Stirn: »Danke, Liebster. Ich könnte nicht mehr in den Spiegel schauen, wenn wir sie jetzt mit dieser Sache allein ließen.«

»Ich auch nicht«, sagte Volker und nahm meine Hände. »Bitte nicht ins Gesicht!«

»Entschuldige. Ich kann mich nicht bremsen, wenn ich dich so sehr liebe.« Was hatte ich nur für ein Glück mit meinem verlässlichen, starken Mann! Der für uns sorgte und alles tat, damit es uns gut ging!

»Wie gemein von diesem Sven, sich einfach so aus der Verantwortung zu ziehen! Der soll sich mal ein Beispiel an DIR nehmen! Du hast VIER Kinder und kämst nie auf die Idee, dich zu drücken!«

»Ich dachte, er wäre ein Ehrenmann«, sagte Volker wie zu sich selbst. »Wie sehr man sich in den Menschen doch täuschen kann!«

»Männer sind Schweine«, zitierte ich Leonore. »Mit Ausnahmen!« Am liebsten hätte ich ihn schon wieder stürmisch umarmt.

»Seemänner sind Schweine!«, gab Volker lakonisch zurück.

»Ihre Eltern werden sich wohl auch nicht um sie kümmern«, sagte ich traurig.

Nachdenklich kratzte Volker sich am Kopf. »Und wenn unsere kleine Nachtigall nicht mehr singen kann, dann geht sie ein.«

Jedes Mal, wenn ich daran dachte, wie ihre Stimme unter Tränen gebrochen war, bekam ich eine Gänsehaut. Arme kleine Lisa! Wie sie da gesessen hatte, dieses bemitleidenswerte Häufchen Elend, im Stich gelassen von ihrem Mann, von ihrer Mutter … von aller Welt. Aber NICHT von UNS! Eine Woge der Zuneigung überkam mich. Plötzlich wusste ich ganz genau, was wir zu tun hatten.

»Weißt du was, Volker? Wir werden Paten für Lisas Kind. Wir übernehmen die Verantwortung.« Nach einer kurzen Pause fügte ich entschlossen hinzu: »Auch finanziell.«

Volker fuhr herum. In seinen Augen stand die nackte Angst. »Was hast du da gesagt?«

»Wir werden Paten! So wie andere ein Patenkind in der dritten Welt haben!«

»Das ist doch eine völlig idiotische Idee!« Volker sprang auf und stopfte die Hände in die Hosentaschen. »Alles, was recht ist, Barbara! Meinetwegen kümmere dich um das Kind. Hilf der Lisa, steh ihr bei! Aber wenn du mich zwingst, für ein Kind zu zahlen, das mich nichts angeht … Deine Nächstenliebe geht echt zu weit, Barbara!« Mit großer Geste schlug er sich an die Brust: »Ich zahle mich auch so schon dumm und dämlich für die anderen Kinder!«

»Welche anderen Kinder …«

»MEINE vier Kinder!«, rief er mit rotfleckigen Wangen.

»Wir haben doch davon geträumt, mehr Zeit für uns zu haben, wenn die Kinder größer sind …«

»Ich weiß.« Sofort tat es mir leid. Ich hatte ihn überfordert mit meiner übertriebenen Nächstenliebe. Er HATTE mich gewarnt.

»Du hast gesagt, wir gehen bergsteigen, wandern und skifahren. Wir werden die Welt bereisen!«, sprudelte es nur so aus Volker heraus. »Mein ganzes Leben lang habe ich nur gezahlt«, jammerte er. »Für Wiebke, für das erste Haus, für meinen nichtsnutzigen Herrn Sohn, der nur Bridge spielt und ansonsten auf dem Sofa rumhängt, für die Apotheke, damit Wiebke ein eigenes Leben führen kann, und jetzt zahle ich das Medizinstudium für Emil, zahle das zweite Haus ab, damit die gnädige Frau ein schönes Leben hat und mit ihrer Freundin und einem Gläschen Sekt am Schwimmteich herumalbern kann, dann zahle ich das Studium für unsere beiden Töchter, und wenn ich ENDLICH damit fertig bin, soll ich auch noch für ein FREMDES KIND zahlen?« Scharf atmete er aus. »Hört das denn NIE auf?«

Meine Güte, mein armer Mann stand kurz vor einem Burnout. Ich DURFTE ihn auf keinen Fall noch mehr in diese Sache verwickeln.

»Volker, entschuldige!« Ich umarmte ihn und musste mich schon wieder ganz fürchterlich beherrschen, um ihm nicht mit den Fingern ins Gesicht zu fassen. »Ich bin wirklich zu weit gegangen! Ich könnte mir die Zunge abbeißen!«

Ich blödes Trampel. Warum nahm ich nie Rücksicht auf seine Gefühle? Erst hatte ich ihm Lisa aufgedrängt, und jetzt wollte ich ihm auch noch ihr Kind aufdrängen.

»Vergiss es!«, sagte Volker und ließ die Schultern sinken. »Du meinst es ja nur gut.« Tatsächlich schwammen seine Augen in Tränen. »Aber dein Helfersyndrom kann manchmal ganz schön anstrengend sein.« Mit diesen Worten strebte er zur Tür.

»Wohin gehst du?«

»Lass mich einen Spaziergang machen. Ich muss nachdenken.« Er gab mir einen flüchtigen Kuss auf die Wange und verschwand in der Dunkelheit.

11

Lisa schaffte ihre Premiere. Sie schaffte sie sogar sehr gut. Volker hatte sich ihrer angenommen, hatte lange Gespräche mit ihr geführt, sie mit mentalen Übungen dazu gebracht, sich zu beruhigen, zu konzentrieren, ihr Zwerchfell zu beherrschen. Zum Glück konnte er ihr als Arzt wirklich beistehen. Schließlich besuchte er am Wochenende ständig Seminare über alternative Heilweisen, chinesische Medizin, Akupunktur und solche Sachen. (Ich stieg da schon lange nicht mehr durch, merkte aber, wie viel Mühe er sich gab, als Arzt auf dem Laufenden zu bleiben!) Dass er sich so viel Zeit für Lisa nehmen würde, hatte ich gar nicht zu hoffen gewagt. Sie hatten stundenlang im Fitnesskeller auf Medizinbällen die Angst veratmet, waren in ihr inneres Kind eingetaucht und hatten sich von Ängsten und Unzulänglichkeiten befreit.

Natürlich hatten die Mädchen und ich uns gehütet, sie dabei zu stören. Tagelang waren wir nur noch auf Zehenspitzen durchs Haus geschlichen, hatten geflüstert und alles getan, damit Lisa sich wohl fühlte und entspannen konnte. Leonore war täglich zum Üben gekommen, und ich hatte dafür gesorgt, dass stets gesunde Kost verfügbar war.

Trotz ihres inzwischen sichtbaren Babybäuchleins sang sie eine entzückende (rundliche, aber forsche) Fiordiligi, schaffte die langen Koloraturarien mit Bravour und erntete stehende Ovationen. Zwischenzeitlich belächelte ich die etwas kuriose

Handlung. *Così fan tutte* – So machen es alle! Einander Komödien vorspielen, sich betrügen, die Partner tauschen, mit ein paar lächerlichen Masken, die man sich vors Gesicht hielt, um die anderen zu täuschen – nun ja, das war eben Oper. Mit dem wahren Leben hatte das rein gar nichts zu tun. Flüsternd erklärte ich den Kindern die Handlung. Aber Lisa verkörperte ihre Rolle sehr überzeugend. Sie besaß nicht nur musikalisches, sondern auch schauspielerisches Talent. Ihre Schwangerschaft hatte man als Zuschauer ganz schnell vergessen.

Uns allen fiel ein riesiger Stein vom Herzen. Leonore, Volker, die Kinder und ich weinten fast vor Erleichterung und klatschten uns die Hände wund. Nachher luden Volker und ich zur Premierenfeier. Alle Mitwirkenden – vom Intendanten bis hin zum Beleuchter – feierten bei uns zu Hause bis spät in die Nacht. Leonore bot uns jede Menge Operettenarien dar: »Ich war auch mal gut!«

Als Lisa müde wurde und sich in ihr Häuschen verzog, bewirtete ich die Gäste weiter und freute mich einfach unbändig, dass meine Freundin trotz ihrer Schwangerschaft und der damit verbundenen Ängste und Selbstzweifel so fantastisch gesungen und gespielt hatte. Wir waren alle so stolz auf sie! Wenn doch nur Sven dabei gewesen wäre! Wie sexy sie sein konnte, wie verführerisch, wie raffiniert! Was der Blödmann sich alles entgehen ließ.

Als ich um vier Uhr morgens die Gläser polierte, kam Volker noch einmal zu mir in die Küche. Er hatte gerade die letzten Gäste aus der Auffahrt dirigiert.

»Das haben wir toll hingekriegt.« In seinen Augen lag ein Anflug von Stolz. »Du bist eine wundervolle Gastgeberin. Diese Party wird noch lange Stadtgespräch sein.«

Zu meinem Erstaunen zauberte er einen Blumenstrauß hervor, den er hinter der Küchentür versteckt hatte, überreichte ihn mir und drückte mir einen Kuss auf den Mund.

Ich strahlte vor Freude. »Ja, das haben wir. Danke, dass du dich so wunderbar um Lisa gekümmert hast.« Ich steckte meine Nase in die Blumen. »Auf Sven können wir verzichten!«

Lächelnd griff Volker nach einem Bier und trank direkt aus der Flasche. »Inzwischen habe ich mich damit abgefunden, dass sie dir so viel bedeutet. Ich finde sie ja selbst ganz süß.«

Ich war dermaßen erleichtert, dass ich fast laut lachen musste. Wieso war ich da nicht schon früher draufgekommen? Männer müssen immer das Gefühl haben, dass eine gute Idee IHRE IDEE war. Schon fühlte ich mich tausendmal besser. »Gib auch mal her, die Flasche«, sagte ich grinsend.

Nun hatte ich meinen Volker also endlich da, wo ich ihn haben wollte.

Lisa gehörte fest zu unserem Leben dazu.

»Willst du dem Vater deines Kindes nicht noch mal eine Chance geben?«

Ich war drüben bei Lisa und half ihr bei der Einrichtung des Kinderzimmers. Ich hatte noch eine ganze Menge Strampler und gut erhaltene Kindersachen von Charlotte und Pauline gefunden und bot an, sie in die neu erworbene Babykommode einzuräumen.

»Vorausgesetzt, du willst sie überhaupt haben. Ich will sie dir nicht aufdrängen.« Ich musste lachen. »Wiebke wollte mir auch die naturbelassenen Muttermilchstuhlstrampler von Nathan und Emil überlassen. Rate mal, was ich mit denen gemacht habe.«

»Kamin«, sagte Lisa knapp.

»Genau«, erwiderte ich. »Machst du das mit meinen Sachen auch?«

»Hab keinen Kamin!«, meinte Lisa.

Sie sah rührend aus mit ihrem Bäuchlein, das nun deutlich sichtbar war, in dem warmen Rolli, den sie unter ihrer weiten Latzhose trug, während sie Svens ehemaliges Arbeitszimmer eifrig mit Babymotiven ausmalte. Da sie Rosa kitschig fand, hatten wir uns auf sonniges Gelb mit hellblauen und zartgrünen Tapeten geeinigt. Die Bühnenbildnerin vom Landestheater hatte ihr allerlei Material zum Improvisieren zur Verfügung gestellt. Jetzt, in der Schwangerschaftspause, hatte sie Zeit. Ihre Rolle wurde nun von der B-Besetzung gesungen.

Lisa hielt inne, von ihrem Pinsel tropfte Farbe auf die Zeitungen, die wir ausgelegt hatten. Als wäre sie mit den Gedanken ganz woanders, sah sie mich forschend von der Seite an. »Redest du von Sven?«

»Ich weiß, dass ich dich mit solchen Fragen nerve«, sagte ich entschuldigend. »Aber ihr habt euch doch mal so geliebt.«

Ihre Augen schwammen in Tränen.

»Du hättest noch mal auf Schiff gehen können.«

Sie presste die Lippen zusammen und schüttelte den Kopf.

»Ihr hättet noch einmal reden müssen.«

»Damit ich der Tussi in die Arme laufe, mit der er da an Bord ein Verhältnis hat? Hochschwanger? Und sich alle kaputt-lachen?«

»Bist du denn sicher? Gibt es eine solche … Tussi?«

»Vielleicht mehrere. Ich war naiv und bescheuert, ihm zu vertrauen.«

»Er hat dich geliebt, Lisa.« Ich nahm ihr Gesicht in beide Hände. »Irgendwas muss passiert sein. Sag es mir.«

»Er hat mich betrogen.« Trotzig klatschte Lisa Farbe an die Wand. »Wozu hätte er sonst Kondome gebraucht? Und ich Trottel habe gedacht, dass er mir treu ist, dass er nur mich liebt …« Lisa ließ den Pinsel sinken. Gelbe Farbe troff auf ihre Turnschuhe. »Ich wollte EINMAL, dass einer NUR MICH liebt. Aber das sollte wohl nicht sein. Ich muss immer teilen, aber das habe ich ja als Kind schon gelernt.«

»WIR lieben DICH«, sagte ich warmherzig. »Unsere ganze Familie liebt dich. Du hast unser Herz erobert. Du ganz allein.«

»Ich liebe euch auch«, sagte Lisa leise und fuhr sich mit dem Handrücken über die Nase.

»Aber ihr seid eben was anderes. Ich wollte einen Mann. Ganz für mich allein.«

Ich nahm sie in den Arm. »Es tut mir so leid, Lisa. Ihr wart so ein Traumpaar …«

»Ihr doch auch!«, antwortete sie unwirsch.

Ich wertete das als hilflose Trotzreaktion und ließ diese unsinnige Bemerkung einfach so im Raum stehen. Bald würde sie ganz allein mit dem Kind dastehen. Und genau das Leben führen, vor dem sie geflohen war: Kindergeschrei, wenig Schlaf, keine Bühne, kein Beifall, keine Reisen. Dafür durfte sie in unserer Großfamilie den Platz der ältesten Schwester einnehmen. Na, danke, der Kreis hatte sich für Lisa geschlossen.

Besser, ich hielt endlich die Klappe. Und das tat ich dann auch.

Volker hielt sein Versprechen und kümmerte sich um den Scheidungsanwalt. Er kannte ihn aus dem Lions-Club. Der Mann hatte schon seine Scheidung mit Wiebke geregelt.

»Der soll auch einen ordentlichen Unterhalt erstreiten«, stachelte ich ihn an. »Sven muss für sein Kind zahlen. Darauf musst du bestehen.«

»Natürlich.« Volker rieb sich erschöpft die Stirn. »Ich werde das schon regeln.«

»Schließlich musst du ja für Wiebke und die Jungs auch zahlen«, fügte ich hinzu. Längst hatte ich meine Idee bereut, dass WIR uns für Lisas Kind finanziell verantwortlich fühlen sollten! Man konnte es auch übertreiben! Das war doch alles unterhaltsrechtlich klar geregelt, egal in welchem Land der Welt sich der Kindsvater aufhielt!

»Sven muss zahlen! Da gibt es doch so eine Düsseldorfer Tabelle!«, redete ich mich in Rage. »Je mehr ein Mann verdient, desto mehr muss er an Unterhalt zahlen. Lass ihn bloß nicht davonkommen! Eigentlich müsste Sven auch deine ganzen ärztlichen Behandlungen bezahlen«, legte ich noch nach. »Du solltest ihm für deine Bemühungen saftige Honorarnoten schicken!«

Mir fiel wieder ein, dass Lisa im Krankenhaus ein Einzelzimmer gehabt hatte. Also war Sven ja wohl bestens versichert!

»Herzerl, lass das mal meine Sorge sein. Du kümmerst dich um den ganzen Schwangerschaftskram und ich mich um den Schriftkram, einverstanden?«

»Klar, Liebster. Danke, dass du das machst. Wie du weißt, habe ich mit Scheidungen keine Erfahrung. Danke, dass ich darüber nie und nimmer nachdenken muss!« Ich umarmte meinen Mann heftig und achtete darauf, dass ich ihm nicht wieder ins Gesicht fasste.

»Passt schon. Wenn du immer schön brav bist, musst du das auch nicht.«

»Ich BIN immer schön brav. Was möchtest du heute zum Abendessen?«

»Das überlasse ich vollkommen meiner Frau. Du bist die beste Köchin der Welt.«

»Und du bist der beste Ehemann der Welt. Ich beneide mich selbst um dich …«

»Dann geh jetzt, und lass mich hier in Ruhe arbeiten, ja?«

Volker gab mir einen Klaps auf den Po. »Sei so lieb und mach die Tür zu. Ich habe hier noch Gutachten zu diktieren.«

Je näher der Geburtstermin rückte, desto aufgeregter wurden wir. Ich war mit Lisa bei den Vorsorgeuntersuchungen gewesen, ja sogar bei der Schwangerschaftsgymnastik. Allerdings hielt Lisa das für »lächerlichen Firlefanz«, und als sie gesehen hatte, wie sich dort junge werdende Väter auf Medizinbällen rumwälzten, war das Thema für sie erledigt.

»Ich kann atmen, das lernt man als Sängerin, also was soll ich da mit diesen Typen rumhecheln? Außerdem hat meine Mutter ein Kind nach dem anderen gekriegt, und ich weiß nur eins: Es ist noch keines dringeblieben.«

Lisa war nun gar nicht mehr bange. Auch ihre Weinattacken waren wie weggeblasen. Seit sie mit Volker die Beruhigungs-übungen – autogenes Training und so – gemacht hatte, war sie wie ausgewechselt. Jetzt stellte sie sich entschlossen den He-rausforderungen des Lebens. Heimlich war ich stolz auf Volker. Er war einfach ein toller Arzt. Wenn er bei allen seinen Patien-ten solche Erfolge hatte, konnte ich mir schon vorstellen, wa-rum er so gefragt bei ihnen war.

Ja, meine kleine Lisa hatte im letzten halben Jahr viele Klip-pen überwunden – ihre Selbstzweifel, ihre Trennung von Sven, ihr Lampenfieber, die große Partie an der Oper –, da würde sie die Geburt auch noch schaffen. Außerdem hatte sie uns. Unsere Familie stand wie eine Eins hinter ihr. Sie hatte best-möglichen ärztlichen Beistand. Sie hatte eine mütterliche Freundin mit viel Erfahrung. Sie hatte … lauter kreative Na-mensvorschläge! Schade, dass sie bei diesem Frühstück nicht dabei war.

»Jennifer! Natascha! Laura! Lea! Lena! Hanna!«, übertrumpf-ten sich die Mädchen gegenseitig. Sie hatten natürlich mehrere Lenas, Leas und Hannas in der Klasse.

»Aber so heißen doch alle«, sagte Leonore ungnädig. »So etwas Würdeloses und Unreifes! Dumme Modenamen!«

Die Mädchen kicherten. »Mama, was findest DU schön?«

»Charlotte und Pauline.« Ich strahlte meine Mädchen an.

»Ach komm, Mama! Jetzt mal im Ernst! Was COOLES!«

»Den Namen hat immer noch Lisa zu bestimmen.«

»Aber die ist ja gerade nicht hier! Los, lasst uns Vorschläge sammeln!« Emil zog schon sein schmuddeliges Notizbuch aus der Tasche.

Leonore fand »Kunigunde« schön, »Adelheid« und »Gudrun«.

»Okay …?« Emil notierte alles unter seinen Anatomiebegriffen.

»Bist du sicher, dass du das ernst meinst, Oma?«

»Alles schöne alte deutsche Namen«, verteidigte sich Leonore. »Zeitlos und klassisch. Volker zum Beispiel stammt auch aus dem Altdeutschen. Ein Edelmann. Sven dagegen ist auch so ein billiger Modename. Das ist Schwedisch und heißt Schwein.«

Emil lachte sich kaputt. »Alle Schweine sind Schweden! Hurra, Oma, das war jetzt wirklich voll politisch korrekt!«

Schnell spielte ich den Ball weiter. »Was haltet ihr von Fanny?«

»Fanny Mendelssohn Bartholdy«, wiederholte Leonore und nickte wohlwollend. »Das lasse ich durchgehen.« Die anderen applaudierten. »Oma lässt was durchgehen, wow!«

Sie ließ sogar noch weitere Namen durchgehen.

»Oder Alma. Alma Mahler. Oder Clara. Die hatten berühmte Männer. Clara Schumann hatte sogar Robert Schumann UND Johannes Brahms.«

»Kleopatra«, schlug Emil grinsend vor. »Die hatte es voll drauf. Erst hat sie mit Cäsar gepoppt und dann mit Marcus Antonius.«

»Ähm, ich denke diese Unterhaltung artet gerade aus …«

»Ich finde noch Gerlinde schön«, sagte Leonore unbeeindruckt und warf Volker einen merkwürdigen Blick zu. Volker fühlte sich sichtbar unwohl und zerrte an seinem Hemdkragen.

Ich nahm Volkers Hand. »Liebster, was sagst du?«

»Um Gottes willen!«, stöhnte Volker und verdrehte die Augen. »Da halte ich mich raus.« Dann schaute er auf die Uhr und verabschiedete sich ziemlich plötzlich. Er musste zu einem Hausbesuch.

»Ich möchte, dass du bei der Geburt dabei bist.« Lisa schenkte mir ein entwaffnendes Lächeln. Sie saß bei mir auf der Küchenanrichte und ließ die Beine baumeln. Nun war es bald so weit. Der Bauch hatte sich schon gesenkt.

»Lisa, wirklich! Lass deiner Mutter diese Chance. Ihr kommt euch bestimmt wieder näher.« Energisch putzte ich die Spüle.

»Ich hab mit der nicht halb so viel zu tun wie mit dir!«

»Aber sie ist deine Mutter!«

»Sie hat sich nie wirklich für mich interessiert.« Sie verzog traurig das Gesicht.

»Weil sie keine Zeit hatte.« Ich packte sie bei den Schultern. »Aber das hat sich bestimmt geändert! Sie muss nur WISSEN, dass du sie dabeihaben möchtest.«

»Möchte ich aber nicht.« Lisa lehnte ihren Kopf an meine Schulter. Sie konnte aber wirklich stur sein!

»Komm schon, Lisa. Egal was sie getan oder gesagt hat – sie wartet bestimmt auf deine ausgestreckte Hand.«

»Da kann sie lange warten!« Verletzter Stolz lag in Lisas Stimme.

»Was hat sie denn getan, dass du mit ihr nichts mehr zu tun haben willst?« Ich stemmte die Hände mitsamt dem Wischlappen in die Hüften und sah sie forschend an.

Da war doch irgendwas gewesen … Was hatte sie mir damals im Krankenhaus erzählt? Genau, dass sie Sven abgelehnt hatte. Weil er so viel älter war als Lisa? Ach, nein, weil er ein Seemann war.

»Sie findet einfach nicht gut, was ich tue.« Lisa bekam hektische Flecken am Hals.

»Aber letztlich hat sie recht behalten, nicht wahr?«

Ich sah, wie sich dieser Satz in Lisas Hirn eingrub.

Ein unbehagliches Schweigen machte sich in der Küche breit. Ich hatte den Nagel ganz offensichtlich auf den Kopf getroffen.

»O.K., belassen wir es dabei.« Ich wollte Lisa auf keinen Fall wehtun oder meinen Finger in ihre Wunden legen. Doch bei dem Gedanken, die Geburt mit Lisa durchstehen zu müssen, wurde mir doch etwas bange zumute. »Ich weiß gar nicht, ob ich dir helfen kann«, sagte ich spontan. »Nimm lieber Volker mit.«

»Volker?« Lisa wurde plötzlich flammend rot.

»Ich meine nur, weil er Arzt ist«, sagte ich hastig, ärgerte mich aber sofort über meinen dummen Vorschlag. Klar, dass ihr das peinlich war. »Es ist dir peinlich vor ihm, stimmt's?«

Als ich Volker später diesen Vorschlag unterbreitete, schüttelte er nur verärgert den Kopf. »Ich bin kein Gynäkologe – wie oft soll ich das noch sagen!«

»Ich dachte nur … Weil du besser Blut sehen kannst und weil sie dir vertraut.«

»Ich werde meinen Kollegen bestimmt nicht ins Handwerk pfuschen. Außerdem ist das Frauensache. Du musst ihr ja nur die Hand halten.«

Pünktlich am frühen Morgen des errechneten Termins bekam Lisa Wehen. Es war kurz nach fünf, als der Notruf auf Volkers Handy einging.

Eigentlich hatte ich gar nicht mehr geschlafen vor lauter Aufregung.

»Sei nicht nervös, Herz. Es wird alles gut gehen.« Volker legte seine Hand auf meine Schulter und gab mir einen Kuss. »Du bist meine Traumfrau. Vergiss das nicht.«

Wir sprangen beide auf, zogen uns in fliegender Eile an und liefen durch den Vorgarten. Vor einem halben Jahr war Volker allein nach drüben gerannt. Damals, als der Wagen mit Blaulicht aus der Einfahrt gefahren war. Als sie … noch nicht bereit gewesen war, Mutter zu werden.

»Psst, alles wird gut«, sagte Volker beruhigend. »Mach sie jetzt nicht verrückt mit deiner Hysterie.«

Volker verfrachtete die tapfer vor sich hin atmende Lisa auf den Beifahrersitz seines Fünfer-BMWs, ich schnappte mir die Tasche, die wir schon seit Tagen gepackt hatten, und ließ mich damit auf die Rückbank fallen. Mein Herz klopfte wie verrückt.

Volker gab Gas und fuhr zügig durch die noch leeren Straßen. »Bei Professor Staudach bist du in den besten Händen«, sagte er und legte kurz die Hand auf Lisas Knie. »Er ist der beste Gynäkologe der Stadt. Und ein guter Freund von mir.«

»Passt schon«, antwortete Lisa knapp. Sie war mit Atmen beschäftigt.

»Ich hab meine Mädels auch bei ihm bekommen«, mischte ich mich ein. »Der Mann ist ein Traum.«

»Ich brauche keinen Traummann mehr«, stöhnte Lisa.

Wir bekamen sofort wieder dasselbe Einzelzimmer zugewiesen, und die Nachtschwester vom letzten Mal erkannte mich wieder: »Na bitte, jetzt geht alles gut, ganz bestimmt!« Sie lächelte Lisa warmherzig an. »Damals haben Sie Ihrer Mutter aber einen schönen Schrecken eingejagt!«

Keine von uns beiden machte sich die Mühe, das kleine Missverständnis aufzuklären.

Volker erledigte die Formalitäten, wir mussten nicht warten, es war alles vorbereitet.

»Der Chef ist schon unterwegs«, teilte uns die Hebamme mit.

»Macht es gut, ihr zwei! Ich werde unsere Mädels nicht so lange allein lassen.«

»Passt schon«, sagte Lisa knapp. Sie hatte bereits ihre Sachen abgelegt, und ich hatte ihr in den geblümten Kittel geholfen, der auf dem Rücken mit Schleifchen zugebunden wird. Sie kniff die Augen zu und krallte sich in meinen Arm. »Scheiße, tut das weh.«

»Danke, dass du uns hergebracht hast.« Ich gab Volker hastig einen Kuss.

Volker nahm Lisa bei der Hand. »Denk an das, was ich dir gesagt habe. Alles ist gut.«

»Klar.«

»Du weißt ja«, er strich ihr flüchtig über den Kopf, »es ist noch keines drin geblieben.«

»Hahaha«, machte Lisa.

Volker schritt über den langen, dunklen Gang davon, und wir betraten mit der Hebamme den Kreißsaal.

Lisas Baby war das bezauberndste kleine Mädchen, das ich jemals gesehen hatte. Von meinen beiden Mädchen natürlich einmal abgesehen. Sie hatte pechschwarze verschwitzte Härchen und richtig große Kulleraugen, mit denen sie einen schon minutenlang fixierte. Sie ballte ihre winzigen Hände, als wollte sie sich jetzt schon gegen die ganze Welt verteidigen. Vom blonden Hünen Sven war bei ihr noch nichts zu erkennen. Aber das kam bestimmt noch.

»Sie sieht wirklich fast aus wie meine beiden kurz nach der Geburt«, staunte ich entzückt, als ich immer wieder ihre kleinen Zehen zählte.

»Am Anfang sehen alle Babys gleich aus«, erklärte Lisa, als sie tapfer aus der Dusche stieg.

Ich reichte ihr ein Handtuch und hüllte sie dann vorsichtig darin ein. Sie war noch etwas wackelig auf den Beinen, meinte aber, da, wo sie herkäme, sei eine Frau vor fünfzig Jahren gleich wieder aufs Feld gegangen. Auch Lisa wirkte nicht so, als wollte sie hier jetzt tagelang rumliegen.

»Ich freue mich so, dass du sie Fanny nennen willst!«

»Der Name ist cool«, sagte Lisa, die kurzfristig wegen akuter Kreislaufprobleme wieder ins Bett krabbelte und sich widerstandslos von mir zudecken ließ.

»Woher wusstest du, dass uns der Name so gut gefällt?«, fragte ich, als ich mich zu ihr ans Bett setzte und zärtlich mit dem

Rücken meines Mittelfingers über den Haarflaum der Kleinen strich. Sie machte ganz allerliebste schmatzende Geräusche.

»Volker hat es mir gesagt.«

»Volker?« Hatte er sich also doch noch für die Namensgebung interessiert?

»Ich habe ihn gefragt, was ihm gefallen würde.« Sie kratzte sich an der Nase.

»Übrigens hat sogar Schwiegermutter Leonore den Namen abgesegnet«, verkündete ich.

»Ich weiß. Wegen Fanny Mendelssohn Bartholdy.«

Oh. Sie war ja schon bestens informiert. Ich wechselte rasch das Thema: »Weiß … es deine Mutter schon?«

»Nein, aber ich rufe sie nachher mal an.«

»Und Sven?«

»Der hat es echt nicht verdient, informiert zu werden.« Lisa verschränkte die Arme vor der Brust.

»Bist du sicher? Er ist schließlich der Vater!«, gab ich zu bedenken und schaute in das winzige »Aquarium«, in dem das Baby lag. »Hast du dir schon einmal überlegt, dass er ein RECHT darauf hat, sein Kind zu sehen?«

»Nein! Lass mich bloß damit in Ruhe«, fauchte Lisa. Die Heftigkeit, mit der sie das tat, erschreckte das Baby: Es zuckte zusammen, verzog sein Gesichtchen und wurde ganz dunkelrot, bevor es zu einem erzürnten Kreischen ansetzte. Ich blickte Lisa verwirrt an. Was war denn bloß in sie gefahren? Natürlich. Die Hormone! Meine GÜTE, wie taktlos von mir, sie gleich mit diesem heiklen Thema zu konfrontieren. »Entschuldige, Lisa«, sagte ich. »Das ist jetzt wirklich kein Thema.« Ich hob das winzige Würmchen aus dem Bett und wiegte es hin und her. Es schrie mich zahnlos an, dass sein Gaumensegel zitterte.

»Gib her, vielleicht hat sie Hunger?«, sagte Lisa.

Mit zitternden Fingern reichte ich ihr das Kind und schämte mich. Ich wollte die ersten Minuten mit ihrem Kind doch nicht durch dummes Gerede entweihen! Mit Grauen erinnerte ich mich daran, dass Leonore das bei mir und Charlotte auch getan hatte. Damals, als sie bei mir am Bett saß und mich mit meinem frischen Dammriss belehren wollte, wie das so geht mit dem Stillen. Wie unsensibel sie gewesen war. Und wie sehr ich sie in diesem Moment gehasst hatte! Und jetzt hielt ich Lisa gerade mal eine Stunde nach der Geburt eine Moralpredigt?

Zu meinem Erstaunen griff Lisa ganz beherzt nach Kind und Brust. Das zahnlose Mündchen dockte ohne Umschweife bei ihr an, und Fanny fing sofort an zu saugen.

»So macht man das!«, sagte Lisa forsch. Ihre Gesichtszüge entspannten sich.

Ich erinnerte mich sofort wieder an das wunderbare Gefühl, zu stillen. Daran, wie sich das fordernde Babygeschrei in wohliges Glucksen verwandelte, die Zornesröte aus dem Gesichtchen wich und die Fäustchen sich nicht mehr wütend ballten, sondern zufrieden an der Mutterbrust festhielten. Vor lauter Rührung kamen mir die Tränen. »So ein Wunder«, stammelte ich und wischte mir schnell die Augen. »Ist das nicht ein unvorstellbares Wunder?«

»Nö. Das ist ganz normal. Schon in der Steinzeit hat das so funktioniert. Was macht ihr bloß alle für ein Gewese darum? So, Kind, trink.«

Lisa schien sich jede Gefühlswallung verbieten zu wollen.

»Ich habe das tausendmal bei meiner Mutter gesehen! Die hat mit der einen Hand gestillt und mit der anderen gekocht oder gebügelt! Ist doch nix dabei!« Doch sie war noch nicht fertig. »Hör zu«, sagte sie plötzlich bestimmt. »Ich habe während der Schwangerschaft wirklich viel geweint. Ich wollte das Kind nicht, ich war total durch den Wind, ich wusste nicht, ob ich das alles schaffe. Volker hat mich wieder aufgebaut. Ich bin jetzt stabil und ziehe das durch. Kannst du also bitte diese ›Ich-bin-so-überwältigt‹-Arie lassen?« Sie legte den Kopf schief und schenkte mir ein verzerrtes Lächeln. »Sonst haut es mich wieder um. Dann mache ich Sachen, die ich nachher bereue. Oder sage Dinge, die … nicht gut sind. «

»Natürlich«, stammelte ich schuldbewusst. »Verzeih mir. Manchmal bin ich einfach wahnsinnig blöd.«

»Schwer von Begriff bist du«, brach es plötzlich aus Lisa hervor, und ich schreckte zurück.

Gerade als ich fragen wollte, was sie damit sagen wollte, ging die Tür auf, und es kam ein riesiger Blumenstrauß herein. Volker. Uff. Zum Glück.

Er stutzte und sah forschend von einer zur anderen. »Was ist los? Alles gut?«

»Ja«, sagte ich und fiel ihm erleichtert um den Hals. »Alles gut.«

12

Wisst ihr was, Mädels?« Volker hatte inzwischen einen fantastischen Plan ausgeheckt.

»Was haltet ihr davon, wenn wir das Fertighaus für die Jungen herrichten und Lisa mit Fanny zu uns rüberzieht?«

Ich starrte meinen Volker fassungslos an. »Ist das dein Ernst?«

Volker lachte. »Aber ja! Meine Söhne werden erwachsen. Die wollen lange pennen, laute Musik machen, Freunde einladen, Bier trinken und rauchen … Da brauchen sie ihre eigenen vier Wände.«

Mir blieb der Mund offen stehen.

Die Mädchen hüpften begeistert auf und ab und jubelten so laut, dass man sein eigenes Wort nicht mehr verstand.

»Das hier ist doch ohnehin ein Weiberhaushalt«, sagte Volker und berührte zärtlich meinen Arm. »Meine Löwenmutter würde ja doch zwanzigmal am Tag rüberlaufen, um dort nach dem Rechten zu sehen. Da muss ich ja am Ende neuen Rasen einsäen!«

»Aber warst du nicht derjenige, der kein Babygeschrei mehr hören wollte?«

»Ob es nun dort drüben hinter der Hecke schreit oder hier, macht den Kohl auch nicht mehr fett.«

Das konnte doch nicht sein Ernst sein!

»Aber Volker, du wolltest doch nie … Wenn ich daran denke,

wie sehr du anfangs gegen das Fertighaus warst! Wie wütend du darüber warst, dass sie dir die Aussicht auf die Festung verbaut haben. Du wolltest, dass es nicht zu eng wird mit Lisa – und jetzt willst du sie mitsamt ihrem schreienden Baby zu uns ins Haus holen? Wirklich, Volker, das musst du nicht MIR zuliebe tun – ich kann auch rüberlaufen!« Fast blieben mir die Worte im Hals stecken.

»Pssst!« Volker legte mir so zärtlich-bestimmt die Hand auf meinen Mund, dass ich gleich an etwas ganz anderes denken musste. Ich spürte, wie meine Wangen heiß wurden. Was für ein wunderbarer Mann! Immer dachte er zuletzt an sich! Ich umarmte meinen Volker lange und stürmisch.

»Aber wir haben doch drüben gerade erst das Kinderzimmer für Fanny …«

Volker musterte mich spöttisch. »Ich hab mir alles schon genau überlegt. Schaut her, Mädels.«

Er breitete einen Plan aus, den er selbst gezeichnet hatte. Unglaublich, an ihm war wirklich ein Innenarchitekt verloren gegangen!

»Die Mädchen ziehen runter in die Bubenzimmer. Die werden bei dieser Gelegenheit renoviert. Da habt ihr die Tischtennisplatte, den Fitnessraum und den großen Fernseher ganz für euch. Und sogar euren eigenen Eingang, falls es mal später wird, wenn ihr älter seid.«

Großes Gejubel aus beiden Mädchenkehlen. Logisch. Damit hatte er natürlich bei seinen Töchtern gepunktet.

Volker glühte förmlich vor Zufriedenheit. »Lisa und ihr Baby ziehen in den ehemaligen Mädchentrakt.« Mit weichen Bleistiftstrichen zeichnete Volker die hübschesten Kindermöbel, eine Wiege und seidige Vorhänge, die im Winde flatterten. Ich betrachtete seine Hände, die ich so liebte. Mit welcher Hingabe und Fürsorge er da gerade ein Nest für unsere Lisa zauberte!

»Barbara braucht nur diese sieben Treppenstufen hinunterzuschleichen …« Er zeichnete eine Gestalt im langen Nacht-hemd, die ganz altmodisch mit einer Öllampe die Treppe hi-nuntereilte, »um bei ihrer Kleinen zu sein …«.

»Wen meinst du? Lisa oder Fanny?«, witzelte Charlotte.

»Fanny ist ihr ENKELkind«, mischte sich Paulinchen ein.

»Huch, also wie eine OMA fühle ich mich nicht gerade!«, jammerte ich entsetzt und hob abwehrend beide Hände.

Wir lachten alle.

Wie rührend von Volker. Wie heißt es so schön? Harte Scha-le, weicher Kern. Er hatte gespürt, dass ich Lisa eine echte Freundin sein wollte. Dass es mir etwas bedeutete, für sie und ihr Kind da zu sein. Ich war überglücklich. Und das Beste daran war, dass Oma Leonore nun auf keinen Fall in das Fertighaus ziehen würde, auch wenn Volker das damals nur im Scherz ge-sagt hatte. Und dafür war ich ihm am allermeisten dankbar.

Während des emsigen Umräumens und Herrichtens ging mir plötzlich wieder Sven durch den Kopf. Irgendwie hatte ich ein schlechtes Gewissen, dass wir uns so seiner Frau und ihres Kindes bemächtigt hatten. Ging das rein rechtlich überhaupt? Über den Kopf des leiblichen Vaters hinweg? Musste der denn nicht seine schriftliche Zustimmung geben? Von wegen Auf-enthaltsbestimmungsrecht oder so?

Plötzlich sah ich das alles mit Svens Augen. Er war wieder aufs Schiff gegangen, hatte sich von Lisa beim Fremdgehen er-wischen lassen – obwohl, war er überhaupt fremdgegangen? Im Grunde war das doch nur ein Verdacht. Trotzdem hatten wir ihn automatisch aus Lisas Leben verbannt. Um Lisa zu helfen, hatte ich das Ruder einfach so an mich gerissen! Aber hatte ich mich nicht viel zu sehr in ihre Ehe eingemischt? Wäre sie viel-leicht doch noch zu retten gewesen? Bedrückt schlich ich in Volkers Arbeitszimmer. Ich würde Sven noch einmal anrufen. Mit zitternden Fingern googelte ich die Reederei. Dabei fühlte ich mich wie eine Spionin. Sollte ich … Sollte ich das wirklich tun? Aber Sven war doch der Vater! Man konnte ihn doch nicht nur zu Zahlungen verdonnern, er hatte doch auch ein Recht, sein Kind zu sehen! Und was mit seinem Haus passierte, sollte er eigentlich auch wissen! Schließlich zogen da jetzt Volkers Söhne ein. Durften die das überhaupt? Was, wenn sie es demolierten! Würde ich mich um das Haus kümmern, es in Schuss halten müssen? Wie hatte Volker sich das gedacht? Ich hielt inne. Sollte ich mich da wirklich einmischen? Ach was! Eingemischt hatte ich mich von der ersten Sekunde an. Weil ich sie mochte! Lisa UND Sven!

Ich schluckte mehrmals, während sich die Internetseiten vor meinen Augen aufbauten. Was für ein wundervolles weißes Schiff! Wie GERN wäre ich da mal mitgefahren! Volker und ich hatten immer wieder davon geträumt. Wenn die Kinder erst mal aus dem Haus wären. Aber jetzt war das Schiff wieder in weite Ferne gerückt – schließlich hatten wir uns gerade wieder ein neues Kind ins Haus geholt!

Da war er auch schon, der Kapitän. Lächelnd lehnte er an der Reling, vier Streifen auf der weißen Uniform. Dass Lisa den so einfach aus ihrem Leben verbannt hatte! Dass sie so gar nicht um ihn gekämpft hatte!

Oder vielleicht doch? Ich kniff die Augen zusammen und betrachtete diesen rätselhaften Sven. Er hatte mit Lisas Herz gespielt, sie fast zugrunde gerichtet. Kein Wunder, dass sie nichts mehr von ihm wissen wollte. Aber spielte Fanny nicht auch eine Rolle? Sie brauchte doch auch einen Vater, nicht nur wohlmeinende Nachbarn!

Ich stützte den Kopf in die Hände, nahm einen Schluck Wein und fuhr versonnen mit dem Zeigefinger über den Rand des Glases. Das machte ein Geräusch wie von einem waidwunden Tier. Was ich da tat, war ein Verrat an Lisa. Sie wollte das nicht. Sie war über ihn hinweg. Aber meine Finger wählten schon die Nummer. Gleich darauf hatte ich die Rezeptionistin am Ohr, die auf Englisch versprach, mich sofort zu Kapitän Ritter durchzustellen. Ich atmete tief ein und aus. Mein Mund war staubtrocken. Ich lehnte mich in Volkers Sessel zurück und leerte in hastigen Zügen meinen Wein.

»Hallo, Barbara! Wie geht es dir?« Svens Stimme klang förmlich und zurückhaltend. Fehlte noch, dass er nach dem Wetter fragte.

»Sven, ich will mich ja nicht einmischen«, stammelte ich unter Herzklopfen ins Handy. »Eigentlich geht es mich ja auch gar nichts an. Lisa wird mich umbringen, wenn sie davon erfährt, aber …« Ich kam mir vor wie die böse Stiefmutter aus dem Märchen, die hinter Schneewittchens Rücken ihre Intrigen spinnt.

»Ist … das Baby da?«, riss er mich aus meinen Gedanken.

»Na ja, du bist Vater geworden, ich finde, das solltest du wissen.«

Schweigen am Ende der Leitung. »Wie geht es Lisa?«, drang seine Stimme an mein Ohr. Wo mochte er sein? Am anderen Ende der Welt?

»Gut. Sie ist unglaublich stark. Sven, ich fühle mich schlecht, weil ich hier hinter Lisas Rücken einfach interveniere, aber ich denke, ihr solltet euch wenigstens noch einmal treffen …«

»Sie hat Schluss gemacht. Sie vertraut mir nicht mehr.«

»Ich weiß«, sagte ich seufzend. »Aber jetzt, wo ihr ein gemeinsames Kind habt …«

»Barbara!«, kam es gequält aus dem Hörer. »Glaub mir, du solltest dich da nicht einmischen.«

»Hallo?!« Sofort schlug mein schlechtes Gewissen in Wut um. »Ich war bei der Geburt dabei! Weil du Drückeberger ja irgendwo auf den Weltmeeren herumgurkst!« Und Kondome hast und Weibergeschichten, verkniff ich mir gerade noch zu sagen. »Sie war so tapfer, Sven! Sie hat es ganz allein …«

»Was ist es?«

»Ein Mädchen! Bitte komm nach Hause, Sven! Lisa wird dir bestimmt verzeihen!«

»Was sollte sie mir denn verzeihen?«

»Na, das wirst du doch am besten wissen!« Sollte ich ihm die Sache mit den Kondomen vorhalten? Das wäre nun wirklich mehr als plump. Offiziell wusste ich von dieser peinlichen Angelegenheit natürlich nicht. »Sie braucht dich jetzt, Sven!«, fuhr ich fort. »Sie wollte das Kind zwischenzeitlich sogar …« Ich verstummte. Nein, das durfte ich wirklich nicht verraten.

»Ja«, sagte Sven. »Sie hat wirklich eine schwere Zeit hinter sich. Sie war hin- und hergerissen.«

Ja, weil DU Weibergeschichten hast, du Dreckskerl, dachte ich bei mir, sagte aber: »Willst du denn gar nicht wissen, wie eure Tochter heißt? Sie heißt Fanny, das haben wir im Familienkreis so entschieden. Volker hat dich ja bereits über seinen Anwalt wissen lassen, dass du Unterhalt zahlen sollst, und dein Haus wird jetzt auch anderweitig genutzt. Lisa ist zu uns gezogen.«

»Davon höre ich zum ersten Mal.«

»Na ja, es scheint dich ja nicht im Geringsten zu interessieren!« Ich musterte wütend das Handy. »Nimm einfach zur Kenntnis, dass das Leben hier auch ohne dich weitergeht!«

So! Diesen Seitenhieb konnte ich mir einfach nicht verkneifen.

»Ja. So ist das wohl.«

Hach, diese norddeutsche Einsilbigkeit! Genau wie dieses unsägliche »Dafür nicht!«. Ich keuchte vor Entrüstung. »Du wirst also nicht nach Hause kommen und dich um Frau und Kind kümmern?«

»Du, lass man, vielleicht ist es im Moment besser so …«

Ich konnte es einfach nicht fassen. Wieso interessierte sich der frischgebackene Vater so gar nicht für sein Kind? Waren Seeleute wirklich so hart im Nehmen? Womöglich hatte er längst mit anderen Frauen Kinder in die Welt gesetzt? Vielleicht hatte er in jedem Hafen eine andere Braut? Vielleicht war Sven so eine Art Jörg Kachelmann? Nein, der hatte meine Lisa wirklich nicht verdient! Wollte ich denn überhaupt noch, dass die beiden wieder zusammenkamen? Hatte ich mich insgeheim nicht wahnsinnig darauf gefreut, mit Lisa und Klein Fanny unter einem Dach zu leben? Was mischte ich mich da eigentlich ein?

In der Leitung knisterte es, und ich hörte englische Befehle.

»Ich komm jetzt hier nicht weg«, hörte ich Sven nur noch rufen. »Aber danke, dass du angerufen hast, Barbara. Ich melde mich … irgendwann.«

»Ja wie, irgendwann? Wenn Fanny in die Schule kommt, ihren Tanzstundenabschlussball hat oder wenn sie heiratet oder was?!«

Knack. Die Leitung war unterbrochen.

»Arschloch!«, murmelte ich fassungslos. Und diesen Sven hatte ich mal GEMOCHT!

Als ich Lisas Kinderwagen in der Auffahrt knirschen hörte und auch Volker plötzlich in der Einfahrt stand, verstaute ich schnell das Handy. Uff, das war knapp. Die beiden brauchten nichts von meinem Telefonat zu wissen.

Beneidenswert schnell kam Lisa wieder in Form. Jetzt im Frühling machte sie jeden Morgen auf der Terrasse Pilates, eine ganz neue Form der Rückbildungsgymnastik und sehr ästhetisch anzusehen. Volker hatte ihr seinen tragbaren Fernseher aus dem Arbeitszimmer gegeben, und auf dem spielte sie Tag für Tag ihr Pilates-Programm auf DVD ab. Kein Mensch hätte geglaubt, dass sie gerade erst ein Kind entbunden hatte. Während sie tapfer ihre Dehn- und Streckübungen machte, saß ich mit der süßen Fanny auf dem Schoß in der Hängematte, die Volker eigens für unseren kleinen Erdenbürger aufgehängt hatte, und sah ihr dabei zu. Im Vergleich zu Lisa fühlte ich mich in meiner Hängematte fast wirklich wie eine alte Oma. Unglücklich war ich trotzdem nicht: Das Baby lag satt und schlafend in meinen Armen. Ununterbrochen streichelte ich das arme Halbwaisenkind, das einen verantwortungslosen Seemann zum Vater hatte. Die ehemals pechschwarzen Härchen lichteten sich immer mehr, und blonder Flaum kam zum Vorschein. Jetzt sah sie Sven gleich viel ähnlicher! Es bildeten sich sogar kleine Löckchen, die ich stundenlang um meine Finger zwirbeln konnte. In meine eigenen Töchter war ich genauso verliebt gewesen, doch damals hatte ich auch unter dem Druck gestanden, alles richtig machen zu wollen und vor Volker nicht zu versagen. Diesmal konnte ich das neue Lebewesen einfach nur genießen. Wahrscheinlich war es dieses Großmuttersyndrom – da fehlten nur noch die Stricknadeln und ein grauer Dutt!

»Diese Ausdauer hätte ich nie!«, sagte ich seufzend. »Ich weiß noch, wie lange ich gebraucht habe, um wieder halbwegs in Form zu kommen.«

»In zwei Wochen muss ich im *Figaro* als Susanna auf der Bühne stehen.« Lisa wechselte die Position und verlagerte ihr Gewicht wie die Vorturnerin auf das andere Bein. »Ohne eine funktionierende Bauchmuskulatur kannst du das Singen einer so schweren Partie vergessen.«

»Ich weiß. Du bist toll, Lisa.«

»Das geht alles nur, weil du mir hilfst … MAMA.«

Ich zuckte zusammen. Das konnte ich unmöglich so im Raum stehen lassen! »Lisa, ich bin mit meinen dreiundvierzig gerade mal achtzehn Jahre älter als du! Ich sehe mich eher als deine große Schwester!«

»Meine Mama ist auch achtzehn Jahre älter als ich!«

Wieder dieses spitzbübische Lachen. Tja, wie sollte ich mich gegen ihren Charme wehren? Außerdem fühlte ich mich zugegebenermaßen äußerst wohl in meiner Rolle als »Gluckenmama«, die unverhofft noch ein Baby und eine tolle große »Tochter« dazubekommen hatte. Eine, mit der ich vernünftig reden konnte und auf die ich richtig stolz war. Fehlte eigentlich nur noch, dass sie zu Volker »Papa« sagte.

Aber das tat sie zum Glück nie.

Ansonsten waren wir wirklich die reinste Vorzeigefamilie aus dem Werbefernsehen. Unser Garten blühte und duftete, und eine Menge fröhlicher junger Menschen tummelte sich darin. Immer seltener trauerte ich meiner früheren Karriere hinterher: Meine Weltreisen und meine vier Fremdsprachen hingen an einem Nagel, direkt neben Leonores Operettenlaufbahn. Und meine Schwiegermutter ließ mich wissen, dass sie mit meiner »Aufopferung« und »Mutterrolle« hochzufrieden war. Natürlich würde ich im Sommer meine Fremdenführertouren wieder aufnehmen, aber noch genoss ich die Ruhe vor dem Sturm. Mit diesem neuen Vögelchen im Nest fühlte ich mich wieder so richtig gebraucht. Wenn Fanny weinte, wenn ihr zahnloses Mündchen aufgerissen war und ihr Kinn zitterte vor Hunger oder Frust, gelang es mir schneller als Lisa, das Würmchen wieder zu beruhigen. Das ist wie mit dem Schwimmen oder Fahrradfahren, ging es mir durch den Kopf. Den Umgang mit Kleinkindern verlernt man nie.

Lisa ging zwar auch liebevoll mit ihrem Töchterchen um, aber doch viel burschikoser. Wahrscheinlich hatte sie es so bei ihrer eigenen Mutter gesehen. Bei sieben Kindern wurde nicht lang herumgeschmust. Das konnte ich manchmal gar nicht mit ansehen und nahm ihr möglichst unauffällig das Baby ab, damit sich Lisa auf ihre Karriere konzentrieren konnte. Um für ihre nächste Rolle fit zu sein, hielt sie sich an eine bestimmte Diät, die Spezialisten aus Amerika jungen Müttern empfahlen. Es machte mir nichts aus, die Mahlzeiten für Lisa zuzubereiten. Frisches Obst und Eiweiß-Shakes, wenn auch nur Sorten, die dem armen Baby keine Blähungen bescherten. Wenn Lisa gestillt hatte, legte ich Fanny in den Kinderwagen und zog stolz mit ihr los, um einzukaufen und Erledigungen zu machen. Jeden Morgen stattete ich dem Grünmarkt einen Besuch ab, um die nötigen Zutaten für Lisas Diät zu erstehen. Währenddessen übte Lisa bei uns im Musikzimmer ihre neue Partie ein, nicht selten begleitet von Leonore, die auf diese Weise auch eine neue Aufgabe hatte! Das war doch etwas ganz anderes als die alten Damen, mit denen sie immer Kanons sang! Leonore blühte förmlich auf.

Wenn ich mittags mit dem friedlich schlafenden Baby vom Einkaufen wiederkam, trudelten auch gerade die Mädchen von der Schule ein. Volker schaute bei der Gelegenheit schnell für ein leichtes Mittagessen vorbei, dann kümmerte ich mich um die Hausaufgaben. Volker brach nach einem Mittagsschlaf oder einem Stündchen im Fitnesskeller zu seinen Hausbesuchen auf. Manchmal trafen wir uns nachmittags in der Stadt und schlenderten auf ein Eis zum Demel. So verging der Frühling, und ich war ganz sicher, dass wir alles richtig gemacht hatten. Sven war kein Thema mehr. Die Scheidung lief, und Volker hatte alles im Griff.

Eines Nachmittags Ende Mai – Lisa war gerade zu ihrer ersten Bühnenprobe im Landestheater, begleitet von einer aufgeregt um sie herum flatternden Leonore, die sich für unersetzlich hielt – saß ich mit den Mädchen und Fanny in unserem Lieblingsgastgarten, dem »MoZart«. Der Himmel war so tiefblau, wie er nur im Mai sein kann, die Luft war klar, und die Amseln zwitscherten. Draußen waren alle Tische besetzt. Die Kinder hatten einen großen Eisbecher mit frischen Erdbeeren bestellt, und ich genehmigte mir eine große Soda Zitron.

»Kinder, ist das Leben schön!«, rief ich, lehnte mich genüsslich zurück und schaukelte mit einer Hand am Kinderwagen. Zufrieden blinzelte ich in die Sonne.

Wenn das da vorn nicht wieder Volkers Wagen war! Vor dem

Haus mit der alten Patientin, in dem es keinen Aufzug gab. Wenn er mit dem Hausbesuch fertig war, konnte er sich gleich zu uns setzen. Das war immer das Netteste, wenn sich mein geliebter Volker überraschend zu uns gesellte (und alle sehen konnten, was für eine Vorzeigefamilie wir waren).

»Charlotte, du bist flinker als ich. Schreib dem Papa eine SMS, dass wir hier sitzen und auf ihn warten, ja?«

»Gut. Gib her.«

»Mama, lass MICH …«

»Finger weg, Pauline!«

»Nicht streiten, Mäuse, bitte. Haben wir nicht ein herrliches Leben in dieser wunderbaren Stadt?«

»Ja, Mama. Passt schon.«

»Immer wieder läuft man jemandem über den Weg, den man kennt, alle grüßen sich und …«

»Mamaaaaa!« Charlotte verdrehte genervt die Augen. »Nicht schon wieder DIE Platte, okay?«

»Es gibt auch ganz hässliche, hektische Großstädte, in denen man noch nicht mal die eigenen Nachbarn kennt, geschweige denn sich um sie kümmert …«

»Ja, Mama. Wir wissen es. WIR kümmern uns um unsere Nachbarn.« Charlotte warf einen spöttischen Blick auf den Kinderwagen.

»Schaut doch mal, diese Aussicht!« Ich zeigte auf den Gaisberg, wo die Natur förmlich explodierte. »Wie viele verschiedene Sorten von Grün könnt ihr sehen? Hm? Zählt mal.«

»Ja, ja, Mama. Das ist voll das geile Panorama für die Senioren. Darauf kannst du deine Touristengruppen aufmerksam machen.« Paulinchen spielte mit ihrem Handy. Die Mädchen wollten meine Begeisterung partout nicht teilen, sondern rührten nur gelangweilt in ihren Eisbechern.

Der Kinderwagen wackelte. Fanny geruhte zu erwachen. Ihr kleines Füßchen lugte unter der rosa Wolldecke hervor. Vorsichtig nahm ich die kleine Fanny aus ihrem Kinderwagen, um ihr Tee aus dem Fläschchen zu reichen. Sie sah herzallerliebst aus in ihrem rosa Strampler, dem Mützchen und den winzigen Schühchen, von denen sie sofort eines verlor.

»Mama, lass MICH!«

»Nein, MICH! Die blöde Charlotte durfte schon dein Handy haben!«

»Aber Kinder, das ist ein Baby und kein Spielzeug!«

»Ich will sie halten!«

»Du hast sie heute Morgen schon gefüttert! Jetzt bin ICH dran!«

»Kinder, BITTE, nicht so laut!« Verlegen lachend blickte ich mich um. Vorsichtig legte ich erst Paulinchen, später Charlotte das Baby in den Arm, half beim Fläschchengeben, nahm dem schwitzenden kleinen Menschlein das Mützchen ab, strich über den blonden Haarflaum. Wahrscheinlich machte ich einen fürchterlich hingebungsvollen Eindruck, jedenfalls sprach mich plötzlich eine ältere Dame vom Nachbartisch an.

»Was für eine verblüffende Ähnlichkeit!«

Irritiert zuckte ich zusammen. Gerade hatte ich an Sven gedacht! Woher konnte die fremde Frau das wissen?

»Alle drei Töchterchen sehen ihrem Vater so ähnlich!«

»Ähm … wie bitte?« Höflichkeitshalber drehte ich mich zu der Dame um.

»Na, Sie und Ihre drei Mädels! Eine fescher als die andere!«

»Danke«, sagte ich und lächelte geschmeichelt. Das kommt ja in den besten Familien vor, dachte ich. Dass Kinder ihrem Vater ähnlich sehen. Nur hier verwechselte sie was.

»Die beiden Großen sahen als Babys ja GENAUSO aus!« Die etwas penetrante Frau zeigte auf Charlotte und Pauline, die sich bereits wieder mit ihren technischen Geräten beschäftigten.

»Wie dieses Putzerl hier!« Sie zwickte Fanny leutselig in den Fuß.

»Woher wollen Sie das wissen?« Irritiert griff ich nach meiner Sonnenbrille. »Kennen wir uns?«, fragte ich höflich.

»Na, die Babybilder von den beiden Großen hängen doch in seiner Praxis! Sie sind doch die Frau vom Doktor Wieser?«

»Ja!« Natürlich! Gerade hatte ich noch geschwärmt, wie schön es ist, dass hier jeder jeden kennt. Jetzt unterdrückte ich ein leichtes Unwohlsein. »Ach so, sind Sie eine Patientin?«

»Schon seit Jahren! Alle vier Babybilder hängen da. Fehlt nur noch das Neueste! Die Söhne haben auch eine gewisse Ähnlichkeit mit diesem Schatzerl. Besonders der Jüngere, Emil heißt er, nicht wahr? Die gleichen blonden Löckchen! Der Ältere war ja eher dunkel und kam nach seiner Mutter, der Apothekerin. Was macht denn der Nathan?«

»Danke, es geht ihm gut.«

»Und die Wiebke?«

»Auch gut.« Zumindest nahm ich das an.

»Kürzlich traf ich noch die Gerlinde, die im Haus vom Doktor Wieser und der Wiebke gewohnt hat, mit ihrem Sohn. Die wohnt ja jetzt da hinten.« Sie zeigte in die Richtung, aus der hoffentlich bald Volker kommen würde. »Der Bua ist ja auch schon groß.«

»Ja«, sagte ich freundlich. Hier rein, da raus.

Die Frau musterte mich neugierig. »Schön, so eine funktionierende Patchworkfamilie, nicht wahr? Früher gab es ja so etwas nicht.«

»Nein.« Lächelnd setzte ich meine Sonnenbrille auf. So! Schön Klappe halten jetzt, es reicht mit dem wirren Geschwätz.

Wie heißt denn das süße Baby?«

»Fanny«, sagte Pauline stolz. »Wegen Mendelssohn Bartholdy. Findet die Oma gut.«

»Finden wir ALLE gut«, beteuerte ich schnell.

»Aber diese Ähnlichkeit!«

Die betuliche Tante mit der rosa Rüschenbluse bekam sich

gar nicht wieder ein. Na ja, sie trug eine dicke Brille, und außerdem blendete die Sonne. In der Nacht sind alle Katzen grau, und für alte Damen sehen Babys sowieso alle gleich aus.

Ich tauschte einen verschwörerischen Blick mit Charlotte, die gerade unter dem Tisch hervorgekrabbelt kam, weil sie das Babyschühchen aufgehoben hatte.

»Sie hält mich für Fannys Mama«, erklärte ich augenzwinkernd. »Und euch für ihre Schwestern.«

»Ist doch geil!«

»Die gleichen blonden Löckchen und die gleichen dunkelbraunen Augen. Und diese runden niedlichen Wangerl, gell?« Die Frau gab so schnell nicht auf! »Wie Sie nach der Geburt schon wieder so gut aussehen können, Frau Doktor … und so schlank!«

»Ähm, um der Wahrheit Genüge zu tun, ich glaube, Sie verwechseln da was! Erstens bin ich nämlich gar keine Frau Doktor, und zweitens bin ich nur die Patentante …«

»PAPA!«

»Papa! Juchuu! Da bist du ja! Hast du meine SMS bekommen?«

»Nein, aber man hört euch ja über den ganzen Residenzplatz schreien!«

»Grüß Gott, Herr Doktor! Kompliment! So süße Töchter! Und jetzt noch mal Nachwuchs! – Sie sind mir aber einer! Das haben Sie mir beim letzten Mal gar nicht erzählt!« Die alte Tante schwenkte scherzhaft drohend den Zeigefinger.

»Also, das ist ein Missverständnis«, mischte ich mich ein. »Wir sind quasi nur die Babysitter …«

»Ja, ja, vielen Dank«, versuchte Volker das Gespräch abzuwürgen. »Also, was machen wir mit dem angebrochenen Nachmittag?«

»Setz dich doch zu uns«, flüsterte ich ihm verschwörerisch

zu, in der Hoffnung, die Frau vom Nachbartisch würde dann von uns ablassen.

»Das ist, glaube ich, keine so gute Idee …« Volker warf einen Zwanzigeuroschein auf den Tisch und drängte regelrecht zum Aufbruch. Dort hinten in der Ecke nahm gerade wieder die Rothaarige Platz, die schon neulich im Tomaselli unsere Privatgespräche belauscht hatte. Spätestens jetzt fand ich auch, dass wir den Schauplatz wechseln sollten.

»Aber ich hab mein Eis noch gar nicht aufgegessen!«

»Weil du immer so rumschlabbern musst!«

»Nein, weil ich Fanny gefüttert habe, du blöde Kuh!«

»Kinder, wir sind hier nicht privat!« Hastig stopfte ich Fanny in den Kinderwagen und warf das rosa Schühchen einfach hinterher. »Man kennt uns hier – bitte hört auf zu streiten!« Nun war mir wirklich unbehaglich zumute. »Wir gehen.«

»Na toll!«, maulte Pauline. »In der Großstadt dürfte ich jetzt weiter essen.«

»Hauptsache weg«, murmelte Volker, warf einen verstohlenen Blick auf die Patientin und verdrehte dann die Augen.

Diese machte inzwischen ihre Tischnachbarin auf die »verblüffende Ähnlichkeit der drei Töchter vom Doktor« aufmerksam.

»Frau Stark, wir sehen uns nächste Woche! Und essen Sie nicht zu viel Eis – Sie wissen ja, Ihr Cholesterin!«, verabschiedete sich Volker.

Tja. Volker zahlte einen hohen Preis. Einerseits vergötterten ihn alle, andererseits hatte er ECHT kein Privatleben!

»Weißt du was?«, flüsterte ich, als wir Schulter an Schulter mit dem Kinderwagen von dannen zogen. »Die alte Schachtel hat geglaubt, ich wäre Fannys Mutter!«

Volker legte stolz den Arm um mich. »Immerhin besser, als wenn sie gedacht hätte, du wärest ihre Oma. « Er drückte mich an sich. »Das muss dich doch aufbauen!«

»Tut es auch!«, rief ich übermütig. »Du musst zugeben, dass ich durchaus noch als junge Mutter durchgehe.«

Er sah mich von der Seite an: »Herzerl, wenn die Welt dich nicht hätte!«

»Dann?« Ich funkelte ihn spitzbübisch an.

»Wäre sie wirklich arm.«

Lachend und plaudernd traten wir den Heimweg an.

13

Ach du Scheiße! Schau mal, wer da in unserer Einfahrt steht.«

Ich war gerade mit dem Baby auf der Rückbank beschäftigt. »Wer? Leonore?«, fragte ich, als ich verwirrt wieder auftauchte. »Hat sie ein neues Auto?«

»Typisch Frau!«, murmelte Volker kopfschüttelnd, während er an dem dort parkenden Wagen vorbeimanövrierte. »Erinnerst du dich nicht an diesen Wagen?«

Es war irgendwas Schnittiges, Modernes, Chromblinkendes. Oh. Oje. Leider erinnerte ich mich doch.

»Sven.« Mein Herz machte einen nervösen Hopser. Scheiße. SCHEISSE!!

»Sieht ganz so aus.«

»Was macht DER denn hier?« Mir verschlug es den Atem. Natürlich hatte ich weder Volker noch Lisa von meinem letzten Anruf erzählt. Es war ja sowieso nichts Vernünftiges dabei herausgekommen. »Ich kann jetzt hier nicht weg«, waren Svens letzte Worte gewesen. Und »Arschloch« hatte mein letztes Wort gelautet. Nun hatte der verantwortungslose Schuft es sich wohl offensichtlich doch noch anders überlegt.

»Will der jetzt endlich seinen Vaterpflichten nachkommen?«, schnaufte ich empört.

»Der wird mit Lisa reden.« Volker fuhr sich über den verspannten Nacken, während er darauf wartete, dass das Garagentor hochging. Sein Blick wanderte zum Nachbarhaus hinüber. »Schau, dort drüben brennt Licht.«

Tatsächlich. Sven und Lisa waren beide im Fertighaus, man sah ihre Silhouetten hinter der Gardine. Anscheinend waren sie in einen heftigen Streit verwickelt. Ich sah ihn wild gestikulieren und sie zurückweichen. Er würde sie doch nicht schlagen?

»Das ist nichts für die Kinder«, entschied Volker mit rauer Stimme. Sein Gesicht war so versteinert wie noch nie, bis auf das unmerkliche Zucken neben seinem Auge, das mir in letzter Zeit öfter aufgefallen war. »Nimm sie mit ins Haus. Ich sehe dort mal nach dem Rechten.«

»Pass auf dich auf, Liebster!«, rief ich ihm besorgt hinterher. Ich kam mir vor wie in einem Krimi.

»Schlägt der die Lisa?«, jammerte Paulinchen verstört. »Mama, ich habe ANGST!«

»Still, du blödes Baby! Du bist so bescheuert!«, giftete Charlotte.

Ich schluckte. So langsam wurde mir das alles zu viel.

»Charlotte, glotz jetzt keine Löcher in die Luft! Kannst du bitte mal mit anpacken?« Ich erschrak selbst, wie schneidend meine Stimme war. Wie eine Frau auf der Flucht rannte ich mit den verängstigten Kindern durch die Dämmerung ins Haus. Zitternd verriegelte ich von innen die Tür, die kleine Fanny fest an mich gepresst.

»Mama, ist der Sven gefährlich?«

»Quatsch! Der hat nur was mit Lisa zu besprechen.« Meine Gedanken rasten hin und her wie eine Flipperkugel. Sven. Volker. Lisa. Würde die Aussprache friedlich vonstatten gehen? Sollte ich nach drüben gehen? Beruhigend auf sie einwirken? Mich erklären? Zugeben, dass alles meine Schuld war? Nein, mein Platz war hier.

Paulinchen saß zusammengekauert auf der Bank vor dem Kamin und schluchzte.

»Tut der unserer Lisa was?«

»Nein, bestimmt nicht. Bitte beruhige dich.«

Ich legte das Baby vorsichtig in Charlottes Arme und beugte mich zu Paulinchen hinunter, die fast schon hysterisch war.

»Aber warum taucht der Sven plötzlich wieder auf?«

»Ich weiß es nicht, Liebes. Vielleicht hat er endlich Landurlaub.«

Weil ich blöde Kuh den auch noch herzitiert habe, dachte ich bei mir. Ich musste verrückt gewesen sein, ihn anzurufen!

»Aber er kann ja gar nicht mehr in sein Haus!«, schluchzte das arme Paulinchen, als ob das ihre dringendste Sorge wäre. »Da wohnen ja jetzt Nathan und Emil!«

Mein Gott, was haben wir uns in deren Leben eingemischt!, ging es mir durch den Kopf.

Charlotte, meine Vernünftige, inzwischen vierzehn, wiegte das vor Schreck quäkende Fannylein. »Mama, ich glaube sie hat Hunger. Soll ich Lisa holen?«

Ich zitterte am ganzen Körper. »Das geht jetzt nicht.«

Ganz bleich vor Aufregung rannte ich in die Küche und versuchte, einen Tee zu machen. Aber der Fläschchenwärmer war noch im Auto, und ich wollte auf keinen Fall zurückgehen. Zu groß war die Angst, von Sven zur Rede gestellt zu werden.

»Mama, bitte ruf die Polizei!«, heulte Paulinchen.

»Halt doch einfach die Klappe!«, zischte Charlotte.

»Bitte, Kinder. Das hilft uns doch jetzt nicht weiter.« Verdammt. In was waren wir da hineingeraten? Mir war zum Heulen. Unser schöner Familienfriede!

Das Baby schrie. Mit fliegenden Fingern kochte ich den Tee, betete, er möge schnell abkühlen. Mein Kopf pochte. Wieso hatte ich eigentlich geglaubt, Sven anrufen zu müssen? Und plötzlich empfand ich Scham. Ich war auch nicht besser als diese penetrante Kaffeetante vorhin. Die zu Dingen ihren Senf abgab, die sie gar nichts angingen. Aus reinem Geltungsdrang!

Weil in meinem langweiligen Leben sonst nichts los war oder wie?! Ich merkte, wie ich – fast ohne es zu wollen – mein Handy aus der Handtasche angelte und eine SMS an Lisa schrieb.

»Alles in Ordnung? Brauchst du Hilfe?«

Neugierig wie die Rüschenblusentante schob ich die Küchengardine beiseite und spähte zum Nachbarhaus hinüber. Ich glaubte, laute Stimmen zu hören, auch die von Volker. Bestimmt versuchte er zu schlichten. Was für ein mutiger Mann er doch war. Eine heiße Welle von Stolz und Liebe durchflutete mich. Meine Kinder und ich, wir konnten uns so geborgen fühlen! Ich selbst hätte mich nicht so ohne Weiteres in die Höhle des Löwen getraut.

Inzwischen hatten sich die Mädchen wieder gefasst und auch das Baby beruhigt. Einträchtig saßen sie auf der Kaminbank und streichelten Klein Fanny.

Und irgendwann wurde es ruhig hinter der Hecke. Mein Handy gab Laut. Eine SMS ging bei mir ein: »Alles in Ordnung. Volker hat alles im Griff.« Ich hätte weinen können vor Erleichterung. Beruhigt sank ich auf einen Stuhl und schloss die Augen.

Wenige Minuten später hörten wir Schritte. Es klopfte.

Einen Moment lang starrte ich die Kinder unsicher an. Oh Gott. Wer klopfte denn da? Volker hatte einen Schlüssel. Lisa natürlich auch.

»Wer ist da?«, rief ich mit schriller Stimme. Als ich versuchte aufzustehen, wurde mir schwindelig, und mein Herz raste. Jetzt nur die Ruhe bewahren!

»Ich bin es! Sven!«

Paulinchen bekam schon wieder die Panik. »Mama, der SOLL nicht reinkommen«, quietschte sie mit hoher Stimme.

»Kinder, geht mit dem Baby ins Kinderzimmer.« Hastig scheuchte ich die Kinder samt Baby aus der Gefahrenzone und ging anschließend auf wackeligen Beinen zur Tür. »Was willst du hier?!«, hörte ich meine schneidende Stimme.

Blöde Frage. Ich hatte ihn doch selbst aufgefordert, zu kommen und sich sein Kind anzusehen.

»Kann ich dich mal kurz sprechen?«

»Moment!«

In heller Aufregung lief ich zu den Mädchen und sagte: »Gebt mir das Baby.«

»Mama, NEIN!«, winselten beide. »Wenn er es jetzt entführt …«

»Das wird er nicht. Er hat ein Recht darauf, sein Kind zu sehen.«

»Mama, BITTE NICHT!«, heulten sie panisch auf. »Er trägt es zum Auto und fährt weg.«

»Kinder, ich habe die Situation hier im Griff. Papa ist schließlich auch noch da. Der würde das niemals zulassen. Also los, bringen wir es hinter uns!«

Mit dem zufrieden glucksenden Baby im Arm schritt ich zur Haustür und machte auf.

Im Dunkeln stand Sven. Ich wusste, dass er groß war, aber so riesig hatte ich ihn gar nicht in Erinnerung. Er sah umwerfend gut aus im hellen Blazer. Er war braun gebrannt, und sein blondes, kurz geschnittenes Haar war noch heller als sonst. Seine blauen Augen durchbohrten mich.

Natürlich, dachte ich. Weiberheld! Klar, dass auf dich alle Frauen stehen. Wie konntest du das so schamlos ausnutzen!

»Hallo, Barbara.« Svens Stimme war weich, fast bittend. Logisch. Er hatte ein megaschlechtes Gewissen. Bestimmt hatte Volker ihm so richtig eingeheizt. Und jetzt tröstete Volker die verstörte Lisa, die hoffentlich nicht wieder Selbstmordgedanken hatte! Mein wunderbarer Volker.

»Sven.« Ich nickte kurz mit dem Kopf, zum Zeichen, dass er hereinkommen solle. »Sonst zieht es dem Baby.«

Sven trat ein und stand in jenem Essbereich, in dem wir am ersten Abend alle zusammen gesessen, Wein getrunken und miteinander geplaudert hatten. Doch heute fehlten uns die Worte.

»Ist das …?«

»Nein, das ist ein indisches Adoptivkind aus Kalkutta. Natürlich ist sie das! Wie viele Babys, glaubst du, haben wir hier im Haus?«

Er beugte sich ein bisschen vor, nahm seinen Finger und strich Fanny ganz behutsam über das Köpfchen. Ich ertappte mich bei dem Wunsch, ihm das Kind zu entreißen, duldete es aber, dass er es streichelte. Schließlich sah er sein Töchterchen zum ersten Mal. Er hatte ein Recht darauf.

»Süß«, sagte Sven.

Na toll. Der Mann war WIRKLICH einsilbig.

»Ist das alles?«, brauste ich auf. »Mehr hast du dazu nicht zu sagen?«

»Nein, sie ist wirklich süß und sieht Lisa sehr ähnlich: Die gleiche kesse Stupsnase, die gleichen Locken …« Ungeschickt tätschelte er Fannys Wange.

Sein Töchterchen sabberte vergnügt.

Und DIR sieht es auch ähnlich, du elender Drückeberger!, dachte ich. Schau mal, die weißblonden Härchen! Aber DAS passt dir wohl nicht in den Kram, was?

»Wie … habt ihr euch denn jetzt geeinigt?«, fragte ich so sachlich wie möglich.

»Ja, also erst mal danke, dass ihr euch so um Lisa kümmert …«

»Keine Ursache«, sagte ich knapp. Hinter mir hörte ich, wie die Kinderzimmertür einen Spalt aufging. Die Mädchen spähten neugierig hindurch. »Das hätten wir so oder so getan. Wir wussten ja, dass du … ein Seemann bist.«

Ob er diese Spitze wohl verstanden hatte?

»Trotzdem kannst du dich doch nicht einfach so vor der Verantwortung drücken!«, hörte ich mich mit strenger Stimme sagen. Wahrscheinlich wollte ich die Mädchen mit meinem Mut beeindrucken.

»Nein, das habe ich auch nicht vor.«

»Also?« Ich legte ihm das Baby mit Schwung in die Arme und stemmte die Hände in die Hüften. »Du bist der Vater. Glaubst du nicht, dass es zwischen dir und Lisa noch mal was werden kann?«

Sven betrachtete selbstvergessen sein Töchterchen, wiegte es etwas ungeschickt hin und her und machte »dududu« – was Väter eben so machen, wenn sie ihr Kind zum ersten Mal auf dem Arm halten.

»Sven!«, riss ich ihn aus seiner Trance. »Wie wär's, wenn du dir einen Job an Land suchst? Volker würde dir bestimmt helfen!«

»Und was soll ein Kapitän an Land so machen?« Sven schaute von seinem Kind auf. Er hatte so etwas Verzweifeltes in seinem Blick, und ich begriff, wie dumm mein Vorschlag gewesen war.

»Ach so, ja.« Ich kratzte mich verlegen am Kopf. Diese Moralapostelnummer war aber auch so gar nicht mein Ding! »Aber wie geht es denn jetzt weiter mit euch?«

Sven drückte mir sein Töchterchen abrupt wieder in die Arme. Hätte ich nicht reflexartig die Hände ausgestreckt, wäre es womöglich noch heruntergefallen.

»Gar nicht.« Sven sah aus, als wäre ihm das Baby plötzlich zu heiß geworden. Als hätte er Angst, sich daran zu verbrennen.

»He, vorsichtig! Spinnst du? Was ist denn bloß los mit dir?«

Svens Hände glitten verlegen in seine hinteren Hosentaschen. Er stand vor mir wie ein Schuljunge, der beim Schwänzen erwischt wurde.

»Du, Barbara, ich weiß nicht, wie ich es dir sagen soll …« Er wand sich wie ein Aal.

»WAS?«

»Wie geht es dir überhaupt?«, fragte er.

Ich blickte überrascht auf. »Wie es MIR geht, steht hier nicht zur Debatte.« Ich schüttelte tadelnd den Kopf. »Die Frage lautet, wie es LISA geht.«

»Volker meinte, du fühlst dich nicht wohl?«

»Quatsch!«, brauste ich auf. »Lenk jetzt nicht vom Thema ab. Natürlich fühle ich mich nicht wohl mit der Situation, solange die Dinge nicht abschließend geklärt wurden. Also, was ist?«

»Ich sitze wirklich zwischen den Stühlen …« Er konnte meinem Blick nicht länger standhalten, ließ sich auf die Kaminbank sinken und starrte trübsinnig auf seine Schuhe.

»Du hast eine andere.«

»Was? Nein … beziehungsweise Ja, aber das spielt jetzt gar keine Rolle mehr.«

»Das spielt KEINE ROLLE? Du hast Lisa ein Kind gemacht, und jetzt spielt es keine Rolle mehr, dass du fremdgegangen bist? Ja, sogar eine Freundin hast? Sag mal, schämst du dich denn gar nicht?«

Anscheinend beherrschte ich die schrille Moralapostelnummer besser, als ich dachte.

Sven wand sich verlegen. »Ich habe nicht den Anfang gemacht.«

»Wie bitte?!« Jetzt schrie ich so laut, dass sich Fannys kleines Gesichtchen in tausend Falten verzog. Kläglich begann sie zu weinen, und ich drückte sie schützend an mich.

»DU hast nicht den ANFANG gemacht? Was soll DAS denn heißen?«

»Lisa ist an der Sache nicht unschuldig.«

»Also, das ist ja jetzt wohl das Blödeste und Feigste, was ich je gehört habe! Nur weil sie in deinen Sachen rumgewühlt hat, ist das noch lange kein Freibrief fürs Fremdgehen!« Jetzt plusterte ich mich aber auf wie eine Henne, die gerade das Ei des Kolumbus gelegt hat. Für dumm verkaufen konnte er andere.

»Barbara, das verstehst du nicht.« Sven schlug die Hände vors Gesicht. Ich sah, dass er keinen Ehering mehr trug.

»Ich verstehe SEHR wohl!«, übertönte ich das Babygeschrei. »Ich bin Lisas beste Freundin! Glaubst du etwa, sie hätte mir nicht alles haarklein erzählt?«

»Hat sie das?« Sven kratzte sich ratlos am Kopf. »Eben hieß es noch, du wärst nicht bei bester Gesundheit und ich solle dich schonen …«

Wie süß von Volker! Da dichtete er mir eine Erkältung an, nur damit Sven behutsam mit mir umging.

»Ich weiß ALLES!«, sagte ich triumphierend. »Deshalb komm mir hier nicht mit der blöden Behauptung, Lisa wäre DIR fremdgegangen!« Ich musste mir Luft zufächeln. »Mit wem überhaupt?«

Weil das Baby inzwischen schrie wie am Spieß, drückte ich das schreiende Bündel kurzerhand Charlotte in den Arm, schob die Kinder in ihr Zimmer und stieß mit einem lauten Knall die Tür zu. Wütend fuhr ich herum. Jetzt sollte der Feigling aber was zu hören bekommen!

»UMGEKEHRT war es! DU, mein lieber HERR KAPITÄN, hast KONDOME in deinem Necessaire gehabt!«

Sven schüttelte resigniert den Kopf. »DAS weißt du also!«, murmelte er.

»DAS weiß ich!«, fuhr ich ihm in die Parade. »Ich weiß ALLES. Wie die arme Lisa gelitten hat und wie sie ihr gesamtes Vertrauen in dich verloren hat! Vom Fußboden habe ich das arme Mädel abkratzen müssen!« Ich musste mich schwer beherrschen, nicht auf ihn loszugehen. »Weißt du eigentlich, wie schlimm das für eine junge Ehefrau ist? Erst war sie so glücklich, und dann hast du KONDOME im Necessaire. Idiot! Hättest du die nicht wenigstens besser verstecken können? Aber du WOLLTEST es ja so, stimmt's? Damit du dich vom Acker machen kannst. Bloß keine Bindung an Land. Ein toller Ehemann, wirklich!« Ich schnaubte vor Entrüstung.

»Das hat sie dir alles erzählt?« Sven entfuhr ebenfalls ein Schnauben. Bei ihm klang es allerdings eher verblüfft.

»Ja, stell dir vor. In MICH hat sie nämlich Vertrauen. Und ich könnte mich glatt ohrfeigen, dass mir das jetzt alles rausgerutscht ist. Solche Dinge bleiben normalerweise unter uns Frauen.«

»Und was ist mit Volker?«, fragte Sven, offensichtlich um mich abzulenken. »Weiß der das auch?«

»Dass du ein Arschloch bist, das weiß er!«

Dass ich sogar mit Volker über die blöde Kondomsache geredet hatte, ging Sven nun wirklich nichts an. Mit meinem Mann durfte ich besprechen, was mir passte.

»Ich geh dann mal lieber.« Sven war richtig blass geworden unter seiner tollen Kapitänsbräune. »Ich will dir wirklich nicht zu nahe treten, Barbara, aber bitte denk nicht so schlecht über mich.«

»Du GEHST dann mal? Sind wir hier in der Kinderschokoladewerbung, oder was? Das hier ist kein erster Schultag!«

»Nein, aber ich denke, du solltest dich erst mal ein bisschen abregen.«

Sven trottete bereits zur Tür.

»Hier geblieben, Freundchen!« Woher ich den Mut nahm, weiß ich nicht, aber in meinem Zorn packte ich den Kerl einfach am Schlafittchen. »Du sagst mir jetzt, dass du wenigstens Alimente zahlen wirst! Und zwar reichlich!« Meine Augen funkelten vor Wut.

Sven fuhr herum. Mit einer energischen Geste befreite er sich aus meinem Klammergriff. Ich war selbst erschrocken über mich. Noch nie im Leben war ich handgreiflich geworden! Und jetzt hockte ich mit ausgefahrenen Krallen und spitzem Schnabel in meinem Nest und verteidigte meine Brut! Eine Krähe hackt der anderen kein Auge aus? Ich war kurz davor, genau das zu tun.

Sven packte mich an den Schultern und schüttelte mich. »Barbara! Lass es gut sein!«

»Au! Du tust mir weh! Ich soll es GUT sein lassen?« Keuchend rieb ich mir die schmerzenden Oberarme. »Was soll denn daran GUT sein?«

»Du kennst die Zusammenhänge nicht!« Seine Stimme klang nun ebenfalls wütend, sodass ich nur noch aggressiver wurde.

»Und was ist DAS da?« Wutschnaubend zeigte ich in Richtung Kinderzimmer, in dem die Mädchen wimmernd hockten. Inzwischen heulten alle drei Rotz und Wasser. »Ich kann doch wohl noch eins und eins zusammenzählen?!«

»Barbara, ich rate dir dringend, dich einfach nur rauszuhalten! Wirklich! Das ist besser für dich und für uns alle!«

Svens Wut schien bereits verpufft zu sein. Er sah mich so merkwürdig mitfühlend an, und ich spürte, dass er mich am liebsten umarmt hätte. Wir standen uns gegenüber und starrten uns an. MOCHTE ich den Kerl etwa immer noch?

»Aber dein Baby darf ich hüten, ja?« Ich geriet ins Stocken. »Und füttern, wickeln, ausfahren und nachts in mein Bett holen, weil Lisa ihren Schlaf braucht.« Theatralisch schlug ich mir an die Brust. »RAUSHALTEN nennst du das, ja? Ich mache DEINEN Job, verstanden?« Ich rollte mit den Augen. »Normalerweise ist das die Aufgabe des Vaters! Und ich will, dass du wenigstens zahlst! Nicht mir, aber der armen Lisa!«

Jetzt schossen mir endgültig die Tränen in die Augen. Vor Wut, vor Zorn, vor … Fassungslosigkeit. Was FASELTE der denn von Raushalten? Als wenn es das Vorrecht der Männer wäre, erst Scheiße zu bauen, dann den Frauen die Arbeit aufzuhalsen, um ihnen anschließend auch noch von oben herab zu befehlen, sich rauszuhalten! Mit fahrigen Handbewegungen griff ich nach der Haushaltsrolle und wischte mir mit einem Stück Papier die Zornestränen ab.

»Und wage es ja nie wieder, mich anzufassen!«

Na gut, ich hatte ihn zuerst angefasst, aber er wollte ja abhauen in seinem Luxusschlitten! Wo war denn nur die Fernbedienung für das Gartentor? Ich würde ihn einfach daran hindern! Hier und jetzt sollte er mir seine Vaterschafts-Dings-Verantwortungs-Erklärung unterschreiben! Vorher ginge das automatische Tor einfach nicht auf!

In diesem Moment wurde die Haustür von außen aufgeschlossen.

»Oh Mann«, murmelte Sven und rieb sich den Nacken.

»Volker! Gut, dass du kommst!« Verstört warf ich mich meinem Mann in die Arme. Das heißt, in den einen freien Arm. Im anderen hielt er die arme Lisa. Sie weinte. Bestimmt hatte er die ganze Zeit versucht, sie zu trösten.

»Was machst du denn noch hier?« Volker drückte Lisa und mich gleichermaßen an sich. Sofort fühlte ich mich beschützt und geborgen.

»Sie hat mich einfach nicht gehen lassen. Sie hat mir eine Wahnsinnsszene gemacht.«

»Inwiefern …?« Jetzt ließ Volker Lisa und mich los und ging ein paar Schritte auf Sven zu.

Richtig so! Mein Mann ließ sich nicht so leicht aus dem Konzept bringen.

Sofort legte ich schützend meinen Arm um Lisa. Das arme Mädchen verbarg sein verweintes Gesicht an meiner Schulter und schluchzte.

»Sie besteht darauf, dass ich Alimente zahle!« Sven wich ein paar Schritte zurück. Dabei trat er auf ein Quietschtier seines Töchterchens. Mir tat das Geräusch in der Seele weh.

Volker fasste sich sofort. »Das ist vernünftig und richtig«, sagte er mit einem drohenden Unterton. »Hier!« Er zog ein Blatt Papier aus der obersten Kommodenschublade. »Unterschreib! ›Ich, Sven Ritter, verpflichte mich, monatlich den gesetzlich vorgeschriebenen Betrag von …« – er zögerte, schaute kurz an die Decke und kratzte sich mit dem Kugelschreiber am Kopf – »… 386,95 Euro – in Worten dreihundertsechsundachtzig Euro und fünfundneunzig Cent – an die Mutter meines Kindes … per Dauerauftrag bis zum vollendeten achtzehnten Lebensjahr …«

Das kritzelte er in seiner Arztschrift auf dieses Blatt, und ich betrachtete seine Hand, mit der er vor Kurzem noch das Kinderzimmer aufgezeichnet hatte. Diesmal war seine Federführung fest und energisch. Der Kugelschreiber bohrte sich förmlich in das Papier und die Tischplatte.

»So! Das unterschreibst du jetzt. Vor den Augen von meiner … ich meine natürlich … deiner Frau.«

Sven sah Volker fragend an. »Aber so war das nicht besprochen?«

»Das ist eine FORMSACHE!« Volker duldete keine Widerrede. »Wir brauchen das schriftlich. Das hat mir mein Anwalt eingetrichtert. Keine mündlichen Absprachen mehr.« Er durchbohrte Sven mit eindringlichen Blicken. »Damit die Sache ein für alle Mal geklärt ist.«

Lisa schluchzte an meiner Schulter laut auf. »Ich halte das alles nicht mehr aus!«

Wie demütigend musste diese Szene für sie sein!

»Los!«, herrschte ich Sven an und trat gleichzeitig einen Schritt auf ihn zu. »Vorher lassen wir dich nicht gehen.«

Mit zusammengekniffenen Augen musterte ich Sven, der zögernd nach dem Kugelschreiber griff. »Eine reine Formsache, habt ihr gesagt?!«

Lisa weinte hemmungslos.

»Ja, nenn es ruhig so!«, keifte ich Sven an. »Los, unterschreib, und dann verschwinde aus unserem Leben!«

»Das mit dem Haus regeln unsere Anwälte«, sagte Sven mit einem Seitenblick auf Volker. »Du zahlst mir Miete für deine Söhne.«

»Wir haben das besprochen«, sagte Volker von der Tür her. Er hatte inzwischen das Baby auf dem Arm, das sich, an seine Brust geschmiegt, sofort beruhigte. Unsere Töchter waren auch aus dem Kinderzimmer gekommen und schmiegten sich an mich.

Welches Bild sich Sven da bot: eine starke Mutter, die ihre Töchter an sich drückt. Ein Vater, der Verantwortung für ein fremdes Baby übernimmt. Wir waren eine Bastion. Wir Eltern beschützten die Kinder, und wir beschützten uns gegenseitig. Lisa und das Baby gehörten unwiderruflich zu unserer Familie. Sven war hier der einzige Fremdkörper, und er schien es auch zu spüren. Nachdem er unterschrieben hatte, warf er den Kugelschreiber auf den Tisch und eilte zur Tür.

Nachdem diese hinter ihm zugefallen war, atmeten wir alle erleichtert auf.

»Er hat dich nicht verdient, Lisa-Schatz!«, flüsterte ich ihr zu. »Jetzt wird alles wieder gut.« Seelenruhig nahm ich die Fernbedienung von der Anrichte und öffnete das Gartentor. Durch das Küchenfenster konnten wir beobachten, wie Sven in seinen Wagen sprang und mit aufheulendem Motor rückwärts aus der Einfahrt raste. Als er weg war, glitt das Gartentor lautlos wieder zu. Wir umarmten uns fest. Wir waren eine Familie. Da fuhr die Eisenbahn drüber.

14

Der Festspielsommer zog uns alle wieder in seinen Bann: Unsere kleine, verträumte Stadt wurde überrollt von Weltstars und jenen, die sie sehen wollten. Schon morgens um sieben trippelte ich nervös in meinem Dirndl aus dem Haus, weil um acht Uhr die ersten Busse in der Paris-Lodron-Straße ankamen. Ich hatte Hundertschaften von Touristen durch die überfüllte Innenstadt zu schleusen. Das war körperliche Schwerst-arbeit, besonders bei 30 Grad im Schatten!

Die Mädchen waren zum Glück im Ferienlager am Wolfgangsee. Direkt nach Schulferienbeginn hatte ich sie mitsamt Luftmatratze, Schnorchel, Taucherbrille, Tennisschläger und ihrem ganzen Mädchenkram dorthin verfrachtet.

Die Jungen waren ohnehin mit sich selbst beschäftigt: Emil machte ein Praktikum in einem Altersheim, und Nathan spielte Bridge. Was sonst. Ich kümmerte mich darum, dass sie ihr Frühstück bekamen, putzte schnell ihre Höhle und fand leere Flaschen, Pizzareste und ... Kondome unter ihren Betten. Oje, welch unerfreuliches Thema! Aber in ihrem Alter waren die Dinger angemessen. Mit einem großen Müllsack bewaffnet watete ich jeden Morgen durch ihr Revier.

Lisa und ihr Baby hielten mich zusätzlich in Atem.

Lisa saß in ihre Noten vergraben mit dem kleinen Mädchen auf dem Liegestuhl am Schwimmteich, tauchte ab und zu ein zappelndes Beinchen ins Wasser und schien ihr Töchterchen bereits jetzt gegen die Unbill des Lebens abhärten zu wollen. Ansonsten übte sie wie verrückt neue Partien ein. Sie wollte während der Festspiele unbedingt an einer Meisterklasse für die weltweit besten Nachwuchssänger teilnehmen! Das war eine ganz andere Baustelle als ein Engagement am Landestheater! Der Ehrgeiz trieb sie um. Seit sie von Sven geschieden war, hatte sie sich wie eine Wahnsinnige in die Arbeit gestürzt. Ich machte mir Sorgen um sie.

»Volker, sieh bitte in deiner Mittagspause nach ihr! Ich schaffe es heute nicht, nach Hause zu kommen! Habt ihr alles? Ich habe vorgekocht. Das Essen ist im Kühlschrank. Bitte sorg dafür, dass das Baby Gemüsebrei zu sich nimmt.«

Lisa wollte jetzt abstillen. Sie musste jetzt unabhängig sein für ihre Meisterklasse. Das Füttern würde dann an mir hängen bleiben. Aber das machte ich natürlich gern. Ehrlich gesagt freute ich mich richtig darauf, das Baby ganz allein für mich zu haben! Außerdem gönnte ich Lisa ihre Karriere von ganzem Herzen. Allein schon Leonore zum Trotz! Lisa sollte ihre Karriere NICHT an den Nagel hängen müssen. Es machte mir Spaß, sie zu unterstützen, denn sie war gut. Lisa war uns wie ein schöner Schmetterling ins Haus geflattert, und ich hatte ganz unauffällig die Fenster verschlossen, damit sie uns nicht wieder davonfliegen konnte. So gesehen stand Lisas Karriere auf internationalem Parkett eigentlich nichts mehr im Weg. Am Ende der Festspiele gab es für die acht besten Nachwuchssänger ein Abschlusskonzert. Und diesem würden Agenten und Intendanten beiwohnen. Dieses Konzert war sozusagen das Flugticket in höhere Sphären. An Spitzenhäuser. Mit Spitzengagen. Die kleine Lisa aus dem Tiroler Tal würde eines Tages ganz oben sein.

Ihre wirkliche Mutter, diese ignorante Bäuerin, die ihr Talent nie erkannt hatte, würde eines Tages ihren Augen und Ohren nicht trauen, wenn Lisa im Fernsehen auftreten und auf den

Titelseiten des Festspielmagazins zu sehen sein würde. Wenn ihre Konzerte live auf die große Leinwand am Kapitelplatz übertragen würden. Solche Tagträume beflügelten mich.

Wenn ich also nach drei oder vier Stadtführungen mit schmerzenden Füßen wieder nach Hause kam, nahm ich Lisa sofort das Baby ab.

Das war doch Ehrensache.

»Wenn du pünktlich bist, kann ich dich reinschleusen!« Lisas Augen glühten vor Aufregung und Vorfreude. »Jürgen Flimm unterrichtet vier der besten Nachwuchssänger öffentlich! Ich bin dabei!« Sie hüpfte aufgeregt vor mir herum.

Klein Fanny trat mir bei dem Versuch, auch zu hüpfen, mit ihren stämmigen Beinchen in den Bauch.

»Ludwiga Christ hat mich ausgesucht! Wir machen eine szenische Probe in der Universitätsaula, aber sie ist schon ausverkauft!«

Jürgen Flimm? HIMSELF? Und Ludwiga Christ, die weltberühmte Kammersängerin? Mir schossen die Tränen in die Augen. »Mädchen, was bin ich stolz auf dich!«

»Aber du darfst keine Sekunde zu spät kommen – sie schließen die Türen!«

Ja, das war mir klar. »Ich versuche, meine Touristen so schnell wie möglich durch das Gewühl zu schleusen. Um Punkt drei stehe ich vor der Aula. Hoffentlich hat dann keiner mehr eine Frage oder muss Pipi oder so …«

Lisa hatte keinen Sinn für meinen Humor.

»Ein öffentlicher Meisterkurs erfordert allerhöchste Konzentration. Da können Krethi und Plethi nicht einfach so hereinplatzen.«

»Klar. Ich muss nur sehen, dass ich Fanny ruhig halte.«

»Hoffentlich lassen sie dich mit dem Kinderwagen überhaupt rein!« Lisa wirbelte schon wieder aufgeregt bei uns im

Musiksalon herum: »Die szenischen Proben sind so was von aufregend! Jürgen Flimm ist der Beste! Der ist so was von witzig und charmant! Kannst du dir vorstellen, dass er sich überhaupt mit mir kleiner Tiroler Landpomeranze abgibt – und das vor großem Publikum?«

»Ja, natürlich!«, rief ich entrüstet. »Der soll froh sein, dass er so ein traumhaftes Talent wie dich fördern darf!« Ich lächelte sie aufmunternd an.

Dieser Meinung war auch Volker, der gerade zufällig ins Haus kam. »Der kann sich damit letztlich selbst profilieren. Mit so einem feschen Hasen wie dir kann er nix falsch machen!«

»Volker!«, sagte ich tadelnd und schüttelte lachend den Kopf. »Das ist ja Skilehrervokabular!«

»Ich liebe meine Frau!« Volker zwinkerte Lisa schelmisch zu. »Sie sagt immer das Richtige.« Volker kniff zuerst dem Baby und dann mir beherzt in die Wange. Dann wandte er sich an Lisa: »Ich komme auch, wenn ich es irgendwie schaffe. Besorg mir einen Platz in der ersten Reihe – du weißt schon, wegen der Videokamera!«

Volker hatte doch tatsächlich kurz nach Fannys Geburt so ein megamodernes Gerät gekauft, mit dem er jeden Spuckefaden und Köttel in der Windel in Großaufnahme festhielt. Das hatte er bei unseren Töchtern nicht gemacht! Na ja, da war er ja auch noch so im Stress mit seiner Praxis und seiner Exfrau Wiebke gewesen. Jetzt schien er für solche Dinge mehr Muße zu haben. Irgendwie wirkte er in letzter Zeit richtig entspannt. Irgendwie verjüngt. Lisa hatte so was von frischen Wind in unser Haus gebracht!

»Aber ich muss natürlich perfekt vorbereitet sein und alles auswendig können. Ich singe die erste Szene aus *Le nozze di Figaro*, alles auf Italienisch. Der bringt es fertig und lässt mich das alles erst mal übersetzen, vor all den Leuten … Ich muss nämlich genau wissen, was ich da singe, bevor ich das szenisch anlegen kann.« Lisa warf uns die Tür vor der Nase zu und fing an zu trällern.

Gott, war sie nervös! Ich wiegte Klein Fanny in den Armen, damit sich diese Nervosität nicht auf sie übertrug, und versuchte dann, sie in den Hochstuhl zu setzen. Ihre prallen Beinchen wollten nicht durch die Löcher rutschen, und mein Volker packte mit an. Gemeinsam quetschten wir das runde Dickmadämchen in den Hochstuhl, banden ihr ein Lätzchen um und schoben den Stuhl an den Tisch. Volker rettete noch schnell die Tischdecke, indem er sie vom Tisch nahm und ordentlich zusammenfaltete.

»Du bist so aufmerksam und umsichtig«, sagte ich ergriffen. »Welcher Mann geht so liebevoll mit einem fremden Kind um?«

Er gab dieses kleine Lachen von sich, das ich so an ihm liebte.

»Das Liebevollsein habe ich von dir gelernt, Herzerl.« Lächelnd beugte er sich vor und küsste mich. »Wenn ich da an Wiebke denke, wie frostig die immer war.«

»Lass uns nicht von Wiebke reden.« Ich strich Fannylein über die Löckchen. »Heute gibt es zum ersten Mal Spinat der Marke Spuck und Spei aus dem Gläschen«, erläuterte ich Volker stolz. »Leistest du der Patentante beim Füttern Gesellschaft?«

Aber Volker hatte schon wieder die Autoschlüssel in der Hand. »Wenn du nichts dagegen hast, besorge ich Lisa rasch ein paar DVDs mit Aufnahmen von ›Le nozze di Figaro‹. Dann überspiele ich ihr jeweils die erste Szene von sämtlichen Inszenierungen, und wir überlassen ihr heute Abend den Breitbildfernseher im Wohnzimmer.«

»Ach, Volker, du bist echt ein Schatz!« Ich lächelte meinen Mann verliebt an und versuchte, ihm zärtlich mit der Hand über die Wange zu streichen.

»Oder willst du heute Abend im Wohnzimmer fernsehen?«, fragte Volker rücksichtsvoll.

»Ich bin sowieso viel zu kaputt zum Fernsehen«, sagte ich seufzend. »Wenn ich Fanny gebadet und ins Bett gebracht habe, kann ich mich gleich dazulegen.«

»Aber nicht einschlafen! Ich habe noch was mit dir vor!«

»Volker!«, rief ich und lachte verlegen, während ich Fanny den Spinat ins Mäulchen schaufelte.

»Bist du damit einverstanden, dass ich mir mit Lisa gemeinsam die Szenen ansehe? Dann weiß ich, wie ich meine Kamera bei der szenischen Probe einstellen soll. Sie hat mich darum gebeten, ihren Auftritt zu filmen – du verstehst schon, die Eitelkeiten eines angehenden Weltstars …« Er stand hinter mir, schlang seine Arme um mich und drückte mir einen Kuss ins Haar. Dann wanderten seine Hände spielerisch zu meinem Busen. »Aber danach komme ich ganz schnell zu meiner Frau ins Bett.«

»Hallo, Sie! Ja, Sie da mit dem Kinderwagen!«

Ich eilte im Schweinsgalopp durch das Foyer der Universität, um noch rechtzeitig zu Lisas Meisterklasse mit Jürgen Flimm zu kommen. Den ganzen Vormittag hatte ich meine Touristen durch die Stadt gehetzt und ihnen keine fünf Minuten Pause gewährt, nur um diesen Termin pünktlich wahrnehmen zu können. Drei komplette Innenstadtführungen in sechs Stunden. Mein Rücken war schweißnass, das Dirndl wies schon peinliche Flecken auf, und meine Schnürschuhe dampften. Aber ich hatte es geschafft!

»Ja?«, sagte ich fragend, legte eine Vollbremsung ein und kam kurz vor der Treppe zum Stehen. Vielleicht wollte der uniformierte junge Mann mir beim Tragen helfen.

»So können Sie da aber nicht hinein!«

Es klingelte. Letzte Besucher, die gerade noch ihre Garderobe abgegeben hatten, hasteten, ihre Karten vorzeigend, hinauf. Niemand machte Anstalten, mir zu helfen.

»Gibt es einen Lift?«

»Ja, schon. Aber mit Kinderwagen können Sie sowieso nicht in den Saal. Außerdem ist er ausverkauft.«

»Meine Freundin singt heute. Ich habe eine persönliche Einladung.«

»Aber nicht mit Kinderwagen.«

»Aber warum denn nicht?«

»Nachher schreit es dazwischen.«

»Das Kind schläft doch – schauen Sie mal!«

»Das ist mir wurscht, ob es jetzt schläft. Nachher wacht es auf und schreit.«

»Dann verdrücke ich mich auch sofort, versprochen!«

»Gute Frau!« Inzwischen war der Oberaufseher auf meine lautstarke Diskussion mit dem Saaldiener aufmerksam geworden. »Wo gibt es denn so was, dass man mit Kinderwagen in eine Festspielveranstaltung geht?«

»Aber ich bin die beste Freundin von einer Meisterschülerin! Schauen Sie! Das hier ist ihr Kind!«

»Ohne Kinderwagen.«

»Gut. Dann nehme ich das Kind auf den Arm.« Ich machte bereits Anstalten, die schlafende Fanny aus ihrer Wolldecke zu schälen. Im Parkhaus hatte ich sie auf der Motorhaube noch schnell gefüttert und gewickelt. »Hier, sehen Sie. Es macht keinen Mucks.« Ich warf einen Blick auf die große Wanduhr. Panik ergriff mich: Noch eine Minute, dann gingen da oben die Türen zu!

Die Uniformierten schüttelten den Kopf. »Ausgeschlossen. Das wird alles vom Fernsehen mitgeschnitten.«

Ein letztes Mal wurde die Tür von außen aufgerissen und ein eiliger Besucher stürmte ins Foyer.

Es klingelte zum dritten Mal.

Ich trat einen Schritt beiseite, um den späten Gast die Treppe hinauflaufen zu lassen. Es war Volker. Wie immer sah er prächtig aus: blütenweißes Hemd und tadellos sitzender Anzug mit Bügelfalte.

»Oh, Volker, gut, dass du kommst! Die wollen mich hier nicht reinlassen. Bitte fass einfach mit an.«

Oben aus dem Saal ertönte Beifall. Er brandete förmlich die Treppe hinunter.

»Das musst du auch verstehen, Herzerl.« Volker nahm zwei Stufen auf einmal. An seinem Handgelenk baumelte die kleine Videokamera. »Die können da unmöglich ein Baby reinlassen.«

»Aber ich habe mich so auf den Meisterkurs gefreut …« Ich hätte heulen können.

»Nächstes Mal, Herzerl. Geh mit dem Baby spazieren!«

Volker schien gerade noch durch die sich schließende Saaltür geschlüpft zu sein, denn gleich darauf hörte man den Beifall nur noch gedämpft. Dann erklangen bereits die ersten Töne. Die Szene der Susanna hatte begonnen. Das war Lisa. Wie oft hatte ich sie genau das üben hören! Jetzt sang der Figaro. Jürgen Flimm ging dazwischen und sagte etwas, alle lachten. Das Publikum klatschte, und ich kam mir plötzlich unglaublich ausgeschlossen vor. Ich wendete den Kinderwagen und eierte unter den schadenfrohen Blicken der Türsteher davon. Sie hielten mir noch nicht mal die Tür auf. Ich ärgerte mich: Da hatte ich mich ganz umsonst so abgehetzt! Dabei hätte ich längst mit dem Baby im Garten sitzen, meine geschwollenen Beine hochlegen und ein bisschen die Augen zumachen können! Das Baby schlief, und wie jede Mutter weiß, sind das kostbarste Minuten! Jetzt musste ich auch noch durch die überfüllte Stadt latschen. Meine Schnürschuhe kamen mir vor wie Folterwerkzeuge.

Direkt vor dem Café Tomaselli wurde ich schon wieder von einer wildfremden Frau angesprochen.

»Na, so herzig, das Kind vom Herrn Doktor! Und diese Ähnlichkeit mit Ihren anderen Kindern, Frau Wieser! Wie aus dem Gesicht geschnitten!«

Und da saß wieder diese Rothaarige. Das war wohl hier ihr Stammcafé. Täuschte ich mich, oder war da der Anflug eines spöttischen Grinsens auf ihrem Gesicht?

Dabei kämpfte ich doch mit den Tränen! Ich schluckte einen dicken Kloß hinunter und sagte mein Sprüchlein auf: »Das ist nicht unser Kind. Das ist nur unser Patenkind, um das ich mich kümmere, weil seine Mutter Sängerin ist! Gerade singt sie in der Aula der Universität, und ich durfte mit dem Kinderwagen nicht rein!« Flüchtend eilte ich durch die Getreidegasse, bahnte mir einen Weg durch die dort herumstehenden Bummelanten, auf die ich gerade einen richtigen Zorn entwickelte. Die hatten wohl nichts Besseres zu tun, als in die Schaufenster zu glotzen, Hausfassaden zu fotografieren und ihre Zeit in Straßencafés totzuschlagen, während ich mich Tag für Tag abhetzte, um es allen recht zu machen! »Tja«, glaubte ich Leonores Stimme zu hören. »So ist es nun mal, das Leben. Als Frau hat man sich aufzuopfern.« Ich schüttelte den Kopf, um den Gedanken an meine Schwiegermutter zu vertreiben. Im Vorübergehen fiel mein Blick auf eine traumhafte riesige Handtasche aus weichem rotem Leder, die mit bunten Holzperlen verziert war. Sie lag in einem Schaufenster und schien mir zuzurufen: Lauf nicht weg! Nimm mich mit! Du brauchst jetzt Trost! Gönn dir doch mal was!

Genau die könnte ich für meine Stadtführungen brauchen. Sie passte farblich zum Dirndl, ohne altbacken zu wirken, und hatte einen bequemen Schultergurt, ohne an Eleganz zu verlieren. Da konnte ich alles unterbringen, was ich für einen sechsstündigen Stadtmarsch brauchte samt Schirm, Jacke und Schuhen zum Wechseln! Ich verlangsamte meine Schritte und warf einen Blick auf das Preisschild: 386,95 Euro. Danke, unerschwinglich. Schade. Das wäre meine Traumtasche gewesen.

Schließlich rettete ich mich in den Mönchsbergaufzug und fuhr rauf zum M32, einem modernen Lokal samt Aussichtskanzel aus dicken Steinplatten. Schleunigst suchte ich das Weite und floh in den Wald hinein. Hier würden mir keine Fremden nachstellen, um in den Kinderwagen zu schauen und idiotischen Small Talk zu machen. Mein Herz schlug langsamer. Mit weit ausholenden Schritten lief ich über sanft bewaldete Hügel und sog gierig die würzige Luft ein. Der Mönchsberg war wie so oft mein bester Freund. Dieses kleine Naturwunder mitten in der Stadt konnte mich immer trösten und neu beleben! Für mich wirkte er wie ein gestrandeter Wal, auf dessen Rücken ich mich flüchten und eine Weile dahingleiten konnte. Ich wanderte zu meiner Lieblingsstelle, der Richterhöhe, von der aus man einen einmaligen Blick auf die Festung hat und auf der anderen Seite zum Leopoldskroner Schloss sowie Leopoldskroner Weiher hinübersieht.

Vor dem alten Wehrturm blieb ich stehen und beugte mich über den Kinderwagen. Fannys kleines Gesichtchen war mir schon so vertraut, dass ich sie wirklich wie mein eigenes Kind empfand. Sah Fanny meinen Töchtern denn wirklich ähnlich? So was soll es ja geben, das war ja schon bei Hunden und ihren Herrchen ein Phänomen: Wie der Herr, so 's Gescherr. Auch Ehepaare wurden sich ja im Lauf der Zeit immer ähnlicher. Ich selbst sah in Fanny ein Abbild ihrer Mutter. Sie hatte überhaupt keine Ähnlichkeit mit mir oder meinen Töchtern! Sie besaß die gleiche kleine Stupsnase, die gleiche Wangenpartie und das gleiche ausgeprägte Kinn wie Lisa. Und die riesengroßen Augen von Sven. Was die Leute nur alle hatten mit ihrem blöden Geschwätz! Halb verärgert, halb amüsiert schüttelte ich den Kopf. Andererseits war es auch nur wieder logisch: Da sie mich ständig mit dem Kinderwagen umherziehen sahen, glaubten sie natürlich, dass es mein eigenes Kind wäre.

Wie schön es doch hier oben war! Sollten sie sich doch da unten in der Stadt drängeln und schieben – hier oben hatte ich die Welt für mich allein. Ich setzte mich auf meine Lieblingsbank und genoss den Blick hinüber zum Untersberg. Meine Beine hörten auf zu schmerzen, und ein wohliges Kribbeln machte sich breit. Erleichtert streifte ich die Schuhe ab und ließ sie einfach ins Gras fallen. Ich machte ein bisschen Zehengymnastik, und endlich kehrte wieder ein bisschen Gefühl in meine armen Füße zurück. Dann schloss ich die Augen. Ach, tat das gut, mal einen Moment abzuschalten. Wahrscheinlich war das sowieso viel besser als das spannungsgeladene Werkstattkonzert da unten in der Uni. Sosehr ich es auch genossen hätte, dabei zu sein … Das nächste Mal! Volker konnte mir ja später seine Videoaufnahmen vorspielen. Ich lächelte. Dann würde ich doch noch alles haargenau sehen können! Dass ich daran nicht gedacht hatte!

Ich träumte ein bisschen von der roten Handtasche. Vielleicht konnte ich sie mir von Volker zum Geburtstag wünschen? Ich könnte Lisa den Tipp geben, dass sie genau das richtige Geschenk wäre! Ja, auf diese Weise käme ich vielleicht doch noch in den Besitz meiner Traumtasche. Wozu hat man denn eine beste Freundin? Sie konnte ihm das doch problemlos stecken! Wahrscheinlich hatte sich ein schelmisches Grinsen auf mein Gesicht geschlichen, denn jemand fasste den dreisten Entschluss, mich einfach anzusprechen. Eine Männerstimme. Unmittelbar hinter mir.

»Genießen Sie die Ruhe hier oben auch so sehr?«

»Jetzt nicht mehr!« Ich fuhr herum und sprang auf. Wie aus dem Boden gestampft stand da ein Herr mit hochgekrempelten Hemdsärmeln. Zweitagebart. Das Jackett trug er locker über die Schulter geworfen. Er lächelte mich an und sagte bedauernd: »Oje, ich wollte Sie nicht erschrecken.«

»Haben Sie aber! Mein Gott, wie können Sie sich nur von hinten so anschleichen!« Mit diesen Worten ließ ich mich wieder auf die Bank zurückfallen. »Ich glaube, ich war eingenickt.«

Er warf einen Blick auf den Kinderwagen: »Ihr Baby lässt Sie wohl nachts nicht schlafen, was?«

»Ähm ja, so ähnlich.«

Wir schauten beide schweigend ins Tal, ich sitzend und er hinter mir stehend. In Thrillern pflegen solche Begegnungen nicht gut zu enden. Da legen die Kerle plötzlich ihre Hände oder wahlweise eine Kette oder Damenstrumpfhose um die Kehle der Frau.

»Mich irritiert das irgendwie …«

»Was?«

»Dass Sie da so hinter mir stehen!«

»Oh. Dann setze ich mich lieber … Darf ich?«

Der Fremde ließ sich neben mir auf die Bank plumpsen. Oh Mann! Konnte der nicht weiterschlendern? Ich wollte doch nur einen Moment meine Ruhe haben! Aber wenn ich jetzt sofort aufsprang, wirkte das auch zickig. Außerdem müsste ich dazu erst meine Schuhe aus dem Gras angeln und dazu auf allen vieren unter die Bank kriechen. Also dann. Saß er halt da. War ja auch eine öffentliche Bank. Und eine öffentliche Richterhöhe. Wenn er da auch so gerne herumsaß wie ich, konnte er ja so ein schlechter Kerl auch wieder nicht sein. Er wirkte wie ein lässiger Intellektueller. Unauffällig schielte ich mit halb geschlossenen Augenlidern zu ihm hinüber. Bestimmt ein Tourist, der keine Lust mehr hatte, seine Frau und Tochter beim Einkaufsbummel zu begleiten. In einer Stunde war der sicher mit ihnen im Eiscafé verabredet. Dann würde er seine Hemdsärmel wieder herunterkrempeln und sein Jackett wieder anziehen. Warum sollte mich der Kerl auch anmachen wollen, wo ich doch eine übernächtigte, überforderte Spätgebärende war?

Wir schwiegen. Ich verzichtete allerdings darauf, weiterhin die Augen zu schließen. Man konnte ja nie wissen.

Schließlich durchbrach der Fremde erneut die wohltuende Stille: »Wissen Sie, warum das Monatsschlössl da hinten am Ende der Hellbrunner Allee Monatsschlössl heißt?«

»Ja«, sagte ich, ohne ihn anzusehen. »Möchten Sie die offizielle Version hören oder die Wahrheit?«

»Beides.«

»Nach der offiziellen Version wurde es in nur einem Monat errichtet.«

»Das stimmt aber nicht.«

»Nein. Der Fürstbischof Markus Sittikus war ein lebensfroher Bursche. Nicht umsonst ließ er Hellbrunn als Lustschloss erbauen. Na ja, und das Monatsschlössl …« Ich warf einen kurzen Seitenblick zu meinem Banknachbarn hinüber, überlegte, ob ich ihm die nackte Wahrheit zumuten konnte, fuhr aber dann fort: » … dorthin schickte er diejenigen Geliebten, die gerade ihre Tage hatten, bis er sie wieder gebrauchen konnte.«

»Donnerwetter!«, sagte der Mann. »Da weiß ja jemand Bescheid. Und ich hatte gedacht, ich könnte Sie beeindrucken.« Oh. Offensichtlich war er doch kein Tourist.

»Sie können es ja noch mal versuchen.« Jetzt grinste ich doch kurz rüber.

»Gern. Wissen Sie, was es mit dem Steintheater dort auf sich hat?«

»Die offizielle Version oder die Wahrheit?«

»Offiziell wurde dort die erste Oper auf europäischem Boden aufgeführt«, sagte der Mann. »*L'Orfeo* von Monteverdi.«

»Ja, aber nicht nur.« Mir begann die Unterhaltung Spaß zu machen. »Es gibt auch eine unanständige Version.«

»Nämlich?«

»Markus Sittikus ließ seine Lustknaben dort zwischen den Felsklüften mit verbundenen Augen gegen Schweine und Federvieh kämpfen und ergötzte sich mit seinen Kumpanen an dem blutigen Gemetzel.«

»Na, was Sie alles wissen!«

Jetzt musste ich grinsen. »Ich bin Stadtführerin«, gab ich bescheiden zu.

»Aber diese Versionen erzählen Sie auch nicht jedem?«

»Natürlich nicht. Aber Sie wollten es ja ganz genau wissen!«

»Stadtführerin in Salzburg«, sagte der Fremde gedehnt. »Ein Traumjob! Ich beneide Sie.«

Ich massierte mir die Fußknöchel. »Ja, es ist schon herrlich, Menschen aus aller Welt durch meine Lieblingsstadt führen zu können.«

Der Mann schenkte mir ein freundliches, interessiertes Lächeln. »Dann können Sie mir bestimmt mehr über die Stadt erzählen als ich Ihnen!«

Was wollte DER MIR denn über Salzburg erzählen? Ich hatte eine dreijährige Ausbildung absolviert und konnte jedes einzelne Ornament in jeder Kirche anmoderieren.

»Das kostet aber was«, sagte ich und gähnte müde.

»Schade!«, sagte der Mann. »Ich habe gerade leider kein Geld dabei.«

»Das sollte auch nur ein Scherz sein.«

»Würden Sie das denn sonst machen?«

»Was?«

»Mich durch die Stadt führen.« Der Fremde legte den Arm auf die Banklehne.

Ich achtete darauf, ihn nicht zu berühren.

»Sie können sich gern für eine Stadtführung anmelden«, erwiderte ich nüchtern. »Dann wird Ihnen ein Stadtführer zugeteilt.«

»Ich meine, privat?«

Also doch! Wollte der allen Ernstes eine allein stehende … na ja, also, allein sitzende … ähm … MUTTER anbaggern? Warum hatte ich mich bloß dazu hinreißen lassen, ihm solche Geschichten von Lustknaben und anderen Schweinereien zu erzählen? Klar wertete der das als Einladung! Hach, lernte ich denn auch GAR nichts dazu, wo ich doch längst eine verheiratete erwachsene Frau und mehrfache Mutter, Stiefmutter und Leihmutter war? Plötzlich fürchtete ich mich vor seinem Arm, der unmittelbar hinter meinen Schulterblättern auf der Banklehne ruhte. Die Härchen darauf waren blond und standen irgendwie so unheimlich ab. Sprach der doch glatt fremde Frauen MITTLEREN ALTERS an, die offensichtlich Nachwuchs aufziehen. Pfui Teufel aber auch, wie geschmacklos!

»Privat ist bei mir nichts zu machen«, kanzelte ich den Kerl ab. »Wie Sie sich denken können, bin ich verheiratet.« Ich wedelte mit meinem Ehering vor seinem Gesicht herum. Fast hätte ich ihm einen Kinnhaken versetzt. »Mein Mann ist ein sehr angesehener ARZT.«

Er zog seinen Arm weg und lachte. »Haben Sie das so ausgelegt? Oje! Nein, jetzt haben Sie mich aber völlig falsch verstanden!« Er rückte sofort von mir ab und fuhr sich mit beiden Händen durch die Haare, die daraufhin in alle Richtungen abstanden: »Das ist mir jetzt aber wirklich unangenehm! Ich hätte mich tatsächlich gern von Ihnen durch die Stadt führen lassen. Ganz einfach, weil Sie viel interessantere Dinge erzählen als alle anderen! Aber das ist ja Quatsch, mit dem Kinderwagen ...«

»Mit oder ohne Kinderwagen ist das Quatsch!«, schob ich sicherheitshalber hinterher.

»Entschuldigung! Ich wollte Ihnen keinen unsittlichen Antrag machen oder so ...« Er lachte so entwaffnend, dass ich ihm augenblicklich verzieh.

»Verstehe.« Ich blieb auf jeden Fall sitzen, schließlich war das MEINE Bank. Ich war ZUERST hier.

»Ach so, ich sollte vielleicht erst mal sagen, wer ich bin. Justus Trunkenpolz.« Er streckte mir die Hand hin, und ich starrte auf die vielen goldenen Härchen, die auf seinem Arm in der Sonne leuchteten. WIE hieß der? TRUNKENPOLZ? Mechanisch schüttelte ich seine Hand.

»Grüß Gott, Herr Trunkenpolz«, sagte ich artig. Plötzlich musste ich hysterisch lachen. Meine schrille Stimme schallte über den Leopoldskroner Weiher und prallte am Untersberg ab. Das war ja wohl nicht sein Ernst? Nahm der mich jetzt auf den Arm oder was? Obwohl ich genau DAS nicht wollte! Weder auf noch in den Arm mit den goldenen Härchen.

»Was ist daran so lustig?«, erkundigte sich Justus Trunkenpolz freundlich.

»Keine Ahnung!« Ich konnte gar nicht mehr aufhören zu lachen, und aus irgendeinem Grund ging mein Lachen plötzlich in Weinen über. Meine Güte, war ich fertig mit den Nerven!

»Barbara Wieser«, schluchzte ich und ließ seine Hand zu meinem eigenen Erstaunen gar nicht mehr los.

»Alles in Ordnung?«

»Ja, ich … ähm … bin nur ein bisschen überarbeitet.«

Endlich ließ ich seine Hand los und wischte mir schnell über die Augen. Aus lauter Verlegenheit zeigte ich auf den Kinderwagen. »Und das ist Fanny. Mein Patenkind.«

»Ich hab mir gleich gedacht, dass Sie nicht die Mutter sind«, sagte Justus Trunkenpolz plötzlich ganz ernst.

»Warum nicht? Ich sehe zu alt aus, oder?« Meine Güte, ich weinte doch nicht schon wieder?

»Nein, das nicht …«

»Aber?«

»Zu …« Er sah mir eine Sekunde prüfend in die Augen. »… unglücklich. Brauchen Sie ein Taschentuch?«

»Ich bin doch nicht UNglücklich!«, brauste ich auf. »Wie kommen Sie denn darauf?«

»Ich weiß nicht – sagen Sie es mir!«

»Wieso sollte ich? Wir kennen uns doch gar nicht!«

Langsam ging mir dieser Justus Trunkenpolz doch auf die Nerven. Erst stand er da wie aus dem Boden gestampft, dann machte er mich an und wollte eine private Stadtführung, und jetzt analysierte er auch noch meine Psyche?!

»Sie wirken einfach unrund«, erklärte Justus.

»Unrund?« Das Gegenteil von rund? Also schlank. Das sollte wahrscheinlich ein Kompliment sein. Komischer Vogel, dieser Trunkenbold.

»So als hätten Sie etwas Wichtiges versäumt.«

Ups. Die Karriere vielleicht?

»Quatsch«, entfuhr es mir.

Verärgert sprang ich auf, um nun endgültig meine Schuhe und dann das Weite zu suchen. Au, was taten meine Füße weh! Ich machte einen Schritt rückwärts, als mich plötzlich ein stechender Schmerz durchzuckte. Aber anders als bisher. Ich war in etwas hineingetreten. In etwas Spitzes, Scharfes! Ein entsetzter Blick auf meine Zehen, aus denen Blut hervorquoll, bestätigte diesen Verdacht.

»Au! Scheiße!«, rief ich, während ich auf einem Bein zur Bank zurückhüpfte. Mir wurde schwarz vor Augen vor Schmerz. Jetzt flossen die Tränen in Strömen.

»Oje«, sagte Justus Trunkenpolz und beugte sich über mich. »Das sieht übel aus.«

»Nicht anfassen!«, jaulte ich auf.

»Mach ich doch gar nicht!«

»So tun Sie doch was!« Das Weinen tat richtig gut. Und jetzt hatte ich endlich einen Grund dazu.

»Ich bin kein Arzt …«

»Das habe ich ja auch nicht behauptet! AU! Oh, bitte, tun Sie irgendwas! Gucken Sie bitte mal – was steckt denn da drin?«

Ich wäre jetzt gern ein bisschen in Ohnmacht gefallen, aber das kam schon wegen der unschuldigen Fanny im Kinderwagen nicht infrage.

»Das sieht mir nach einer Scherbe aus.« Herr Trunkenpolz nahm behutsam meinen pochenden Fuß und musterte ihn sorgfältig.

»Au! AUTSCH! Nicht! Oder doch! Können Sie … Bekommen Sie die zu fassen?«

Trunkenpolz fummelte nicht ganz ungeschickt an meiner Fußsohle herum, während ich mich an die Banklehne krallte und versuchte, tapfer zu sein. Das Blut sickerte unaufhörlich zwischen den Zehen hervor.

Mit einer entschlossenen Bewegung riss sich der Fremde ein Stück seines Hemdsärmels ab und band es fest um meinen Fuß.

Na toll! Jetzt hatte sich mein Horrorszenario von eben in blanke Wirklichkeit verwandelt! Er metzelte und fesselte und folterte! Ich war in seiner Gewalt! Warum kam denn jetzt keiner? Ein Arzt – also vielleicht mein Mann? Aber Volker hatte natürlich das Handy ausgeschaltet, da er in Lisas Meisterklasse-Konzert war! Vielleicht weinte ich deshalb so bitterlich?! Ich verstand die Welt nicht mehr.

»Au, autsch, nicht doch, nein, bitte aufhören … Wie wär's mit einer Vollnarkose?!«

»Die hat sich ja richtig tief reingebohrt.« Trunkenpolz zog seine Lesebrille aus der Hemdtasche, während er mit der anderen Hand meinen blutenden Fuß hielt, und erkundete umso aufmerksamer meine Fußsohle.

Noch nicht mal bei der Pediküre war ich in letzter Zeit!, schoss es mir durch den Kopf. Gleich darauf schämte ich mich für diesen unemanzipierten Gedanken. Männer gehen ja auch nicht zur Pediküre, bevor sie in eine Scherbe treten.

»Ich mache Ihre Hose ganz schmutzig«, murmelte ich erschrocken und wischte mir die Tränen ab.

»Was ihr Frauen immer für Sorgen habt …« Trunkenpolz zog ein Taschenmesser aus seiner Hosentasche. »Ich sehe das Ding jetzt. Können Sie die Zähne zusammenbeißen?«

»Nein! Oh, Gott, bitte NEIN!«

»Justus reicht.«

»Wie? AU!«

»Nicht Gott. Justus.«

»Sie ScherzBOOOOOOAH!«

»Aber drinlassen können wir die Scherbe nicht. Ich könnte Sie zum Pallottinerschlösschen tragen, aber dann steht der Kinderwagen allein hier.«

»Nein, BITTE NICHT!!!

»Gut. Ich hab hier …« Er fummelte an seinem Taschenmesser herum und brachte irgendein spitzes Folterwerkzeug zum Vorschein. »… eine kleine Pinzette, damit könnte ich es versuchen.«

Ich atmete tief ein und aus und konzentrierte mich darauf, die von hier aus stecknadelgroßen Köpfe im Leopoldskroner Freibad zu zählen.

»Warum erzählen Sie mir nicht, was das da drüben für ein Schlösschen ist?« Trunkenpolz wies mit dem Kopf in die Richtung, wo das Pallottinerkloster lag.

»Das Exerzitienhaus der Pallottiiiiiiiiieeee …«

»Ich hab's gleich. Sind da Mönche drin?«

»Ja, eine Handvoll Patresssssss und Brüder. Man kann dort auch wooooooo!«

»Stillhalten, Barbara! Echt? Da kann man wohnen? Das ist ja wohl ein Geheimtipp!«

»Ist auch ganz annehmbar, sauber und einfach … Ich HALT'S NICHT MEHR AUS! Sie schneiden mir nicht aus Versehen ein paar Zehen ab, nein?«

»Da!« Triumphierend hielt mir Trunkenpolz eine spitze grüne Scherbe unter die Nase, die offensichtlich zu einer kaputten Bierflasche gehörte, die weiter hinten im Gras lag. Augenblicklich ließ der bohrende, stechende Schmerz nach, und ich war erleichtert. Auch wenn mein Fuß immer noch schmerzte wie die Hölle. Ich musste erst mal Luft holen.

»Ist alles raus?«, erkundigte ich mich.

»Ich glaube schon. Wie fühlen Sie sich?«

»Großartig. Ich habe mich selten besser gefühlt.« Ein letzter Schluchzer bahnte sich einen Weg nach draußen.

»Bleiben Sie einfach noch ein bisschen sitzen. Legen Sie das

Bein hoch.« Trunkenpolz bettete meinen armen Fuß auf die Bank und legte ein weißes, frisch gebügeltes Stofftaschentuch unter die immer noch blutende Wunde. Auf einmal fand ich ihn richtig nett.

»Danke«, stammelte ich kleinlaut. Mein Fersenblut tröpfelte auf sein Damastenes. Hoffentlich sagte er jetzt nicht »Dafür nicht«. Ich dachte kurz an Sven. Wenn man sich bei Norddeutschen für etwas bedankt, sagen sie »Dafür nicht«. Dann darf man raten, wofür man sich sonst bedanken soll. Das kann dann ein kurzweiliger Wortwechsel werden!

»Bitte«, antwortete er schlicht und wischte sich die Hände an seinem inzwischen fleckigen, zerrissenen Hemd ab.

»Tut mir leid, dass ich Ihnen Scherereien gemacht habe«, stieß ich zwischen zusammengebissenen Zähnen hervor. »So können Sie sich nicht in der Stadt blicken lassen.« Was seine einkaufsbummelnde Frau und Tochter wohl dazu sagen würden? Wenn der so vom Mönchsberg runterkam, würde er auf der Stelle verhaftet.

»Ich wohne da drüben.« Er wies mit einer knappen Kopfbewegung auf das Kloster, das ich ihm gerade erklärt hatte. »Dort kann ich mich gleich umziehen.«

»Sie wohnen da? Und warum fragen Sie mir dann Löcher in den Bauch?«

»Weil ich Sie von den Löchern im Fuß ablenken wollte.« Er lächelte mich an. »Alter Indianertrick.«

»Und … wie ist es da so?«

»Ich habe schon eine Lieblingsecke im Blumengarten. Der Frühstückssaal erinnert mich an mein Internat, alles ziemlich katholisch und so. Aber die Jungs dort tragen keine Ordenstracht und sind sehr gastfreundlich. Man kann kommen und gehen, wann man will, und hat einen Schlüssel. Außerdem gibt es da einen ziemlich witzigen Pater, der tausend Geschichten vom Mönchsberg kennt.«

»Echt? Welche denn?«

»Die vom exzentrischen Dialektdichter Alois Grasmayr beispielsweise. Der wohnte in der Hausnummer 18, diesem seltsamen siebenstöckigen astronomischen Turm da hinten. Besonders gern erschreckte er die Kinder mit einer mumifizierten Hand aus seinem Kuriositätenkabinett und forderte diese sogar auf, das Ding zu küssen.«

»Ach was!«, entfuhr es mir. Jetzt war ich aber baff. Dieser Trunkenpolz überraschte mich mehr und mehr. Ich hatte ihn komplett unterschätzt.

»Oder Ernst Kuppelwieser, auch so ein Original. Der verköstigte sich schon vor über sechzig Jahren mit Soja als Fleischersatz und wäre fast daran gestorben. Selten ging er ohne seinen breitrandigen Hut aus dem Haus und hatte meist noch einen riesigen roten Schirm dabei, auf dem ein Messingschild mit der Aufschrift ›Bitte um Rückgabe‹ prangte.«

Ich rang mir ein anerkennendes Grinsen ab. »Wie spaßig!«

»Und schon mal was von der alten Kammersängerin Bianca Bianchi gehört, der sogenannten ›Hundegräfin‹? Die alte Dame liebte es, im geblümten Schlafrock spazieren zu gehen – an der Leine eine ganze Meute verschiedenster Hunde und mit einem Kapuzineräffchen auf der Schulter.«

»Was Sie nicht sagen!« Jetzt blieb mir aber der Mund offen stehen. Ob Trunkenpolz sich das alles ausdachte, um mich zu unterhalten und von meinen Schmerzen abzulenken?

»Das haben Sie doch alles irgendwo geklaut!« Jetzt fühlte ich mich gelinde gesagt auf den Arm genommen. Aber er hatte mich immerhin von meinem Kummer abgelenkt.

Trunkenpolz hielt meine Wade immer noch behutsam in seinen Händen. Er trug keinen Ring. Meine Fantasie von der einkaufenden Frau und Tochter löste sich in Luft auf.

»Ja. Aus dem Buch ›Salzburg. Auf krummen Touren durch

die Stadt‹ von Renate Just. Mich faszinieren einfach die dämmrige Atmosphäre des Mönchsbergs und seine Bewohner.«

»Aber Sie sind kein Mörder, nein?«

»Nein. Es reicht mir, wenn ich ab und zu in fremden Frauenfüßen stochern kann.«

»Na, dann ist es ja gut.«

»Das Baby ist wach.« Trunkenpolz stand auf und schaute in den Kinderwagen, der inzwischen heftig wackelte. Ein erstes unwilliges Quäken ertönte.

»Darf ich es rausnehmen?«

»Ja, bitte. Aber nicht umbringen!«

Trunkenpolz legte langsam sein Taschenmesser auf die Bank. »Na gut. Weil Sie es sind.«

Er reichte mir das hungrige Kind und nahm anschließend die Flasche aus dem Kinderwagennetz. »Die hier auch?«

»Ja, danke. Sie sind mir einer!«, sagte ich kopfschüttelnd, nachdem Fanny friedlich zu saugen und zu schmatzen begonnen hatte. Ich sah ihn grinsend von der Seite an. Der Schmerz ließ endlich ein wenig nach. Meine Angst vor weiterer Folterung auch.

»Ich bin ein völlig harmloser Seminarteilgeber«, verteidigte sich Trunkenpolz. »Wir hatten gerade Pause da drüben im Johannisschlössl, und da habe ich mir ein bisschen die Beine vertreten.«

Teilgeber. Aha. Voll der alternative Durchgeistigte.

»Dann müssten Sie bestimmt längst zurück sein?!«

»Eigentlich ja. Zumal ich der Seminarleiter bin.«

»Und das sagen Sie erst JETZT?«

»Na ja, vorher haben Sie ja so geschrien, dass ich nicht zu Wort kam.«

»Sie und nicht zu Wort kommen? Sie haben mir ganze Ammenmärchen erzählt!«

»Aber nur, um Sie abzulenken.«

»Wie heißt das Seminar? Ich meine, worum geht es dabei?«

»Charakter und Charisma.«

»Ach«, meinte ich und winkte ab. »Das habe ich beides nicht.«

»*Fishing for compliments*?« Er schenkte mir ein fast enttäuschtes Lächeln.

»Sie müssen gehen!«

»Kommen Sie allein zurecht?«

»Ja, natürlich!«

»Schaffen Sie es bis zum Aufzug?«

»Ganz bestimmt.«

»Warten Sie. Ich binde Ihnen noch das Taschentuch um den Fuß.« Trunkenpolz machte sich schon wieder an mir zu schaffen. »Das können Sie mir bei Gelegenheit zurückgeben. Oder behalten. Als Andenken.«

Damit stand er auf und klopfte sich die Hosenbeine ab, was allerdings auch nicht viel half. Der Vortragende des Seminars »Charakter und Charisma« sah aus wie ein Triebtäter. Dabei war er ein Geistlicher in Zivil! Und ich hatte ihm von den Unsittlichkeiten seines Standes erzählt!

Er reichte mir die Hand: »War nett, Sie kennen zu lernen.«

»Gleichfalls«, sagte ich. »Passen Sie auf, dass Sie nicht verhaftet werden.«

Pater Trunkenpolz stapfte davon, die Hände in den Taschen vergraben. Die Ärmel seines Jacketts flatterten im Wind, fast so, als würden sie mir winken.

Ich sah ihm lange nach. Irgendwann erhob ich mich und humpelte auf einer Ferse davon. Meine mehrmaligen Versuche, Volker zu erreichen, scheiterten. Es meldete sich nur die Mailbox. Morgen würde ich mich fragen, ob ich die ganze Begegnung nur geträumt hatte.

15

Da bist du ja endlich! Wo warst du denn?«

»Ein bisschen spazieren, wie du gesagt hast!«

»Aber doch nicht so lange! Wir haben das ganze Haus voller Gäste!«

Volker kam mir in der Einfahrt entgegen. Er hatte zwei Flaschen Champagner in jeder Hand. »Meine Güte, du humpelst ja! Was ist denn passiert?«

»Ich hab mir eine Scherbe eingetreten.« Rückwärts bugsierte ich den Kinderwagen durch das Gartentor und humpelte mühsam auf Trunkenpolzens blutdurchtränktem Ärmel meinem Gatten entgegen. Zugegeben: Sehr vorzeigbar sah ich nicht gerade aus. Ich sah mich um. Überall standen schicke chromblinkende Wagen in der Einfahrt herum.

Hastig stellte Volker die Flaschen auf eine Kühlerhaube: »Das sieht ja übel aus!«

»Geht schon wieder.«

»Wer hat dich denn da so stümperhaft verbunden?« Volker stützte mich und half mir die Treppe hinauf. Aus dem Wohnzimmer ertönten Stimmengewirr, Gläserklirren, Gelächter.

»Ist Lisa da?«

»Ja, klar. Sie hat das Stipendium bekommen! Da sitzen Interessenten, die sie auf der Stelle engagieren wollen! Einer aus London ist ganz scharf auf sie!«

»Das ist ja Spitze!«

Volker drückte mich an sich, und ich kuschelte mich an seine Brust, spürte, wie sein Herz an meiner Haut schlug. Zum ersten Mal wünschte ich mir die ganze Bagage samt Lisa weit weg.

»Ich dachte nur, sie könnte sich zur Abwechslung wieder um das Baby kümmern?«

»Nicht jetzt! Die müssen von dem Baby gar nichts wissen …« Volker eilte zurück und hob den Kinderwagen über die Eingangsstufen. »Es ist besser für Lisa, wenn sie kein Kind hat. Warte, wir lassen Fanny im Vorhaus stehen.«

»Du willst das Baby im Vorhaus …?«

»Schläft doch!«

Volker schob schnell den Kinderwagen hinein und schloss hastig die Tür. Dann half er mir die Treppe zum Schlafzimmer hoch.

Auf der Tagesdecke unseres Bettes lag Lisas seidenes Tuch, das sie über ihrem Abendkleid getragen hatte.

»Vorsicht! Nicht darauf bluten!«

Volker eilte ins anliegende Bad und kam mit einem Handtuch, mit Desinfektionsmittel und Tupfern wieder. Dann kümmerte er sich um meinen Fuß.

»Das ist ja ein Männerhemdsärmel!«

»Ja, da war so ein Geistlicher vom Pallottinerkloster, der hat mir Erste Hilfe geleistet.«

»Hm. Gar nicht so schlecht. Tut mir leid, dass du dir wehgetan hast. Wie konnte das denn passieren?« Volker presste und säuberte, und ich krümmte mich wieder mal vor Schmerzen.

Volker musterte mein Gesicht. »Hast du geweint?

Von unten hörte ich Gesang und Applaus.

»Na ja, da lag so eine Scherbe von einer Bierflasche …«

»Wieso warst du barfuß …?«

»Ach, ist doch egal jetzt. Erzähl mir von Lisa!«

Volker sah mir zum ersten Mal richtig ins Gesicht: »Die war

der Wahnsinn! Wie fantastisch die vorbereitet war! Jede Silbe kam auf Abruf, alles auf Italienisch …«

»Ja, ich weiß. Sie hat wirklich wie verrückt geübt.«

»So ein strebsames, ehrgeiziges Geschöpf … Die alte Kammersängerin ist ganz begeistert!«

»Ist die auch da?« Entsetzt fuhr ich hoch. Ich sollte meinen Gastgeberinnenpflichten nachkommen!

»Alle sind da! Sogar ein Fernsehteam von den *Seitenblicken*!«

»Ach du Schreck! Dann kümmere dich um die Gäste, Volker! Ich komme hier allein zurecht!«

Volker befestigte seinen Verband. »So! Das dürfte fürs Erste genügen.« Leicht angewidert warf er den abgerissenen Hemdsärmel von Trunkenpolz in den Treteimer unter dem Waschbecken, wusch sich dann die Hände und sagte: »Ich habe alles gefilmt. Wenn die Gäste weg sind, spiele ich es dir vor.«

»Psst! Warte mal! Fanny brüllt.« Ich legte Volker meinen Zeigefinger auf die Lippen.

Volker wandte fast schroff den Kopf ab: »Bitte nicht ins Gesicht! Wie oft soll ich das denn noch sagen?«

»Entschuldige. Kann ich Fanny schnell raufholen?«

Ich wollte mich aufrichten, doch Volker drückte mich wieder auf das Bett zurück.

»Ich mach das schon! Wasch dir inzwischen die Hände, ja?«

Während er davoneilte, ließ ich mich erschöpft auf den Rücken fallen und starrte an die Decke.

Der Fuß pochte. Aber der Schmerz tat gut. Er übertönte etwas anderes, das ich nicht lokalisieren konnte.

Spät in der Nacht hörte ich die Gäste wegfahren. Türen schlugen zu, Abschieds- und Dankesfloskeln wurden noch im Davonfahren aus geöffneten Autofenstern gerufen. Die Scheinwerfer der ausparkenden Wagen glitten über meine Schlafzimmervorhänge und warfen bizarre Muster an die Wand.

Fanny schlief in meinen Armen. Ich hatte mein Gesicht an ihrem Körper vergraben und war wohl zwischendurch eingenickt. Hatte ich etwa schon wieder geweint? Warum denn nur? Es war doch alles gut in meinem Leben, oder? Ich hatte es doch genau so gewollt! Doch Trunkenpolz' Worte gingen mir nicht mehr aus dem Kopf. UNRUND. Woher wollte er das wissen?

Irgendwann hörte ich Schritte auf der Treppe.

Flüstern. Kichern.

»Volker?«

»Hallo, Barbara!« Leise öffnete sich die Schlafzimmertür, der Lichtstrahl vom Flur fiel herein wie ein ungebetener Gast. Ich musste die Augen schließen, so geblendet war ich. Leichtes Kopfweh hatte ich auch.

Es war Lisa, die auf Zehenspitzen barfuß hereinhuschte. Ihr Profil wirkte sehr edel mit dieser kunstvollen Hochsteckfrisur, aus der sich einige goldene Strähnen gelöst hatten. Sie kringelten sich an ihrem schlanken Hals. Man hatte sie extra fürs Fernsehen professionell geschminkt und zurechtgemacht. Lisa trug nach wie vor ihr traumhaftes Abendkleid: einen Hauch cremefarbener Spitze. Das dazugehörige Tuch hatte ich vorsichtig zusammengefaltet. Es lag auf meinem Nachttisch.

»Ach, hier ist mein Schal!« Lisa griff fast gierig nach dem Stück Stoff. »Ich hatte schon Angst, ich hätte ihn verloren.«

Hinter ihr erschien mit geröteten Wangen und leicht zerzausten Haaren Volker. Er hatte eine Flasche Champagner und drei Gläser in den Händen. Er sah umwerfend gut aus in seinem Smokinghemd mit offenem Kragen. Offensichtlich war es eine gelungene Party gewesen.

»Wie geht es dir? Wir machen uns Sorgen um dich!« Lisa setzte sich auf meine Bettkante und verströmte einen betörenden Duft. Sie strich Fanny über den Kopf. »Mute dir bitte nicht zu viel zu, Barbara!«

»Es geht mir schon viel besser. Wenn man einen Arzt zum Mann hat …« Ich lächelte Volker an, der mir soeben ein Glas Champagner reichte.

»Wir haben dir noch ein paar Schnittchen übrig gelassen, falls du Hunger hast.«

»Psst! Sie schläft! Danke, ich habe keinen Hunger!«

»Auf dich, Liebes!«

»Auf DICH, Liebster!«

»Auf euch!«, rief Lisa.

»Wir sind so stolz auf dich!«, erwiderten wir im Chor.

»Ich danke euch so sehr! Ohne euch hätte ich das nie geschafft. Das ist alles ein Wahnsinn!« Lisa ließ sich rückwärts auf unser Bett fallen. »Ich fass es nicht! Echt, Leute, ich kann es einfach nicht fassen!« Sie richtete sich wieder auf und begann zu schwärmen. »Weißt du, was die alte Kammersängerin gesagt hat, Barbara?«

»Was?«

»Dass ich einen ganz großen Weg vor mir habe! Wenn ich nur zielstrebig und fleißig dran bleibe!«

»Der eine Typ war ein Agent aus London«, brummte Volker leise dazwischen. »Der suchte eine Besetzung für die Dings von Puccini … Wie heißt die Rolle, Lisa?«

»Für die Mimi! Stell dir vor Barbara – die Hauptrolle in *La Bohème*!«

»Wahnsinn! Ach, ich freue mich so!« Aufgeregt tätschelte ich Lisas Hand. »Du machst deinen Weg, Süße, ich wusste es!«

»Stellt euch vor, ich wäre weiter auf dem Schiff geblieben und hätte da vor Touristen rumgeträllert!« Lisa kicherte aufgeregt. »Dann wäre ich nie von den wahren Drahtziehern entdeckt worden!«

»Willst du das Video sehen?« Volker war schon aufgesprungen.

»Ja! Unbedingt! Ich platze vor Spannung!«

Volker steckte die DVD in den Schlitz, und dann schauten wir alle drei Champagner schlürfend die Aufnahme an.

Volker saß nun auch auf der Bettkante. Meine beiden liebsten Menschen hatten mich in die Mitte genommen. Immer wieder spielten sie mir die erste Szene aus dem *Figaro* vor.

Jürgen Flimm unterbrach, verbesserte, das Publikum lachte, klatschte. Die Kamera folgte unentwegt Lisa. Mit anmutigen Bewegungen schwebte sie förmlich über die Bühne, lag in den Armen des Figaro, der sein Gesicht an ihrer Wange vergrub. Sie sang und tirilierte, flirtete und kokettierte. Meine Lisa bewegte sich wirklich mit einer derart natürlichen Grazie, dass ich nur staunen konnte. Ich selbst würde wie eine Holzpuppe wirken, steif, hölzern, wie aufgezogen! Bei ihr wirkte nichts gespielt. Jetzt probten sie die Szene, in der sie den Figaro ohrfeigt. Mit welchem Temperament sie das tat! Knall! Wusch! Peng!

»Die scheißt sich nix!«, hörte man Jürgen Flimm anerkennend rufen. »Die macht das einfach!«

Der arme Figaro rieb sich immer wieder die schmerzende Wange, und das Publikum lachte sich kaputt.

Lisa schmiegte sich an mich: »Sag ehrlich! Ganz ehrlich! Wie findest du's?«

»Großartig, wirklich großartig.«

»Ist es nicht zu übertrieben?«

»Nein. Du bist ja so ein … Wirbelwind.«

»Du kannst ruhig auch mal den Kameramann loben!«, brummte Volker, der schon wieder aufgesprungen war, um Champagner nachzuschenken.

»Fantastisch! Ganz professionell! Wie konntest du nur so lange den Arm ruhig halten?«

»Ich habe mir von einem der Fernsehtypen ein Stativ ›geborgt‹.«

Wir kicherten und freuten uns.

»Nein, Wahnsinn, was ich alles verpasst habe!«, sagte ich.

»Warte, jetzt kommt das Finale.«

Andere junge Sänger kamen dazu: die Gräfin – eine etwas Dickliche aus Iowa, der Graf, ein sehr begabter Bariton aus der Ukraine, das dürre, behoste Mädel aus Los Angeles, das den Cherubino darstellte und seinen amerikanischen Akzent nicht loswurde, und natürlich die unvermeidliche Koreanerin. Aber niemand spielte so entzückend und temperamentvoll, so hinreißend natürlich und liebreizend, so … überzeugend wie Lisa. Dann wurde der Applaus des begeisterten Publikums langsam ausgeblendet. Ich applaudierte auch. Wenn auch nur ganz zart und leise, um Fanny nicht zu wecken. Mein Ehering klirrte gegen das Champagnerglas.

»Und jetzt?« Ich stützte den Arm auf und schaute meine beiden Lebensmenschen fragend an. »Gehst du nach London, Lisa?«

»Ja, genau das wollte ich mit dir besprechen …« Lisa sah mich an. »Es wäre halt die Chance meines Lebens. Erst mal für ein Jahr oder so.«

Ich drückte Volkers Hand. »Was meinst du, Volker? Soll sie es tun? Können wir sie in die große weite Welt schicken? Und was wird aus Fanny?«

»Lisa meint, sie kann sich da drüben eine Nanny nehmen.«

»Das kommt ja überhaupt nicht infrage!« Entrüstet setzte ich mich auf. »Spinnt ihr?«

»Ich würde genug verdienen«, sagte Lisa leichthin.

»Die kleine Fanny wird nirgendwohin gezerrt«, entschied ich. »Ihr Zuhause ist hier, sie ist an uns gewöhnt.«

»Vor allem an dich«, pflichtete Volker mir bei.

»Aber kann ich dir das denn überhaupt zumuten?« Lisa strich mir über die Wange. »Ich meine, bei deinem … Gesundheitszustand?«

Ich lachte. »Was für ein Gesundheitszustand?«

Lisas Blick huschte zu Volker hinüber. »Dein Bein und so …?«

»Lisa! Ich habe mir nur eine Scherbe eingetreten!«, sagte ich lachend.

Volker legte seine Stirn in Falten – er schien zu überlegen. »Du wirst in London kaum Zeit für Fanny haben, Lisa«, sagte er. »Wenn du gehst, lass uns die Kleine hier. Ich bin schließlich auch noch da.«

»Aber das kann ich euch doch nicht zumuten …« Lisas Stimme bebte gefährlich. »Ihr habt schon so irre viel für mich getan. Ich will dich nicht noch mehr beanspruchen, Barbara. Jetzt, wo du mit deinem Bein …«

»Jetzt aber bitte nicht heulen!«, unterbrach Volker sie streng. »Irgendwann muss es mal gut sein mit den Schuldgefühlen und der Heulerei.« Er sah Lisa fast schon böse an. Diesen Adlerblick kannte ich sonst nur von Leonore.

»Sind wir jetzt die Paten oder nicht?«, fragte ich schnell und warf Volker einen vorsichtigen Seitenblick zu.

»Ja, aber …« Lisa klang etwas gepresst.

»Kein Aber. Ich hab das schließlich mehr oder weniger forciert«, nahm ich die Schuld auf mich und gestattete mir ein kleines Lächeln.

»Genau«, sagte Volker. »Barbara wollte das so.«

Ich bemerkte wieder dieses ganz leichte nervöse Zucken an seinem Augenlid.

»Also, die Würfel sind gefallen!«, sagte er entschlossen. Und an Lisa gewandt mit fast warnendem Unterton: »Ein Jahr. Danach sehen wir weiter.«

»Sag mal, kommst du in London auch finanziell über die Runden?« Ich war total angespannt. Der Augenblick war gekommen.

Wir standen in Lisas Reich, dem ehemaligen Kinderzimmer unserer Töchter, und ich half ihr beim Packen. Ich humpelte noch ein bisschen, aber dank Volkers ärztlichen Künsten war mein Fuß schon wieder gut verheilt. Klein Fanny lag in ihrer Babywippe und spielte ganz allerliebst mit ihren Zehen. Immer wenn sie sich bewegte, erklangen dort zwei Glöckchen. Die hatte Volker dort angebracht, der sein kleines Patenkind wirklich voll ins Herz geschlossen hatte.

»Doch, ich glaube schon. Außerdem gibt es ja Gage.« Lisa grinste breit, als sie sah, was ich da tat. »Die Tangaslips musst du nun wirklich nicht falten!« Sie riss mir die spitzenbesetzten Winzigkeiten aus der Hand und warf sie in ihren Koffer. Da lagen sie nun zwischen den Mozart- und Puccini-Noten, Abendkleidern, Schminkutensilien, Schuhen, iPod, Sportklamotten und Seidennachthemdchen. Wo sie dieses ganze wunderbare Zeug herhatte! Wenn ich da an meine praktische Baumwollwäsche dachte …

»Und … zahlt dir Sven inzwischen Alimente?« Nervös sah ich mich nach Volker um. Der hatte immer wieder gesagt, ich solle mich da raushalten.

Aber meine Neugierde war größer.

»Wie?« Lisa verschwand fast gänzlich in ihrem Wäscheschrank und wühlte darin. Einzelne Teile flogen in den Koffer, andere auf den Boden.

»Wenigstens das muss er tun!«, beharrte ich. »Wenn er sich schon nicht um Fanny kümmert. «

Lisa wirkte plötzlich ganz steif. »Du kannst das Geld gern haben!«, stieß sie gereizt hervor und presste ein Trägerhemdchen an ihre Brust. »Schließlich kümmerst DU dich ja um Fanny!«

Dieser Gefühlsausbruch traf mich wie ein Kinnhaken. »Wie bitte? Du glaubst, ICH will das Geld?« Ich lehnte mich an die Wand und atmete schwer.

»Warum fragst du sonst ständig danach?«

Ich glotzte sie begriffsstutzig an.

»Ja, sag mal, hast du mich jetzt so missverstanden …?« Das

war doch alles surreal. Lisa sah mich plötzlich mit einem Blick an, als wollte sie sagen: »Wie blöd bist du eigentlich!«

Ich streckte die Hand nach ihr aus und strich ihr über den Arm. »Ich will, dass es DIR da drüben in London gut geht! Weil du Klamotten brauchst! Und vernünftiges Essen und so!«

Lisas eben noch harte Augen wurden weich.

»Entschuldige.« Sofort fiel alle Spannung von ihr ab. Sie legte ihre Hand auf meine Schulter. »Ich dachte wirklich …«

»Aber Lisa, du müsstest mich doch kennen.«

»Tut mir leid, Barbara. Ich bin das einfach von zu Hause so gewohnt …« Verlegen wandte sie sich ab und wühlte weiterhin sinnlos in ihrem Wäscheschrank herum. »Meine Mutter hätte nämlich das Geld für Fanny gefordert. Wenn sie Fanny überhaupt je genommen hätte.«

»Aber ich BIN nicht deine Mutter.«

»Ich weiß.« Seufzend sank Lisa in die Hocke. »Du bist tausendmal besser als sie.«

»Das darfst du nicht sagen, Lisa!« Ohne die Frau zu kennen, fühlte ich mich als Mutter mit ihr solidarisch. Sich vorzustellen, dass eine meiner Töchter zu einer anderen Frau jemals so etwas sagen würde! Das gab mir einen Stich.

»Es tut mir so leid. Ich bin eine blöde Kuh.« Ihre Stimme brach.

»Nicht schon wieder weinen, Lisa.« Ich legte den Arm um sie. »Ich weiß, wie viel du durchgemacht hast. Zu Hause in deinem Dorf warst du nichts wert, und dann hat Sven dich so schnöde sitzen lassen. Und trotzdem hast du dich immer wieder zusammengerissen und tapfer deinen Weg gemacht. Schau, wo du jetzt bist! Du bist fast am Ziel!«

»Bin ich das?«, fragte Lisa gedehnt. »Fast am Ziel?« Sie sah mich mit seltsam schmalen Augen an.

»Aber ja! London! Covent Garden! Andere junge Mütter hätten das nie und nimmer geschafft.« Ich drückte sie an mich.

Ich versuchte, so fröhlich wie möglich zu klingen, aber alles, was ich sagte, klang in meinen Ohren irgendwie hohl. Natürlich litt sie furchtbar darunter, ihr süßes Kind zurücklassen zu müssen!

»Aber nur mit deiner Hilfe!«, heulte Lisa an meiner Brust.

Ich hatte Angst, dass sie wieder ihren Moralischen kriegen würde. Volker hatte davon gesprochen, dass das Burnout-Syndrom bei Lisa jederzeit wiederkommen könnte! Ich hoffte, es war nur der Abschiedsschmerz.

»Ach, Liebes, mir ist ja auch ganz schwer ums Herz, dass du uns jetzt verlässt! Aber mach dir keine Sorgen um Fanny. Wir mailen dir jeden Tag Fotos, und Weihnachten kommst du ja wieder!«

Lisa sah so bedrückt aus, als sie mich ansah! So als wollte sie mir etwas sagen, konnte sich aber nicht dazu überwinden. Ich wusste, was sie dachte. Ich wusste, was sie fühlte. Meine Töchter hatte ich ja auch »wegorganisiert«. In den Sommerferien. Das schlechte Gewissen nagte entsetzlich an mir. Aber manchmal muss man eben Prioritäten setzen!

»Meine Karriere habe ich an den Nagel gehängt«, versuchte ich sie zur Vernunft zu bringen. »Genau wie Leonore.« Einen Augenblick lang starrten wir uns an. »Also? Willst du das etwa auch? In deinem Alter?«

»Ich kann dich doch nicht immer nur …«

»Doch, kannst du.«

»Aber du weißt nicht …«

»Natürlich weiß ich.«

Alles, was wir sagten, waren unvollendete Sätze. So als wollte keiner von uns der Wahrheit allzu nahe zu kommen. Doch die Wahrheit war, dass sie und ihr Kind in unser Leben getreten und an uns kleben geblieben waren. Und jetzt hatte ich ihr Kind an der Backe.

»Du fährst. Ohne schlechtes Gewissen, hörst du?«

»Barbara, ich würde alles dafür geben, die Zeit zurückdrehen zu können …«

»Kannst du aber nicht. Fanny und du, ihr gehört zu uns.«

Wir lagen uns in den Armen.

»Genieß es«, hörte ich mich fast beschwörend sagen. »Du stehst am Anfang deines Lebens! Auf dich wartet eine fantastische Karriere!«

Lisa schaute mir in die Augen und lächelte. »Ich möchte dir so gern was schenken zum Abschied …« Sie durchwühlte ihren Schrank. Mehrere kleine Designerhandtäschchen flogen auf den Fußboden. »Da! Such dir eine aus!«

»Ich?« Fragend zog ich die Augenbrauen hoch.

»Ja, wer denn sonst! Fanny kann damit bestimmt noch nichts anfangen!«

Ich lächelte überrascht. Gerührt betrachtete ich die strassbesetzten Täschchen, in die kaum ein Taschentuch passte. »Das ist wirklich süß von dir, Lisa, aber …« Prüfend ließ ich eine am Finger baumeln. «Ich habe zu diesen winzigen Täschchen ein ähnliches Verhältnis wie zu diesen winzigen Schlüpfern. Ich muss dir gestehen, dass ich eher eine Freundin von großen, kompakten Handtaschen und großen, kompakten Schlüpfern bin.«

Eigentlich wollte ich sie damit nur wieder zum Lachen bringen. Das gelang mir auch. Sie grinste unter Tränen.

»Ich weiß, welche Liebestöter du immer anziehst.«

»Werd bloß nicht frech!« Mit einem Fummel von Tanga-Slip schlug ich spielerisch nach ihr. »Aber weißt du, was ich mir wirklich wünsche?«

»Ja?«

»Ich hab da neulich im Schaufenster …« Und dann erzählte ich ihr von der großen, roten, weichen Lederhandtasche mit dem bequemen Schultergurt, die den unglaublichen, unaussprechlichen Preis von 386,95 gehabt hatte. »Wenn du Volker bei Gelegenheit steckst, dass ich mir DIE zu Weihnachten wünsche, hättet ihr wirklich ins Schwarze getroffen.«

»Ich weiß, welche Tasche du meinst«, sagte Lisa nickend. »Guido Hoffmann.«

»Wer ist das?«

»Der Designer.«

»Ja, echt?« Unwillkürlich war ich noch stolzer auf sie als ohnehin schon. Sie kannte sogar alle Handtaschendesigner!

»Besondere Taschen für besondere Frauen!«

»Ja, genau! Das stand dabei!«

»Ich sag's ihm!«, sagte Lisa leichthin und sprang auf. »Soll ich ihm auch noch sagen, welche Liebestöterzelte aus der Muttiabteilung er dir schenken soll?«

»Wehe! Du Rotzgöre!« Lachend fielen wir uns um den Hals.

Am selben Abend brachten Volker und ich sie zum Flughafen. Als sie ihm zum Abschied etwas ins Ohr flüsterte, mit einem Seitenblick auf mich, wandte ich mich in heimlicher Freude ab und tat so, als hätte ich nichts bemerkt. Die rote Handtasche war so gut wie mein.

16

Und wieder waren die Festspiele auf einmal vorbei. Die Touristenmassen hatten sich über Nacht in Luft aufgelöst. Waren gestern noch Tausende hinter ihren Stadtführern über den Makartsteg getrottet, konnte man heute wieder ungehindert mit dem Fahrrad darüberflitzen. Letzte Festspielbesucher waren am Vorabend noch zum Abschlusskonzert der Berliner Philharmoniker geeilt und trotz der kühlen Abendluft in gewagt luftigen Abendkleidern durch die engen Gassen geflattert wie letzte Zugvögel. Heute trugen die wenigen Menschen Jacken und Stiefel. Bei uns in den Vorgärten reckten sich Sonnenblumen und Astern der spärlichen Sonne entgegen. Es roch nach Rauch, die ersten Feuer wurden abends im Kamin gemacht. Es war die Zeit, in der man erstmals seine dicken Socken hervorholt. Meine Güte, was war in diesem einen Jahr alles passiert!

Ich hatte die Mädchen erst Anfang September aus ihrem Ferienlager am Wolfgangsee abgeholt. Sie waren schlanker, erwachsener geworden und braun gebrannt. Ich hatte ein schlechtes Gewissen, weil ich die letzten acht Wochen mit Lisa und Fanny verbracht hatte statt mit meinen eigenen Töchtern. Aber dann tröstete ich mich damit, dass Charlotte und Pauline mich nicht so dringend gebraucht hatten. Sie waren jetzt bei Gleichaltrigen viel besser aufgehoben. Charlotte erzählte mit leuchtenden Augen von ihren täglichen Ruderbootausfahrten, bei denen »ein ganz süßer Junge« mit dabei gewesen sei. Pauline hatte Tennisspielen gelernt, war geritten und hatte weite Wanderungen mit anderen Kindern unternommen. Ich hatte mich bei meinen beiden Besuchen an den sogenannten Elterntagen davon überzeugen können, dass die beiden so eine Art Hanni-und-Nanni-Leben führten und hellauf begeistert waren. Sie nabelten sich ab, und das war schließlich ganz normal in ihrem Alter.

Auch Emil und Nathan kamen aus den Ferien zurück. Emil hatte sich acht Wochen lang in einem Altersheim um die Pflegefälle gekümmert, was ihm als Praktikum für sein geplantes Medizinstudium angerechnet wurde. Und Nathan hatte erwartungsgemäß Bridge gespielt und offensichtlich ständig gewonnen. Jedenfalls hatte er immer Geld für Markenklamotten.

Volker hatte seine Praxistätigkeit wieder voll aufgenommen, war aber an den Wochenenden öfter auf Kongressen. Ein Neurodermitiskongress fand sogar in London statt! Ich bekniete Volker, nach unserer Lisa zu schauen, obwohl er mir versicherte, fast keine Zeit dafür zu haben. Trotzdem hielt er sein Versprechen und brachte mir sogar ein Opernprogramm von *La Bohème* in Covent Garden mit.

»Sie wird von dem Dirigenten dort sehr gefördert«, berichtete er mir fast unwirsch, so als würde ihn das gar nicht wirklich freuen. »Nach der Vorstellung war sie mit ihm verabredet und hatte kaum Zeit für mich. Ich soll dich aber schön grüßen.«

Nur einmal schaffte es Volker, an einem traumhaft schönen Altweibersommerwochenende mit seinem Freund Felix auf eine mehrtägige Bergtour zu gehen. Genau wie vor einem Jahr! Ich gönnte ihm sein bisschen Entspannung von Herzen. Sein Freund Felix schickte mir die schönsten Fotos vor strahlend blauem Himmel und leuchtenden Felsen per E-Mail. Volkers Gesichtszüge wirkten entspannt und erfrischt. Ich beugte mich lächelnd vor, als ich die Bilder auf meinem Bildschirm betrachtete: Er hatte sogar seine heiß geliebte Kappe wiedergefunden, die er im letzten Jahr verloren hatte! Mit der wirkte er irgendwie jünger. Wie schön, dass er sich endlich mal ein langes Wochenende in den Bergen gönnte. Ein Männerwochenende. Schließlich hatte ich unendlich viel Zeit mit meiner Freundin Lisa verbracht und Volker darüber fast vernachlässigt. Meine Güte, der Sommer war mehr als turbulent gewesen. Ich war froh, dass der Alltag wieder Einzug hielt.

Die Mädchen gingen wieder in die Schule. Leonore tauchte mit schöner Regelmäßigkeit bei mir auf und trällerte ihre grässlichen Operettenarien. Meine Hoffnung, sie würde einfach nur mal ein paar Stunden bei dem Baby bleiben, erfüllte sich nicht. Unsere beiden Karrieren hingen fein säuberlich nebeneinander am Nagel. Und das schien Leonore heimlich zu freuen.

Meine Stadtführungen hatten sich nun auch erübrigt, weil ich ja unmöglich den Kinderwagen mitnehmen konnte. Aber für dieses eine Jahr konnte ich ruhig mal aussetzen. Lisa zuliebe.

»Sei froh, dass du jetzt ganz Hausfrau und Mutter sein darfst«, hörte ich Leonore sagen, als sie wieder einmal vorbei kam. »Andere Frauen würden sich nach einem solchen Mann und einem solchen Haus alle zehn Finger lecken! Um deine Kinder hast du dich ja kaum gekümmert!«

Leonore stieß ein verächtliches Schnauben aus. »Abgeschoben hast du sie, in ein Heim.«

Das versetzte mir einen Stich. Meine Schwiegermutter hatte wirklich Talent, Salz in meine Wunden zu streuen.

»Ein Ferienheim.«

»Heim ist Heim.«

»Es war in diesem Sommer das Beste für uns alle«, seufzte ich ergeben. »Sing mir etwas vor, Leonore. *Die Christel von der Post.* Ich höre dir zu.«

»Du nimmst mich nur auf den Arm!«, argwöhnte Leonore. »Du willst das gar nicht wirklich hören!«

Aber sie sang dann doch. Leider. »*Ich bin die Christel von der*

Post, klein das Salär und schmal die Kost ...« Ich saß mit dem Baby auf dem Schoß im Musikzimmer und kämpfte mit den Tränen.

Die Wochen vergingen, und auf einmal zählten wir die immer kürzer werdenden Tage bis Weihnachten. Weihnachten würde Lisa wiederkommen! Ich war so gespannt, was sie berichten würde! Mit welchen Leuten sie zusammengekommen war! Ob sie schon im königlichen Palast gesungen hatte? Ich mailte ihr jeden Tag, schickte Fotos von Fanny. Sie schrieb manchmal wochenlang nicht zurück. Bestimmt hatte sie zu viel zu tun. Wer weiß, in welchen Sphären sie sich bereits bewegte? Lisa war immer für eine Überraschung gut!

Es gab unheimlich viel einzukaufen und zu besorgen. Ich wollte ein wunderschönes großes Familienfest ausrichten. Mit allen, die zu uns gehörten. Und natürlich mit viel Musik. Mit der schönsten Live-Musik überhaupt! Lisa würde für uns singen! Es sollte ein unvergesslicher Heiligabend werden.

Knirschend schob ich den Buggy mit Fanny, die pausbackig auf ihrem Lammfell saß, durch den frisch gefallenen Schnee über die Hellbrunner Allee in Richtung Christkindlmarkt, um die schönste Dekoration zu besorgen. Die Mädchen weigerten sich wie jedes Jahr im Dezember, das Haus zu verlassen, weil sie sich so vor den Perchten fürchteten.

»Auf keinen Fall können wir dir bei den Einkäufen helfen, Mama. Die Krampusse lauern überall und erschrecken die Mädels.«

»Aber das sind doch ganz normale Jungs, die sich nur hinter diesen gräulichen Masken verstecken, weil sie sich ohne nicht trauen, so hübsche Mädels wie euch anzusprechen!«

»Nicht auf den Christkindlmarkt, Mama. Die sind alle besoffen. Wer da hingeht, ist selber schuld. Da kann ich gleich zu einer öffentlichen Steinigung gehen!«

Also gut. Ging ich eben allein. Es war ja noch so verdammt viel vorzubereiten! Ich wollte es allen zeigen. Besonders Leonore und Wiebke, die wie jedes Jahr auch bei uns herumsitzen würden. Dieses Weihnachten sollte unvergesslich werden. Leben, Liebe, Wein, Weib und Gesang! Eine gelungene Patchworkfamilie! Leuchtende Kinderaugen! Gegenseitige Toleranz! Wiebke Sauerkloß sollte ruhig einmal sehen können, warum Volker MICH geheiratet hatte. Weil ich eine liebevolle, fröhliche, unkomplizierte, aber natürlich doch perfekte Hausfrau war. Weil ich kochen konnte. Backen. Schmücken. Mit einem ausgeprägten Sinn fürs Detail. Nachdenklich knabberte ich auf meiner Unterlippe. Womit könnte ich sie beeindrucken? Au ja! Dieses Jahr würde das ganze Haus in Dunkelrot und Gold geschmückt sein. Es würde nach Vanillekipferln duften und nach Zimtsternen. Das gute Weihnachtsporzellan würde aufgedeckt. Das hatte ich im Internet direkt bei Porsgrund in Oslo bestellt. Am Vierundzwanzigsten würde es mit einer gemütlichen Kaffeetafel bei uns losgehen. Lisa sollte sich sofort wieder bei uns zu Hause fühlen. Dann würde Leonore ihre unvermeidlichen Weihnachtslieder spielen, und Lisa würde singen! Ich stellte mir schon vor, was sie anhaben würde: ein dunkelblaues Samtkleid. Volker würde filmen. Währenddessen würde ich Zeit haben, mich um den Karpfen zu kümmern. Der würde um Punkt zwanzig Uhr auf den Tisch kommen, dieses Jahr auf thailändische Art. Mariniert und damit etwas schärfer als sonst. Das Hornbesteck aus London würde gut dazupassen. Lisa hatte es mir zum Geburtstag geschickt. Die Seidenservietten aus Tunesien, wo Volker vor Kurzem auf einem mehrtägigen Rheumasymposium gewesen war, Wassergläser, Weißweingläser und Rotweingläser, vielleicht noch ein Gläschen Schnaps zur Auflockerung verkniffener Gemüter? Ja, wir waren eben international unterwegs, liebe Trockenpflaume Wiebke! Wir versauerten nicht in einer Apotheke!

Ich steigerte mich immer mehr in meine Pläne hinein. Meine Töchter und ich würden perfekt angezogen sein: Wintertracht vom Lanz. Emil und Nathan würden weiße Hemden und Krawatten tragen. Unser Baum würde echte Bienenwachskerzen haben – trotz Krabbelkind Fanny. Auch für die kleine Maus hatte ich ein allerliebstes Winterdirndl erstanden! Den Baum würde ich mit jenen angesagten Kugeln und handgemachten Holzfiguren schmücken, die ich heute auf dem Christkindlmarkt erstehen wollte. Die Krippe aus dem Pinzgau, die Volker vor Jahren einem Bergbauern abgeschwatzt hatte, hatte ich an langen, öden Hausaufgabennachmittagen bereits neu angestrichen, wobei ich mir dieses Jahr eine kleine Überraschung ausgedacht hatte: Aus dem Schlot kam nämlich Weihrauch. Bei dieser komplizierten Bastelei hatte mir Emil sehr geholfen. Mit meinen Töchtern und Patschhändchen Fanny hatte ich bereits sechs verschiedene Sorten Plätzchen gebacken – wir hatten ein Rezept aus dem fernen Osten aufgetan, mit Zimt und Pfeffer. Ich hatte schon vergessen, wie viel Arbeit es machte, danach die Küche wieder aufzuräumen. Aber was machte das schon! Da ich schon im Oktober angefangen hatte, kleine Päckchen zu packen, konnte ich es mir in diesem Jahr leisten, für jeden Gast einen individuellen Gabentisch zu decken. Mein Geschenk an Volker würde dieses harmonische Familienfest sein. Überraschung: Nach der Christmette würden auch noch Lisas Freunde vom Mozarteumorchester kommen und bei uns im Musiksalon spielen! Natürlich jene Teile aus dem Weihnachtsoratorium, in denen Lisa glänzen konnte. »*Und alsobald war da bei dem Engel … Siehe, ich verkündige euch große Freude, die allem Volk widerfahren wird!*«

Alle würden staunen, und sogar meine liebe Schwiegermutter Leonore würde sich eingestehen müssen, dass es für Volker ein großes Glück war, MICH gefunden zu haben. An diesem Weihnachten würde ich vor ihren Augen bestehen können.

Na gut, ein bisschen stressig war es dann am Ende doch noch geworden, mit dem Putzen, Kochen, Decken und Dekorieren – und das alles mit einem Kleinkind am Bein, das soeben laufen gelernt hatte! Ständig rannte ich hinter Klein Fanny her, die natürlich alles auskundschaften wollte.

»Nicht auf die Stufen!«; »Vorsicht, heiß!«; »Nein, jetzt nicht, Süße! Zum Vorlesen habe ich jetzt keine Zeit!«; »Charlotte, Pauline, MÜSST ihr jetzt computerspielen? Nehmt mir doch mal die Kleine ab!«

»Mama, DU hast sie adoptiert! Nicht wir!«

»Vorsicht, lasst sie nicht in den Matsch draußen! Spielt mit ihr im Kinderzimmer, bitte!«

Endlich, endlich, endlich saßen meine drei Mädchen geschniegelt und gestriegelt im Wohnzimmer vor dem Fernseher. »Lasst sie auf keinen Fall an die Kerzen, ja? Die machen wir erst nachher an, wenn Oma Leonore da ist!«

»Ja, Mama! Du nervst!«

»Wann kommt endlich Lisa?«

»Jeden Moment! Papa holt sie vom Flughafen ab!«

»Da! Da ist sie!«

Volkers Wagen bog mit seinen neuen Winterreifen in die Einfahrt ein. Das grüne Tor glitt lautlos zurück.

Sechs Mädchenbeine rannten los. Die Haustür wurde aufgerissen. Eiskalte Luft strömte herein. Draußen tanzten die Schneeflocken im Wind. Alle fielen Lisa um den Hals.

»He! Lasst sie leben!«, sagte Volker lachend, der sich den Schnee von den Schuhen klopfte.

»Lisa! Frohe Weihnachten! Willkommen zu Hause!«

»Hi«, sagte Lisa strahlend. Sie trug ein cremefarbenes Mohairkleid, das bis zu den hohen Overknee-Lederstiefeln reichte.

»Lass dich anschauen! Wahnsinn, siehst du toll aus!«

»Boah!«, machten die Mädchen. »Voll der Hammer!«

Und diese seidigen Haare, dachte ich bewundernd. Wie kriegt sie das nur immer hin!

Volker trug ihren Louis-Vuitton-Koffer herein, hängte Lisas schicken pelzbesetzten Mantel an die Garderobe.

»Wir können anfangen!« Mein Liebster rieb sich unternehmungslustig die Hände. Er sah absolut glücklich aus. »Wo sind die Großen?«

»Noch drüben. Nathan ist gerade erst aufgewacht, und Emil steht unter der Dusche.«

»Gute Idee!«, sagte Volker, während Lisa ihr kleines Mädchen abschmuste, das mit den Beinchen strampelte und zu mir wollte.

»Da spring ich auch noch mal schnell hin.« Er warf sein Winterjackett auf die Kaminbank und stapfte fröhlich pfeifend die Treppe zu unserem Schlafzimmer hinauf. »Ist Mutter schon da? Ich höre gar nichts …«

»Nein. Ich frage mich auch, wo sie bleibt.« Mechanisch räumte ich sein Jackett von der Bank und hängte es in die Garderobe.

»Leonore wollte doch unbedingt dabei sein, wenn Lisa ankommt«, rief Volker von oben, wo er bereits sein Hemd aufknöpfte. »Sie wollte sie doch bestimmt mit Gesang zu Pianoklängen überraschen, wie ich sie kenne!«

Die Tür flog zu, ich hörte die Dusche rauschen.

Die Mädchen hatten sich mit Lisa auf das Sofa fallen lassen, wo sie jetzt alle mit Klein Fanny schmusten.

»Guck mal, Lisa, was sie schon kann!«

»Fanny, sag mal MAMA! MMMMAMMMMA!«

Zur mir sagte Fanny immer »Baba« und zu Volker praktischerweise auch.

Mama hatten wir ihr absichtlich nicht beigebracht. Denn die war ja Lisa, und das sollte sie auch lernen.

Die Tür oben flog wieder auf, und ein rasierschaumbedeckter Volker rief: »Hör mal nach, wo sie bleibt!«

Mit einem prüfenden Blick auf die Uhr zog ich mein Handy aus der Tasche und rief Leonore an.

»Hallo, Schwiegermama! Wir sind vollzählig! Bis auf dich!«

»Gut, dass du anrufst«, rief Leonore aufgeregt in ihr Telefon. »Ich trau mich bei der Glätte echt nicht vor die Tür!«

Ach je. Das fiel ihr ja früh ein.

»Kann Volker mich nicht holen?«

»Der steht unter der Dusche!«

»Und einer von den Jungs?«

»Ebenfalls.« Ich blickte aus dem Küchenfenster und sah Licht im Badezimmer des Fertighauses.

»Warte, Leonore, ich hol dich!« Eilig band ich mir die Schürze ab.

»Aber beeil dich! Ich stehe an der Ecke unter der Laterne!«

»Nein, Mutter, bleib im Haus! Nicht dass du fällst! Ich bin in einer Viertelstunde da!«

»Ich komme dir entgegen! Bis zur Laterne an der Ecke.« Leonore blieb stur.

Also denn. Ich schlüpfte in meinen Mantel, nicht ohne kurz mit der Hand über den weichen Pelzkragen von Lisas Londoner Neuerwerb zu streicheln. Ich riss meine Autoschlüssel vom Haken und öffnete die Haustür. Ach. Volkers Wagen stand ja vor der Garage. Nahm ich eben schnell den. Wo war denn sein Autoschlüssel? Am Haken hing er nicht. Suchend fuhr ich mit der Hand in seine Manteltasche. Da war nur ein Zettel. Ich wollte ihn eigentlich wieder zurückstecken, doch aus irgendeinem Grund warf ich einen flüchtigen Blick darauf, während ich noch in der anderen Manteltasche nach dem Autoschlüssel kramte. Vielleicht, weil Weihnachten war. Vielleicht, weil alle Frauen auf der Welt an Weihnachten noch ein kleines bisschen neugieriger sind als an den anderen 364 Tagen im Jahr. Ich weiß es nicht mehr.

Es war ein Überweisungsbeleg. Wieso hatte er den denn so

lose in der Manteltasche? Volker hatte Geld von seinem Konto an eine Bank in London überwiesen. Ich sah genauer hin. Empfängerin war Lisa!

Und der Betrag war …

Mein Herz hüpfte. 386,95 Euro! Ungläubig schüttelte ich den Kopf. Die Handtasche! Ich konnte mein Glück kaum fassen! Er hatte ihr das Geld für die Handtasche überwiesen! Das heißt, ich würde sie heute … Ich schloss die Augen und atmete tief ein. Vor lauter Euphorie war ich beinahe wie in Trance. Sie hatte die Handtasche extra für mich … Wie lieb von ihr. Und auch von Volker. Die beiden hatten sich wirklich Mühe gegeben, mich zu überraschen. Deshalb waren sie auch so spät gekommen!

»Herzerl?«

Ich zuckte zusammen und ließ den Zettel schleunigst wieder in der Manteltasche verschwinden.

»Ja?«

»Hast du meine Mutter erreicht?«

»Ja! Ich hole sie schnell! Wo sind deine Autoschlüssel?«

»Im Jackett auf der Kaminbank!«

»Alles klar!«

Beschwingt wendete ich den Wagen und rasierte mit dem Heck ein ganzes Stück des aus der Einfahrt geschaufelten Schneehaufens weg.

17

Es war ein perfektes Fest. Genau so, wie ich mir das in allen Einzelheiten ausgemalt hatte. Ehrlich, so musste Weihnachten sein!

Das Essen war gelungen, der Karpfen – wie sogar Leonore, ihre Fingerspitzen küssend, zugab – ein Gedicht. Fannylein sperrte ihr Schnäbelchen auf und ließ sich füttern, während ihr Näschen lief und sich der Lichterglanz in ihren Augen spiegelte. Alle plauderten, lachten, neckten einander.

Inmitten des turbulenten Gläserklirrens, Besteckklapperns, des Dufts von Weihrauch aus der Krippe und des Flackerns der Kerzen fanden sich Volkers und meine Blicke: »Hallo, du! Toll, dass wir das beide auf die Beine gestellt haben!« Heimlich hoben wir unser Glas und prosteten uns zu. Ich warf ihm über den langen Tisch einen Kuss zu, und er schickte unauffällig einen zurück. Meine Lippen formten ein »Ich liebe dich«, und er nickte und lächelte. Plötzlich hatte ich das Gefühl, dass seine Augen feucht wurden. Wir waren komplett. Das hier war unsere Familie, unser Zuhause, – ja selbst mit Schwiegermutter Leonore und Exfrau Wiebke.

Lisa sang und strahlte mit dem Christbaum um die Wette. Sie schien endgültig über Sven hinweg zu sein. Leonore saß lächelnd am Klavier und begleitete sie. Alle Kerzen flackerten, alle Wangen waren gerötet, alle Augen glänzten. Unsere Gläser klangen, sogar Wiebke trank hie und da ein Schlückchen mit, wenn sie auch ansonsten auf ihren mitgebrachten Tees beharrte. Dafür, dass Wiebke normalerweise zum Lachen in den Keller ging, war sie heute geradezu gelöst und heiter.

»Tja, Barbara, da hast du deinen Volker aber glücklich gemacht!«, sagte sie mit schmalen Augen und lächelte so komisch.

»Danke«, sagte ich so bescheiden wie möglich. Tja, meine Liebe, nur kein Neid. Ich habe GEWUSST, dass ich dir mit meinem Weihnachtsfest imponieren kann.

»Letztlich bekommt Volker immer, was er will, nicht wahr?«, ätzte Wiebke weiter.

»Natürlich.« Ich bemühte mich, freundlich zu bleiben. »Das hat er ja auch verdient.«

»Sicher wird es bald eine tolle Überraschung geben.«

»Das will ich doch hoffen!« Irritiert räumte ich ein paar Teller ab. Wovon redete sie?

Vielleicht meinte sie … die Handtasche! »Besondere Frauen kriegen besondere Überraschungen«, schlug ich den Ball zurück.

»Jede Frau kriegt, was sie verdient.«

Volker übertraf sich selbst an Esprit und Witz, an Aufmerksamkeit und Fürsorglichkeit.

Lisa erzählte und sang, kicherte und dirigierte mit ihrer Gabel, schilderte Kollegen, Proben, äffte eine dicke Kammersängerin mit unglaublichem Tremolo nach und imitierte deren britischen Akzent. Wir lachten uns kaputt. Leider bekam ich nicht alles mit, weil ich immer wieder in die Küche eilte, um die Spülmaschine zu füllen und neue Gänge aufzutragen. Volker und Lisa wollten mir helfen, aber ich forderte sie stets auf, sitzen zu bleiben. Diese schöne Stimmung durfte nicht durch unnötige Hektik zerstört werden. Wir hatten doch Zeit!

Später packten die Kinder stundenlang ihre Gaben aus. Klein Fanny bekam so viel Spielzeug, dass ich mit dem Geschenkpapieraufräumen gar nicht mehr hinterherkam. Für die anderen gab es ganze Skiausrüstungen, Kameras, Laptops, Uhren, Klamotten, Spiele, Bücher und für Nathan natürlich das allerneueste Bridgekartensortiment. Für Leonore die »Lustige Witwe« in Großschrift und für Wiebke jene guten Bücher, die ich nie Zeit hatte, zu lesen. Irgendwann waren die Kinder in ihre neuen Spiele vertieft, es gab natürlich Streit, den ich allerdings schlichten konnte, und als Fanny weinerlich wurde, brachte ich sie schnell ins Bett. Als ich wiederkam, zeigte Lisa gerade auf ihrem neuen iPhone Fotos und Kurzvideos von ihren letzten Theateraufführungen. Alle Köpfe waren darübergebeugt. Ich war so stolz auf sie! Sie wirkte so glücklich!

»Jetzt pack doch endlich mal deine Geschenke aus!« Leonore konnte es gar nicht erwarten, dass ich ihr endlich Aufmerksamkeit schenkte, und zog mich an beiden Händen zum Gabentisch.

Neugierig machte ich mich über meine Geschenke her, immer in glühender Erwartung dieser weichen roten Lederhandtasche.

Leonore hatte jedoch wie immer praktische Haushaltsgegenstände für mich ausgesucht – mit der Bemerkung, dass mir damit beim nächsten Mal der Reisauflauf bestimmt gelingen würde!

Lisa und ich wechselten amüsierte Blicke. Lisa verdrehte die Augen, und ich bedankte mich artig bei meiner Schwiegermutter.

Von Wiebke bekam ich außer einer unparfümierten Handcreme aus Bibertalg (»Mir ist aufgefallen, wie rissig deine Hände immer sind – du putzt doch nicht etwa selbst?!«) ein ganzes Sortiment an Abführtees: »Volker hat angedeutet, wie schwierig deine Verdauung oft ist!«

Ich starrte sie sprachlos an.

»Na ja, sie nimmt sich nie richtig Zeit dafür«, verteidigte sich Volker, als er meinen entsetzten Blick auffing. »Sie hetzt immer nur herum.« Hastig trank er einen Schluck Wein.

»Aber gute Verdauung braucht Zeit«, belehrte mich Wiebke. »Als Frau in reiferen Jahren muss man ganz besonders auf sich aufpassen! Besonders, wenn man so viele verdrängte Altlasten mit sich herumträgt.«

Fassungslos starrte ich sie an. Was sollte denn DER Seitenhieb? Erstens war sie älter als ich, und zweitens hatte ich doch keinerlei verdrängte Altlasten zu verdauen! So ein Blödsinn! Sie war nur neidisch, diese blutleere Dörrpflaume!

»Ist dein Stuhl weich und hell oder hart und dunkel?« Sie sah mich prüfend über ihre schmalen Brillengläser hinweg an, und ich kam mir vor wie eine Schülerin, die etwas ganz Peinliches angestellt hat. »Du kannst es ruhig sagen – es bleibt schließlich alles in der Familie, wie so vieles hier, nicht wahr, Volker?«

Mir verschlug es die Sprache. Volker hatte mit Wiebke über meine Verdauung gesprochen? Schockiert starrte ich meinen Mann an. Ich konnte es nicht glauben.

»Also, ich glaube nicht, dass das jetzt der richtige Moment ist, um über meine Verdauung zu reden.« Ich schämte mich fürchterlich.

»Du musst dich mal so richtig ausleeren«, sagte Wiebke. »Sonst faulst du von innen.«

»Wiebke, halt den Mund!«, sagte Volker drohend.

Aber Wiebke ging gar nicht darauf ein. »Volker hat seine Verdauung konsequent trainiert«, berichtete Wiebke. »Immer morgens um zehn nach sieben. Hat die Verdauung das erst einmal gelernt, kann man die Uhr nach ihr stellen.«

Ja, das tat Wiebke sicher. Nach ihren Morgenkötteln die Uhr stellen. Wahrscheinlich hatte sie gar keine Uhr – sie verließ sich einfach auf ihre natürliche Darmtätigkeit.

»Richtige Männer gehen mit der Zeitung aufs Klo und wissen anschließend über die Weltpolitik Bescheid!«, versuchte Emil die Situation zu entschärfen. »Das habe ich von meinem Vater gelernt!«

»Also bitte!«, empörte sich Leonore. »Was sind denn das für Gespräche am hochheiligen Weihnachtsfest!«

Die Kinder brachen in lautes Gelächter aus. Ich suchte Lisas Blick, doch die kicherte fast hysterisch in ihr Rotweinglas hinein.

Ich konzentrierte mich lieber wieder auf meine Geschenke. Von Lisa bekamen wir ein Jahresabo fürs Landestheater. Und Volker überraschte mich mit einem Gutschein für eine gemeinsame Skitour, die ich mir schon länger gewünscht hatte. In letzter Zeit war er immer ohne mich unterwegs gewesen, weil ich halt so eine feige Nuss war.

»Es ist ein Gutschein für Skitouren ohne schwarze Piste!«, fügte mein Liebster erklärend hinzu.

»Oh, Volker, du bist einfach der Beste …« Ich konnte meine stürmische Abküssattacke gerade noch in eine gemäßigte Umarmung umwandeln, als ich Wiebkes spöttischen Blick auffing. Was war das nur für ein merkwürdiges Flackern in ihren Augen?

Die Handtasche! In welchem meiner Pakete war die Handtasche? Ich konnte es kaum erwarten, sie auszupacken.

Von meinen Töchtern bekam ich selbst Gemaltes, selbst Gebasteltes, von Emil einen Gutschein über »dreimal auf Fanny aufpassen« und von Nathan, wie erwartet, nichts. Seiner Mutter Wiebke schenkte er immerhin seine alten Bridgekarten, nachdem er ja nun neue bekommen hatte. Alles in allem: ein hochinteressantes Familienschauspiel, an dem so mancher Heimpsychologe seine Freude gehabt hätte.

Ich weiß nicht, wie viele Umarmungen es an diesem Heiligabend gab, wie viele Überraschungs- und Freudenschreie, wie viele Dankesküsse, wie viele insgeheim verdrehte Augen, wie viele unauffällig unter den Teppich gekehrte Krümel und Geschenkpapierschleifen und wie viele heimlich weggewischte Rührungs- und Enttäuschungstränen.

Nach der Christmette, in der Leonore gar schaurig tremolierte und ich mich in eine andere Bank wünschte, schneiten doch tatsächlich noch die Leute vom Mozarteumorchester herein – hungrig, durchgefroren und erwartungsvoll. Das Musizieren, Plaudern, Lachen und Gläserklingen ging bis in die frühen Morgenstunden hinein. Ich spülte, so schnell ich konnte, und Emil sprang immer öfter in den Weinkeller hinab. Zwischendurch bezog ich schnell für Leonore das Gästebett und legte ihr frische Handtücher hin, denn mir war klar, dass niemand sie mehr nach Hause fahren würde. Ich tröstete Fanny, die von dem ganzen Lärm aufgewacht war und mit feucht gepinkeltem Schlafsack schreiend in ihrem Gitterbettchen stand.

»Lass mal!«, sagte ich zu Lisa, die pflichtschuldigst hinter mir her gerannt war und Anstalten machte, ihre Tochter aus dem Bettchen zu nehmen. »Du machst dir nur dein wunderschönes Kleid schmutzig. Geh raus in den Salon und sing noch was! Ich bleibe hier bei Fanny, bis sie wieder eingeschlafen ist!« Eigentlich wollte ich nur mal ein paar Minuten durchschnaufen. Außerdem war die Kleine inzwischen so auf mich fixiert, dass sie sich nur von mir säubern und umziehen ließ.

Ich weiß nicht, wie ich das Ganze überstanden habe. Wahrscheinlich war ich meinerseits kurz vor einem Burnout, aber der ganze Aufwand hatte sich gelohnt. Niemand würde dieses Fest jemals wieder vergessen.

Am allerwenigsten ich.

»Du bist eine großartige Gastgeberin«, murmelte Volker schläfrig, als ich endlich völlig erschöpft unter die Bettdecke schlüpfte. »Was du dir für eine Mühe gegeben hast! Ich bin echt stolz auf dich!«

»Es hat mir Spaß gemacht«, beteuerte ich gähnend und kuschelte mich an ihn. »Hast du Wiebke gesehen? Sie wirkte so zufrieden! Und deine Mutter haben wir heute Abend auch glücklich gemacht.« Ich starrte durch unser Panoramafenster in die verschneite Nacht hinaus.

Es folgte eine winzige Pause, in der ich schon fürchtete, Volker sei einfach eingeschlafen, doch dann sagte er: »Morgen helfe ich dir beim Aufräumen.« Volkers Arm glitt zu meiner Nachttischlampe und löschte sie. »Gute Nacht, Herzerl.« Ein feuchter Kuss, der nach sehr viel Wein roch, streifte meine Wange.

»Danke für die vielen schönen Geschenke«, flüsterte ich. »Deine Mutter hat sich über das Festspielabo riesig gefreut!«

»Schweineteure Angelegenheit«, grunzte Volker im Wegdämmern. »Aber sie ist halt so musikverrückt.«

»Und die Samtstola für Lisa!«, sinnierte ich und versuchte, mich an die Flut von Geschenken zu erinnern. »Die muss Leonore aber auch eine Stange Geld gekostet haben!«

»Die war aus ihrer Mottenkiste«, murmelte Volker müde. »Gute Nacht, Herzerl. Ich kann die Augen nicht mehr aufhalten.«

»Und die bezaubernden Geschenke aus London, die Lisa in ihrem Koffer mitgeschleppt hat«, sagte ich beiläufig.

»Ja. Verdammt schwer, das Ding.«

Einen Moment lang sagte keiner von uns ein Wort.

»Du, Volker?« Mein Herz pochte, ich richtete mich wieder auf und betrachtete das Profil meines Mannes auf dem Nachbarkissen.

»Was ist denn noch?«

»Hast du nicht etwas … ähm … Wichtiges vergessen?« Ich stolperte über meine Worte und fand, dass ich noch nie im Leben penetranter gewesen war. Volker verstand mich auch prompt falsch.

»Du, echt nicht. Heute Nacht krieg ich keinen mehr hoch.«

»Nein, das meine ich doch nicht. Männer!« Ich musste lachen.

»Was denn sonst? Stink ich aus dem Mund?« Volker hauchte sich auf die Hand.

»Nein, du Blödmann!« Ich boxte ihn. »Und wenn, dann liebe ich deinen Geruch.«

»Dann ist es ja gut. Gunach …« Schmatz, Röchel.

Ich schluckte. Ein kleiner Enttäuschungswurm wühlte sich

durch meine Eingeweide, und ich schaffte es einfach nicht, ihn zum Schweigen zu bringen.

»Wo ist eigentlich die rote Handtasche?«

»Hm?« Volker schien aus seinem Tiefschlaf zu erwachen. »Was? Welche rote Handtasche?«

»Na, dein Geschenk an mich! Bestimmt hast du es nur vergessen!«

»Hab ich dir eine rote Handtasche geschenkt?«

»Noch nicht. Aber das wolltest du, stimmt's?«, stieß ich verlegen hervor.

»Wie kommst du denn da drauf?«

»Ach, nichts.« Enttäuschung pur. Ich starrte an die Decke. Neben mir hörte ich Volkers gleichmäßige Atemzüge. Wenn das Geld nicht für die Handtasche war, wofür war es denn? Wofür hatte er Lisa GENAU diesen Betrag überwiesen? Ich ging in Gedanken noch mal alle Geschenke durch, die heute Abend ihren Besitzer gewechselt hatten. Lisa hatte so einiges aus London angeschleppt, aber mir wollte kein Gegenstand einfallen, der so teuer gewesen war! Knapp vierhundert Euro! Und welches Geschenk sollte Volker auch bei Lisa in Auftrag gegeben haben? Und für wen?

Vor meinem inneren Auge sah ich sie alle am Tisch sitzen. Ich sah die lachenden, plaudernden, essenden Münder. Ich sah die kleine Fanny in ihrem Bettchen stehen und die Hände nach mir ausstrecken. Ich sah Lisa in ihrem Mohairkleid in der Tür stehen.

Das Mohairkleid. Das war bestimmt vierhundert Euro wert. Aber warum sollte Volker Lisa dafür eine Überweisung … Hatte er es ihr geschenkt? Sollte ich davon nichts wissen? Vielleicht gab es andere Dinge, von denen ich nichts wissen sollte?

Die Blicke. Die Münder. Das Lachen. Die Berührungen. Ich erinnerte mich, wie Volker Lisa stolz umarmte, sich aber schnell wegdrehte, als ich hingeschaut hatte. Diese DÄMLICHEN Andeutungen von Wiebke. Ihre zufrieden flackernden Blicke.

Plötzlich überfiel mich ein unglaublicher Gedanke. Er überfiel mich mit einer solchen Macht, dass ich mich im Bett aufsetzen musste. Mein Herz raste, mein Mund war trocken.

Nein. Das war doch … ausgeschlossen. Blödsinn. Meine Fantasie ging mit mir durch. Volker und Lisa. Ach, QUATSCH! Wiebke wollte nur unsere Familienharmonie vergiften mit ihren Scheiß-Abführbeuteln und ihren Scheiß-Bemerkungen. Wiebke war halt die Verliererin und noch eine schlechte dazu. Sie wollte, dass auch ich eine Verliererin war. DENKSTE!

Ich warf mich auf die Seite, starrte in die Nacht. Ich sah mich den Kinderwagen durch die Stadt schieben. Behängt mit Einkaufstüten. Dann hörte ich plötzlich Stimmen.

»Nein, welche Ähnlichkeit mit Ihren anderen Kindern, ganz wie aus dem Gesicht geschnitten!«

Fanny.

Meine Kehle war wie zugeschnürt.

Nein, das war doch nicht … Das war doch nicht möglich! Fieberhaft begann ich zu rechnen. Fanny war jetzt ein Jahr alt, plus neun Monate … Nein, Quatsch. Da war sie ja noch nicht einmal eingezogen. Da KANNTEN wir uns ja noch gar nicht. Blödsinn.

Ich grübelte und grübelte. Volker neben mir atmete gleichmäßig. Seine vielen Kongresse in letzter Zeit. Seine spontanen Wandertouren mit Freund Felix.

»Nicht ins Gesicht!«

Er hatte sich verändert. Wich er mir aus? Oder war er nur überarbeitet? Oder war ich wirklich blind gewesen? Hatte ich unverdaute Altlasten? War ich eine Verdrängungskünstlerin?

»Diese Ähnlichkeit!«, hallte es in meinen Ohren.

Ich starrte in die Dunkelheit. Vor unserem Schlafzimmerfenster türmten sich schwarze Nachtwolken. Ab und zu schimmerte die schmale Mondsichel hindurch, um gleich darauf wieder in völliger Finsternis zu verschwinden. Mein Herz wollte sich nicht wieder beruhigen. Blöde Wiebke! Dass sie es doch tatsächlich geschafft hatte, mir den Schlaf zu rauben! Ich konnte nicht einschlafen. Ich konnte nicht mal in diesem Bett liegen bleiben. Wasser. Ich brauchte einen Schluck Wasser. Mit einem schrecklichen Knoten im Magen schlich ich barfuß die Treppe hinunter und vermied es, auf die knarrende Treppenstufe zu treten. Jetzt bloß niemanden wecken! Nur noch mal schnell nach diesem komischen Beleg schauen. Wie ein Dieb huschte ich ins Wohnzimmer. Es roch nach kaltem Wachs. Leise öffnete ich die Tür zum Vorhaus. Sein Mantel. Meine Hand glitt hinein. Der Zettel. Ich zog ihn millimeterweise heraus, glättete ihn, schlich in die Küche und machte Licht.

Das Chaos aus aufgetürmten Tellern, halb leeren Gläsern, und vollen Aschenbechern übersah ich; ich starrte nur auf das Papier in meiner Hand. Die zitterte.

386,95 Euro.

Überwiesen heute. Von Volkers auf Lisas Konto. Per Dauerauftrag.

Ich riss die Augen auf.

DAUERAUFTRAG!! Das bedeutete, diese Summe floss … regelmäßig?! Monatlich?!

»Volker, nein!«, flüsterte ich. »Was hast du für Geheimnisse vor mir?« Die Computerschrift verschwamm vor meinen Augen. Unter Verwendungszweck stand »vereinbarungsgemäß«.

Ich atmete tief aus. Das musste gar nichts heißen. Da stand nicht »Unterhalt«. Im Gegenteil! Ich hatte ihn ja um Unterstützung für Lisa gebeten! Vielleicht zahlte er ihr ja in London einen Teil der Miete? Ich schlug mir mit der flachen Hand vor die Stirn. Genau! Das war es! Es war alles in Ordnung. Er griff Lisa finanziell unter die Arme.

Aber irgendwas war faul. Genau, wie Wiebke gesagt hatte. Mein Kopf brummte, schwarze Punkte tanzten vor meinen Augen.

Nein. Es war NICHT alles in Ordnung. Diese Summe war so … krumm. Warum überwies er nicht dreihundert Euro? Oder vierhundert? Warum genau diese Summe?

Schau doch nach, oder bist du zu feige? Wiebke schien in der Ecke zu sitzen und mich mit ihren flackernden Blicken zu foltern.

Ich weiß nicht, wie lange ich da im Nachthemd in der Küche saß, aber irgendwann hatte ich die Kraft, mich auf wackeligen Beinen in sein Arbeitszimmer hinaufzuschleppen. Ich wollte ihm nicht hinterherspionieren. Das war gegen meine Ehre. So eine Ehefrau war ich nicht. Aber in meiner Verzweiflung googelte ich das Wort »Unterhalt«. Nur so. In der Hoffnung, eine ganz andere Summe vorzufinden.

»Unterhaltspflicht. Die Unterhaltspflicht der Eltern gegenüber ihrem Kind ergibt sich aus dem Gesetz und zeichnet sich durch grundlegende Besonderheiten aus. Diese werden … bla bla bla … abhängig vom Einkommen des zahlungspflichtigen Elternteils … im Folgenden eruiert.« Ungeduldig drückte ich auf den Link zur »Düsseldorfer Tabelle«. Fieberhaft suchte ich genau nach dem Betrag: 386,95 Euro. Doch vor meinem inneren Auge sah ich immer noch in schwarzen Lettern genau diesen Betrag. Im Schaufenster neben der Handtasche. Das konnte doch kein Zufall sein! Oder etwa doch? Ich konzentrierte mich wieder auf den Bildschirm. »Die folgende Tabelle erhält neben dem normalen Wert auch denjenigen Zahlbetrag, der sich nach Abzug des Kindergelds … Bei Minderjährigen wird das Kindergeld zur Hälfte und bei volljährigen Kindern voll abgezogen … Altersstufen in Jahren … Beträge bei Nettoeinkommen … In Euro … § 1612 a ABS 1 BGB.« Bestimmt sah ich Gespenster. Ich starrte und starrte, rechnete zusammen und berücksichtige Volkers Höchsteinkommen … Und plötzlich traf mich eine eisenharte Faust mitten ins Gesicht. In Volkers Steuerklasse stand genau der Betrag. 386,95 Euro.

»Nein«, flüsterte ich gegen das Pochen meines Herzens an. »Nein.« Mein Magen verkrampfte sich und weitete sich dann zu einer giftigen Blase, die mich von innen zu zerreißen drohte. Ich stöhnte, hörte förmlich, wie mir die Luft ausging. Gleich würde ich wie ein alter, poröser Luftballon immer kleiner und kleiner werden, orientierungslos davonfliegen und mich irgendwo im Nichts auflösen. Ich war nur noch eine leere, verschrumpelte Hülle.

Ich saß hier nicht. In Wirklichkeit lag ich neben Volker im Bett und hatte wirre Träume, weil ich zu viel Wein getrunken hatte.

Der Bildschirmschoner sprang an.

Es war das Foto von Volker, das mir sein Freund Felix geschickt hatte. Wie er da lächelnd in der Bergwand hing. Er sah so … erholt aus. So sorglos. Als wenn er sich in den paar Tagen ein ganzes Jahr erholt hätte. Die Kappe. Seine heiß geliebte Sportkappe, der er so lange nachgetrauert hatte. Überall hatten wir sie gesucht, im Rucksack, im Auto, in den Schränken der Jungen – sie hatte sich in Luft aufgelöst! Wieso hatte er sie plötzlich wieder auf? Wieder oder noch, hörte ich Wiebke ätzen. Oder war die Aufnahme gar nicht von DIESEM Jahr? Stammte sie von einer früheren Wandertour? Sollte Felix etwa mit ihm unter einer Decke stecken und mir alte Fotos geschickt haben, damit ich glaubte, Volker wäre mit IHM unterwegs?

Das war ja ungeheuerlich. Das war … Ich starrte auf das Bild, bis es vor meinen Augen verschwamm. Mein Herz setzte einen Schlag aus.

Seine Uhr. Sie hatte noch das alte schwarze Lederarmband. Inzwischen war es durch ein braunes erneuert worden. Es WAR eine alte Aufnahme. Ich rang nach Luft.

Plötzlich hörte ich die Tür knarren. Ich war nicht allein.

»Herzerl?«

Volker. Wie lange stand er schon in der Tür?

Mit einer schier übermenschlichen Willenskraft gelang es mir, den Kopf zu heben.

»Es ist fünf Uhr früh! Kannst du nicht schlafen?«

Seine Stimme schien um drei Oktaven tiefer zu sein als sonst. So verzerrt klang sie in meinen Ohren.

Volker trat einen Schritt näher, legte mir die Hand auf die Schulter, die an dieser Stelle plötzlich zu brennen begann, und betrachtete das Bildschirmschonerfoto: »Ach, das war meine Bergtour mit Felix im September.«

»Wirklich?«, hörte ich mich krächzen.

»Ja, sag mal, stimmt was nicht?!«

»In der Tat. Schau mal auf das Uhrenarmband. Und auf die Kappe.«

»Na, dann ist es eben aus dem letzten Jahr, vielleicht sogar aus dem vorletzten.«

Volker schien keinerlei schlechtes Gewissen zu haben. »Wieso ist das so wichtig für dich?«

Ich hielt mich an der Tischkante fest, um nicht vom Stuhl zu fallen. Wortlos öffnete ich die Hand, in der ich den Überweisungsschein hielt. Mein Arm war schwer wie Blei, aber ich hob ihn in sein Blickfeld.

Volkers Augen wurden schmal. »Was hast du da?«

»Das frage ich dich!«

Volker riss mir den Überweisungsschein aus der Hand, glättete ihn und starrte mich fassungslos an.

»Wo hast du den her?«

»Er war in deiner Manteltasche.«

Volker wurde blass.

Einen kurzen Moment lang fürchtete ich, er würde mir ein entsetzliches Geständnis machen. Ich schloss die Augen und wartete.

Volker straffte die Schultern und rief mit unterdrückter Wut: »Scheiße! Scheiße! Scheiße!«

»Ja«, flüsterte ich. Meine Augen waren voller Tränen.

Volker zog einen Stuhl heran und setzte sich rittlings darauf. Mit einer Hand berührte er eine beliebige Taste. Sofort sprang ihm die »Düsseldorfer Tabelle« in die Augen. Mit der anderen Hand hob er mein Kinn und zwang mich, ihm in die Augen zu sehen.

»Du hast also herausgefunden, dass es sich um eine Unterhaltszahlung handelt.«

Ich presste die Lippen aufeinander. Sein Gesicht war so nah vor dem meinen, dass ich jede Pore einzeln erkennen konnte.

»Und jetzt ist gerade eine kleine Welt für dich zusammengebrochen, stimmt's?«

Ich konnte nichts antworten. Eine KLEINE WELT? Mein LEBEN!

»Ich hätte es dir sagen sollen. Ich Trottel.« Volker wischte mir mit seinem Schlafanzugärmel die Tränen aus den Augen. So wie er es bei unseren Töchtern immer tat.

»Hör zu, Herzerl. Das wird dich jetzt überraschen, aber wir wollten dich nicht aufregen, und es sollte auch wirklich niemand wissen in unserer Familie, erst recht nicht Mutter oder – schlimmer noch – Wiebke.« Er tupfte mir den kalten Schweiß von der Stirn.

Es tat so gut, so unendlich gut, seine Wärme und seine Nähe zu spüren. Er würde mich – wie immer – festhalten und davor beschützen, in den Abgrund zu stürzen, der sich heute Nacht vor mir aufgetan hatte. Volker hatte immer eine Lösung. Er war schon dabei, mich zu retten, ich musste nur zuhören!

»… und auch die Kinder nicht. Letztlich ist es ein bisher gut gehütetes Geheimnis zwischen Lisa und mir.«

Ich versuchte ihn anzusehen. Wieso hatte er die Stimme nicht gesenkt? Wieso schwebte dieser angefangene Satz noch im Raum? Kam da noch was?

»… und Nathan.«

»Na. Than.« Verständnislos wiederholte ich diese zwei Silben.

»Herzerl. Du hast ja ganz eiskalte Hände. Aber kein Wunder, du musst dich wahnsinnig erschreckt haben.« Volker drückte die Düsseldorfer Tabelle weg und ließ sich wieder lachend in dem Felsen hängen.

»Du hast dir so viel aufgebürdet mit dem Kind, da wollte ich dich nicht auch noch damit belasten. Ich hab dir ja immer gesagt, dass ich nicht noch ein Kind will. Aber in diesem Fall ist es so, dass unser Nathan ...« Er kratzte sich am Kopf, ohne meine Hände loszulassen. Ich kam mir vor wie eine willenlose Marionette.

»Unser Nathan war halt mal sehr verliebt in Lisa. Sie kannten sich von früher, vom Bridgeclub. Und da kam es wohl mal zu einem One-Night-Stand. Doch Lisa hatte überhaupt kein Interesse an Nathan. Er ist darüber fast verrückt geworden, der arme Junge. Dann zogen Sven und Lisa zufällig in unser Nachbarhaus, und sie saß immer in ihrem knappen weißen Bikini schwanger bei uns am Pool. Da sind dem armen Nathan fast die Augen aus dem Kopf gefallen! Ist dir das nicht aufgefallen?«

»Nein. Nathan? Nein!«

»Stille Wasser sind tief, Herzerl. Weißt du doch.«

»Ja.«

»Und da ist er ihr auf dieses Schiff nachgereist. Eines ergab sich aus dem anderen. Sven hat natürlich Lunte gerochen und Nathan zur Rede gestellt: Bursche, was willst du hier, lass meine Frau in Ruhe ... Und Nathan hat ausgepackt. Anschließend haben sie in Stockholm einen Vaterschaftstest gemacht.« Er schluckte und kratzte sich am Kopf. »Na ja, und den Rest kannst du dir ja denken.«

Ich brauchte gefühlte zehn Minuten, bis ich begriff, was er da sagte. »Sven wusste also schon die ganze Zeit, dass NATHAN ...« Wahrscheinlich kamen Seifenblasen aus meinem Mund. »Und ich habe ihn noch genötigt, beschimpft und aus dem Haus geworfen ...« Verzweifelt rang ich nach Luft.

»Natürlich ist Svens und Lisas Ehe darüber zerbrochen – erinnerst du dich, wie verstört Lisa war?« Volker machte eine vielsagende Pause, während ich mechanisch nickte wie eine Puppe. »Sie wollte das Kind nicht mehr, als sie wusste, dass es von Nathan ist! Für sie war Nathan nichts weiter als ein unüberlegter Ausrutscher.«

»Ja«, sagte ich und wollte mich sofort übergeben. Was hatte Lisa in der Küche zu mir gesagt? »Ich steh nicht so auf grüne Jungs.« Ein gewaltiger Adrenalinstoß erfasste mich.

Da hatte sie schon längst … Da war das alles schon …

»Das konnte ich natürlich unmöglich zulassen«, fuhr Volker ernst fort. »Dass Lisa sich und das Kind zerstört. Und Nathan letztlich auch. Er ist mein Sohn!« Volker blinzelte energisch ein paar Tränen weg. »Er hat Scheiße gebaut, aber ich wollte ihm helfen. Der Junge hat doch sein ganzes Leben noch vor sich!«

Ich starrte meinen Volker an. Oh, Gott, was hatte er alles durchgemacht, nur um Nathan zu schonen und sein … Enkelkind zu retten! Fanny war sein ENKELKIND!? Deshalb hatte er sich so liebevoll und aufopfernd um sie und Lisa gekümmert!

»Um Gottes willen, du hast es die ganze Zeit gewusst?« Meine Gedanken überschlugen sich. Auf einmal fiel es mir wie Schuppen von den Augen! Ich nickte langsam. Auf einmal ergab alles einen Sinn!

»Ja. Aber gewissermaßen als Arzt, und das fiel alles unter meine Schweigepflicht!« Er nahm meine Hände. »Bitte, versteh das doch! Ich durfte es dir nicht sagen!« Er fuhr sich mit allen zehn Fingern erschöpft durch die Haare. »Und du hattest Lisa dermaßen in dein großes Herz geschlossen, dass wir drei beschlossen haben, dir nichts von Nathans Ausrutscher zu sagen.«

»Aber du hättest mir doch … In diesem Fall …« Ich schluchzte auf.

»Nathan hat uns darum gebeten, absolutes Stillschweigen darüber zu bewahren.«

»Ja. Das sieht ihm ähnlich.« Ich war fassungslos.

»Da habe ich die Unterhaltszahlungen eben ganz diskret auf mich genommen.« Volker atmete scharf aus. »Als Arzt habe ich die Klappe gehalten, und als Vater habe ich gezahlt.« Ein erleichterter Seufzer entfuhr ihm. »Jetzt weißt du es, Herzerl, und ich bin froh darüber.«

Plötzlich tauchten die neugierigen Gesichter dieser fremden Frauen wieder vor mir auf, die sich über den Kinderwagen gebeugt und »diese Ähnlichkeit!« gerufen hatten. Na, logisch! Fanny war Nathans Kind! Auf einmal war alles klar wie Kloßbrühe! Wie immer, wenn Volker mich von meinen Zweifeln befreite. Und ich hatte doch tatsächlich geglaubt, dass mein Volker … Mein heiß geliebter Mann, der immer für uns da war, sich schützend vor uns stellte und … Hatte ich das WIRKLICH geglaubt? Ich sah, dass Volker langsam begriff.

»Du hast doch nicht ernsthaft gedacht, dass ich was damit zu tun habe?« Volker schnaubte ungläubig.

»Ich weiß nicht«, flüsterte ich schwach. »Wiebke hat so ätzende Bemerkungen gemacht …«

Enttäuschung glomm in seinen Augen auf. Seine Hände fielen von meinen ab wie welkes Laub. »Du bist auf Wiebkes Stänkereien reingefallen? Du hast mir ernsthaft zugetraut, dass ich was mit Lisa anfange? In meinem eigenen Haus? Dabei kann Wiebke es bloß nicht ertragen, dass wir glücklich sind!«

»Ja, das habe ich auch gedacht«, pflichtete ich ihm bei. »Aber dann fand ich diesen Überweisungsschein …«

»Wiebke würde ALLES tun, um unser Glück zu zerstören«, sagte Volker bitter.

»Weiß Wiebke denn, dass Fanny ihr Enkelkind ist?«

»Um Himmels willen, NEIN!« Volker verzog das Gesicht, als hätte ich ihn geschlagen. »DU bist die Frau, mit der ich das hier durchziehen will! Oder willst du etwa, dass Wiebke jeden Tag hier sitzt?«

»Nein, Volker, nein – ich bin ein Idiot!«

Oh, Gott, ich schämte mich so! Ich spürte die Tränen, die mir schmerzhaft in die Augen stiegen. Hastig blinzelte ich sie weg.

Er verzog den Mund zu einem traurigen Lächeln.

»Ehrlich, ein bisschen mehr Vertrauen hätte ich mir schon gewünscht.« Volker nahm wieder meine Hände und sah mich besorgt an. »Du lässt dich doch nicht wirklich von Wiebke verunsichern. Dann hätte sie ja erreicht, was sie will. Uns beide zerstören.«

Ich liebte ihn so heftig, dass es wehtat. Ich wollte ihn nicht verlieren. Unter keinen Umständen.

Wie wahnwitzig sich das alles plötzlich aus seinem Mund anhörte. Er und Lisa! Völlig aus der Luft gegriffen! Ich sah ihm ins Gesicht. Konnten diese Augen lügen? Sanft strich ich ihm über die Wange und machte ein reumütiges Gesicht. »Es war nur so ein blöder Verdacht …«, stammelte ich schuldbewusst.

»Warum sollte ich dich betrügen?« Volker sah mich verständnislos an. »Du bist die perfekte Frau!«

Ich nickte langsam.

»Ich liebe dich und keine andere!«

»Ja, eben!«, stotterte ich und schlug mir die Hände vors Gesicht. Ich wusste nicht, ob ich lachen oder weinen sollte. »Ich bin ja so FROH, dass du mir die Wahrheit gesagt hast! So froh! Es kommt mir nur so unwahrscheinlich vor!« Ich flatterte mit den Armen wie ein hilfloser Vogel, der nicht abheben kann. »Ausgerechnet Nathan … Emil hätte ich das viel eher zugetraut.«

Emil mit seinem Temperament und seinem Charme – dem hätte ich eine Liebschaft mit Lisa zugetraut. Der wäre ihr glatt nachgereist, hätte sich Sven entgegengestellt, auf einem Vaterschaftstest bestanden … Aber der maulfaule Nathan?

»Emil hätte ich genauso gedeckt«, stellte Volker fest. Er sah mir forschend ins Gesicht, als versuchte er meine Gedanken zu lesen. Eine Weile sagte keiner von uns ein Wort.

»Und wie stehen Lisa und Nathan jetzt zueinander? Ich meine, ich hatte wirklich NICHTS BEMERKT!« Ich spürte, wie mich Erleichterung einhüllte wie eine warme, weiche Zudecke.

»Deswegen war es ja so vernünftig, dass Lisa nach London gegangen ist«, sagte Volker. Er machte eine vielsagende Pause. »Damit die beiden Abstand gewinnen.«

Ich nickte verständnisvoll.

Seine Lippen verzogen sich zu einem ganz kleinen Lächeln. »Warum gehen wir nicht einfach wieder ins Bett, wir zwei?«

Mein Herz zappelte wie ein Fisch auf dem Trockenen.

Er wollte jetzt … Sex? Na, der hatte Nerven!

Volker sagte noch etwas. Sein Mund bewegte sich. Er zog mich an beiden Armen hoch wie einen schlaffen Sack, legte meine Arme um seinen Nacken, und ich fiel ihm entkräftet um den Hals. Der Schock saß tief.

»Und tun endlich das, was anständige Ehepaare miteinander tun, wenn sie nicht einschlafen können?« Sein Tonfall war so gespielt streng, dass ich lachen musste.

»Aber hast du nicht gesagt, du kriegst heute keinen mehr hoch?«, kicherte ich hilflos.

»Sieht so aus, als könnte ich wieder«, sagte Volker. »Bin ich ein Mann oder bin ich ein Mann?«

Er warf mich über die Schulter wie einen zusammengerollten Teppich und stapfte mit mir die Treppe hinauf.

18

Machen wir einen Spaziergang?« Lisa stand mit verschränkten Armen in der Küchentür. Sie hatte einen rosafarbenen Skianorak an. Klein Fanny krabbelte mit ihren neuen Bauklötzen um ihre Füße herum.

Kühl sah ich an ihr vorbei. »Es gibt einiges aufzuräumen.«

In dem Moment wurde mir klar, wie zweideutig meine Antwort gewesen war.

»Das mache ich!«, rief Volker, der gerade die Treppe hinunter kam, wie aufs Stichwort hin. Er sah gut aus. Frisch rasiert und … Na ja, wenn ich es nicht besser wüsste, würde ich sagen: ausgeschlafen. Jedenfalls erleichtert. Er sah aus wie einer, der endlich alle seine Steuern bezahlt hat.

»Ihr beiden Mädels sprecht euch jetzt ordentlich aus!«, bestimmte Volker, während er mich bereits zur Tür schob. »Und alle, die Vater zu mir sagen, helfen mir jetzt in der Küche.«

Dabei zwinkerte er Lisa und mir zu: »Das heißt, ihr nehmt Fanny mit.«

Mit Schwung drückte er mir sein spielendes … Enkelkind (ich musste mich erst an den Gedanken gewöhnen!) in die Hand. Als hätten sie sich abgesprochen, polterten Charlotte und Pauline aus ihrem Kellerappartement die Treppe rauf und halfen uns, Fanny anzuziehen, während Emil und Nathan durch den verschneiten Garten stapften. Nathan machte wie erwartet keinerlei Anstalten, mir reinen Wein einzuschenken. Ich hatte meinem Mann allerdings noch in der vergangenen Nacht versprechen müssen, die Sache auf sich beruhen zu lassen. »Nathan verlässt sich auf meine Verschwiegenheit«, hatte er gesagt. »Stell mich jetzt bitte nicht vor ihm bloß.«

Kurz sah mich Volker panisch an, als ich Nathan einen guten Morgen wünschte, aber ich warf ihm einen beruhigenden Blick zu. Fast verkniff ich mir ein winziges Lachen.

»Einen schönen Mädelspaziergang!«, rief Emil launig. »Lasst euch nicht von fremden Männern ansprechen!« Ob er wohl Bescheid wusste?

Ich schaffte es, locker zu klingen. »Keine Sorge! Wir haben Wichtigeres zu tun!«

»Ist ja wohl dicke Luft bei den Weibern«, hörte ich Nathan sagen. »Wieso schmollt die Barbara?«

Das war ja wohl mal wieder typisch Nathan. Er selbst hatte das Schlamassel angerichtet und bezeichnete mich als schmollendes Weib. Er war so voller Bitterkeit. Bisher hatte ich geglaubt, es läge an der Trennung seiner Eltern, aber nun sah ich seine Verletztheit mit ganz anderen Augen. Er war von Lisa zurückgewiesen worden. Seine Liebe war unerhört geblieben. Lisa hätte fast sein Kind weggemacht! Was musste Nathan gelitten haben, als er sah, wie selbstverständlich wir Lisa und Fanny integrierten! Klar, dass er sich mehr und mehr zurückgezogen hatte. Nein, ich würde das Geheimnis zwischen ihm und seinem Vater nie brechen.

Lisa und ich stapften los und nahmen meinen Lieblingsweg über die Kreuzbergpromenade. Der Himmel war knallblau, die Luft schmeckte kalt wie scharfes Pfefferminz, und die Burg erstrahlte weiß im Sonnenlicht. Wie viele Lügen hat diese Burg wohl schon überlebt, schoss es mir durch den Kopf. Wie viele Intrigen, Heimlichkeiten, Sorgen und Nöte. Und sie steht da immer noch. Fest gemauert in der Erden.

Früher hätte ich Lisa solche Gedanken mitgeteilt, heute schwieg ich.

Zuerst schob sie den Buggy, aber irgendwann übernahm automatisch ich das sperrige Gefährt. Ich kam mit den Gummirädern auf dem verharschten Untergrund besser zurecht.

Wie symbolisch. Was einst unschuldig weißer Pulverschnee gewesen war, war nun verharscht. Eines Tages würde er in schmutzig braunen Bächen davonfließen, und dann würde die Frühlingssonne wieder darauf scheinen.

»Das war ein toller Abend gestern«, begann Lisa, als hätten wir sonst nichts zu besprechen. Die Atemwölkchen standen ihr vor dem Mund. »Du hast dich ja echt selbst übertroffen.« Sie sah mich von der Seite an. »Danke noch mal … für alles.«

Ich schluckte. Ich hatte keine Lust auf Small Talk.

»Warum hast du es mir nicht gesagt?«, brach es aus mir heraus. Verzweifelt versuchte ich cool zu klingen, aber es gelang mir nicht.

»Volker sagte schon, dass du Bescheid weißt.« Plötzlich wurde Lisa ernster.

»Warum musste ich es denn so erfahren?«

Ich fröstelte. Wir waren doch immer so vertraut miteinander gewesen! Und jetzt waren wir wie zwei fremde Frauen, die hinter einem Kinderwagen herliefen und keine Worte fanden.

»Tut mir echt leid, Barbara, wirklich.« Lisa hatte die Hände in den Taschen ihres schicken Skianoraks vergraben.

»Ich dachte, wir sind Freundinnen?« Ich zog die Nase hoch.

»Das sind wir hoffentlich immer noch!« Lisa legte die Hand auf meine am Kinderwagengriff. Ich schüttelte sie ab.

»Nachdem du mich von Anfang an belogen hast?« Meine Worte klangen schroff. »Du warst von Nathan schwanger, nicht von Sven!«

»Nicht belogen!«, sagte Lisa. »Ich habe dir nur etwas verschwiegen. Zuerst wusste ich es ja selbst nicht!« Sie rieb sich verlegen die Nase und sah mich trotzig von der Seite an. »Mensch, Barbara, dieser Ausrutscher passierte, bevor wir eure Nachbarn wurden … und das durch einen ganz bescheuerten Zufall. Nie

hätte ich gedacht, dass ich diesen Jungen jemals wiedersehe!«
Sie hob verzweifelt die Hände. »Und dass ausgerechnet du
NATHANS Stiefmutter bist!«

Das Blut pochte mir in den Adern. Es ging mir weniger um
Nathan.

»Du hast mich glauben lassen, Sven hätte DICH sitzen lassen.
Du hast mir diese Kondomgeschichte aufgetischt!« Nun schrie
ich förmlich. Ich war so was von wütend! »Herrgott, ich habe
Sven noch hinterhertelefoniert und ihn beschimpft, ihn aufgefordert, dir Alimente zu bezahlen!« Sven hatte ich nämlich
wirklich gemocht. Und ihm bitter unrecht getan.

»Ja, das war mir echt oberpeinlich«, sagte Lisa. »Sven wollte
ich nämlich am liebsten nie mehr begegnen, nachdem er Nathan
und mich vom Schiff geworfen hat.«

»Du hättest mir Bescheid sagen müssen!« Ich blieb stehen
und stemmte entrüstet die Hände in die Hüften. Klein Fanny
verzog weinerlich das Gesicht.

»Das mit Nathan, damals im Bridgeclub?« Lisa lachte verbit-
tert. »Es gibt Sachen im Leben, die erzählt man noch nicht mal
seiner besten Freundin.« Sie zupfte an meinem Ärmel: »Du hast
mir ja auch nicht erzählt, dass du Sven angerufen hast! Also!
Wo bleibt denn da das Vertrauen?«

»Moment! Nachdem du mir erzählt hast, dass er dich betrogen hat …«

»Das war mir weniger peinlich, als dir das mit Nathan zu
beichten. Wie dumm ich damals war!«

»Ja. Ich kann mir das gar nicht vorstellen …« Meine Stimme
wurde milder. Ich wollte es natürlich genauer wissen. »Er konnte wirklich bei dir landen?«

Lisas lächelte verlegen. »Der war so durchgeknallt … So eine
süße Mischung aus total verklemmt und total neben der Schüs-
sel. Wir haben nur ein einziges Mal … Dabei stehe ich doch
eher auf reifere Männer. Ja, und dann waren wir durch einen

unglaublichen Zufall plötzlich Nachbarn. Und er hat mich immer so angestarrt, sah, dass ich schwanger war …« Sie schüttelte ungläubig den Kopf. »Wie er da im Hafen von Kopenhagen stand, wollte ich mir echt die Kugel geben.«

»Aber du liebtest doch Sven! Wie konnte denn Nathan bei dir landen?«

Das war ja wirklich wie in *Così fan tutte*.

»Also, wenn du es genau wissen willst …« Lisa zog ihre verspiegelte Sonnenbrille hervor und setzte sie auf. Nun sah ich mein eigenes Gesicht, wenn ich sie ansah, doch lieber hätte ich ihr in die Augen geschaut.

»Sven ist natürlich das Gegenteil von Nathan. Viel älter und abgeklärter. Er redete immer so vernünftig und wollte ein Eigenheim. Nathan dagegen ist eine verrückte Spielernatur …« Sie senkte den Kopf und malte mit ihrem Stiefel Zeichen in den Schnee. »Da ist es halt passiert.«

»Und dann zogst du frisch verheiratet mit Sven in den Sonnenblumenweg?!«

»Ja! Und dann stand da Nathan!« Sie fasste sich an den Kopf. »Zuerst habe ich gehofft, dass er mich gar nicht wiedererkennt, natürlich vergeblich. Dann habe ich ihn angefleht, Sven gegenüber die Klappe zu halten. Doch er ist unserem Schiff nachgereist, hat plötzlich im Hafen gestanden. Ich wollte ihn loswerden, dann sind wir bummeln gegangen, haben viel geredet und so. Er hat mir gesagt, dass er sich total in mich verliebt, noch nie so eine sexy Frau gesehen hat …«

Das klang sehr überzeugend. Auf einmal konnte ich mir das alles lebhaft vorstellen. Emil hatte mit Lisa einen eher geschwisterlich-neckenden Umgang. Nathan hatte sie immer so merkwürdig aus sicherer Entfernung angestarrt und hatte sich einsilbig verhalten.

»Und dann ist Sven uns draufgekommen. Wir haben diesen … Vaterschaftstest gemacht. Als das Ergebnis vorlag, hat er mich rausgeworfen. Ich bin dann halt mit Nathan ins Hotel gegangen. In Kopenhagen. Wenn du willst, zeige ich dir die Quittung. Mit Datum, Zimmernummer und allem.«

Hatte Volker nicht Stockholm gesagt? Na, egal. Er war ja schließlich nicht dabei gewesen.

»Quatsch. Blödsinn.« Ich zog die Schultern hoch und ging weiter. »Du kannst ja machen, was du willst«, rief ich über die Schulter nach hinten. »Ich bin nur so entsetzt, dass du mir nie die Wahrheit gesagt hast!«

»Weil Nathan meinte, du würdest dann Wiebke die Kleine aufs Auge drücken.«

»Hä?« Abrupt blieb ich stehen. »Wieso sollte ich meine kleine Fanny an Wiebke …?«

»Na, weil sie ja die leibliche Oma ist. Nicht du.«

»Die bin ich so oder so nicht.« Schnaufend setzte ich mich wieder in Bewegung. »Ich hab mich um die Kleine gekümmert, weil ich DICH unterstützen wollte! Damit du deine Karriere nicht an den Nagel hängen musst!«

»Ich weiß, und deshalb hab ich dich ja auch so wahnsinnig lieb …« Lisa hoppelte neben mir her. Ich zwang mich, den Kinderwagen geradeaus zu schieben und sie nicht versöhnlich in den Arm zu nehmen.

»Und Wiebke weiß wirklich nichts von ihrem Glück?«

»Nein! Echt, Barbara, wir wollen, dass alles so bleibt wie bisher! Bitte!« Sie zupfte mich wieder am Ärmel. »Meine Mutter ist scheiße, Nathans Mutter ist scheiße, Volkers Mutter ist scheiße – du bist die Einzige, der wir vertrauen.«

»Das Wort Vertrauen stößt mir gerade ziemlich bitter auf!«

»Bitte, Barbara!« Lisa machte den schelmischen Schmollmund, den auch meine Töchter perfekt beherrschten, wenn sie mich weichkochen wollten. Ein Trick, der bei mir immer funktioniert. »Wiebke soll in ihrer Mottenkiste bleiben! Das findet Volker auch!«

Da waren wir uns zum ersten Mal an diesem Tag einig. Ich konnte mir wahrhaftig nicht vorstellen, Fanny an Wiebke abzugeben.

Lisa ging neben mir her und redete auf mich ein.

»Ich hatte solche Gewissensbisse und Selbstzweifel! Immer wieder! Volker hat mir geholfen, zu dem zu stehen, was mir da passiert ist! Er hat mir immer wieder versichert, dass ihr mich auffangt! Er hat gesagt, du bist der großzügigste und liebste Mensch der Welt! Wenn einer eine Familie zusammenhält, dann du! Und ich soll darauf vertrauen, dass alles gut wird!« Lisa hatte sich in Rage geredet. Ihre Wangen waren gerötet, ihre Augen schwammen in Tränen. »Und das bist du ja auch! Deswegen ging es mir ja zwischendurch so schlecht! Weil ich dir nicht die GANZE Wahrheit gesagt habe! Weil ich Angst hatte, dich nur auszunutzen!«

Ich schaute Lisa von der Seite an. Alles, was sie sagte, war logisch und stimmte mit dem überein, was ich von Volker wusste. Sie hatte nichts mit Volker. Sie war meine Freundin! Sie würde mir nie so etwas vorspielen. Sie war zwar eine tolle Schauspielerin und Meisterschülerin von Jürgen Flimm. Trotzdem. So gut kann man doch gar nicht spielen. Ihre Tränen waren echt. Sie spielte nicht. Von wegen *Così fan tutte!* So perfekt kann kein Mensch auf der Welt lügen. Und schon gar nicht meine Lisa. Sie liebte mich wirklich. Und ich liebte sie. Ich blieb stehen und breitete die Arme aus.

In diesem Winter fuhr Volker mindestens dreimal mit mir zum Skifahren.

Nach Dachstein West, dem superleichten Babypisten-Skigebiet. Dort gab es wirklich keine einzige schwarze Piste. Nur blaue und hellrote. Volker rutschte breitbeinig im Schneepflug vor mir her und winkte mir mit seinen Stöcken. Die Urlauber machten einen großen Bogen um ihn und glaubten, dass es sich um einen besonders ungeschickten Anfänger aus Hollands plattester Gegend handelte. Ich musste lachen. »Jetzt übertreibst du es aber! Volker, lass den Quatsch! Ein bisschen schneller können wir schon fahren!«

»Nein! Gefährlich! Steil! Hach – soooo steil!«, schrie Volker dann und verzog gespielt ängstlich das Gesicht. »Hilfe! Ich stürze in die Schlucht!«

Vor lauter Lachen konnte ich gar nicht weiterfahren. Wir rutschten dann zur nächstbesten Almhütte, er zog mir die Skischuhe von den Füßen, hüllte mich in eine Decke und besorgte heißen Kakao mit Rum oder gleich ein kleines Schnapserl. Ich fühlte mich leicht, übermütig und geborgen, und wenn ich die Spießer um mich herum sah, die ihre Frauen belehrten und sich von ihnen bedienen ließen, wusste ich: Ich habe den besten Ehemann der Welt. Er trug mir die Ski, kochte zu Hause als Erstes eine heiße Suppe oder ließ mir ein Bad ein. Wenn ich dann unter unserer Glaskuppel in der Sprudelwanne saß, reichte mir Volker ein Glas Champagner herein.

Auch die Kinder waren wirklich vorbildlich. Sie kümmerten sich eifrig um Fanny, die nun schon ganz wacker auf ihren Stampferbeinchen durchs Haus taperte. Charlotte brachte ihr das Rückwärts-die-Treppe-Runtergehen bei, Paulinchen schaukelte sie in der Hängematte. Emil trug sie herum und trieb allerhand Schabernack mit ihr. Nathan war wie immer rätselhaft. Aber wenn er Fanny sah, leuchteten seine Augen.

Jetzt wusste ich auch, warum. Das war das einzig Gelungene, das er je im Leben fertiggebracht hatte.

Zwischendurch eilte Volker in die Praxis und zu seinen Hausbesuchen.

Lisa war schon seit Wochen wieder in London. Sie schrieb aber jeden Tag fröhliche Mails. Dieser Dirigent hatte sich wohl heftig in sie verliebt!

So zerstreute sich die weihnachtliche Irritation und wich einer wohligen Winterwärme. Irritationen gehören zum Leben dazu, versuchte ich letzte Zweifel unter den Teppich zu kehren. Sie zeigen uns erst, wie gut wir es eigentlich haben.

Im Februar fuhren wir zum Wiener Opernball und übernachteten im Hotel Sacher. Leonore blieb für diese eine Nacht bei uns, obwohl alle Kinder uns beschworen, dass sie alt genug seien, um auf Fanny aufzupassen.

Wir hatten eine Suite. Wir tanzten Walzer, schwebten durch den Saal, als wären wir Märchenfee und Märchenprinz persönlich. Volker sah fantastisch aus in seinem Smoking, und mir hatte er von Hämmerle in der Getreidegasse ein wunderschönes Abendkleid mitgebracht, das asymmetrisch geschnitten war und sich wie eine zweite Haut an mich schmiegte. Es hatte nur einen breiten, strassbesetzten Träger über der linken Schulter, die rechte Schulter lag frei. Volker küsste mich darauf und sang übermütig: »Ach, ich hab sie doch nur auf die Schulter geküsst!«

Ich fühlte mich unwiderstehlich, jung und schön und genoss es, endlich mal wieder mit meinem Mann allein zu sein.

»Das hättest du viel früher haben können, Herzerl! Warum hast du nichts gesagt? Stattdessen hast du mir misstraut, du schlimmes Mädchen!«

Ich schmiegte mich an ihn, während wir uns im Dreivierteltakt drehten, und dachte, wie blöd ich doch gewesen war.

Eines Nachmittags Ende Februar saß ich mit meinen Töchtern und Fanny gemütlich im Café Demel an der breiten Fensterfront mit Blick auf den Dom. Volker wollte nur schnell seinen üblichen Hausbesuch bei jener alten Dame machen, die keinen Aufzug hatte, und dann zu uns stoßen. Unserem kleinen wohlgenährten Küken flößten wir heißen Kakao mit Sahne ein. Wir plauderten und freuten uns an den netten Blicken der anderen Gäste. Natürlich sahen wir aus wie eine Bilderbuchfamilie! Was wir ja auch waren! Und wenn jetzt wieder eine davon anfangen würde, wie ähnlich Fanny meinen anderen Kindern sah, würde ich nur hoheitsvoll nicken. Wartet nur, bis nachher noch mein Mann kommt, dachte ich stolz. Man sieht ihm den Großvater wirklich nicht an. Muss ja auch niemand wissen. Das bleibt Lisas, Nathans, Volkers und mein Geheimnis.

Paulinchen und ich reimten drauflos: »Im Demel, im Demel fallen gleich alle vom Schemel …« Dann machten wir mit Fanny »Pardauz«. Wir kicherten, und unser glucksendes Baby freute sich.

Ich war seit Wochen einfach nur erleichtert und kam aus dem Strahlen gar nicht mehr heraus. Alles war wieder rund und harmonisch. FAST hätte es die ätzende Wiebke geschafft, einen Keil zwischen Volker und mich zu treiben. Aber eben nur FAST.

Plötzlich bemerkte ich am Nachbartisch die hübsche Rothaarige in meinem Alter, der ich schon mehrmals flüchtig begegnet war. Sie hatte einen etwa fünfzehnjährigen Jungen dabei. Eigentlich hätte ich sie jetzt gern angesprochen: »Wir scheinen dieselben Lieblingscafés zu haben!« Aber sie blätterte mit manikürten Fingern in einem Magazin, und ich wollte sie nicht stören. Der Bursche hatte seine langen Beine verknotet, sein Käppi verkehrt herum aufgesetzt und war wie Charlotte völlig in sein Handy vertieft. Ah, jetzt schaute sie auf. Unsere Blicke kreuzten sich, wir lächelten uns zu. Sie war absolut sympathisch und nett.

»In dem Alter reden sie nicht mit ihren Eltern«, verteidigte die hübsche Rothaarige das Verhalten ihres Sohnes. »Da gibt es spannendere Kommunikationspartner.«

»Wem sagen Sie das!«, gab ich achselzuckend zurück und warf einen Seitenblick auf Charlotte. »Wer weiß, vielleicht simsen sie sich? Na, ihr beiden, habt ihr schon die Nummern getauscht?«

»Mama! Du bist so was von peinlich!« Charlotte verging fast vor Scham.

Der junge Mann starrte kurz herüber. In seinen Augen glomm so etwas wie trotzige Verachtung. Woher kannte ich nur diesen Blick? Diesen … verächtlichen, herablassenden Blick?

Genau. So konnte Nathan auch gucken. Das war anscheinend typisch für diese Generation.

»Entschuldigung«, sagte ich liebenswürdig. »Ich weiß, das war jetzt nicht so cool.«

Der Junge verzog den Mund zu einem schmalen Strich. Dann vertiefte er sich wieder in sein Handy. Auch Charlotte würdigte mich keines Blickes mehr. Ihre Finger droschen wütend auf die Tastatur ein. Sie sah ihm plötzlich irgendwie … ähnlich. Ich fühlte mich abgestraft. Gab es überhaupt noch Jugendliche, die in der Öffentlichkeit mit ihren Eltern sprachen? Und wie sträflich würde ich mich jetzt benehmen, wenn ich noch etwas mit der netten Rothaarigen plaudern würde? Nein, diesen Gedanken verwarf ich gleich wieder. Und die Rothaarige hatte ihn auch schon verworfen. Sie blätterte erneut in ihrer Zeitung. Obwohl ich sicher war, dass auch sie gern mit mir geplaudert hätte. Unterwarfen wir Erwachsenen uns nicht längst einer Ordnung, die die Jugend aufgestellt hatte? »Erwachsene: Schnauze halten, bezahlen. Jugendliche: simsen und Erwachsene ignorieren.« Am liebsten hätte ich der Frau zugerufen: »Wissen Sie noch, wie wir uns damals gefreut haben, wenn unsere Eltern mit uns ins Café gingen? Damals hatten wir die Klappe zu halten, wenn die Erwachsenen sich unterhielten! Heute sind wir schon unendlich dankbar, wenn unsere Kinder sich überhaupt noch dazu herablassen, mit uns ins Café zu gehen! Allerdings haben wir wieder die Klappe zu halten!« Ach, was hätte ich mit der Rothaarigen jetzt für eine amüsante Unterhaltung haben können, zumal wir uns offensichtlich sympathisch waren. Irgendwie wurde ich das Gefühl nicht los, sie WÜRDE schrecklich gern mit mir reden. Wenn da nicht dieser unglaublich verächtliche Blick des Jungen gewesen wäre. Dabei hatte er so ein hübsches Gesicht.

Also hielt ich tunlichst die Klappe. Die Frau klappte ihre Zeitschrift zu und begann, in ihrem Portemonnaie zu wühlen.

In diesem Moment kam auch schon Volker die Treppe hoch.

»Das ging ja schnell!«, sagte ich erfreut und gab ihm einen Kuss auf die Wange.

So, jetzt würden alle Leute sehen, welch toller Mann zu uns gehörte. Kurz schielte ich zu der Rothaarigen hinüber, die allerdings gerade zahlte.

»Die Patientin war nicht da.« Volker tätschelte Fannys blond gelocktes Köpfchen, streifte uns alle drei mit den Lippen und ließ sich aufs gegenüberliegende Sofa fallen.

»Papa!«, freute sich Paulinchen.

»Baba, baba!«, machte Fanny. Das konnten wir ihr nicht mehr austreiben. Es sagten halt alle Papa zu Volker. Wie sollten wir ihr erklären, dass ausgerechnet sie es nicht sagen sollte?

»Hi«, sagte Charlotte, ohne den Kopf zu heben.

»Die Patientin war nicht da?« Erstaunt stellte ich meine Teetasse ab.

Der stumme Bengel war auch gerade aufgestanden, wandte uns den Rücken zu und latschte desinteressiert hinter seiner Mutter her, die gerade hastig in ihren Mantel schlüpfte und bereits die Treppe hinuntereilte, ohne sich noch einmal zu uns umzudrehen.

»Nein. Obwohl wir verabredet waren. Die hat wohl unseren Termin vergessen.«

»Komm, setz dich erst mal. Was möchtest du trinken?«

Volker legte seinen Mantel ab und warf ihn über die gerade frei gewordene Stuhllehne, wo eben noch der Junge gesessen hatte.

»Einen Tee mit Rum. Na, habt ihr Spaß?«

»Die Mama ist peinlich.«

»Nein, du blöde Kuh! Ist sie nicht!«

»Bitte, Kinder. Wir unterhalten uns blendend. Nicht wahr, Fannylein?«

Fanny brabbelte etwas Zustimmendes. Volker wischte ihr fürsorglich mit der Serviette den Schokoladenmund ab.

»Ich dachte, die Frau kann gar nicht laufen?«

»Wieso?« Volker sah mich irritiert an. »Welche Frau?«

»Na, die Patientin!«

»Das habe ich nie behauptet. Sie hat nur keinen Aufzug.«

»Und wie ist sie dann aus dem Haus gekommen?«

»Herzerl. Zwischendurch geht die sicher mal aus dem Haus. Und wenn es nur hier ins Café ist. Ah, da kommt mein Tee. Haben Sie den Rum vergessen, Fräulein?« Volker rieb sich die Hände. »Ich hab nämlich jetzt Feierabend. Bringen Sie ruhig einen Doppelten.« Dann beugte er sich zu mir und küsste mich. Vor allen Leuten. Mitten auf den Mund.

Schade, dass die Rothaarige schon weg war.

19

Mama! Guck mal! Iiih! Wäääh!«
        Wir putzten gerade mal wieder die Bude der Jungs, das heißt, ich putzte, und die Mädchen bespaßten Fanny.

Ich konnte ja nirgendwo Wischwasser stehen lassen, ohne dass Fanny darüber herfiel. Sie machte vor keiner Klobürste und keinem Putzlappen halt: Alles musste angeknabbert werden. Und so kam es, dass sich Paulinchen spaßeshalber mit Fanny auf dem staubigen Boden wälzte, während Charlotte ausnahmsweise kurz beim Bettenbeziehen half.

»Das ist voll widerlich!«, stimmte Charlotte mit ein, und im Grunde meines mütterlichen Herzens musste ich ihr recht geben. Bettenbeziehen war ohnehin nicht meine Lieblingsbeschäftigung, aber Betten von zwei jungen Männern beziehen, die darin vermutlich nicht nur … äh … schliefen … Eigentlich war das eine Zumutung. Und für mich auch. Aber ich konnte die zwei Junghengste ja schlecht in ihrem eigenen Saft schmoren lassen. Ich meine, auf Dauer entwickeln sich sonst Schimmelpilzkulturen und aus diesen womöglich eine neue Art Lebewesen oder so, wie der gemeine Fußpilzgnilch. Theoretisch hätten Nathan und Emil ihre Bude längst selbst in Ordnung halten können. Aber der Penisträger an sich bezieht ja keine Betten. Wann bei jungen Menschen, insbesondere der männlichen Gattung, der natürliche Reinigungstrieb einsetzt, war mir sowieso ein Rätsel. Wahrscheinlich nie, wenn ich sie weiter davon abhielt, eigene Erfahrungen zu machen. Doch es waren Volkers Söhne. Und ich liebte Volker. Er hatte so viel für mich getan. Er war so ein wunderbarer Familienmensch. Er hatte so ein großzügiges Nest für uns geschaffen, da konnte ich es wenigstens sauber halten.

»Iiiih, Mama! Guck doch mal!«, rissen mich meine Töchter aus meinen Gedanken.

»Ja, ich mach es gleich weg. Guckt nicht hin.«

»Bäääh, ich muss kotzen!«

»Ja, dann fasst es halt nicht an! Was ist es denn?«

Mit spitzen Fingern griff ich nach dem, was Paulinchen mir reichte.

Es war eine Zeitschrift. Eine ... ähm ... nicht gerade jugendfreie Zeitschrift. Ach je. Auch das noch.

»Wo hast du das denn her?«

»Es lag unterm Bett!!«

Ach Gott. Das ging uns ja nun gar nichts an.

»Kinder, ich habe euch doch gesagt, guckt nicht hin. Bitte geht mit Fanny in den Garten, ja?«

Unwirsch riss ich Paulinchen das Magazin aus der Hand.

Das MUSSTE doch nicht sein. Meine Kinder waren ganz blass.

»WÜRG!«, schrie Charlotte im Angesicht der riesigen Penisse, die sich dem Betrachter entgegenreckten. Leder, Lack, Peitschen, nackte Hintern ... Allerdings waren nur Männer zu sehen. In Stiefeln. Mit schwarzen Lederkappen.

Oh, Gott. Und was hatte Fanny denn da in der Hand? Wo hatte sie dieses abartige ... äh ... schwarze zylinderförmige Was-auch-immer gefunden? Auch unter dem Bett? Oh, bitte nicht in den Mund ... NEIN!

»In den GARTEN! Ihr alle!«

»He, Mama, bleib mal cool, ja? Ich bin fast fünfzehn, okay? Ich weiß, was Schwule tun!«

Am liebsten hätte ich Charlotte die Zeitschrift um die Ohren gehauen.

»Mama, ist Nathan schwul?«

»Nein, mein Schatz. Natürlich nicht.« Ich nahm Charlotte tröstend in den Arm.

Der KONNTE ja gar nicht schwul sein. Weil ich es ja viel besser wusste.

»Und wenn doch? Wär' doch auch nichts dabei!« Eine sanfte Röte überzog ihr Gesicht.

»Nein, im Prinzip nicht, aber …« Ich verstummte und merkte, wie meine Wangen feuerrot glühten.

»Was aber? Bist du etwa so spießig?« Empört sah Charlotte mich an.

Mir kam ein furchtbarer Gedanke. Nein. Nein. Nein. »Nathan IST nicht schwul«, sagte ich verzweifelt. »Da bin ich mir ganz sicher.«

»Woher willst du das denn wissen?« Charlotte stieß ein herausforderndes Schnauben aus.

»OH MANN! Ich weiß es eben! Er steht auf Mädels!« Meine Stimme klang eine Idee schriller als sonst.

»Mama, das wäre doch auch okay!«, wiederholte Charlotte mit der typischen Penetranz einer Fünfzehnjährigen. »Jeder dritte Mann ist schwul!«

»Ja«, sagte ich tonlos. »Das mag wohl sein.«

Charlotte runzelte die Stirn. »Du tust ja gerade so, als ob das eine Krankheit wäre!«

»Charlotte, ich bin nur total überrascht!«

»Ich auch.« Charlotte ließ sich auf die Zeitschrift fallen und sagte: »Weißt du, wir haben so einen Typen bei uns im Ballett, der ist total nett, und der ist auch schwul. Aber alle wissen es, und der macht gar kein Geheimnis daraus. Aber der Nathan, der hat es uns nie gesagt.«

»Weil er nicht schwul IST!«, sagte ich mit Nachdruck und bemühte mich, völlig neutral zu klingen.

»Aber warum liest er dann so 'n Scheiß? Heimlich?«

»Vielleicht macht das jeder junge Mann mal«, hörte ich mich faseln. »Ich meine, man hat vielleicht so seine Phasen …«, sagte ich so leichthin wie möglich. Mein mütterliches Lächeln erstarrte zur Grimasse.

»Mama, wäre das denn SCHLIMM für dich?« Charlotte sah mich fragend an.

»Nein«, sagte ich tonlos.

Das wäre eine Katastrophe, dachte ich. Das wäre eine schier unaussprechliche Katastrophe.

»Mama, ich würde das jetzt nicht überbewerten.« Charlotte spürte genau, dass eine Welt für mich zusammenbrach. Sie wusste nur nicht, warum.

»Warum bist du dann so blass?« Charlotte schüttelte meinen Arm. »Das kommt in den besten Familien vor. Das ist doch voll normal!«

»Ich weiß.«

»Na, dann … Mama? Du zitterst ja! Kann ich was für dich tun?«

»Nein.«

»Mama, dann gehen wir jetzt erst mal hier raus.«

»Ja.«

»Die sollen ihren Scheiß alleine sauber machen.«

»Ja.«

»Mama? Bist du okay?«

»Ja.«

Charlotte fing an zu kichern. »He, Mama, stell dich doch nicht so an! Ich mag Schwule! Außerdem ist er doch gar nicht dein Sohn«, hörte ich Charlotte wie aus weiter Ferne zu mir sagen. »Du musst dich nicht schämen.«

Wir gingen hinüber zu unserem Haus. Die kühle Luft traf mich wie eine Ohrfeige.

»Das kann dich im Grunde gar nicht kratzen! Wir müssen nur schauen, dass Papa nicht genau so zusammenbricht wie du!«

Oh, der wird zusammenbrechen!, dachte ich. Mir entfuhr ein trockenes Schluchzen.

»Fang du nicht auch noch an zu heulen, du blöde Kuh«, herrschte Charlotte ihre Schwester an, die mit Fanny auf der Treppe saß. Die kleine Fanny war entweder die Tochter eines Schwulen oder die Tochter eines Lügners. Letzteres war deutlich schlimmer … und viel wahrscheinlicher. Mir wurde schwarz vor Augen.

»Die Mama klappt mir hier zusammen! Pack mal mit an!«

An die nächsten Minuten kann ich mich kaum noch erinnern. Ich weiß nur, dass ich irgendwann allein im Auto saß.

Wiebke stand mit dem Rücken zu mir in ihrer Apotheke und hantierte mit irgendwelchen Fläschchen herum. Man sah nur ihren Hinterkopf mit dem grauen Haaransatz. Aber ich sah auch nicht besser aus. Meine Gesichtsfarbe war grün, mein Mund völlig ausgetrocknet, und meine Haare klebten mir am Kopf. Zur Erinnerung: Ich kam gerade vom Putzen. Und zur noch besseren Erinnerung: Für mich war gerade eine Welt zusammengebrochen. Meine Welt. Zum Glück waren keine Kunden im Raum.

»Na, so eine Überraschung!«, sagte sie ohne jedes Lächeln im Gesicht.

»Ich wollte gerade abschließen.« Sie warf einen Blick auf die Uhr an der Wand und kletterte ihre kleine Stehleiter herunter. Es war zwei Minuten vor sechs.

»Kann ich dich mal kurz sprechen?« Ich hörte meine Stimme wie aus weiter Ferne.

»Ist was passiert?« Wiebke stellte ihre Fläschchen auf den Verkaufstresen und kam erschrocken auf mich zu. »Du kippst mir hier doch jetzt nicht um?«

Sie packte meinen Arm. »Du bist doch noch nie zu mir in die Apotheke gekommen!« Sie lachte bitter.

»Es ist wegen Nathan …«

»Hat er was angestellt?« Wiebke vergrub ihre Hände in den Kitteltaschen. »Hier, setz dich«, sagte sie und wies mit dem Kopf auf einen Stuhl in der Ecke.

»Ich habe beim Saubermachen …« Meine Stimme versagte. Ich räusperte mich verzweifelt.

»Brauchst du ein Glas Wasser?«

»Nein, geht schon.« In dem Moment, in dem ich auf den Stuhl sank, überkam mich eine bleierne Müdigkeit. Plötzlich glaubte ich, nie mehr von diesem Stuhl aufstehen zu können. Aber das wollte ich auch gar nicht. Ich wollte für den Rest meines Lebens hier hinter der Apothekentür auf einem Stuhl für Gehbehinderte sitzen bleiben. Mit Blick auf das Blutdruckmessgerät und die Stützstrümpfe.

Wiebke brachte mir ein Glas Leitungswasser. »Hier. Trink erst mal.«

Hastig schlürfte ich das Wasser. Meine Hände zitterten so, dass etwas davon auf ihren Kittel spritzte. Sie trat einen Schritt zurück.

»Was ist mit Nathan?«

»Das wollte ich dich fragen.« Langsam hob ich den Kopf und schaute verzweifelt in ihre kalten grauen Augen.

»Du meinst, dass er schwul ist?«

»Das wusstest du?«

»Natürlich! Du etwa nicht?«

Wiebke trat einen weiteren Schritt zurück, lehnte sich an ihren Tresen und verzog das Gesicht zu einem mitleidigen Lächeln. »Hast du irgendein Problem damit?« Ihre Finger trommelten auf die Glasplatte.

»Nein, also grundsätzlich überhaupt nicht …«

»Also?«

»Es ist nur so, dass ich …« Ich schüttete den Rest des Wassers in mich hinein und drehte das Glas in meinen Händen. »Ich bin einfach so geschockt.«

»Was hast du beim Saubermachen gefunden?«, fragte Wiebke, griff nach einem Tiegelchen, öffnete es und roch daran. Sie tat so, als wäre das hier eine Tupperparty.

»Also eigentlich hat Paulinchen … Die ist mit dem Baby unter dem Bett herumgekrochen …«

Wiebke schüttelte tadelnd den Kopf, während sie sich einen Tupfer Creme auf den Handrücken strich.

»… und hat so ein … ähm … Schmuddelmagazin gefunden, mit eindeutigen Fotos.«

»Was lässt du deine kleinen Kinder auch unter die Betten meiner Söhne krabbeln?«

Wiebke verrieb die Creme und roch prüfend daran.

»Wiebke, wir stehen völlig unter Schock!«

Täuschte ich mich, oder glitt ein zufriedenes Grinsen über ihr Gesicht?

»Vielleicht hätte dich Volker über die Neigungen unseres Sohnes informieren sollen?«, spottete Wiebke. »Hier, riech mal!« Völlig betäubt schnupperte ich daran. Ein widerlich-medizinischer Duft drang mir in die Nase, und mir zog sich der Magen zusammen.

»Die habe ich neu im Sortiment. Wenn du willst, schenke ich dir ein Pröbchen.«

»Wegen Nathan … Ich meine, das haut mich total aus den Puschen.« Verzweifelt schob ich diesen übel riechenden Tiegel aus meiner Nähe.

»Also, Barbara, wenn das alles ist … Wie gesagt, ich wollte gerade schließen. Nathan ist schwul. Dass er damit nicht hausieren geht, ist seine Entscheidung, die offensichtlich auch Volker respektiert. Und wenn du in seinem Schlafzimmer rumschnüffelst und auch noch deine Kinder dazu animierst …«

»Ich habe sauber gemacht!«, hörte ich mich kreischen.

Wiebke stemmte die Hände in die Hüften. »Warum leistest du dir keine Putzfrau?«

»Weil …, weil ich wegen des Babys zu Hause bleiben muss. Weil ich nichts mehr verdiene. Weil Volker ohnehin so viele Ausgaben hat …«

Wiebke schüttelte spöttisch den Kopf, griff nach dem Schlüsselbund neben der Kasse und klapperte damit.

»Wenn du also sonst nichts Dringendes brauchst – die Superluxushandcreme willst du offensichtlich nicht …«

»War Nathan…« Irgendwie schaffte ich es aufzustehen. »War er schon immer …?«

»Schwul? Ja.«

»Hat er eventuell früher mal…«

»Du meinst, ob er es vorher mit Mädels probiert hat?«

»Ja?!« Ein letzter schwacher Hoffnungsschimmer machte sich in mir breit.

Doch Wiebke schüttelte den Kopf, ohne mit dem Lächeln aufzuhören. »Lass mich überlegen … Ähm, nö.«

»Es ist also völlig unmöglich, dass er jemals …«

»Wenn es dich beruhigt: Er ist seit Längerem fest liiert, mit einem älteren Herrn aus dem Bridgeclub. Er heißt Franz und fördert Nathan, auch mit Geld.« Ihre Augen wurden zu schmalen Strichen. »Du hast dich sicher schon gewundert, woher er das Geld für seine Markenklamotten und seinen Lebensstil nimmt. Volker und ich sind nicht wirklich glücklich darüber, aber Nathan ist erwachsen. Immerhin hat er uns versprochen, vorerst nicht mit diesem Franz zusammenzuziehen, und hat sich auf das Fertighaus eingelassen, das Volker für unsere Söhne gekauft hat.«

Jetzt sank ich wieder zurück auf den Stuhl. »Seit … äh … wann, sagst du, ist er mit diesem … Franz zusammen?«

»Seit etwas über drei Jahren.«

»Aber warum habt ihr mir das nie erzählt?«

»Warum sollten wir?« Sie stieß ein entrüstetes Schnauben aus. »Nathan ist UNSER Sohn!« Es folgte ein höhnisches Lachen: »Weißt du, ALLES kannst du mir nicht wegnehmen, Barbara.« Sie begann wieder ihre Parfümpröbchen aufeinander zu stapeln.

Plötzlich fuhr sie herum. »Das dicke Ende kommt noch – warte nur!«

Ihre Augen waren zwei glühende schwarze Kohlen. Was meinte sie damit? Was sollte das bedeuten?

»Ich habe gedacht, er … Also Volker hat mir versichert …«

Oh, Gott. Was tat ich hier eigentlich? Wieso war ich hergefahren? Was hatte ich mir davon erhofft? Trost? Einen Rat? Eine Aussprache von Frau zu Frau? Wie naiv war ich jetzt schon wieder? Sollte ich dieser Frau etwa vertrauen? Sie um Hilfe bitten? Um Beistand? Ich wischte mir den kalten Schweiß von der Stirn. Weidete sich diese fiese Wiebke nicht längst an meinem Unglück, während ich noch überlegte, ihr die Sache mit Lisa zu erzählen? Davon, dass ich den schrecklichen Verdacht hatte, Lisa und Volker hätten ein Geheimnis vor mir? Von dem … Kuckuckskind, das er mir ganz offensichtlich untergeschoben hatte? Das ich in mein Herz geschlossen hatte wie mein eigenes und wofür ich alles andere vernachlässigt hatte? Meine Arbeit, meine Interessen, meine eigenen Kinder …

Wiebke war niemand, dem ich mein Herz ausschütten konnte.

Das Telefon klingelte, und ich zuckte zusammen. Wiebke ging hinter ihren Verkaufstresen und nahm ab. »Nöterich-Wieser-Apotheke? Ja, die sitzt hier.«

Ich hielt die Luft an: Volker.

»Nein. Wieso sollte ich … Das ist doch nicht mein Bier … Nein, ihr geht es gut.«

Also, falls sie von mir redete, log sie wie gedruckt. Mir ging es NICHT GUT, und das konnte sogar ein Blinder sehen.

Wiebke hielt mir fragend den Hörer hin, aber ich schüttelte nur mechanisch den Kopf. Ich konnte jetzt unmöglich mit Volker sprechen. Alleine die Tatsache, dass er Wiebke anrief, wenn er nach mir suchte, brach mir das Herz. Die beiden steckten noch viel tiefer unter einer Decke, als ich befürchtet hatte.

»Sie ruft dich später an. Ich will jetzt hier schließen.« Wiebke knallte den Hörer auf und wirbelte zu mir herum.

»Volker hat mir auch schon so einiges versichert.« Jetzt lachte sie wieder ihr hartes, verbittertes Lachen, in dem eindeutig Schadenfreude mitschwang.

»Wenn ich da an Gerlinde denke …« Sie schüttelte den Kopf und biss sich auf die Lippen.

Mich interessierte keine Gerlinde. Von alten Kamellen wollte ich jetzt nichts hören. Nein, Wiebke war keine Freundin, und sie würde nie eine werden.

»Ich an deiner Stelle würde Nathan den Putzeimer in die Hand drücken und ihn endlich erwachsen werden lassen«, sagte Wiebke, während sie den Schlüssel in die Tür steckte. »Die Art und Weise, wie du dich an die Kinder klammerst, ist nicht gesund. Was du mit deinen Töchtern machst, ist deine Sache, auch wie du deine Nachbarin vereinnahmt hast und ihr Kind mit dazu …«

Ihre Augen hatten so einen merkwürdigen Glanz. Wusste sie etwa schon länger …?

Ich zuckte zusammen. Sie war eingeweiht?! Es machte ihr Freude, mich so am Boden zu sehen!

Wiebke knöpfte ihren Kittel auf. Ein unmissverständliches Zeichen für mich, zu gehen.

»Wie auch immer. Meine Söhne sind erwachsen.« Sie warf den Kittel in die Ecke. »Sie leben auf Volkers Grund und Boden. Ihre sexuellen Neigungen sind ihre Privatsache – also warum hältst du dich da nicht einfach raus?« Wiebke öffnete die Apothekentür.

Das Glöckchen schrillte mir zum Abschied in den Ohren. Woher ich die Kraft nahm, hoch erhobenen Hauptes an ihr vorbeizugehen, weiß ich nicht.

20

Das Nieseln vor der riesigen Panoramascheibe hatte etwas Beruhigendes. Seit Stunden nieselte es. Oder waren es schon Tage?

Die stumme, blasse, verstörte Frau mit den strähnigen Haaren, die im Bademantel im Liegestuhl des leeren Wellnessbereichs saß und vor sich hin starrte, war ich. Volker hatte mich belogen. Er steckte mit Wiebke unter einer Decke. Nathan war nicht der Vater von Fanny, sondern Volker. Lisa, meine beste Freundin, und Volker, mein geliebter Mann, hatten mich belogen und benutzt. Ich war komplett unfähig, irgendetwas zu unternehmen, etwas zu entscheiden. In mir war alles abgestorben.

Ich befand mich im einsam gelegenen Berghotel Vollererhof oberhalb von Salzburg. »Zum Ausspannen und Abschalten«, wie es im Prospekt hieß. Ich war im Sommer öfter mit den Kindern hier gewesen, zu langen Wanderungen durch Wiesen, Wälder und Auen, von St. Jacob am Thurn bis zur Erentrudis- und Fageralm. Anschließend hatten wir auf der Sonnenterrasse ein entspanntes Abendessen eingenommen. Doch jetzt, im Februar, lag das Kurhotel in einer Art vernebelter Mondlandschaft. *Winterreise*, Schubert. *Gefrorne Tropfen fallen von meinen Wangen ab: Ob es mir denn entgangen, dass ich geweinet hab?*

Alles in meinem Leben hatte aufgehört: die Freude. Die Liebe. Das Gefühl von Geborgenheit und Vertrauen.

Ich hatte Charlotte auf dem Handy angerufen, sobald ich wieder dazu in der Lage war: »Mir geht es nicht gut, Liebes. Ich bleibe ein paar Tage weg.«

»Aber Mama, wie stellst du dir das vor? Du kannst doch nicht einfach abhauen!«

»Doch. Es ist ein Notfall.«

»Mama!! Hast du Krebs?«

»Nein. Aber mein Herz ist todkrank. Ich brauche ein paar Tage für mich.«

»Ist es wegen Nathan? Der sitzt in der Küche und will wissen, woran er jetzt schon wieder schuld ist. Soll ich ihn dir geben?«

»Nein. Sag ihm, er ist an nichts schuld.«

»Soll Papa dich anrufen?«

»Nein.«

»Aber Papa will dich unbedingt sprechen! Er muss dir was erklären!«

»Später vielleicht.«

»Aber wer soll sich um das Baby kümmern?«

»Ich weiß nicht …«

»Mama, das ist doch nicht dein Ernst! Wir haben Schule!«

»Hör zu, Charlotte. Hör mir genau zu: Du bist fünfzehn, und Pauline ist elf. Ihr schafft das.«

In dem Moment hörte ich Emils Stimme im Hintergrund. »He, Leute, was gibt's zu essen?«

»Nix! Die Mama ist abgehauen …«

»Allerliebste Stiefmama?« Emils gute Laune drang an mein Ohr, konnte mich jedoch nicht wirklich erreichen.

»Emil, ich brauche deine Hilfe«, sagte ich. »Mir geht es nicht gut. Ihr müsst ein paar Tage ohne mich auskommen.«

»Ähm … klar.« Ich hörte, wie Emil sich am Kopf kratzte. »Das kriegen wir hin. Ich bin vormittags zu Hause, die Mädels nachmittags, Papa abends. Mit Nathan würde ich eher nicht rechnen.«

»Nein.«

»Bist du irgendwie sauer?«

»Auf dich ganz bestimmt nicht.«

»Gut, dann ruf mich an, wenn ich dir irgendwie helfen kann.«

»Emil?«

»Ja?«

»Du bist etwas ganz Besonderes.«

»Och. Die einen sagen so, die anderen so.«

Das war mein letzter Kontakt zur Außenwelt gewesen. Danach hatte ich das Handy ausgeschaltet und in die hinterste Ecke meiner Nachttischschublade gelegt.

Er hatte mir das angetan.

Er hatte mir das wirklich angetan.

Volker, den ich über alles liebte.

Und Lisa. Meine beste Freundin. Meine Schutzbefohlene. Meine entzückende kleine Nachbarin. Die ich vom ersten Tag an ins Herz geschlossen hatte. Der ich die Mutter ersetzen wollte. Der ich die Karriere geebnet hatte. Für die ich meine Interessen aufgegeben, meine Karriere an den Nagel gehängt hatte.

Diese Lügen. Diese permanenten Lügen.

Wann waren sie zusammen gewesen? Wo? In unserem Haus? In ihrem? War er ihr nachgereist? Natürlich. Die Entspannungsübungen, bei denen ich nicht stören durfte. Mir war einfach nur schlecht. Alles, was er mir über Nathan erzählt hatte, traf auf ihn selbst zu! ER hatte Lisa zufällig wiedergesehen, als sie in das Fertighaus zog! DESHALB war er die ganze Zeit so dagegen gewesen! Mir schwirrte der Kopf. Ein Puzzleteilchen nach dem anderen fügte sich zusammen, und ich bekam ein immer klareres Bild.

NATÜRLICH! Wie ungehalten er anfangs auf Sven reagiert hatte. Mit DOKTOR Wieser hatte er sich vorgestellt! Um dem Rivalen zu zeigen, wer hier die älteren Rechte hat! Bis er begriff, dass Sven in Zukunft viel weg sein würde. Kapitän, ah so! Dann war die zufällige Nachbarschaft zu seinem kleinen Seitensprung Lisa vielleicht doch gar nicht so blöd?

Mein Magen krampfte sich immer mehr zusammen. Ich würde nie wieder etwas essen können. Meine Atmung ging flach. Mein ganzer Körper funktionierte nur noch auf Sparmodus. Wahrscheinlich befand ich mich in einer Art Winterstarre.

Wo mochte er sie kennengelernt haben? Gelegenheiten hatte Volker genug: Kongresse, Wanderausflüge, Skitouren, Patientinnen ohne Ende. Irgendwann hatte er sie halt vernascht. In der Hoffnung, sie nie wiederzusehen. Und dann wollte es das Schicksal, dass ihr Mann Sven unser Nachbargrundstück erbte! Dass sie nebenan einzogen! Ich stöhnte. Wie er mir immer wieder gesagt hatte: Lass es nicht so eng werden mit ihr. Jetzt wusste ich, dass es seine eigenen Ängste waren, die da aus ihm gesprochen hatten. Er wollte es nicht so eng werden lassen mit seiner kleinen Liebschaft! Und ich dumme Kuh freundete mich in meinem mütterlichen Kümmerwahn immer enger mit ihr an! Ich musste wieder daran denken, wie ich Volker mit glänzenden Augen erzählte, dass Lisa schwanger war. Ich schluckte einen Kloß von der Größe eines Tennisballes hinunter.

Nicht NATHAN hatte da im Hafen von Kopenhagen gestanden und einen Vaterschaftstest gefordert. Volker! Nicht Sven hatte Lisa betrogen, wie sie mir das die ganze Zeit weismachen wollte. Volker hatte MICH betrogen. Erst zufällig vielleicht, dann systematisch. Seit wann ging das so?

Als Lisa wusste, dass sie von ihrem einmaligen Seitensprung mit Volker schwanger war und nicht von ihrem Ehemann Sven, reagierte sie mit einer Kurzschlusshandlung. Sie wollte das Kind wegmachen. Sie rief nachts Volker an. Um ihn unter Druck zu setzen? Oder war sie wirklich so furchtbar verzweifelt? Wie sehr musste Sven gelitten haben! Da zog er frisch verliebt und glücklich in sein Fertighaus, und der Nachbar ist sein Nebenbuhler! Er ist sogar der Vater des Kindes, auf das er sich so freut! Ab wann wusste Sven von dieser Sache? Und ich hatte ihn auch noch beschimpft und aus dem Haus geworfen! Und Volker aufgefordert, von Sven Alimente zu fordern!

Ich musste die Augen schließen. Ich war auf sie hereingefallen! Ich selbst hatte Lisa getröstet wie eine Mutter, ihr gut zugeredet, das Kind zu behalten. Ich war sogar bei der Geburt dabei gewesen …

Mein Herz setzte wieder und wieder aus, als mich eine Erkenntnis nach der anderen überrollte. Ich hatte ihnen alle Wege geebnet. Sie hatten sich geliebt, während ich ihr Kind im Kinderwagen ausgefahren hatte! Sie waren zusammen verreist, während ich ihr Kind gehütet hatte! Der Kongress in Athen! Der Rheumasymposium in Tunesien! Die Wandertour mit Felix! Alles gelogen!

Wie Volker in dieses Konzert gerannt war und mich wie einen begossenen Pudel draußen stehen ließ!

Wer zu spät kommt, den bestraft das Leben.

Das war alles meine Schuld. Ich hatte mir das selbst eingebrockt. Ich hatte ihnen nicht nur den kleinen Finger – ich hatte ihnen beide Hände gereicht. Ich Riesenidiotin! Warum? Warum hatte ich nichts bemerkt?

Wieder bohrte sich mir Wiebkes schadenfroher Blick ins Herz. Sie hatte es gewusst. Schon lange. Sie hatte es genossen, mich ahnungslosen Wurm am Haken zappeln zu sehen.

Aber wie sollte es nun weitergehen? Wie sollte es jetzt bloß weitergehen?

Törichte Hoffnungen keimten in mir auf: Ich könnte so tun, als hätte ich es nie erfahren. Ich könnte das Spiel einfach weiterspielen. Weiterhin die Frau von Doktor Wieser sein. Stolz mit Kindern und Kuckuckskind durch die Stadt ziehen und im Café sitzen. Seht her, was für eine wunderbare Patchworkfamilie wir sind.

Nein, ausgeschlossen.

Aber was dann?

Ich musste darüber nachdenken. Ich konnte nicht nach Hause zurückkehren. Ich war noch nicht in der Lage, Volker zu begegnen. Ich war noch nicht mal so weit, ans Handy zu gehen und die Mailbox abhören zu können.

Doch was, wenn sie zu Hause nicht ohne mich zurechtkamen? Ich sah mein kleines Fannymädchen nach mir weinen, Charlotte und Paulinchen. Mir brach das Herz. Aber war mein Herz nicht schon in tausend Scherben zerbrochen?

Das kann eine Mutter doch nicht machen, ihre Kinder einfach so im Stich lassen, hörte ich Leonore schon zetern. Du kannst nicht einfach so abhauen, Barbara. Reiß dich zusammen! Wir Frauen haben uns nie so gehen lassen, wenn uns mal was gegen den Strich ging. Glaubst du, so ein gut aussehender Mann wie Volker begnügt sich auf Dauer mit so einer langweiligen Hausfrau wie dir? Lisa hat endlich Pfeffer in sein Leben gebracht! Sie ist jung, sie sprüht vor Energie, sie entführt ihn in die Welt der Musik, wo er hingehört! Übrigens hätte ich selbst sogar fast mal mit Rudolf Schock gesungen!

Doch ich reagierte nicht. Ich stand unter Schock. Ich reagierte auf gar nichts. Ich saß nur da. Am liebsten hätte ich mich lautlos in Luft aufgelöst, während die karstige, nassgraue Mondlandschaft draußen in Dunkelheit versank.

»Fasten Sie auch?«

»Wer? Ich?« Ich zeigte mit dem Finger auf mich und sah mich gleichzeitig suchend um.

»Ja, Sie! Ich sehe Sie nun schon seit einer Woche hier sitzen und wundere mich, warum ich Sie nie in der Fastengruppe treffe!«

»Ich … ähm … faste nicht.«

»Na, aber essen tun Sie auch nicht.«

»Nein.«

Die dunkelhaarige Frau im Bademantel hatte am Fenster gesessen und gelesen, bevor sie mich nach einem Saunagang angesprochen hatte. Wahrscheinlich war sie schon genauso lange hier wie ich, aber ich hatte sie einfach nicht bemerkt.

»Annette Sprengler«, sagte sie und streckte mir ihre noch feuchtwarme Hand entgegen.

»Wissen Sie, Sie machen mir langsam Sorgen.«

»Das tut mir leid«, antwortete ich verzagt und brach sofort in Tränen aus.

Oje. Das hatte ich schon befürchtet. Ich vergrub mein Gesicht im Bademantelärmel und schluchzte Rotz und Wasser hinein.

Annette Sprengler zog ihren Liegestuhl neben meinen. »So schlimm?«

»Sie wollen das nicht wirklich hören«, krächzte ich heiser. Dass ich überhaupt noch sprechen konnte!

»Doch. Ich habe Zeit. Das nächste Schlückchen Gemüsebrühe gibt es erst wieder in drei Stunden.«

»Ist Ihr Buch so langweilig?« Ich riskierte ein windschiefes Lächeln.

»Ausgelesen. Endlich.« Sie lächelte entschuldigend. »Total langweilig. Immer dasselbe. Da haben Sie bestimmt Interessanteres zu erzählen. Ich langweile mich hier schon seit Tagen!«

Und dann ging es auf einmal ganz schnell. Alles sprudelte und floss mitsamt den Tränen aus mir heraus, und ich redete mir von der Seele, was so lange in mir gegärt hatte. Wie lange wir in unseren Bademänteln dasaßen, weiß ich nicht. Annette Sprengler hörte mir einfach nur zu. Ihre dunklen Augen blickten mich warm und teilnahmsvoll an. Zwischendurch holte sie uns einen tröstenden Kräutertee. Es tat unendlich gut, wieder ins Leben zurückzukehren, mich aus meiner Totenstarre zu lösen.

Schließlich sagte Annette Sprengler überwältigt: »Das ist ja ein Ding!«

Ich presste die Lippen zusammen und sah sie abwartend an. In diesem Moment erwartete ich von ihr, dass sie mein ganzes Lebensknäuel entwirrte, was natürlich heillos überzogen war.

»Das ist ja wirklich ein irres Ding«, wiederholte mein seelischer Mülleimer. »Was wirst du jetzt machen?«

Ich ließ den Kopf hängen. »Ich weiß nicht, Annette. Sag du es mir.«

Sie schlürfte geräuschvoll ihren Tee und sagte dann: »Also wir Mädels aus der Fastengruppe haben für morgen eine Seherin bestellt.«

»Eine Seherin.« Mechanisch drehte ich den Kopf und sah sie mit müden Augen an.

»Nur so, weil uns fad ist.«

Das war doch nicht ihr Ernst, oder? Sie konnte mir doch jetzt nicht mit so einem seichten Vorschlag daherkommen? Ich hätte ihr nichts erzählen sollen. Es hatte alles keinen Zweck.

»Nur so zum Spaß«, beeilte sich Annette zu sagen und berührte meinen Arm. »Trotzdem, Barbara: Die hat's voll drauf, die hat schon so oft ins Schwarze getroffen. Du wirst sehen, die sagt dir, wie es in deinem Leben weitergeht.«

»Ich glaub an so was nicht.«

»Weil du es noch nie probiert hast.«

»Das ist reine Zeitverschwendung«, sagte ich mit leerem Blick.

»Und was ist das hier?« Annette machte eine weit ausholende Geste. »Hier rumsitzen und durch die Glasscheibe starren? Worauf wartest du? Dass du die Zeit zurückdrehen kannst?«

Ich zuckte wortlos mit den Schultern.

»So probier es doch einfach!« Annette zupfte liebevoll an meinem Bademantelzipfel. »Du hast doch nichts zu verlieren!«

Wo sie recht hatte, da hatte sie recht. Ich hatte wirklich nichts mehr zu verlieren. Weil ich schon alles verloren hatte.

21

Die Seherin hieß Maria Dornwald und sah eigentlich ganz normal aus. Sie hatte weder eine Katze auf der Schulter sitzen noch eine Warze am Kinn. Die ältere, rundliche Frau mit den rötlichen Haaren und der Brille hätte gut eine von Volkers Patientinnen sein können. Nachdem die anderen Mädels aus der Fastengruppe, etwa sieben an der Zahl, alle bereits mit Maria durch ihren persönlichen Dornwald gegangen waren – in der Hoffnung, dass auch ihre Dornen eines Tages wieder Rosen tragen würden – und bei Fastentee und Dörrpflaumen eifrig ihre Zukunft diskutierten, gab mir meine neue Freundin Annette einen Schubs. »Los. Und jetzt du. Keine Angst, Barbara! Sie beißt nicht! Lass dich einfach auf sie ein!«

Unsicher schlich ich auf Maria Dornwald zu, die mir sogleich lächelnd die Hand reichte und auf den Stuhl am Kamin wies. »Sie sind zurzeit schrecklich unglücklich.«

Gut, das war schon mal richtig. Aber so schwer war das nun auch nicht zu erkennen, schließlich war ich ihr nicht gerade jubelnd um den Hals gefallen. Und wer eine Seherin konsultiert, ist per se unglücklich. Das ist so ähnlich wie beim Zahnarzt: Nur diejenigen, die wirklich Schmerzen haben, gehen aus freien Stücken hin.

»Sie haben gerade eine fürchterliche Enttäuschung erlebt«, orakelte Maria Dornwald.

Gut, schon wieder richtig. Aber jetzt bloß nicht losheulen!

Verdammt, meine Mundwinkel zitterten schon wieder. Dabei hatte ich mich zum ersten Mal seit einer Woche heute wieder ein wenig zurechtgemacht. Diese Seherin sollte schließlich kein zu leichtes Spiel mit mir haben.

Dann kam ihr dritter Standardspruch: »Jemand hat Ihre Liebe und Ihr Vertrauen entsetzlich missbraucht.«

Oh. Auch das war richtig. Ob Annette ihr bereits alles verraten hatte?

»Das hat mir niemand gesagt, das sehe ich Ihnen an«, las die Seherin meine Gedanken. »Sie sind geradezu sträflich vertrauensselig gewesen und haben sich vollkommen ausnutzen lassen. Sie haben unendlich viel Liebe in sich, die Sie manchmal den falschen Leuten schenken.« Frau Dornwald sah mir tief in die Augen und sagte dann: »Sie verschenken sie nicht nur, sondern drängen sie anderen regelrecht auf. Das wissen Sie, oder?«

Nein. Mir verschlug es die Sprache.

Ich? Jemandem meine Liebe aufdrängen? Nicht doch. Ich schluckte. Gut, das war zwar jetzt wirklich alles zutreffend, aber das war ZUFALL. Auf JEDE unglückliche Frau mittleren Alters passten die von ihr gedroschenen Phrasen. Nicht umsonst gibt es ein Buch mit dem Titel »*Warum Frauen zu viel lieben und Männer zu oft einparken*« oder so ähnlich.

»In Ihrem Fall ist der Betrug doppelt schlimm«, fuhr Maria mit ihrer düsteren Diagnose fort. »Denn es waren mindestens zwei Menschen, denen Sie vertraut und die Sie hintergangen haben. Und weitere haben davon gewusst.«

»Ja.« Innerlich hörte ich auf, mich gegen sie zu wehren. Woher wusste sie das bloß? Nun war ich endgültig platt. Las sie mir das gerade alles von der Stirn ab, oder was?

»Es gibt aber auch Menschen in Ihrem Leben, die Sie bedingungslos zurücklieben«, fuhr Maria ernsthaft fort. »Ihre Kinder.«

Mir schossen die Tränen in die Augen. »Wie viele?« fragte ich probehalber.

»Sie haben mehrere, aber nur bei zweien sehe ich diese bedingungslose Liebe. Nein, bei dreien. Oder …« Sie runzelte die Stirn und sah dann letztlich: »… vier.«

»Aha.« Schniefend wischte ich mir verstohlen eine Träne aus dem Augenwinkel. Charlotte, Pauline, Emil, Fanny. Die liebten mich bedingungslos. Woher KONNTE diese Frau das nur wissen?

»Diese Kinder sind ahnungslos, sie leben das Leben, das Sie ihnen bieten«, stellte Maria sachlich fest. »Wenn Sie ihnen ein anderes Leben bieten, werden sie auch das mit Ihnen teilen. Sie wollen nur in Ihrer Nähe sein.«

»Ja.«

»Sie haben diese Kinder aber in letzter Zeit vernachlässigt, weil Sie sich mehr um andere Menschen gekümmert haben, als Ihnen gut tut. Einer ist groß, der braucht Sie nicht mehr. Aber auch ihn sehe ich in Zukunft in Ihrer Nähe.«

»Emil.« Jetzt war ich aber wirklich fassungslos. Mein Herz polterte wild.

»Und mit einem Kleineren stimmt etwas ganz und gar nicht.« Fanny. Wenn sie jetzt sagen würde: »Sie haben sich ein Kuckuckskind ins Nest legen lassen und brüten es auch noch aus, Sie dumme Drossel!«, würde ich laut um Hilfe schreien.

»Warum haben Sie das getan?« Frau Dornwald legte ihre Hand auf die meine.

»Ich weiß nicht …« Ich zuckte verängstigt zurück.

»Wollen Sie es hören?«

»Nicht wirklich …«

»Sie haben das getan, weil Sie allen gefallen wollten«, sagte Maria Dornwald tadelnd und sah mir direkt in die Augen. »Sie haben auf Ihre Weise im Mittelpunkt stehen wollen – unbewusst natürlich!« Sie hob abwehrend die Hände, als ich kopfschüttelnd widersprechen wollte.

ICH? Im Mittelpunkt stehen? Niemals! Das war ja wohl … Also, Leonore wollte im Mittelpunkt stehen. Schließlich hatte sie mal FAST mit Rudolf Schock gesungen. Und Lisa. Und WIE die im Mittelpunkt gestanden hatte! Von Volker ganz zu schweigen. Und die Kinder wollten sowieso immer im Mittelpunkt stehen – das lag ja in der Natur der Sache. Aber ich – ich war doch nur für alle der Steigbügelhalter gewesen.

»Sie wollten sich unentbehrlich machen und sind dabei entbehrlich geworden.«

Tja. Da sagte sie was. Diese Frau Dornwald hatte es wirklich drauf. Unauffällig putzte ich mir die Nase. Die Tränen kullerten mir bereits wieder aus den Augen.

»Sie haben das Band der Liebe überdehnt. Und es ist gerissen.«

Ich schnäuzte mich geräuschvoll in ein neues Taschentuch und zerknüllte es wie die anderen, die sich bereits als feuchtklebrige Masse auf meinem Schoß türmten.

»Erstens: Sie müssen jetzt wieder viel mehr an sich denken. Was ist mit Ihren beruflichen Träumen? Sie haben früher einmal etwas gemacht, das mit fernen Ländern zu tun hatte.«

»Stimmt«, schluchzte ich auf. Wie KONNTE sie das wissen? Sie wurde mir immer unheimlicher.

»Sie haben sich für jemanden vollkommen aufgegeben«, fuhr Maria kritisch fort. »Und dieser Jemand hat sich auf Ihre Kosten voll ausgelebt. Bis der Preis zu hoch wurde.« Sie schüttelte traurig den Kopf: »Sie haben sich belügen lassen, aber auch selbst belogen. Sie haben GEAHNT, dass etwas nicht stimmt, aber Sie wollten der Wahrheit nicht ins Auge sehen. Jemand hat Sie mit Erfolg immer wieder geblendet.«

»Ja«, heulte ich überwältigt auf. »Stimmt!«

»Er wird versuchen, Sie weiter vor seinen Karren zu spannen, weil er Charme hat und alle Welt um den Finger wickelt. Er ist ein Mensch mit mehreren Gesichtern, und er liebt Sie wirklich, aber Sie müssen jetzt stark bleiben und an sich und Ihre Kinder denken.« Dieser Satz nistete sich in meinem Kopf ein wie eine Schlange. Volker liebte mich wirklich. Aber er belog und benutzte mich pausenlos! Ich weinte hemmungslos. Ein voll geheultes Papiertaschentuch nach dem anderen flog in den Kamin. Volker hatte zwei Gesichter! So was GAB es! Erst vor Kurzem hatte man in allen Klatschzeitungen über einen prominenten Wetteransager gelesen, der lauter ahnungslose Frauen miteinander betrogen hatte. Wie blöd müssen diese Frauen sein, hatte ich noch kopfschüttelnd gedacht.

»Sie sollten diesen Jemand gehen lassen«, sagte Maria sanft, aber bestimmt. »Es ist der Mann, der Ihnen so schrecklich wehgetan hat. Lassen Sie ihn gehen, sonst wird er Ihnen noch mehr wehtun.«

»Ich kann nicht!«, schluchzte ich. »Wir haben gemeinsam eine Familie gegründet. Wir haben ein riesiges Haus, vier Kinder, er hat so hart für all das gearbeitet …«

»Darf ich fragen, was er von Beruf ist?«, fragte die Seherin.

Kurz erwog ich, einfach »Fliesenleger« zu sagen, dann wäre sie draufgekommen: Kachelmann! Aber so einfach wollte ich es ihr nicht machen. In meiner Verzweiflung versäumte ich es zu antworten: »Das müssten Sie doch sehen!«

Stattdessen sagte ich artig wie bei einer Behörde: »Arzt!«

Doch das beeindruckte sie nicht weiter. »Sie werden jemandem begegnen, der viel besser zu Ihnen passt.«

»Nie im Leben!« Hallo? Ein Arzt ist ein Hauptgewinn, und dafür muss man auch mal was einstecken! Das hat nicht nur Leonore gesagt, das steht auch in jedem Arztroman!

»Er ist schon ganz in Ihrer Nähe!«, beharrte Frau Dornwald.

Ich schüttelte enttäuscht den Kopf. Bisher hatte sie doch so viel Richtiges gesagt. Warum speiste sie mich jetzt mit diesem Kräuterhexengewäsch ab?

»Sie sind ihm schon einmal begegnet«, schürte sie meine Zweifel an ihren Fähigkeiten noch mehr.

»So? Und wer soll das sein?« Jetzt regte sich schon wieder Trotz in mir. Los! Name, Alter, Beruf, Adresse! Wenn sie schon

Seherin war, dann konnte sie mir doch gleich seine Handynummer geben! Dann ging das hier alles zügiger vonstatten!

»Sie haben schon mal einen Anflug von Ihrer jetzigen Traurigkeit verspürt«, erwiderte sie, ohne weiter auf meinen Angriff einzugehen. »In diesem Wolkenzipfel, der sich damals vor Ihre Sonne geschoben hatte, haben Sie seinen Schatten bereits gesehen. Sie haben seine Stimme gehört und seine Hände gespürt.«

Die Frau redete in Rätseln. Wessen Hände sollte ich gespürt haben?

»Es war aber eine sehr schmerzhafte Begegnung«, orakelte sie weiter. »Sie wollten nicht zulassen, dass Ihnen Ihre verfahrene Situation bewusst wird.«

»Ist schon gut«, wehrte ich ab. Das brachte doch nichts mehr. Ich zog die Nase hoch. »Vielen Dank für die Konsultation. Was kostet das?«

»Sechzig Euro«, sagte Maria, die Seherin.

Ich war überrascht. Dass sie das so präzise sagen konnte! Wonach berechnete sie ihr Honorar? Nach Minuten? Nach Tränen? Nach Worten? Nach konstruktiven Vorschlägen? Nach verbrauchten Tempotaschentüchern?

»Das ist ein Pauschalpreis«, las die Seherin meine Gedanken. »Für ein Erstgespräch. Später wird es dann preiswerter.«

»Interessant«, murmelte ich beeindruckt. »Eine Frage noch, Frau Dornwald: Was wird aus den Kindern?«

»Schaffen Sie ihnen ein neues kleines Nest. Nur für die, die dort hineingeboren wurden. Die anderen lassen Sie fliegen.«

»Und … werde ich wieder glücklich?« Ich schämte mich für diese Frage, aber bei sechzig Euro musste das mit drin sein.

»Sie werden im Sommer eine Überraschung erleben«, behauptete Maria Dornwald. »Wenn der Vollmond scheint. Erst eine schmerzhafte …«

Oh, Gott! Nicht noch eine schmerzhafte Überraschung! Was sollte denn NOCH kommen?

»… und dann eine wunderschöne. Sie werden eine große Reise machen. Und Sie bekommen ein Geschenk, das Sie sich schon lange wünschen.«

In meinem jetzigen Zustand fand ich ihre Vorhersage ziemlich gewagt. Kopfschüttelnd verließ ich den Raum. Ich glaubte ihr kein Wort.

An diesem Abend hatte ich das erste Mal die Kraft, mein Handy einzuschalten. Das Ding piepte ohne Unterlass.

78 Anrufe in Abwesenheit. 65 Wortmeldungen auf der Sprachbox. 102 SMS und 25 Fotos im Speicher für MMS.

Die Fotos schaute ich mir zuerst an. Sie zeigten entzückende Kinder und rührende Familienszenen bei uns am großen ovalen Esstisch: Da saßen sie eng zusammengerückt, das Baby Fanny fütternd, essend, Karten spielend. Das stimmte mich weich. Dann: Leonore am Klavier. Leonore mit Charlotte am Klavier. Leonore mit dem Baby am Klavier! Das stimmte mich verdrossen. Zuletzt: Volker mit Hundeblick. Volker mit einem ganzen Arm voller samtroter Rosen vor der Brust, die er der Kamera entgegenstreckt. Ein nutzloses Friedensangebot, das mich nur aggressiv machte.

Das Baby Fanny, mein Kuckuckskind, lachend auf dem Töpfchen sitzend, an seinem Bilderbuch kauend.

»Ihr mich auch!«, murmelte ich krank vor Sehnsucht.

Am interessantesten waren die Wortmeldungen:

»Wo bist du? Kann dich nicht erreichen. Tschau.«

»Ruf unbedingt zurück! Mach mir Sorgen. Tschau.«

»Wo um aller Welt steckst du? Die Kinder sagen, du seist verreist? Glaub ich nicht. Melde dich.«

»Lass uns reden! Hier geht langsam alles drunter und drüber.«

»Lass uns endlich reden, Barbara! So geht das doch nicht weiter!«

»Komm zurück – du gehörst hierher. Man kann alles besprechen.«

»Barbara, sei nicht albern, und komm aus deinem Schmollwinkel.«

»Ich habe inzwischen erfahren, worüber du dich so aufgeregt hast. Da hast du natürlich gewisse Schlüsse gezogen. Das ist ja wirklich extrem gelaufen. Also ruf zurück.«

»Gut, Nathan ist schwul, das hätte ich dir sagen müssen.«

»Gut, Nathan ist nicht der Vater. Aber es gibt eine Erklärung. Emil ist der Vater.«

»Nein, Quatsch, Emil ist nicht NICHT der Vater. Es hat ja doch alles keinen Zweck. Also sage ich dir die Wahrheit, wenn du mich anrufst.«

»Barbara, BITTE! Wir müssen diese Krise gemeinsam überwinden! Das kommt in den besten Familien vor!«

»Mami? Ist alles in Ordnung? Hier ist alles supi … Quatsch! Hier ist alles voll SCHEI … Klick.«

»Mami, ich bin's noch mal. Charlotte ist gerade auf dem Klo. Also, es ist alles in Ordnung, und wir kriegen das hin. Bloß dass Oma hier ist, finde ich echt total schei… Ja? Ich komme! Oh, MANN eh! Klick.«

»Wiener BLUUUT, Wiener BLUUUT! Hallo, Barbara? Das war Johann Strauß. Kann ich noch auswendig mit meinen achtundsiebzig Jahren. Na ja. Im Kopf bin ich noch superfit. Hör zu, Barbara, also fair ist das nicht, einfach so abzutauchen …«

»Mutter, was MACHST du da? Geh wieder an den Flügel! Klick.«

»Himmelherrgott, du kannst doch nicht einfach SPURLOS verschwinden! Hier drehen langsam alle durch. Also, soll ich die Polizei einschalten, oder was?«

»Was soll ich machen? Ich habe Fehler gemacht, ja, und das hat auch mit Lisa zu tun, aber das ist ja Geschichte!«

»Gib mir doch noch eine Chance! Barbara, glaub mir: Ich liebe NUR DICH! Alles andere waren Ausrutscher …«

»Barbara! Ich liebe NUR DICH! Ja, es gab andere, also, es gab EINE andere, wollte ich sagen, und das Kind ist von mir. Aber du bist die einzige Frau, mit der ich leben will! Wie kann ich dir das nur beweisen?«

»Schöne Grüße von Lisa. Es tut ihr alles schrecklich leid, und sie sagt, das sei alles ganz blöd gelaufen. Sie möchte dir das so gern erkläää … Klick«

»Hör nur, wie Fanny nach dir weint! Quäk! Schluchz! Brüll!«

»Also, Barbara, nicht nur ICH bin an der ganzen Sache schuld, ja? Das sagt auch Mutter. Du hast mich förmlich in die Arme der anderen GETRIEBEN. Ich bin auch nur ein Mann aus Fleisch und Blut. Das hast du von Anfang an gewusst. Denk dran, wie WIR uns kennengelernt haben. Ich möchte da jetzt nicht ins Detail gehen, aber im Grunde hast du deine weiblichen Waffen doch genauso eingesetzt wie Lisa. «

»Ähm … Barbara? Hier ist Nathan. Ich weiß zwar nicht, was ICH mit der ganzen Sache zu tun habe, aber wenn es dich irgendwie zurückbringt: Ich soll dir sagen, dass wir dich hier alle vermissen.«

»Barbara? Hi. Hier ist Lisa. Ähm. Also, du hast es jetzt erfahren. Ja. Jetzt geht's mir auch voll scheiße. Ich weiß jetzt auch gar nicht, was ich sagen soll. Volker hat mit mir Schluss gemacht. Er will nur dich. Ja. Das soll ich dir sagen. Ruf mich an. Es tut mir leid, ehrlich.«

»Also, Barbara, das ist jetzt MEHR als VERANTWORTUNGS-LOS! Ich bin achtundsiebzig und ich bin IMMER eingesprungen, wenn was war. Aber SO lasse ich mich auch nicht ausnutzen. Jetzt schlafe ich schon die DRITTE Nacht in eurem Haus, ich habe schon meine Operettenstunde im Seniorenheim abgesagt wegen dir, und jetzt bin ich wirklich erschöpft und muss mich hinlegen … Klick.«

»Barbara. Ich habe mit Lisa Schluss gemacht. Wir müssen einen Neuanfang machen. Komm nach Hause, dann besprechen wir in aller Ruhe, was mit dem Kind wird. Lisa ist die Mutter, und sie muss sich kümmern. Ja, ich zahle ihr Alimente, mein Gott! Ich möchte mit dir so weiterleben wie bisher. Also, Quatsch. Nicht wie bisher, aber wie früher. Komm, Barbara, du willst das doch auch! Wir brauchen dich, und wir vermissen dich.«

Das reichte fürs Erste. Alles tat mir weh. Es würde nie mehr so sein wie früher. Ich schaltete das Handy aus und warf es kraftlos aufs Kopfkissen. Er hatte es endlich zugegeben. Er und Lisa waren Fannys Eltern. Sie hatten mir ihr Kuckuckskind ins Nest gelegt, und ich hatte es aufgezogen. Sie hatten mich tausendmal belogen. Beide. Er hatte mit meiner besten Freundin geschlafen. Schon bevor sie nebenan eingezogen war und dann immer wieder. Während ich ihr Kind gehütet hatte und schön diskret mit dem Baby spazieren gegangen war, damit sie unser Haus für sich hatten! Ich sah Lisa auf einmal wieder ihren Seidenschal von unserem Bett holen. »Hier ist er also! Ich hatte schon gefürchtet, ich hätte ihn verloren.«

Die ganze Nacht lag ich auf dem Bett und starrte an die Decke.

Am nächsten Morgen war die Fastengruppe abgereist. An der Rezeption standen neue Gäste, die ich nicht kannte und auch nicht kennenlernen wollte. Ich vermummte mich mit Kapuzenregenjacke und Schal und stapfte ziellos in die Nebelsuppe hinaus. Schon bald hatte mich der barmherzige Wald verschluckt. Meine Schritte knirschten im Schnee, und der Atem stand mir vor dem Gesicht. Die Hände hatte ich tief in den Jackentaschen vergraben. Irgendwo krächzte ein Vogel. Ich fühlte mich so unglaublich einsam und verlassen! Wie in Schuberts »*Winterreise*« stapfte ich einfach ziellos vor mich hin. *Eine Krähe war mit mir ...* Sonst nichts. Niemand.

Was sollte ich tun? Was sollte ich nur tun? Jeder Schritt, den ich mich weiterschleppte, machte mich ratloser. Ob es da irgendwo einen gnädigen Felsvorsprung gab, von dem ich mich stürzen konnte? Doch wen würde ich damit beeindrucken? Wen damit strafen?

Tapp tapp tapp.

Die Tannen standen wie mitleidige Trauergäste am Wegesrand und wiegten sich raunend hin und her – wie alte Tanten, die auch nicht weiterwissen.

Ich MUSSTE nachdenken. Knirsch knirsch knirsch. Nachdenken. Jemandem nach-denken. Den Kindern. Meinen Mädchen. Sie hatten es nicht verdient, in ein solches Chaos gestürzt zu werden. Ich hatte ihnen eine heile, große, harmonische Familie bieten wollen. Ein warmes Nest, in dem nun ein Kuckuckskind saß und seinen Schnabel aufsperrte. Aber Fanny konnte doch nichts dafür! Ich verspürte einen wehmütigen Stich. Sollte ich zu Volker und den Kindern zurückkehren? Liebte er mich wirklich noch? Ich glaubte es ihm sogar. Sicher wollte er lieber mit mir weiterleben als mit Lisa. Wir waren ein eingespieltes Team. Ich war die bessere Hausfrau. Vermutlich auch die reifere Gesprächspartnerin. Die zufriedenere, dankbarere Frau. Vielleicht nicht mehr so jung und knackig, aber jemand, mit dem Volker in Ruhe alt werden konnte. Und genau das hatte ich doch auch gewollt! Aber konnte ich ihm diesen Seitensprung verzeihen? Den Seitensprung vielleicht, aber DIE LÜGE?! Den Betrug mit meiner besten Freundin? Das Kuckuckskind? Wie konnte man so etwas verzeihen? Und selbst wenn – wo wäre das Vertrauen?

Was würde aus Fanny? Sollte ich sie rausschmeißen? Oder selbst gehen? Was fühlte ich noch für Volker? Und was für Lisa? Ich hatte sie geliebt. Alle beide. Mich für sie aufgezehrt. Warum empfand ich dann keinen Hass? Keine Rachegedanken?

War ich wirklich unentbehrlich? Wollte ich unentbehrlich sein? Hatte diese Seherin recht? Hatte ich das Band der Liebe so überdehnt, dass es gerissen war?

Meine Kinder. Meine beiden Mädchen. Mit denen wollte ich leben, so viel stand fest. Falls ich überhaupt noch leben wollte. Und dazu musste ich mich erst mal durchringen.

Als ich nach Stunden durchgefroren wieder in den Vollererhof zurückkehrte, stand ungefähr ein Dutzend Personen, die offensichtlich gerade von irgendetwas Pause hatten, rauchend auf der Terrasse. Einige stopften sich eilig jene Häppchen hinein, die ein lodenbemantelter Kellner beflissen herumreichte. Das war eindeutig keine Fastengruppe. Ich schob mich zögernd an den Leuten vorbei, unschlüssig, was ich nun tun wollte. Über die nächsten fünf Schritte hinaus hatte ich keinen Plan. Geschweige denn über die nächsten fünf Minuten, fünf Tage, fünf Jahre. Die Glastür zum Seminarraum war weit aufgeschoben. Darin hockten auch noch ein paar Herrschaften, die eifrig mit farbigen Stiften auf große Blätter schrieben. Sie schienen die ganze Welt um sich herum vergessen zu haben. Einige hatten die Köpfe zusammengesteckt und berieten sich leise. Andere hefteten ihre Blätter an die Wände und lasen, was die anderen geschrieben hatten. Irgendwie fühlte ich mich zu ihnen hingezogen. Wahrscheinlich fühlte ich mich inzwischen so einsam, dass ich mich auch zu einer Gruppe Obdachloser gesellt hätte, die gerade eine Schnapsflasche herumgehen lassen. Nur um endlich wieder so etwas wie menschliche Nähe zu fühlen, betrat ich scheu den Seminarraum. Ein weißhaariger, großer Mann in Cordhosen und grob gestricktem rotem Pullover bemerkte mich. Freundlich sah er mich an. »Hallo. Suchen Sie jemanden?«

Ja. Mich. Mein weiteres Leben. Aber das werde ich hier nicht finden.

»Entschuldigen Sie die Störung …«, stammelte ich und musste die Tränen zurückdrängen. Mein Selbstbewusstsein war auf die Größe eines Stecknadelkopfes zusammengeschrumpft.

Wenn mich jetzt jemand fragte, wie es mir geht, würde ich nie mehr aufhören zu weinen.

Zwei andere Gesichter schauten von ihren Texten auf und sahen mich an. Auf einmal verspürte ich eine schreckliche Sehnsucht, hier dabei sein zu dürfen, egal worum es sich handelte. Und wenn es ein Steuerberaterseminar war über Körperschaftsteuer und die Randziffer 104 – egal! Ich wollte unter Menschen sein.

»Können wir Ihnen helfen?«

»Ich weiß nicht …« Ich stand kurz davor, dem Fremden um den Hals zu fallen und »Bitte, halten Sie mich! Halten Sie mich einfach nur fest!« zu rufen.

»Sind Sie Seminarteilgeberin?« Ich zuckte leicht zusammen. Hatte ich dieses Wort nicht schon mal irgendwo gehört?

»Was für ein Seminar ist das denn hier?«

»C und C«, sagte einer von den eben noch Rauchenden, der jetzt fröstelnd wieder hereinkam.

Aha. Also doch irgendwas Ätzendes, das ich nicht verstand und nie verstehen würde. Verkaufsstrategien bei C&A oder so. Wenn ich einfach nur hier sitzen dürfte? Und ihnen zuhören bei ihren Übungsgesprächen? Nur ein Stündchen?, dachte ich. Hauptsache, ich musste nicht wieder allein auf mein Zimmer gehen, in dem ich das Tapetenmuster schon kannte und die Maserung der hölzernen Zirbeldecke?

»Charakter und Charisma«, fügte eine rundliche Frau um die vierzig hinzu.

»Aha«, flüsterte ich beeindruckt. »Das hab ich beides nicht.« Denn sonst wäre mir dieses Drama bestimmt nicht passiert. Die Worte kamen mir merkwürdig bekannt vor. Auf einmal spürte ich ein Stechen. Ich konnte es nicht lokalisieren. Im Fuß vielleicht? Jetzt war ich wirklich kurz vor dem Wahnsinn. Ich konnte meine Schmerzen nicht mehr lokalisieren.

»Sie sind wohl nicht angemeldet?«

»Nein.«

»Aber vielleicht können Sie noch mitmachen«, sagte der Große in Rot. Irgendwie schien er meine Hilflosigkeit, mein Elend zu spüren.

»Aber Wolfgang, sie hat doch den Anfang nicht mitbekommen ...«

»Warten wir doch ab, was der Chef sagt. Er müsste jeden Moment wieder da sein.«

»Kommen Sie!« Der Nette zog mich weiter in den Raum und schloss die Terrassentür hinter mir. »Sie sind ja vollkommen durchgefroren. Wollen Sie nicht in die Sauna gehen? Dieses Hotel hat einen vorzüglichen Wellnessbereich.«

»Nein. Da war ich schon.« Wenn du wüsstest, wie verschrumpelt ich schon bin!, dachte ich bei mir.

Die Mitglieder der Gruppe nahmen wieder ihre Plätze ein. Stühle wurden gerückt, Jacken aus- oder angezogen, Schreibblöcke zur Hand genommen, Beine übereinandergeschlagen und Nasen geputzt. Es wurde leise diskutiert und gekichert, jemand hüstelte, ein anderer schaltete sein Handy aus. Ich drückte mich an der Wand herum wie eine Schülerin, die zum ersten Mal in einer neuen Klasse steht, und überlegte, wie ich nun am unauffälligsten verschwinden könnte. In diesem Moment öffnete sich die Tür. Der Mann, der sich mit einer Tasse Tee in der Hand rückwärts hereinschob, kam mir bekannt vor, aber ich wusste nicht, woher. Er hätte die Hemdsärmel hochgekrempelt. Goldene Härchen standen von seinen Armen ab.

»Also, Leute, wie schaut es aus? Habt ihr den Brief der Gruppe an euch selbst fertig?«, fragte er mit tiefer, freundlicher Stimme.

»Wir haben einen Brief an uns selbst geschrieben«, flüsterte die gutmütige rundliche Frau, die vor mir saß, mir zu. »Von der Gruppe an uns. Darüber, wie uns die Gruppe sieht. Beziehungsweise darüber, wie wir glauben, dass uns die Gruppe sieht.«

Ich räusperte mich verlegen. Deren Sorgen wollte ich haben.

»Wen haben wir denn da?« Der Gruppenleiter stellte seine Teetasse ab und kam auf mich zu. »Wir kennen uns doch?«

»Ich weiß nicht …?«

»Die Frau mit der Scherbe!« Der Chef zeigte lächelnd auf mich. »Was für eine Freude.«

Plötzlich wurde mir wohlig warm. Es war dieser Geistliche vom Pallottiner-Schlössl, der mir den Fuß verbunden hatte! Mit dem unsäglichen Namen, über den ich damals so lachen musste! Wie hieß der noch gleich?

»Trunkenpolz«, sagte der Mann und schüttelte mir erfreut die Hand. »Justus Trunkenpolz. Und Sie sind …« Er überlegte drei Sekunden, wobei er sich mit dem Zeigefinger an die Stirn tippte. »Barbara Wieser. Wie geht's dem Fuß?«

»Dem Fuß geht es besser als dem Rest«, brachte ich erstickt hervor.

Justus Trunkenpolz sah mir besorgt in die Augen. »Sie sehen nicht gut aus.«

»Nein. Ich weiß.«

»Ganz und gar nicht gut. Sie wirken unrund.«

Das hatte der Kerl doch tatsächlich schon im letzten Sommer gesehen! UNRUND! In jeder Weight-Watchers-Gruppe wäre das das Kompliment des Jahrhunderts!

Die anderen rückten auf ihren Stühlen herum und starrten zu uns herüber.

»Ich fühle mich auch nicht besonders … ähm, rund.« Meine Stimme zitterte.

»Kommen Sie.« Justus Trunkenpolz schob einen Stuhl in die Runde. »Bleiben Sie ein Weilchen. Vorausgesetzt, der Rest der Truppe hat nichts dagegen?«

Aber alle hatten Charakter und Charisma. Niemand hatte etwas dagegen.

22

Das Seminar »Charakter und Charisma« hatte zum Ziel, dass die Teilnehmer – die übrigens nach einer Idee von Justus »Teilgeber« genannt wurden – lernten, wie sie auf andere wirkten. Zu diesem Zweck hatten sie, während ich wie eine Marionette durch den Wald gestolpert war, einen Brief an sich selbst geschrieben. Aus der Sicht der Gruppe.

Also, Ideen hatte dieser Justus!

»Lieber Walter«, las ein kleiner Banker im Nadelstreifenanzug in Schweizer Dialekt vor, was er im Namen der Gruppe an sich selbst geschrieben hatte. Er sah sich verlegen in der Runde um, bevor er grinsend fortfuhr: »Als wir heute Morgen zum ersten Mal sahen, wie du in deinem Lamborghini mit Schweizer Kennzeichen vorgefahren bist, oder, haben wir schon geglaubt, du seist auf Statussymbole aus, oder. Auch die Art, wie du uns beim Frühstücksbüfett alle ignoriert hast, hat uns zuerst irritiert, oder. Nachdem du die Hannelore nicht zurückgegrüßt hast, weil sie deiner Aussage nach nicht mehr in dein Beuteschema passt, fanden wir dich fast ein bisschen arrogant. Aber nun kennen wir dich als unheimlich geistreichen Zeitgenossen. Wir bewundern dich für deine Intelligenz, denn wir wissen nun, wie du aus eigener Kraft zum Multimillionär geworden bist. Auf deiner Suche nach dir selbst sind wir dir auch weiterhin gern behilflich und können nur sagen, willkommen, lieberrr Waltrrrr, du bist echt eine Bereicherung für uns. Charakter und

Charisma haben die Götter mit einem großen Füllhorn über dir ausgeschüttet. Das hätten wir auch gern, oder. «

Die anderen lachten sich kaputt und applaudierten.

Ich ertappte mich dabei, wie ich mitmachte.

Justus Trunkenpolz blickte zu mir herüber. Ihn schien es zu freuen, dass ich mich freute.

Bevor ich wieder in Depressionen verfallen konnte, las schon der nächste Teilgeber vor, es war der Große in Rot: »Lieber Wolfgang, wir durften dich als netten Kerl kennenlernen, der stets ein offenes Ohr für andere hat und sich selbst immer hintanstellt. Toll wäre es, wenn wir dich dazu bringen könnten, dich etwas wichtiger zu nehmen. Wir glauben nämlich, dass du ein ganz wertvoller Mensch bist, der nur zu schüchtern ist, sich einfach mal in die erste Reihe zu stellen und laut den Mund aufzumachen. In diesem Sinne: Brüll doch mal, Löwe! Deine Gruppe.«

Die anderen nickten und klopften dem schüchternen Wolfgang auf die Schulter. Der errötete vor Freude.

Das tagelange absolute Halteverbot für Lächeln in meinem Gesicht war offensichtlich aufgehoben. Es fand einen Dauerparkplatz. Plötzlich war ich mittendrin. Bei jedem Teilgeber, der den Brief an sich selbst vorlas, hatte ich das Gefühl, ihn schon eine Ewigkeit zu kennen. Zum ersten Mal vergaß ich meine eigenen Probleme und versenkte mich in die der anderen Teilgeber, die ebenfalls auf der Suche nach sich selbst waren.

»Liebe Hannelore! Du bist eine ganz Liebe, die das Herz auf dem rechten Fleck hat. Leider unterliegst du dem fatalen Irrtum, schon zum alten Eisen zu gehören, nur weil du über fünfzig bist! Auch wenn du ein paar Pfund Übergewicht mit dir herumträgst, bist du doch noch eine äußerst attraktive Frau. Lass dich nicht länger übersehen! Du bist ein echter Hingucker! Deine Gruppe, insbesondere dein Walter, der dich ab sofort beim Frühstück grüßen wird!«

Die anderen Teilgeber sprangen immer wieder auf und markierten die schönsten Stellen mit Herzchen, Ausrufezeichen oder Smileys. Ich fand diese Übung entzückend. Sie war so entwaffnend! Und das war also das Seminar von Justus Trunkenpolz?

Als alle ihre Briefe, die groß an den Wänden des Raumes hingen, vorgelesen hatten, fragte Justus Trunkenpolz, ob ich mich bereits in der Lage sähe, einen Brief von der Gruppe an mich selbst zu schreiben.

»Nein!«, rief ich verängstigt. »Nein, bitte! So weit bin ich noch nicht!«

Was sollte ich schreiben? Liebe Barbara, du bist eine verheulte Eule, die irgendeinen großen Kummer mit sich herumschleppt und sich dringend mal wieder schminken müsste. Wenn du dich immer so hängen lässt, treten wir dir in den Hintern. Wir lassen dich bis auf Weiteres hier sitzen, wenn du zwischendurch mal lächelst. Deine Gruppe.

»Das macht nichts.« Justus Trunkenpolz teilte neue Blätter aus.

»Die nächste Übung ist der Lebensbaum.«

Manche nickten entzückt; sie waren schon wiederholt Teilgeber gewesen und wussten, wovon der Meister sprach.

»Zeichnet euer Leben als einen Baum mit Wurzeln, Stamm, Ästen, Zweigen und Früchten. Woher kommt ihr? Woraus bestehen eure Wurzeln? Was hat euch geprägt? Was macht euch aus? Wie stabil ist der Stamm? Was gibt dem Stamm Kraft? Ist er gerade, ist er krumm, wohin wächst er? Wer sind eure Äste und Zweige, wohin führen sie, und letztlich: Was sind eure Früchte? Gibt es auch faule Früchte an eurem Lebensbaum? Auf welche Früchte seid ihr stolz?«

Er reichte auch mir ein großes Blatt. »Machen Sie mit, Barbara. Sie sind herzlich eingeladen.«

Ich war ihm so dankbar! Er holte mich wirklich aus der Hölle! Wie ein Kindergartenkind hockte ich selbstvergessen im hintersten Winkel des Raumes auf dem Fußboden und zeichnete meinen Baum. Das war die beste Therapie, die ich mir vorstellen konnte.

Meine Wurzeln, das waren Disziplin, Vertrauen, Familiensinn, Fleiß und Liebe.

Mein Stamm, das war Volker. Das Haus. Mein Beruf. Meine Stadt.

Die Äste, das waren Leonore, Nathan, Wiebke. Sie alle entsprangen aus diesem Stamm, waren zum Teil knorrig, sperrig, kahl und spitz. Dieser Teil des Baumes war abgestorben.

Der andere Teil hatte noch grüne Zweige. Das waren Emil, Charlotte und Pauline. Ich versah sie mit prallen Früchten und bunten herzförmigen Blüten.

Dann war da noch ein junger, schlanker Ast. Aber seine Blätter verfärbten sich braun. Dieser Ast spross direkt aus dem Teil des Stammes, der mit »Vertrauen« beschriftet war. An seinem Ende hing eine einsame kleine Blüte, die abzufallen drohte. Ich betrachtete mein Werk ausgiebig.

Das war mein Baum.

Mein Lebensbaum.

Als ich ihn vor den anderen Teilgebern erklären wollte, brach mir die Stimme.

Die anderen Teilgeber sahen mich mitleidig an. Obwohl das Weinen hier zur Tagesordnung gehörte und keinem mehr wirklich peinlich war, merkten sie, dass ich in einer ECHTEN Krise steckte.

Als hätte er einen siebten Sinn, reichte mir Justus von schräg hinten ein Taschentuch.

Ich schnäuzte mich hinein und versuchte weiterzureden. Es ging nicht. Ein haltloses Schluchzen entwich mir und schüttelte mich so, dass ich kein einziges Wort mehr herausbrachte.

Aber das war gar nicht nötig. Die Gruppe konnte lesen.

Justus legte den Arm um mich und sagte mit seiner tiefen, ruhigen Stimme: »Pause.« Dann nahm er mich einfach nur ganz fest in die Arme und ließ mich weinen.

Immer, wenn du glaubst, es geht nicht mehr,
kommt von irgendwo ein Lichtlein her.

Diesen Spruch hatte ich schon oft gehört und als naiv abgetan. Aber er traf zu! Das Lichtlein in meiner absoluten Finsternis war diese Gruppe von Leuten, die sich bemühten, bessere Menschen zu werden! Konnte mir etwas Schöneres passieren? Menschen, die bereit waren, an sich selbst zu arbeiten? Die versuchten, ihren Charakter, ihr Charisma zu optimieren? Die zuhören konnten oder es wenigstens lernen wollten, ohne sich selbst zu bereichern? Die wieder Mitgefühl empfinden lernen wollten? Die ein Seminar besuchten, um sich der Kritik anderer preiszugeben? Die den Mut hatten, sich dem »Spiegelkabinett« zu stellen, das Justus Trunkenpolz ins Leben gerufen hatte?

Wie ich im Lauf der nächsten Tage herausfand, war er überhaupt kein Geistlicher. Im Gegenteil. Er war sogar ziemlich weltlich, war schon zweimal verheiratet gewesen und hatte zwei erwachsene Söhne, die ihm bei seinem Seminar assistierten. Sie hatten alle beide etwas Warmes, Liebevolles in den Augen, das ihren jungen Gesichtern eine seltsame Weisheit verlieh. Ihnen fehlte dieses Kalte, Abschätzige, Berechnende, das manche Jugendliche heutzutage zur Schau tragen, wenn Erwachsene Schwächen zeigen. Vor Nathan zu weinen hätte ich mich nie getraut. Aber vor Emil schon. Und vor diesen beiden jungen Männern auch. Justus Trunkenpolz war ein erfolgreiches Familienunternehmen. Zu ihm kamen Manager, die riesige Unternehmen leiteten, aber über den riesigen Geldsummen, um die es ging, vergessen hatten, wie man achtsam mit anderen Menschen umgeht. Was für ein Geschenk, plötzlich in diese Welt der gegenseitigen Wertschätzung eintauchen zu dürfen! Obwohl mir alle diese Menschen noch vor wenigen Tagen völlig fremd gewesen waren, waren sie jetzt eine echte Stütze für mich. Die meisten dieser Topmanager waren auf dem besten Weg, ihre Mitmenschen anzunehmen. Andere hatten nach wie vor Dollarzeichen und Statussymbole in den Augen und sonst gar nichts. Der Banker aus Zürich hatte keinen anderen Wert in seinem Leben kennengelernt als Geld. Sein Lebensbaum hatte ausschließlich aus Geldscheinen bestanden. Er war nicht einmal zu den einfachsten menschlichen Interaktionen fähig, wurde aber von der Gruppe liebevoll aufgenommen und konnte sich nach einigen Tagen öffnen wie eine Blume, die in einer Mauerritze doch noch zu blühen beginnt.

Am dritten Morgen stand ich zufällig in seiner Nähe, als er die pummelige Hannelore mit aufrichtiger Warmherzigkeit begrüßte: »Ich freue mich, dich zu sehen! Hast du gut geschlafen?« Anschließend half er, ihren heißen Kakao zu ihrem Platz zu tragen. Er selbst berichtete später in der Gruppe mit leuchtenden Augen, wie ihn die neu gewonnene Freundlichkeit von innen her wärmte.

An meinem absoluten Tiefpunkt hatte mir das Schicksal diese Gruppe geschickt.

»Im Gegensatz zu den meisten anderen Teilgebern hier hast du immer zu viel Liebe verströmt und dich dabei selbst verloren«, sagte Justus, als ich selbst ins »Spiegelkabinett« musste, und die anderen nickten. »Wir alle wollen lernen, wieder auf die Bedürfnisse unserer Mitmenschen einzugehen, wieder zu spüren, was ihnen guttut, was sie zu glücklicheren Mitarbeitern machen könnte. Du, liebe Barbara, solltest lernen, dich selbst etwas mehr abzugrenzen und deine eigenen Bedürfnisse zu erkennen. Deine Mitmenschen hast du schon glücklich genug gemacht.«

Diese interaktiven Übungen und Rollenspiele lenkten mich einerseits von meinem Kummer ab und lehrten mich andererseits viel über eingefahrene Verhaltensmuster. War das typisch weiblich, dass ich mich fast selbst vergessen hatte in meinem Aufopferungswahn? Immer wieder musste ich weinen, aber das tat gut. Merkwürdigerweise weinten reihum auch die Topmanager, als sie merkten, was ihnen alles entgangen war, weil sie sich immer nur ums Geldverdienen und nicht um menschliche Wärme gekümmert hatten. Als ich nach einer Woche von den Seminarteilgebern Abschied nahm, war ich gestärkt und getröstet. Ich war bereit für einen Neuanfang. Aber nicht mit Volker.

»Soll ich zu ihm zurückgehen?«, hatte ich Hilfe suchend in die Runde gefragt, als ich an der Reihe gewesen war.

»Nein. Du brauchst jetzt unbedingt Zeit, um dich selbst zu finden. Sei endlich mal egoistisch.«

»Aber ich fürchte mich vor dem Alleinsein! Ich schaffe es nicht! Ich kann ohne Volker nicht leben!«

»Genau das musst du ganz dringend wagen! Trau dich, dich ganz auf dich allein zu besinnen!«

»Du hast dich ja immer nur für andere in Stücke gerissen! Jetzt bist du kaputt, im wahrsten Sinne des Wortes! Zerrissen!«

»Ein Häufchen Elend ohne Selbstachtung!«

»Wie sollen sie dich lieben, wenn du dich selbst nicht liebst!«

»Such dir eine Wohnung, Barbara. Nimm deine Töchter mit, und konzentriere dich nur auf sie und dich.«

»Finde deine Würde zurück und dein Selbstwertgefühl. Der Rest wird sich weisen.«

»Kümmere dich um deinen Wesenskern. Lass die faulen Früchte am Wegesrand zurück. Verschwende keine Energie mehr auf sie.«

»Verschenk dich nicht mehr an jene, die deiner nicht wert sind.«

Ich war von gut einem Dutzend Menschen umarmt und mit aufbauenden Worten auf den Weg geschickt worden: »Du bist stark, Barbara. Du schaffst das. Wir stehen alle hinter dir.«

»Wir helfen dir! Wir schicken unsere Leute!«

Ich konnte mein Glück kaum fassen: Millionenschwere Topmanager versprachen, mir beim Umzug zu helfen oder zumindest Umzugshelfer zu schicken. Ich war gerührt von so viel Anteilnahme und Hilfsbereitschaft.

Anschließend saß ich wieder in meinem Auto. Nach zwei Wochen der völligen Zurückgezogenheit verließ ich diesen Berg der Besinnung. Ich war jetzt so weit, mit Volker reden zu können.

Doch zuerst führte mich mein Weg direkt zu einer Immobilienmaklerin.

Die Wohnung lag im vierten Stock in einer schmalen, schattigen Straße direkt in der Salzburger Altstadt. Allerdings in einer Gegend, in die ich meine Reisegruppen niemals führen würde: neben einem Puff, in dessen Schaufenster vergilbte Fotos von nackten Mädchen in aufreizenden Posen hingen. Daneben wiederum befanden sich eine Kneipe, in der der Wirt sein einziger zuverlässiger Gast war, ein unvermietetes Geschäftslokal, eine Antiquitätenhandlung mit allerlei Ramsch in der Auslage und ein beschmiertes Studentenwohnheim, vor dem jeden Morgen der Wasserwagen menschliche Exkremente wegspritzte. Dann kamen eine Wand aus Müllcontainern und ein Bauzaun, auf dem stand: »Wir renovieren. Ladenlokale und Wohnungen zu vermieten.«

»Lassen Sie sich von diesem ersten Eindruck nicht abschrecken!«, munterte mich die kesse Immobilienmaklerin auf, während sie mich in den düsteren Hausflur schob, in dem Sperrmüll und alte Fahrräder standen. »Das wird alles demnächst renoviert. Die ganze Straße ist zurzeit eine einzige Baustelle, aber warten Sie nur, wie schön das wird! Diese Gegend wird in fünf Jahren gar nicht mehr zu BEZAHLEN sein!«

»Oh ja, immer nur her mit dem ganzen Müll!«, schrie der riesige Container auf der gegenüberliegenden Straßenseite, aus dem bereits rostige Eisenteile, Bretter und kaputte alte Kinderwagen ragten. »Dafür bin ich ja da! Auch seelischen Müll können Sie hier gern abladen! Willkommen auf der Großbaustelle!«

Mein ganzes Leben ist eine Baustelle, hätte ich der Maklerin am liebsten gesagt. So gesehen fühle ich mich hier wie zu Hause! Tapfer schüttelte ich die aufkommende Verzweiflung ab. Charakter und Charisma von einem Dutzend Teilgebern stärkten mir den Rücken. Ich straffte die Schultern und spuckte in Gedanken in die Hände. Die anderen aus der Gruppe waren bei mir. Ich spürte ihre ansteckende Kraft.

Die Immobilienmaklerin und ich, wir fuhren mit einem abenteuerlichen Aufzug, dessen Rückwand nicht mitfuhr und an die man sich also tunlichst nicht anlehnen sollte, ruckelnd in den vierten Stock. Die Immobilienmaklerin verströmte einen extravaganten dezenten Duft, der in einem krassen Gegensatz zu dem mich erwartenden Raumklima stand. Die Wohnung war kalt und dunkel, und bis auf einen staubigen Gummibaum, den der Vormieter großzügigerweise zurückgelassen hatte, völlig leer. Ich wich zurück. Fröstelnd rieb ich mir die Arme, als ich das Regenwasser durch ein altes, rostiges Rohr plätschern hörte. Hier war Mozart bestimmt schon vor dreihundert Jahren ein und aus gegangen! Sein Wohnhaus lag jedenfalls direkt um die Ecke.

»Man kann das hier alles sehr heimelig und gemütlich einrichten«, behauptete die Maklerin, während sie mit ihren fein manikürten Fingern über die undichten Fenster fuhr. »Schauen Sie – alles Doppelverglasung! Und beachten Sie nur den Parkettboden! Nun gut, er müsste abgeschliffen und versiegelt werden, aber dann sieht er aus wie neu!«

Nein!, schrie mein letzter Rest Bequemlichkeit. Ich gehe zurück zu Volker in die Villa! Da IST schon alles abgeschliffen und versiegelt und gemütlich und heimelig eingerichtet! Ist doch egal, wenn er mich betrügt, wenn er seine Geliebte und ihr gemeinsames Kind auch noch darin wohnen lässt! Ich werde mich weiterhin liebevoll um die ganze Mischpoke kümmern, Hauptsache, ich kann aus diesem dunklen, feuchten Verlies wieder raus!

Aber dann sah ich die zwölf Augenpaare der Gruppe vom Vollererhof, die wach und mitfühlend auf mich gerichtet waren. »Du schaffst das, Barbara. Lass dich nicht länger belügen, und belüge dich nicht länger selbst. Mach einfach einen Schritt nach dem anderen.«

»Aber diese Bude hier kann ich meinen Kindern nicht antun!«

»Doch, das kannst du. Sie werden zu dir halten, ihr werdet wieder ganz eng zusammenwachsen. Am Ende ist das auch für die Kinder eine wertvolle Erfahrung. Setze sie dieser Herausforderung aus! Mute ihnen diesen Neuanfang zu! Ihr werdet alle große Kraft aus dieser Krise ziehen!« So hörte ich sie auf mich einreden und spürte, dass sie recht hatten. Aber bequem war das nicht!

»Aber sie leben wie die Maden im Speck da unten in ihrem Souterrain. Jedes meiner Kinder hat seinen eigenen Fernseher, seinen eigenen Computer und seine eigene Stereoanlage! Sie haben ihren Fitnesskeller, ihre Sauna und ihren Partykeller, ihre Tischtennisplatte und ihren Schwimmteich! Wie kann ich sie da in diese alte, muffige Mietwohnung im vierten Stock zerren, wo kein Tageslicht hineinscheint und noch nicht mal ein winziger Balkon den Ausblick auf trostlose Wellblechdächer erträglich macht?«

»Was haben wir gelernt? Die Liebe wärmt, die Ehrlichkeit, das Vertrauen! Nicht das Geld!«

In solche Gedanken verstrickt, lehnte ich an dem einsamen, verlassenen Gummibaum, der seine verstaubten Zweige ratlos in alle Richtungen reckte. Sollte ich diesen Schritt wirklich tun? War diese feuchte Bude nicht ein einziger Albtraum?

Nein, sagten die Stimmen der anderen. Dein verlogenes Leben war ein einziger Albtraum. Das hier ist die Realität. Stelle dich ihr. Wachse an dieser Aufgabe. Denk an deinen Lebensbaum. Im Moment sieht er so aus wie dieser kränkelnde Gummibaum. Lass ihn nicht länger auf faulem Boden stehen.

Diese Kämpfe spielten sich in mir ab, während die Immobilienmaklerin mit ihrer blonden Föhnwelle und dem properen Trachtenkostüm munter dieses Loch anpries und sich keineswegs dafür schämte. Verzagt lächelnd tappte ich hinter der Immobilienmaklerin her.

Im Bad waren einige Fliesen zerbrochen, ein uralter Wasserboiler grinste mich an, und die vorsintflutliche Wanne auf vier Füßen wies noch Spuren des letzten Badenden auf. Der winzige Spiegel hatte einen Sprung, und das schräge Dachfenster, eher eine Art Luke, ließ sich nur mit Gewalt aufdrücken, aber dafür bekam man gleich einen Schwall Eiswasser als Gratisdusche ab. Ich sprang erschrocken zurück.

»Lassen Sie alles in Ruhe auf sich wirken!«, forderte mich die Immobilienmaklerin auf. »Na gut, die Aussicht hier ist jetzt nicht soooo berauschend …«

Wir stiegen über eine Schwelle in einen hinteren Raum, der eigentlich als Dachboden oder Speicherraum gedacht war. Dazu musste man den Kopf einziehen. Ich folgte den Blicken der Dame. Außer besagten Wellblechdächern war nicht viel zu sehen. Doch, hinten zwischen zwei Häuserblocks ein Zipfel des Mönchsbergs. Jene Stelle, wo die nackten Felsen wie senkrecht abfallen. Der berühmte Felssturz von 1669, spulte ich gedanklich mechanisch ab: Am 16. Juli lösten sich große Teile des Mönchsberges und zerstörten zahlreiche Gebäude. Es kamen zweihundertdreißig Menschen ums Leben. Viele davon waren Salzburger, die bei der Bergung anderer helfen wollten, aber von einem nachfolgenden Felssturz selbst erschlagen wurden. Seitdem klopfen Bergputzer im Auftrag des Magistrats der Landeshauptstadt zweimal jährlich die steile Bergfassade ab, um ihre Beschaffenheit zu prüfen. Wenn das keine Metapher für meine jetzige Verfassung war!

Die Maklerin beugte sich neben mir aus dem winzigen Fenster und sagte, als hätte sie ein ganz besonderes Schmankerl entdeckt: »Schauen Sie! Da stürzen sich immer die Selbstmörder runter!«

»Ich nehme die Wohnung«, sagte ich.

23

Barbara! So sei doch vernünftig! Du kannst doch nicht in so eine abgewrackte Bude ziehen! Hier stehen dir doch alle Türen offen!«

Endlich war ich so weit, Volker gegenüberzutreten. Ich stand vor jener Einfahrt, hinter der damals wie aus dem Nichts das Fertighaus unserer neuen Nachbarn aufgetaucht war. Damit hatte alles angefangen. Als Volker seinen Kopf verrenkt, hinübergespäht und Lisa erkannt hatte. Wie entsetzt er am Anfang gewesen war! Dann hatte er vermutlich ganz schnell einen Plan B entwickelt.

Den Mietvertrag für die Altstadtwohnung hatte ich bereits vorsorglich unterschrieben und den Möbelwagen, den meine lieben Teilgeberfreunde sponserten, schon in unsere feine Villengegend geschickt.

Mit Latzhosen und einer Papiertüte auf dem Kopf stand ich nun vor meinem Noch-Ehemann, die Hände in den Hosentaschen geballt. »Ich BIN vernünftig«, sagte ich so ruhig wie möglich. Das Coaching von Justus und den anderen hatte mich bestens vorbereitet.

»Aber das ist doch eine reine Trotzreaktion! Was soll der Scheiß?!«

»Das ist kein Scheiß, Volker. Und auch keine Trotzreaktion. Du hast ein jahrelanges Spiel mit mir gespielt, und ich spiele nicht mehr mit.«

»He, Stiefmami, was geht ab?« Hinter mir stand Emil.

»Ich ziehe um«, sagte ich und wischte mir mit dem Handrücken hastig über die Augen.

»Das sehe ich. Warte, ich pack mit an!« Emil sprang leichtfüßig über die Hecke, schlug seinem Vater kameradschaftlich auf die Schulter und rief: »Nimm es wie ein Mann, Papa!« Schon eilte er die Kellertreppe hinunter, um beim Transport von Charlottes Bettgestell mitzuhelfen. »Wer Scheiße baut, muss sie auch auslöffeln«, rief er von unten. »DEINE Rede, Papa!«

»Du kannst das hier doch nicht alles zerstören!« Volker nahm meine Hände und drückte sie an seine Brust. Sein Herz raste unter dem weißen, tadellos gebügelten Hemd.

»Nein. Das kann ich auch nicht. Weil du bereits alles zerstört hast!« Im Vollererhof hatten wir diese Situation ein Dutzend Mal durchgespielt. Ohne diese Vorbereitung hätte ich jetzt hysterische Anfälle bekommen. Dann wäre ich weinend zusammengebrochen und in mein altes Leben zurückgekehrt. Hätte mich ein weiteres Mal von Volkers Verführungskünsten herumkriegen und von diesem Mann »auf Händen tragen« lassen. Wie leicht man dieses »Auf-Händen-tragen-Lassen« doch mit »Auf-den-Arm-nehmen-Lassen« verwechseln kann!

Volker lief aufgebracht in der Einfahrt auf und ab und wich meinen treuen Freunden und Möbelpackern aus, die meine Sachen und die der Kinder in den Möbelwagen trugen. Justus' Söhne waren auch dabei.

»Find ich gut, dass Barbara sich jetzt nicht mehr verarschen lässt«, teilte Emil den beiden jungen Männern in seiner entwaffnenden Offenheit mit. »Nichts gegen meinen Papi, aber da ist der alte Schwerenöter echt zu weit gegangen.«

»Lass uns einen Spaziergang machen«, schlug ich vor. »Übernimm Eigeninitiative, Barbara!«, hallte es mir in den Ohren.

Volker war regelrecht dankbar über diesen Vorschlag. Er versuchte sogar, den Arm um mich zu legen, aber ich schüttelte ihn ab und vergrub die Hände in den Hosentaschen. Wir liefen über die weiten Wiesen und Felder am Fuß des Gaisbergs, die erste milde Frühlingssonne ließ den letzten Schnee auf Koppeln und Weiden schmelzen. Das hier war meine Wohngegend gewesen, und ich würde sie schmerzhaft vermissen. Den Sonnenblumenweg, in dem die Welt scheinbar in Ordnung gewesen war.

»Wie ist es euch in den letzten zwei Wochen ergangen? Wie haben die Kinder reagiert?« Ich sah Volker von der Seite aus an. Wie er da so kleinlaut neben mir herstapfte, zog es mir schon wieder das Herz zusammen. Er machte einen so schuldbewussten, zerknirschten Eindruck, dass ich ständig mit mir kämpfte: Sollte ich mich nicht einfach an seine Brust werfen und »Alles wieder gut?« rufen? Die Möbelmänner zurückpfeifen, die schäbige Wohnung in der Altstadt einfach gar nicht betreten? Heile, heile, Segen? Einfach alles VERGEBEN und VERGESSEN? Ich war hin und her gerissen! Mein früheres Leben war so EINFACH gewesen!

»Also, die Kinder waren natürlich ziemlich schockiert, als du so einfach abgehauen bist«, fing er an. »Ihnen hat es gar nicht gepasst, dass meine Mutter das Zepter in die Hand genommen hat.«

»Ich bin nicht EINFACH abgehauen«, unterbrach ich ihn bestimmt. Auch das hatte ich von Justus und den Teilgebern gelernt. Zuhören, reflektieren, Echo geben.

»Na ja, mir blieb dann irgendwann nichts anderes mehr übrig, als Lisa in London anzurufen, damit sie sich hier um alles kümmert.« Volker stapfte mit gesenktem Kopf voran.

»Nicht um ALLES«, stellte ich wieder sanft klar. »Nur um IHR KIND.«

»Sie wollte aber um keinen Preis ihre Karriere da drüben aufgeben. Der Dirigent …« Er biss sich auf die Lippen und schüttelte frustriert den Kopf.

»Was ist mit dem Dirigenten?«, fragte ich.

»Na ja, sie hat da was mit ihm angefangen«, schnaubte er wütend. »Wir haben inzwischen Schluss gemacht.« Ja, das hatte er mir auf die Mailbox gesprochen.

Ich warf den Kopf in den Nacken und stieß ein klirrendes Lachen aus. »Ach, DESWEGEN willst du mich wieder zurück?«

»Nein, Barbara, wirklich, so ist das nicht ...« Volker zog mich an sich, und ich musste mich schwer beherrschen, mich nicht in seine Arme zu werfen und »Ich will doch auch!« zu rufen.

»Lisa ist Vergangenheit! Ehrlich! Sie war nur ein ... Fehltritt, ein unglücklicher Zufall. Diese plötzliche Nachbarschaft, und wie du sie mir quasi aufgedrängt hast: ›Volker, so sei doch nett zu ihr, so KÜMMERE dich doch um das arme Mädchen ...‹«

Ich biss mir auf die Lippen und nickte. Es war also alles genauso, wie ich es mir vorgestellt hatte. Für Volker musste eine Welt zusammengebrochen sein, als Lisa und Sven plötzlich auf dem Nachbargrundstück auftauchten. Aber als Sven dann ankündigte, für Monate zu verreisen, und ich darauf drängte, Lisa in unsere Familie aufzunehmen ...

»Lisa ist jedenfalls vorgestern hergeflogen und hat Fanny abgeholt«, fuhr Volker düster fort. »Sie hatte dem Dirigenten noch nichts von dem Kind erzählt. Sie will jetzt mit ihm und Fanny zusammenziehen – falls der Dirigent das Kuckuckskind überhaupt aufnimmt.«

Er zog die Schultern hoch und kickte mit dem Fuß einen Stein aus dem Weg: »Bei UNS hätte es Fanny einfacher gehabt.« Er schenkte mir einen raschen Seitenblick. »Die Großen waren ja völlig begeistert, als sie erfahren haben, dass Fanny ihre Schwester ist! Alle haben die Kleine ins Herz geschlossen.«

Ich antwortete nicht. Ich schluckte mehrmals und versuchte mich zusammenzureißen. Jetzt muss nur noch die dämliche Bescheuerte wieder mitspielen, und schon ist alles in schönster Ordnung.

»Ich werde die Kleine schrecklich vermissen«, murmelte ich stattdessen.

Volker zog ein Taschentuch aus seiner Manteltasche. »Und ICH? Meinst du, ich werde meine kleine Fanny NICHT vermissen? Meinst du, ich sterbe nicht bei dem Gedanken, dass sie jetzt in London bei einem fremden Dirigenten wohnt und eine Nanny hat, die sie durch den Hydepark schiebt?«

Ich konnte nicht antworten. Ich starrte ihn nur an und fühlte mich, als ob ich in ein Paralleluniversum katapultiert worden wäre.

War das jetzt alles MEINE Schuld?

Er fuhr wirklich die schwersten Geschütze auf. Er WUSSTE, dass ich diesen Gedanken selbst nicht ertragen konnte.

»Volker!«, sagte ich und blieb stehen. Ich spüre, wie meine Stimme leise zitterte. »Auch ich habe Fanny ins Herz geschlossen wie ein eigenes Kind.« Oh, Gott, jetzt brach mir die Stimme weg. Ich zwang mich, mir jedes einzelne Gesicht der Seminarteilgeber vom Vollererhof vorzustellen. Keine Schuldzuweisung!, hörte ich sie sagen. »Aber entschieden deinen Standpunkt vertreten.« Ich räusperte mich und sprach weiter: »Aber so kann ich nicht weiterleben. Und so WERDE ich auch nicht weiterleben.«

»Dann lass uns von vorne anfangen! So tun, als wenn nichts gewesen wäre!«

Ich fühlte mich, als wenn ich an einem Abgrund stünde. Ein falsches Wort, und ich würde rückfällig werden. Mein Volker. Mein geliebter, vertrauter, gut aussehender, kluger (oder besser: verschlagener?) ... NEIN!

»Deinen Seitensprung hätte ich dir verziehen.« Ernsthaft sah ich Volker an. Ich zwang ihn, mir ganz tief in die Augen zu sehen. Er nahm meine Hand, aber ich entzog sie ihm.

»Aber die LÜGE, Volker. Die LÜGE. Dass du mir jetzt fast zwei Jahre nichts gesagt hast. Dass du zuerst Sven und dann sogar deinen eigenen Sohn Nathan zum Sündenbock gemacht hast. Und dich als treu sorgenden Vater hingestellt hast, der deren Suppe auslöffelt. Als Ehrenmann. Das ist so berechnend, so mies, so falsch … DAS kann ich dir nicht verzeihen.«

Wir gingen schweigend weite. Ich fühlte mich wie in einem Film auf ARTE oder 3sat, in dem ein Paar einfach nur stundenlang schweigend durch die Gegend latscht. Ein Film also, bei dem meine Töchter längst umgeschaltet hätten. So ein düsterer französischer Problemfilm, dessen marode Stimmung sich auf den Zuschauer überträgt. »Wie habt ihr euch eigentlich kennengelernt?« Diese neugierige Frage konnte ich mir einfach nicht verkneifen. Jetzt war sowieso schon alles egal.

»Sie kam zu mir in die Praxis. Sie brauchte dringend eine Impfung.« Volker schaute mich an wie ein Hund, der gerade das Sofakissen kaputt gebissen hat. »Sie hatte ein Tattoo auf der linken Pobacke: einen Schmetterling.«

Es war egal, ob bei mir jetzt die Tränen liefen.

Das war ja wirklich Schema F. Ob Wiebke sich genauso gefühlt hatte, als es damals mit uns losging? Mir hatte Volker versichert, dass er sich so oder so von Wiebke würde scheiden lassen! Hatte er Lisa das auch weisgemacht? Und sie damit herumgekriegt? War Volker ein Wiederholungstäter? War er wirklich so berechnend und verlogen? Und wenn er mich mit Lisa betrogen hatte und Wiebke mit mir, dann … Waren da womöglich noch andere Leichen im Keller? Ich musste mich konzentrieren. Nein. Es ging um Lisa. Das reichte ja wohl, oder? Ich musste ihm klarmachen, warum ich nicht mehr mit ihm leben konnte.

»Wie soll ich dir jemals wieder vertrauen?« Ich blickte ihm tränenüberströmt in die Augen. »Hm? Sag es mir! Wie?«

»Ja, das ist alles wahnsinnig blöd gelaufen«, gab Volker zerknirscht zu. »Aber wie hätte ich denn ahnen können, dass diese kesse kleine Lisa plötzlich meine Nachbarin wird?« Er konnte meinem Blick nicht standhalten. »Wir waren nur ein einziges Mal zusammen. Ich WOLLTE sie gar nicht wiedersehen, und sie mich auch nicht, denn sie hatte ja ihren Kapitän geheiratet.«

»Aber da war sie schon schwanger. Von dir.«

»Es hätte aber auch ganz anders sein können!«

Er räusperte sich und blinzelte eine Träne weg. Dann packte er mich an den Schultern und schüttelte mich: »Barbara! Ich beschwöre dich! Du bist die einzige Frau, die ich liebe! Ich will keine zerrüttete Familie!«

Das hätte ihm wirklich eher einfallen können, schoss es mir durch den Kopf.

Sein Griff wurde fester. »Denk doch an die KINDER!«

»Ich habe immer an die Kinder gedacht«, sagte ich ernst. »Au, du tust mir weh!«

Wie hatte Frau Dornwald gesagt? Zu viel geliebt. Das Band ist überdehnt und zerrissen. Lassen Sie ihn gehen.

»Du zerreißt die Familie, wenn du gehst!« Volker schien Gedanken lesen zu können, doch ich konnte seine vorwurfsvolle Stimme nicht mehr ertragen. »Ich zerreiße die Familie? Wenn ich gehe, dann nur um einen letzten Zipfel Selbstachtung wiederzuerlangen!« Ich wollte weglaufen, doch meine Beine waren schwer wie Blei.

»Ich kann dir und den Kindern so viel bieten! Ein Leben als Arztgattin! Da würden sich andere Frauen alle zehn Finger danach lecken!«

»Ich lecke mir keinen einzigen«, antwortete ich. »Was soll ich als Arztgattin in einer Luxusvilla, wenn ich darin belogen, betrogen und ausgenutzt werde?« Ich rang mir ein frostiges Lachen ab. »Nein, Volker, dieser Preis ist mir zu hoch.«

»Aber das können wir doch wieder ändern! Wir engagieren eine Haushälterin! Du rührst keinen Finger mehr! Ich schwöre dir, dass ich mir Zeit für dich nehme! Wir werden reisen, und ich werde dich auf Händen tragen!«

Ich schnaubte. »Dazu ist es zu spät, Volker. Du weißt, dass ich dir nie mehr vertrauen kann.« Ich zuckte traurig mit den Achseln. »Mein Lebensbaum steht auf verfaultem Boden!«

»Lebensbaum! Welcher Guru hat dich denn infiziert! Bitte, gib mir noch eine Chance!« Volker raufte sich verzweifelt die Haare. Er war völlig durch den Wind.

»Die Chance habe ich dir damals gegeben, in der Weihnachtsnacht. Weißt du noch? Als ich die Überweisung an Lisa gefunden habe. Wenn du mir damals die Wahrheit gesagt hättest …« Ich vergrub meine Hände noch tiefer in den Taschen. »Es hätte wehgetan. Unendlich weh. Aber ich hätte dir verziehen. Lieben heißt verzeihen können. Ich glaube, wir hätten es noch einmal zusammen geschafft. Weißt du, mein Herz ist so voller Liebe gewesen: für dich, für Lisa, für Fanny, für unsere Töchter, ja sogar für deine Söhne …« Jetzt schossen mir wieder die Tränen in die Augen. Entschlossen blinzelte ich sie weg. »Wir hätten vielleicht einen Weg gefunden. Eine Lösung. Etwas, womit wir alle hätten leben können. Wir hätten uns neu sortieren, Fehler eingestehen, klare Vereinbarungen treffen, Lösungen finden können. Das alles habe ich gerade in einem fantastischen Seminar gelernt. Menschen MACHEN Fehler. Man kann lernen, sie einzugestehen, sich dafür zu entschuldigen. Man kann lernen, zu verzeihen. Aber dann kam deine Lüge. Erst die Lüge mit Sven. Und dann die Lüge mit Nathan. Sogar den wundervollen Emil hast du am Telefon verleugnet.«

»Ja, verdammt!«, schrie Volker und hielt sich die Ohren zu. »Ja, was macht denn ein Mann, wenn er auf frischer Tat ertappt wird? Er erfindet eine Notlüge! Eins ergab sich aus dem anderen! Wie konnte ich denn wissen, dass diese Lisa nebenan einzieht? Dass du sie gleich ins Herz schließt und ihr Kind an dich reißt? Wie sollte ich ahnen, dass du unter Nathans Bett staubsaugst?!« Er fuhr sich verzweifelt mit allen zehn Fingern durch die Haare. »Ich habe doch immer nur schnellstmöglich reagiert!«

»Pech«, sagte ich nur und wandte mich ab. Jetzt bloß nicht weich werden!

»Ich flehe dich an, unserer Ehe noch eine Chance zu geben!« Inzwischen schwammen Volkers Augen in Tränen, und seine Stimme zitterte. Ich hatte ihn noch nie weinen sehen, und er hörte sich wirklich reumütig an. »Ich liebe nur DICH, Barbara!«

Aber er hatte mich belogen. Ganz systematisch, und das über Jahre hinweg. Das hämmerte ich mir immer wieder ein wie ein Mantra. Das konnte ich nicht mehr schönreden. Ich atmete ein paarmal tief durch. Dann hob ich den Kopf. »Wie haben deine Söhne es aufgenommen?«

»Emil ist ganz auf deiner Seite«, sagte Volker verlegen. »Er will sich ein paar Kommilitonen suchen für eine WG in der Stadt.«

Ich atmete scharf aus. »Und Nathan?«

»Der zieht jetzt endgültig zu seinem Gönner. Er heißt Franz und hat ihm schon eine Eigentumswohnung überschrieben.«

»Dann ist die Familie sowieso zerrissen. Die Mädchen nehme ich jetzt jedenfalls mit.«

»Lass sie mich wenigstens am Wochenende sehen!«, flehte Volker verzweifelt.

»Natürlich.« Ich sah ihm offen ins Gesicht. »Du bist der Vater. Sie haben ein Recht auf dich.«

Wären die Mädchen nicht gewesen, wäre ich am liebsten für ein Jahr ins Ausland gegangen, um Abstand zu gewinnen. Hauptsache, weit weg! Schließlich hatte die Seherin was von einer langen Reise gesagt. Aber die Kinder mussten ja zur Schule.

»Barbara«, stieß Volker verzweifelt hervor und schüttelte mich wie einen Münzautomaten, in dem ein Fünfzigcentstück feststeckt. »Ich gebe dir alle Zeit, die du brauchst, um nachzudenken. Aber versprich mir, dass du eines Tages zu mir zurückkommst. Ich war ein schrecklicher Idiot! So etwas Kostbares wie dich zu hintergehen! Ich hab mich einfach hinreißen lassen! Ich wollte dir nicht wehtun! Deshalb habe ich dir nicht die Wahrheit gesagt! Bitte, lass mich doch jetzt nicht allein!«

Ich stand da wie zur Salzsäule erstarrt. Kalter Wind fuhr mir unter den Mantel. Volker würde nun ganz allein in der großen Villa wohnen. All seine Schufterei und Plackerei diente letztlich einem leeren Luxushaus. Auf einmal tat er mir schrecklich leid. Liebte ich ihn noch, oder hatte ich nur Mitleid? War es nur wieder mein großes Herz, das unter seinen Worten schmolz wie Eis in der Sonne?

»Ich weiß nicht, ob ich dir verzeihen kann, Volker«, hörte ich mich sagen. Ich atmete ein paarmal tief durch. »Ich brauche wirklich Zeit, um die ganze Sache zu begreifen.«

»Ich werde dich nie wieder belügen – ich schwör's!« Volker wurde von heftigen Schluchzern geschüttelt. »Gib mir bitte noch eine allerletzte Chance, Barbara! Lass es mich dir beweisen!«

Oh, Gott, ich wollte ihn an mein Herz reißen und ihn trösten! Aber er hatte mich mit Vorsatz belogen. Mir über zwei Jahre Theater vorgespielt.

Nein. Es ging nicht. Es ging einfach nicht.

»Nein«, sagte ich leise und ging einfach weg. Er folgte mir nicht. Wahrscheinlich lief hinter meinem Rücken der Abspann. Der bedrückende Film war aus.

24

Charlotte und Pauline hatten überraschend positiv auf die neue Wohnung reagiert. Mir hatten vor Angst die Beine geschlottert, als ich sie zum ersten Mal in den maroden Aufzug führte. Aber inzwischen hatte der Frühling Einzug gehalten, der Himmel war strahlend blau, und von den Nachbardächern zwitscherten unternehmungslustig die Amseln. Frühlingserwachen, auch für die Mädchen. Sie freuten sich darüber, mitten im prallen Leben zu stehen – und was für ein Zufall: Genau das wollte ich auch.

»Mama, das ist ja voll cool! Mitten in der Stadt! Da brauche ich ja nur fünf Minuten mit dem Rad zur Schule!«

»Voll krass, direkt um die Ecke sind die ganzen Geschäfte und Boutiquen!«

»Mami, dein Lieblingskino ist ja gleich nebenan!«

»Und das Landestheater!«

Wehmütig dachte ich an Lisa. Wie stolz ich vor zwei Jahren gewesen war, als ihr Bild im Schaukasten hing! Hatte ich nicht auch furchtbare Fehler gemacht? Ich hatte sie regelrecht in unser Leben hineingezerrt!

Die Kinder lenkten mich von meinen Selbstzweifeln ab.

»Und schau mal, das hier wird ein megacooles Shoppingcenter! Meinst du, da kommt H&M rein oder wenigstens New Yorker?«

»Da kann ich meine Freundinnen aus der Schule problemlos

mitbringen! Ist doch okay, Mami, wenn die hier mittags alle zum Essen kommen?«

»Wenn ihr für sie kocht!«

»Ja, klar! Du kannst jetzt wirklich aufhören, uns zu bemuttern!«

Die Vorfreude meiner Töchter auf das Leben in der »Mädels-WG« war so ansteckend, dass auch meine Zweifel verschwunden waren. Sie waren auf einmal richtige Teenager geworden. Ich musste lächeln, wenn ich sie in der Küche stehen und selbstständig kochen sah. Meine zweiwöchige Abwesenheit im Februar hatte meine Mädels zu selbstständigen jungen Menschen gemacht!

Mithilfe meiner neuen Freunde und Freundinnen aus Justus' Truppe richteten wir uns in der Wohnung häuslich ein. Jeder steuerte irgendein Möbelstück oder einen Teppich bei, den er erübrigen konnte. Wolfgang, der Große mit dem roten Pullover, schickte mir Schreiner und Elektriker aus seiner Firma, und Walter, der schwerreiche Banker, der plötzlich die Nächstenliebe als wertvollstes Gut entdeckt hatte, dübelte mir eigenhändig Regale an die Wände. Justus' Söhne schraubten die Glühbirnen ein, und Justus selbst installierte mir die wichtigsten Anschlüsse. Die gemütliche Hannelore und die braunäugige Inge halfen mir dabei, die Küche einzurichten, und versorgten uns alle mit selbst gemachtem Nudelsalat. Schon bald standen die Computer der Mädchen in ihren Zimmern, lief warmes Wasser aus dem Boiler und standen die ersten Kästen Stiegl-Bier auf dem Dachboden. Es herrschte regelrechte Partystimmung. Besonders erfreut nahm ich zur Kenntnis, wie gut sich Emil und Justus' Söhne verstanden. Nach nur einem einzigen Treffen hatten sie beschlossen, gemeinsam eine WG zu gründen.

»Hier stehen so viele alte Wohnungen leer – die kriegen wir zu einem Spottpreis!«

Natürlich war noch vieles improvisiert, aber das Wissen, meinen eigenen Weg zu gehen, nicht weich geworden zu sein, stimmte mich geradezu euphorisch. Zum ersten Mal im Leben dachte ich wirklich nur an mich!

Die Mädchen schleppten tatsächlich jeden Mittag neue Freundinnen an, und ich hörte sie schon im Flur rumoren. »Sorry, wir haben noch keine Garderobenhaken, also schmeiß die Klamotten hier einfach auf den Haufen, okay? Wir sind hier nämlich so ne Art Mädels-WG, also bitte nicht alles so eng sehen, ja?« Dann versammelten wir uns in der kleinen, gemütlichen Küche mit den Dachfenstern und improvisierten mit vereinten Kräften ein Mittagessen.

»Deine Mutter ist voll cool«, hörte ich einmal so ein Mädel mit Zahnspange zu meiner Pauline sagen. »Überhaupt nicht so pingelig und spießig!«

Nein, dachte ich. Auch mal schön. Fast lebte ich wieder wie eine Studentin. Ich fühlte mich auf einmal um zwanzig Jahre jünger! Außerdem hatte ich auch so genug zu tun! Ich hatte meine Stadtführungen wiederaufgenommen, die nun erfreulicherweise direkt bei mir um die Ecke begannen. Und wenn die Mädchen an den Wochenenden bei Volker waren, verbrachte ich meine Freizeit bei Justus mit den goldenen Härchen auf dem Arm. In seinen Seminaren auf dem Vollererhof. Das große, rustikale Kurhotel mit seinen begonienbewachsenen Balkonen leuchtete in der warmen Frühlingssonne. Der Untersberg war keine in Nebelschwaden gehüllte Mondlandschaft, sondern zeigte sich in einem völlig neuen Gewand: Schneebedeckt strahlte er wie frisch gekrönt durch das frische Grün der neu erwachenden Bäume und Wiesen zu uns herüber. Von meinem Balkon aus hielt ich Zwiesprache mit ihm und bildete mir ein, er würde mir zuzwinkern, so als wollte er sagen: »Siehst du, Mädel, wir haben uns beide nicht unterkriegen lassen!«

Justus ließ mich bei seinen Seminaren hospitieren. Im Lauf

der Zeit lernte ich immer neue interessante Menschen kennen. Egal, wie erfolgreich sie auch waren – viele von ihnen hatten immer nur funktionieren müssen, und dasselbe verlangten sie von ihren Mitarbeitern. Mit Justus' bewährten Übungen lernten diese Kopfmenschen wieder, Zuwendung, Wärme und Liebe zu geben … und entwickelten so Charakter und Charisma. Immer wieder durfte ich miterleben, wie sich anfangs noch müde, verzweifelte Gestalten im Laufe der Woche langsam öffneten wie eine Blume, die sich zur Sonne dreht. Dies hier war meine Passion!

In den Mittagspausen und an den hellen Frühlingsabenden machte ich weite Spaziergänge mit Justus. Wie anders doch jetzt die Waldwege wirkten, auf denen ich damals durch Eis und Schnee geirrt war! Ich fasste immer mehr Vertrauen zu meinem Freund und Mentor, und nach und nach erzählte ich ihm meine ganze vertrackte Geschichte in allen Einzelheiten. Sogar die Schlüsselszene mit der Handtasche schilderte ich ihm.

»War ich nicht blöd?«, stöhnte ich und verbarg mein Gesicht an seiner Schulter. »Dass ich davon ausging, Volker würde mir genau DIESE Tasche schenken?«

»Du hast so viel Liebe zu geben«, sagte Justus eines Abends, als wieder so ein Seminar erfolgreich zu Ende ging und wir Teilgeber uns zum Abschied in den Armen lagen. »Deine Ausstrahlung ist so positiv, so wertschätzend! Könntest du dir vorstellen, meine Seminarpartnerin zu werden?«

Die anderen Seminarteilgeber klatschten spontan Beifall. »Ja, das ist eine großartige Idee!«

Ich war sprachlos und sagte dann: »Ihr traut mir aber viel zu!«

»Du bist ein Naturtalent!«, verkündete Justus, was die anderen nickend bestätigten. »Wir anderen müssen Freundlichkeit und Herzlichkeit mühsam lernen. Wir machen Rollenspiele und schreiben uns Briefe, damit uns klar wird, wie wir auf andere wirken, aber du bist einfach von Natur aus so!«

Alle umarmten mich zum Abschied. »Wir buchen das nächste Seminar und schicken unsere gesamte Firmenbelegschaft her! Gerade die weiblichen Mitarbeiter brauchen deinen Rat!«

Ich strahlte, wie ich schon lange nicht mehr gestrahlt hatte. Meinten sie das ernst? Hatte ich wirklich das Zeug zur Seminarleiterin? Hatte ich wirklich genug Charakter und Charisma? Doch eines wusste ich: Man fühlt sich niemals im Leben besser, als wenn man eine Krise aus eigener Kraft gemeistert hat. Die Krise als Chance nutzt. Auch wenn es anfangs unmöglich erscheint. Aber dann geht es doch. Kein anderes Glücksgefühl der Welt reicht an dieses heran.

»Mama, du glaubst es nicht: Lisa ist wieder da!«

Die Mädchen saßen wie jeden Sonntagabend, wenn wir uns nach einem langen Wochenende wiedersahen, bei mir auf der weißen Kuschelcouch und berichteten, was im Sonnenblumenweg passiert war.

Sofort setzte ich mich kerzengerade hin. Hatte Volker nicht beteuert, nur mich zu lieben?

»Aber ich dachte, sie ist in London?«

»Papa hat sie zurückgeholt. Er sagt, er braucht eine Frau im Haus.«

»Na ja, und außerdem hat es mit dem Dirigenten nicht geklappt. Der wollte wohl kein Kind aufs Auge gedrückt bekommen, sondern Karriere machen.«

»Aha. Und … Fanny? «

»Boah, Mama, die ist so süüüüß!«

Sofort zückten beide Mädels ihre Handys und zeigten mir die Fotos, die sie von ihrer Halbschwester gemacht hatten. Mir zog sich vor Liebe und Sehnsucht das Herz zusammen.

»Guck mal, wie die laufen kann!«

»Und schau mal, was die Cooles anhat!«

»Und hier, da sitzt sie schon auf meinem alten Bobbycar!«

»Die rennt schon auf ihren kleinen, dicken Beinchen durch den Garten und hat vor nichts Angst!«

»Der Emil hat sie schon mitgenommen aufs Trampolin ...«

Wir steckten die Köpfe zusammen, und ich sah unscharfe Fotos von mehreren Blondschöpfen, die auf dem Trampolin herumsprangen. So hatte es anfangen. Damals. Als Lisa und meine Mädchen bei uns auf dem Trampolin herumsprangen. Und Volker so VEHEMENT gegen die neuen Nachbarn war. Damit wollte er meine Gegenreaktion provozieren! Meinen Beschützerinstinkt wecken! Je mehr Volker damals auf »Abstand« gedrängt hatte, desto mehr hatte ich Lisa an mich herangelassen. Volker kannte mich. Er hatte mich geschickt manipuliert. Alles war Kalkül gewesen! Und jetzt hatte er Lisa zurückgeholt.

Mich überzog eine Gänsehaut.

»Und?«, fragte ich bang. »Sind Papa und Lisa jetzt ... ein Paar?«

»Irgendwie schon, Mama. Aber nur, weil du den Papa nicht mehr wolltest.«

»Und? Sind sie glücklich?«

»Na ja, die Lisa ist schon voll sauer, dass sie nicht in London bleiben konnte. Ihre Karriere kann sie jetzt an den Nagel hängen, meint sie.«

Um meine Lippen spielte ein Lächeln. »Hat sie das so gesagt?«

»Ja! Aber Papa hat gesagt, solange er zahlt, kann er auch bestimmen, wo sein Kind wohnt.«

»Quatsch! So hat er das nicht gesagt!«

»Wohl, du blöde Ziege! Er hat gesagt, er will seine Frau und sein Kind bei sich haben. Wozu sonst hat er so ein großes, teures Haus?«

Ups! Ich registrierte den Rückfall der Kinder in alte Verhaltensmuster, sobald sie ein Wochenende bei ihm verbracht hatten. Außerdem klingelten bei mir ganz leise die Erinnerungsglocken: Hatte Volker damals nicht genau dasselbe zu mir gesagt mit dem Argument, Wiebke habe ihn schließlich im Stich gelassen und er brauche Nestwärme? Weil seine Mutter so kaltherzig und ehrgeizig war und sein Vater ein alter Militarist? Und prompt hatte ich meine Fernreisen aufgegeben und war Touristenführerin in Salzburg geworden. Damit mein armer Volker seine Nestwärme hatte.

»Mama, die Lisa singt jetzt wieder am Landestheater.«

»Ah ja?«

»Und sie lässt fragen, ob es okay ist, wenn sie dich in nächster Zeit mal besucht?«

»Ähm …« Jetzt war ich wirklich ratlos. Wollte ich Lisa sehen? Wollte ich unsere Freundschaft fortsetzen? Wollte ich … Fanny weiterhin hüten? Die Ärmste konnte nun wirklich nichts dafür, und ich war immerhin ihre Patentante!

»Ich glaube, ich brauche noch Zeit«, sagte ich. Wenn Lisa sich wenigstens direkt an mich wenden würde, um sich zu entschuldigen oder sich wenigstens auszusprechen. War sie zu feige dafür? Oder zu stolz? Sie konnte doch unmöglich so unverbindlich über die Mädchen um ein Treffen bitten!

»Na ja, sie haben sowieso ein Au-pair-Mädchen engagiert«, plauderte Pauline drauflos.

»Eine Russin oder so.«

»Quatsch, die ist aus der Ukraine.«

»Also eine Russin. Mama, die will Balletttänzerin werden!«

»Ja, die hat voll die Wahnsinnsfigur, so voll krass dünn, und die tanzt immer im Wohnzimmer.«

»Oma Leonore spielt Klavier, und die Ludmilla tanzt dazu. Das findet Fanny voll lustig, die steht in ihrem Laufstall, hampelt herum und will mittanzen.«

»Ja, und Papa filmt das mit seiner Videokamera.«

»Bitte WAS?« Jetzt musste ich aber schallend lachen. Der Kreis hatte sich geschlossen! Das Spiel ging wieder von vorn los! Jetzt war Lisa die frustrierte Hausfrau, die ihre Karriere an den Nagel gehängt hatte! Und Volker schenkte seine Aufmerksamkeit wieder einer Jüngeren?

»Na ja, die bewirbt sich an der Tanzakademie, und der Papa meinte, die Lisa könne ihr ja ein bisschen helfen, mit ihren Beziehungen und so.«

»Und?« Mir blieb vor Spannung der Mund offen stehen.

»Die Lisa hat dem Papa 'nen Vogel gezeigt! ›Die soll mir das Kind hüten und ansonsten das Haus putzen!‹, hat sie geschrien. Na ja, seit London hat sie sich ziemlich verändert. Die hat irgendwie voll den Stress und weiß wohl auch nicht so genau, was sie will. Am liebsten will sie wieder deine Freundin sein. Und am allerliebsten hätte sie dich wieder für Fanny.«

»Ach was!«, sagte ich. Das waren ja interessante Neuigkeiten. Aber ich brauchte Zeit.

»Ich fühle mich bei dir geborgen. Du hast eine warme, runde Ausstrahlung. Das hat ein Stück weit die Leere in mir abgelöst.«

Walter, der Banker, war inzwischen unser treuester Klient geworden und schleppte immer neue Multimillionäre an, deren Seelen verschüttet waren. Seine Worte galten einem neuen Teilgeber, einem internationalen Pelzgroßhändler, der uns gerade unter Tränen berichtet hatte, dass seine Mutter ihn ins Heim gegeben hatte, als er noch ein Baby war, und dass er nie gelernt hatte zu lieben.

Wir saßen im Kreis auf der wunderschönen Aussichtsterrasse mit Blick auf den Untersberg. Der warme Sommerwind strich über unsere erhitzten Gesichter. Wieder lag eine interessante Woche mit unseren Seminarteilgebern hinter uns. Justus saß mir mit aufgerollten Hemdsärmeln gegenüber. Die goldenen Härchen auf seinen Armen glitzerten in der Abendsonne wie gesponnenes Gold. Jetzt leitete er die Schlussrunde ein: »Inwieweit haben wir unser Ziel erreicht, einander kennen, verstehen und schätzen zu lernen? Inwieweit sind wir bereit, uns aufeinander einzulassen, ehrlich miteinander umzugehen?«

Ich dachte kurz an Volker. Ja, inwieweit war ich eigentlich dazu bereit? Wenn sich hier schon die Manager um Kleinigkeiten stritten, wie viele Lichtjahre würde es dann wohl dauern, bis ich dazu bereit war, mich wieder wertschätzend und voller Verständnis auf Volker einzulassen?

Walter, der Schweizer Banker antwortete bewegt, mit Tränen in den Augen: »Ich war früher völlig verkorkst. Konnte keine Gefühle für Menschen zulassen. Und jetzt werde ich mich jeden Morgen, bevor ich meine Bank betrete, fragen: Möchte ich diese Menschen kennen, schätzen und verstehen lernen?« Seine Stimme brach. »Ja, ich WILL!«

Justus sah mich schmunzelnd an, so nach dem Motto: Jetzt übertreibt er es aber!

Plötzlich unterbrach eine weibliche Stimme die emotionsgeladene Atmosphäre. »Entschuldigung, dass ich störe, aber ist hier eine Frau Wieser?«

Die Rezeptionsdame im Dirndl hatte ein Telefon in der Hand.

»Sie stören keineswegs!«, rief ich. »Ist das für mich?« Erleichtert riss ich ihr das Handy aus der Hand und rannte zur Hecke. »Hallo?«

»Hallo, Barbara. Hi, ich bin's, Lisa.«

»Lisa!« Ich zog die Schultern hoch. »Das ist jetzt gerade kein guter Moment.«

»Bitte, leg nicht auf«, sagte Lisa mit einer ganz veränderten Stimme. »Es ist etwas passiert: Volker hatte einen Herzinfarkt.«

25

Je-der-mann! JEEEE-DER-MANNNN! Ich sah, wie der Tod seine Hand auf das Herz des Jedermann legte. Dass es nun sogar den vitalen Volker getroffen hatte! Mir zitterten die Beine. Er würde doch nicht … O Gott, bitte nicht. Nicht jetzt. Nicht, nachdem sein Leben so … unrund war.

Mechanisch rannte ich durch die Flure des Landeskrankenhauses. Vor meinen Augen tanzten Sterne. War das etwa meine Schuld? Hätte ich zu ihm zurückkehren müssen? Ich hatte mich auf Anweisung der Schwester desinfiziert, den grünen Kittel, den Mundschutz, die Zellophanpantöffelchen und die Handschuhe angezogen und staunte über die vielen grün gekleideten Gestalten, die alle auf der Intensivstation vor Volkers Zimmer warteten. Allen stand die nackte Angst in den Augen.

An der Stimme erkannte ich Leonore, die laut lamentierte: »Der arme Junge! Er hat sich einfach zu viel aufgebürdet! Ich habe ja getan, was ich konnte, um ihn zu unterstützen, aber was nutzt das, wenn keine Frau bei ihm bleiben will?«

Dieser Seitenhieb galt natürlich mir.

Ein Stück weiter entdeckte ich Lisa. Sie war ebenfalls grün vermummt. Ich sah nur ihre schreckgeweiteten Augen.

»Barbara! Endlich!« Sie machte ein paar Schritte auf mich zu. »Ich wollte dir IMMER schon sagen, dass ich unbedingt mit dir befreundet bleiben möchte …«

Ich stieß sie weg.

»Wo ist Fanny? «

»Charlotte und Pauline sind mit ihr in die Kantine gegangen. Das Au-pair-Mädchen ist mir hier zusammengeklappt.« Sie zeigte zur Wand, wo ein zusammengekrümmtes Geschöpf auf dem Boden hockte, das genauso grün im Gesicht war wie ihr Mundschutz. Das zerbrechliche Wesen bestand nur aus Haut und Knochen. Das musste die Tänzerin aus der Ukraine sein!

»Und wie geht es Volker?«, fragte ich hastig, wobei ich mich über die vielen anderen Frauen wunderte.

»Wissen wir noch nicht«, sagte Lisa aufgeregt. Ihre Stimme überschlug sich. »Barbara! Es war alles GANZ ANDERS, als du denkst! Ich MUSS mit dir reden …«

»Nicht jetzt. Wird Volker … überleben?«

»Er ist gerade erst aus dem OP-Saal gekommen und befindet sich im Aufwachraum. Er wird noch künstlich beatmet.« Lisa wischte sich mit zitternden Fingern die Augen. Ihre Schminke war vollkommen verlaufen.

»Wenn der jetzt stirbt, dann bringe ich mich um!«, schluchzte das Au-pair-Mädchen auf. »Der darf jetzt nicht sterben! Ich brauche ihn doch jetzt!«, rief sie mit russischem Akzent.

Ich beugte mich fragend zu ihr herab. Was meinte sie denn damit?

»Das hat ihm einfach den Rest gegeben«, mischte sich jetzt wieder laut klagend Leonore ein. »Er KANN nicht für noch ein Kind sorgen! Einmal muss wirklich Schluss sein!«

Moment. Wie meinte sie denn DAS jetzt? Redete sie von Fanny, oder gab es etwa schon wieder Neuigkeiten im Hause Wieser?

Meine Augen zuckten zwischen den grün gekleideten Frauen hin und her, deren Gesichter hinter dem Mundschutz versteckt waren. Gab es hier irgendwie Erklärungsbedarf? War Volker DESWEGEN zusammengeklappt? Hatte sein Herz deswegen gestreikt? Mein Mund war völlig ausgetrocknet.

Links von der Tür lehnte Wiebke mit verschränkten Armen an der Wand. Ihre Augen verrieten keinerlei Gefühl. Mein ratloser Blick wanderte weiter. Am anderen Ende des Ganges stand noch eine weibliche Gestalt in Grün. War das eine Krankenschwester? Offensichtlich nicht, denn sie wartete genau wie wir. Gehörte die auch zu uns? Ich meine – war sie wegen Volker da, oder gab es hier noch einen anderen Patienten?

Sie kam mir bekannt vor. Nur woher? Diese roten Haare, die da unter ihrem Häubchen hervorquollen – wo hatte ich die schon einmal gesehen? Und diese Augen … Ach ja! – Nein. Oder doch? Das war doch die Mutter des fünfzehnjährigen Bengels aus dem Café Demel? Mit der ich so gern ins Gespräch gekommen wäre? Und die dann auf einmal so plötzlich gegangen war. Was machte die denn hier?

Sie schaute mich über ihrem Mundschutz hinweg an und nickte verlegen.

Ich grüßte automatisch zurück.

Was … Wie … Wieso wusste die von Volker?

Plötzlich durchzuckte mich ein schier unglaublicher Gedanke. Dieser Bengel. Der hatte Nathan so ähnlich gesehen. Die Frau war öfter in meiner Nähe gewesen! Sie hatte Volker und mich beobachtet! Und er war immer plötzlich aufgebrochen, wenn er sie entdeckt hatte! Oder aber SIE hatte die Flucht ergriffen. Ich sah sie zahlen und mit ihrem teilnahmslosen Bengel die Treppe hinuntereilen. »Frau Wieser, diese Ähnlichkeit sämtlicher Kinder mit dem Herrn Doktor!«, klingelte es mir wieder in den Ohren.

Peng! Mein Herz. Noch so ein Aussetzer. Immerhin befand ich mich praktischerweise schon im Landeskrankenhaus. Ich brauchte einfach nur umzufallen. Nein, nicht auch noch die!, dachte ich. War SIE etwa die Patientin, bei der Volker immer vorbeischaute, weil sie angeblich keinen Aufzug hatte? Sie WAR gar keine Patientin. Und Treppen steigen konnte die auch. Seine regelmäßigen Hausbesuche waren rein privater Natur gewesen. Wie alt war der Junge? Fünfzehn? Sechzehn? Siebzehn? Dann hatte das Kapitel mit der Rothaarigen schon vor meiner Zeit angefangen? Wie hatte die neugierige Alte im Café gesagt? »Kürzlich traf ich noch die Gerlinde, die im Haus vom Doktor Wieser und der Wiebke gewohnt, hat mit ihrem Sohn. Die wohnt ja jetzt da hinten (…). Der Bua ist ja auch schon groß.«

Nein. Das konnte doch nicht … Oder doch?

War Volker etwa die ganze Zeit … zweigleisig gefahren?

Dreigleisig!! Seit Lisa war er dreigleisig gefahren!

Moment: Wiebke, Gerlinde, ich, Lisa. Mit jeder hatte er mindestens ein Kind. Dagegen war Jörg Kachelmann ja ein blutiger Amateur!

Ich wollte lachen, doch meiner Kehle entrang sich nur ein hysterischer Schluchzer. Ich hatte Volker so geliebt! Und ihm vertraut. Er war mein Held gewesen, mein Lebensinhalt, mein … Und der hatte von ANFANG an mit falschen Karten gespielt? Nicht erst, seit es Lisa gab? Schon VOR Lisa? Wie oft hatten wir brav im Café Demel gesessen und auf ihn gewartet, in der Annahme, er kümmere sich um eine alte, gebrechliche Patientin? Wie oft hatte ich seinen Wagen dort stehen sehen und ihm heimlich verliebte Kusshände zugeworfen, während ich mit meinen Touristengruppen am Brunnen gestanden hatte? Ich hatte mir etwas gewünscht, als der Regenbogen zu sehen gewesen war. NEIN. Ich hatte mir NICHTS GEWÜNSCHT. Weil ich so wunschlos glücklich war.

Millionen Härchen auf meinen Armen stellten sich auf.

Die hübsche Rothaarige schien meine Gedanken lesen zu können. War sie etwa Gerlinde? Ihre Augen verzogen sich zu schmalen Schlitzen – lächelte sie etwa? Versöhnlich? Sie nickte wieder. Entschuldigend? Ich konnte ihr Gesicht unter dem

Mundschutz nicht erkennen. Mein Herz dehnte sich fragend, schwoll auf die Größe eines riesigen Luftballons an. Gleich würde es platzen, zerbersten, für immer.

Dann war dieser Junge also ... Volkers Sohn! Volker hatte NOCH ein Kuckuckskind.

Mir fuhr der Schreck in die Glieder. Nein. Das hatte er nicht getan. Er war doch nicht die ganze Zeit hinter meinem Rücken ...

Aber mit Lisa hatte er es auch getan. Fanny war seine Tochter. Ein Kuckuckskind, das er mir, ohne mit der Wimper zu zucken, untergejubelt hatte. Während er sich mit Lisa in London oder mit der Rothaarigen amüsiert hatte. Er war dazu fähig. Er hatte zwei Gesichter. Oder drei. Oder ... Hatte ich meinen Mann JE GEKANNT?

»Tja, Barbara, dumm gelaufen, was?«

Ich fuhr herum und sah direkt in Wiebkes kalte Augen. Ich konnte nicht anders. Hysterisch schluchzend zerrte ich an ihrem Arm. »Wiebke! Du hast das alles gewusst!«

Fünfzehn Jahre. Sie hatte mich fünfzehn Jahre lang wie eine Maus im Käfig beobachtet. Mit der Grausamkeit einer Katze, die das Mäuslein irgendwann mit einem einzigen Tatzenhieb zur Strecke bringt. Aber eben erst irgendwann. Weil es ja so viel Spaß macht, das Mäuslein zappeln zu sehen.

»Warum hast du mich nicht gewarnt?« Jetzt schrie ich sie an und zerrte so an ihrem Kittel, dass ich ihn ihr fast vom Leib gerissen hätte.

»Du solltest das Gleiche durchmachen wie ich!« Ihre Augen waren nur noch zwei schwarze Schlitze.

»Wie ... Wie meinst du das?«, schluchzte ich.

»Gerlinde war Nathans und Emils Kindergärtnerin. Ich habe sie wirklich gemocht. Irgendwann hatte sie Liebeskummer – ihr Kerl hatte sie verlassen. Sie stand quasi auf der Straße, hahaha. Daraufhin haben wir ihr die Wohnung über der Apotheke vermietet. Ich habe Volker so gedrängt, dem armem Mädchen beizustehen. Den Rest kannst du dir ja denken.«

»Nein! Sag jetzt nicht …« Ich verstummte. Meine Gehirnzellen arbeiteten fieberhaft.

»SIE war der Scheidungsgrund. Nicht du! – Bilde dir bloß nicht ein, dass DU meine Ehe zerstört hast.«

Das klang ziemlich triumphierend. Sie spuckte es mir förmlich ins Gesicht.

»Gerlinde war nicht so dumm wie du. Sie hat Volker nicht geheiratet. Er durfte sie und den Jungen nur jede Woche besuchen und ihr die Alimente vorbeibringen. Dreihundertsechsundachtzig Euro und fünfundneunzig Cent. Die Summe dürfte dir ja bekannt vorkommen.« Sie lachte auf. »Es gibt sogar Handtaschen, die dasselbe kosten.«

Ich fasste es nicht. Ich stand nur da und starrte sie mit offenem Mund an. Als ich glaubte, an meinem Mundschutz zu ersticken, riss ich ihn mir einfach aus dem Gesicht.

»Aber dann hast du mich sehenden Auges ins Unglück rennen lassen?«

»Jetzt tu bloß nicht so, als wäre ich verantwortlich für dein Schlamassel?! Du warst ja so blind vor Liebe, und das habe ich mir wirklich jahrelang mit großer Freude angesehen!« Sie rieb sich zufrieden die Hände.

»Der arme Junge!«, rief Leonore erneut. »Wie soll er das denn schaffen? Und ich bin auch nicht mehr die Jüngste! Ich bin doch die Einzige, die immer zu ihm hält!«

»Jedenfalls werde ich für das Erbe meiner Söhne kämpfen«, zischte Wiebke unter ihrem Mundschutz hervor. »Sobald er ansprechbar ist, gehe ich als Erste rein. Ihr könnt euch alle hinten anstellen. Ich habe hier die ältesten Rechte.«

»Deswegen bin ich auch hier«, sagte Gerlinde, die Kindergärtnerin, mit sanfter Stimme. »Mein Benedikt will schließlich auch studieren. Ich gehe dann als Zweite rein.«

»Und dann kommst du dran, Barbara ...« Wiebke schenkte mir ein gönnerhaftes Lächeln. »Falls er dann noch lebt.« Sie lachte heiser.

Was war denn das hier für eine Hackordnung?

Entgeistert sah ich von einer zur anderen.

Lisa lehnte blass, aber gefasst an der Fensterbank. »Und ich vertrete hier Fannys Interessen«, sagte sie. »Falls er das Testament noch nicht auf den neuesten Stand gebracht hat.«

»Ja, wie viele Kinder hat er denn noch?«, fragte Gerlinde unangenehm überrascht. »Da bleibt ja für meinen Benedikt gar nicht mehr viel übrig!«

In diesem Moment erbrach sich die kleine Russin auf den Linoleumfußboden.

»Sie können jetzt reinkommen!«

Die Tür zu Volkers Krankenzimmer wurde von innen geöffnet, und eine freundliche Krankenschwester steckte den Kopf heraus. »Er ist über den Berg! Machen Sie sich keine Sorgen – er ist erstaunlich robust!« Sie lachte froh. »Er könnte schon wieder kleine Götter zeugen!«

Ach nein!, dachte ich. Das ist vielleicht keine so gute Idee.

»Also, er möchte als Erste seine Frau sehen!«, rief die Krankenschwester. »Barbara! Wer von Ihnen ist Barbara?«

Sie wurde beinahe überrollt.

Alle Frauen stürmten auf einmal hinein. Alle, bis auf mich.

Irgendwie zog es mich zum Ausgang. Ich konnte da jetzt nicht rein. Ich wollte ihn nicht sehen und mir weitere Beteuerungen anhören, dass er NUR MICH liebte und mich NIE WIEDER BELÜGEN würde. Mir war im Moment völlig egal, ob er sterben oder weitere junge Götter zeugen würde. Mein Leben mit ihm war endgültig vorbei. Langsam zog ich mir die grüne Kluft aus und warf das Zeug in einen bereitstehenden Korb. Kopfschüttelnd schleppte ich mich durch die nach Desinfektionsmitteln riechenden Flure. Dreimal war ich schon hier gewesen: einmal, um Lisa beizustehen, und zweimal, um Volkers Kinder zur Welt zu bringen. Jetzt schlich ich im Zeitlupentempo wieder hinaus.

Das Ausmaß seines Betruges war noch viel höher als ursprünglich gedacht. Er betrog mich nicht erst seit zwei Jahren. Er betrog mich seit fünfzehn Jahren. Und Wiebke hatte davon gewusst. Wie sollte ich damit fertig werden? Ich wollte nur noch weg, möglichst weit weg. Am liebsten ans andere Ende der Welt.

Und ich hatte tatsächlich mit dem Gedanken gespielt, zu ihm zurückzukehren? Ja, mir noch die Schuld für seinen Zustand gegeben? Wer würde mir jetzt Kraft geben, das zu verarbeiten?

Unten auf dem Parkplatz lehnte Justus hemdsärmelig an meinem Auto. Er hatte ein Päckchen auf die Motorhaube gelegt.

»Wie geht es ihm?«

»Er könnte schon wieder kleine Götter zeugen.«

»Und wie geht es dir?«

»Ich weiß nicht. Ich bin völlig durcheinander. Ich glaube, ich möchte einfach nur weg …«

Justus nahm meinen Arm. »Ich möchte dir einen neuen Klienten vorstellen. Er ist in einer sehr hohen Führungsposition und braucht dringend ein Coaching für sich und seine Mannschaft.«

»Oh, Justus, sei mir nicht böse, aber heute Abend kann ich nicht mehr auf verkorkste Manager eingehen.«

»Lass dich einfach nur zum Essen einladen, ja?«

Ich hatte das Gefühl, nie wieder in meinem Leben etwas essen zu können.

Justus hielt mir galant die Wagentür auf: »Deinen lassen wir hier einfach stehen. Nimm das Päckchen mit.«

»Was ist da drin?«

»Du wirst schon sehen. Der Klient wartet übrigens im Schlosshotel Mönchstein.«

Vom Landeskrankenhaus aus waren wir in fünf Minuten auf dem Mönchsberg. »Weißt du noch, wie wir uns da oben auf der Richterhöhe kennengelernt haben?«, sagte Justus.

»Ja. Dort hast du mir eine Scherbe aus dem Fuß gezogen. Verdammt schmerzhaft war das.«

Plötzlich fielen mir die Worte der Seherin wieder ein. Genau das hatte sie doch gesagt: »Sie sind ihm schon mal begegnet. Er war eine schmerzhafte Begegnung.«

»Und inzwischen hast du mir eine Scherbe aus dem Herzen gezogen«, sagte ich seufzend. »Ohne dich und dein verrücktes Seminar wäre ich nie mit dieser Sache fertiggeworden. Und ich bin es immer noch nicht. Schon gar nicht nach dem, was ich eben erlebt habe.«

Justus lenkte den Wagen über die Serpentinen hinauf. »Heute waren wirklich total verkorkste Leute da«, sagte er, meine letzte Andeutung missverstehend. »Ich habe mir wirklich das Lachen verbeißen müssen.«

»Ich mir auch.« Und jetzt musste ich mir schon wieder das Weinen verbeißen.

Ich wollte weg! Nur noch weg!

Wir waren oben. Unter uns leuchteten die Lichter der Stadt.

»Hier ist die Stelle, wo sich die Selbstmörder runterstürzen«, sagte Justus.

»Ich weiß«, sagte ich und deutete auf den senkrecht abfallenden Felsen, auf dem ein kleines Eisenkreuz stand. Ich drehte mich zu ihm um. »Gut, dass es dein Seminar gibt.« Gedankenverloren strich ich ihm mit dem Zeigefinger über den Arm. »Halt mich lieber fest, sonst springe ich doch noch.«

Er lächelte mich liebevoll an. »Unser nächster Auftrag könnte richtig interessant werden.« Justus nahm meine Hand und küsste ganz sanft meine Fingerspitzen.

»UNSER nächster Auftrag?«

»Barbara, ich habe dich vor einiger Zeit schon mal gefragt,

349

ob du dir vorstellen kannst, meine Partnerin zu werden. Ganz offiziell.«

»Justus, ich kann nicht. Gib mir doch Zeit. Ich hospitiere wahnsinnig gern an den Wochenenden, ich lerne unglaublich viel bei dir, aber ansonsten muss ich erst mein Leben neu ordnen ...«

»Natürlich vorerst nur beruflich.« Er legte den Arm um mich, und wir schauten ins Tal. Da unten schmiegte sich die Salzburger Altstadt an den Felsen. Hinter den runden Kuppeln funkelten zwei winzige Fenster in der Sonne: meine Wohnung. Mein neues Zuhause. Meine ... Zukunft?

»Ich weiß nicht, Justus. Ich glaube, ich kann das nicht. Ich habe doch gar keine psychologische Ausbildung! Ich bin in erster Linie Hausfrau und Mutter ...«

»Genau das ist dein großes Plus! Deine herzliche Ausstrahlung und dein freundliches Wesen sind ein Geschenk! Du kannst zuhören, gehst selbstverständlich auf andere ein – alles Dinge, die diese egozentrischen Einzelkämpfer mit den Dollarzeichen in den Augen erst mühsam lernen müssen. Bei dir öffnen sie sich, bevor ich das mit meinen Übungen und Rollenspielen vertiefen kann.« Er räusperte sich. »Das ist schon arm, was die für Egoprobleme haben. Die haben nie gelernt, für andere da zu sein, die bemessen ihren Wert allein nach dem Kontostand und müssen erst kostspielige Seminare besuchen, um die einfachsten menschlichen Interaktionen zu lernen. Etwas, das der liebe Gott mit einem riesigen Füllhorn über dich ausgeschüttet hat!«

Das klang so liebevoll, so aufrichtig. Das kam aus ganzem Herzen. Aber konnte ich je wieder einem Mann vertrauen?

Ich gab mir einen Ruck.

»Gut«, sagte ich. »Du hast mir wirklich geholfen, und ich schulde dir was.«

»Du schuldest mir gar nichts.«

350

»Doch. Ich meine die Scherbe im Fuß. Ich schulde dir noch ein neues Hemd.«

»Na gut, das stimmt.«

»Außerdem macht mir die Zusammenarbeit mit dir riesigen Spaß. Und wenn ich diesen Leuten wirklich helfen kann, ihrem Panzer zu entrinnen …«

Kann man Liebe lernen?, fragte ich mich kopfschüttelnd. Offensichtlich nicht. Denn ich war ja am allergründlichsten reingefallen mit meiner Liebe.

Justus drückte mich an sich. »Dann können wir dem Klienten da drinnen also sagen, dass es uns für sein Vorhaben nur im Doppelpack gibt? Glaub mir, das ist ein Riesenfisch.«

»Wenn er uns beide bezahlen kann?«, sagte ich neckisch, aber Justus antwortete im Brustton der Überzeugung: »Und ob der das kann. Da steht eine riesige Firma dahinter.«

Wir schritten Arm in Arm über den Kiesweg ins Schlosshotel Mönchstein. Justus hatte das Päckchen unter den Arm geklemmt, das ich natürlich versehentlich hatte liegen lassen.

»Der Herr sitzt ganz oben im kleinen Turmrestaurant«, begrüßte uns die Hoteldirektorin, die sofort in wadenlanger Tracht hinter der Rezeption hervorkam. »Sie werden bereits erwartet!«

Ich musste mich wirklich zwingen, nicht dauernd an Volker zu denken. Ob er nach mir rief? Loslassen, Barbara!, beschwor ich mich. Jetzt würde ich mich auf einen neuen verkorksten Supermanager einlassen müssen.

Die freundliche Direktorin – Samantha Teufel mit Namen, wie das Schild auf ihrem dunkelgrauen Trachtenkostüm verriet – geleitete uns durch das edle, holzvertäfelte Treppenhaus und zeigte uns stolz im Vorübergehen die geräumigen Luxussuiten, in denen Tom Cruise und Cameron Diaz während der Dreharbeiten zum Kinofilm *Knight and Day* gewohnt hatten. Ich dagegen staunte auf jedem Treppenabsatz über die wunderschöne Aussicht auf das Lichtermeer Salzburgs. Ein orangefarbener Vollmond stand über dem gegenüberliegenden Kapuzinerberg.

»Hier oben werden gern Heiratsanträge gemacht …«, schwärmte die nette Frau Teufel augenzwinkernd. »Es ist das kleinste Restaurant der Welt. Nur EIN Tisch.«

»Oh, dann gehe ich da, glaube ich, nicht so gern rein …« Justus würde doch nicht?

Justus schob mich sanft vor sich her. »Wir sind rein geschäftlich hier, Barbara.«

Die Tür wurde aufgeschoben. In dem winzigen Rapunzel-Erkerzimmer saß am weiß gedeckten Tisch ein sehr großer blonder Mann und schaute aus dem Fenster. Er trug einen weißen Leinenanzug. Als er uns kommen hörte, sprang er auf und wandte uns sein braun gebranntes Gesicht zu. Mein Herz setzte einen Schlag aus. Das war doch nicht … Das konnte doch nicht … »Sven!«

»Barbara …?«

»Ihr kennt euch?« Justus war aufrichtig überrascht.

»Ja! Wir waren mal Nachbarn!« Verdattert schüttelte ich Sven die Hand, der genauso fassungslos war wie ich.

»Was machst du denn hier?« Sven schoss die Röte ins Gesicht. Ich sah seine Halsschlagader pochen.

»Dasselbe frage ich DICH!« Erschrocken sah ich mich nach Justus um. War DAS unser Klient?

Ausgerechnet Sven! Wie hatte ich den armen Mann angeschrien, beschimpft und rausgeschmissen! Ich schämte mich schrecklich. Natürlich hatte ich gehofft, ihm nie wieder begegnen zu müssen.

Sven hörte gar nicht mehr auf, mir die Hand zu schütteln. »Du hast mich ja so was von zusammengefaltet damals …«

»Oh, Gott, es tut mir so leid! Sven, ich wusste doch nicht …«

»Aber jetzt weißt du es?«

»Ja, ich weiß es. Und nicht nur das.«

»Was weißt du denn NOCH?«

Sven sank auf einen Stuhl – er konnte sich offensichtlich nicht mehr auf den Beinen halten vor Schreck.

Justus schob mir ebenfalls schnell einen samtbezogenen Heiratsantragsstuhl unter.

»Na ja, mein Mann war doch vielseitiger, als ich dachte ...«

»Vielseitiger?«, fragte Sven gedehnt.

»Nun, er hatte mehrere Frauen. Und mehrere Kinder. Nicht nur ... Lisa und mich.«

»Ist es DAS, was du weißt?« Sven starrte plötzlich auf seine Schuhspitzen.

»Ja. Gibt es sonst noch was, das ich wissen sollte?« Mein Mund schmeckte nach Pappe.

Frau Teufel setzte uns geistesgegenwärtig Champagner vor. »Auf einen erfolgreichen Abend und den netten Zufall, dass Sie sich offensichtlich von früher kennen.«

Justus verzog sich diskret. So wie in seinen Seminaren, wenn sich Klienten plötzlich eher mir anvertrauten als ihm.

»Also, Barbara, du glaubst ja nicht, wie sehr ich mir den Moment herbeigesehnt habe, wo ich es dir endlich sagen kann ...«

Moment. Das waren doch genau Lisas Worte! Auch sie wollte mir unbedingt etwas sagen.

Sven fuhr sich fast verzweifelt über die Stirn, und seine dunkelblauen Augen wurden fast schwarz. »Barbara. Liebe Barbara. Es war kein Zufall, dass Lisa und ich eure Nachbarn wurden.«

»Kein. Zufall.«

»Nein.«

Sven kaute auf seiner Unterlippe, und der Champagner in seinem Glas schickte tausend kleine Bläschen an die Oberfläche.

Mein Mund war so trocken, dass ich mechanisch trank, ohne es zu merken.

»Das Grundstück gehörte auch nicht meinem Vater.« Sven hüstelte nervös. »Wie denn auch, wenn ich aus Flensburg stamme.«

Ja. Das leuchtete mir ein. Flensburg. Wiebke stammte auch aus Flensburg. Da … Da bestand doch nicht etwa ein Zusammenhang?

Ich setzte das Champagnerglas an den Mund und leerte es auf einen Zug. Ein weiteres Geständnis konnte ich jetzt ohne viel Alkohol nicht ertragen.

»Hier!«, sagte Sven und hielt mir seines auch noch hin. »Ich schätze, das brauchst du jetzt dringender als ich.«

Justus trat leise hinter mich und legte mir die Hände auf die Schultern. Das tat er auch oft bei seinen Klienten, wenn sie weinten oder gerade vollkommen aufgelöst waren.

Oh, Gott. Was kam denn jetzt NOCH?

»Ich war auch nie mit Lisa verheiratet«, sagte Sven in die lähmende Stille hinein.

Außer meinem eigenen Herzschlag hörte ich nichts mehr.

Justus verstärkte den Druck seiner Hände.

»Aber ich schuldete Volker einen Gefallen. Einen sehr großen Gefallen.« Er senkte den Kopf, raufte sich die Haare. »Ich hätte nie Kapitän werden können, wenn er mir nicht vor vielen Jahren ein perfektes Gesundheitszeugnis ausgestellt hätte.«

»Was?« Ich verstand nicht. »Ihr kanntet euch schon früher?«

»Kapitän war mein absoluter Traumberuf, aber irgendwann habe ich so einen blöden Sehtest ganz knapp nicht bestanden, und aus die Maus …« Sven sprang plötzlich auf und lief wie ein eingesperrter Königstiger in einem viel zu kleinen Käfig auf und ab. »Wiebke und ich sind in Flensburg auf dieselbe Schule gegangen. Bei einem Klassentreffen erzählte ich ihr von meinem Pech, und sie meinte, ihr Mann würde mir bestimmt ein Gesundheitsattest ausstellen; sie hätte nämlich gerade was bei ihm gut. Und dann erzählte sie mir was von einer Kindergärtnerin, die zu ihnen ins Apothekerhaus gezogen und von ihm schwanger war oder so was. Ich hielt das Ganze für eine Familienangelegenheit, und mein Traum schien mir plötzlich zum Greifen nahe …«

Auf einmal dämmerte es mir. Sprechen konnte ich nicht, so trocken war mein Mund.

Justus zauberte wie aus dem Nichts weiteren Champagner herbei und flößte ihn mir ein wie Medizin. Allein das Prickeln auf meiner Zunge sagte mir, dass ich nicht träumte.

»Fünfzehn Jahre später treffe ich die Wiebke wieder bei einem Klassentreffen in Flensburg. Inzwischen bin ich glücklich Kapitän und zeige ihr Bilder vom schönen Schiff, als sie sagt, dass sie inzwischen geschieden ist. Ihr Volker sei wieder verheiratet, aber es gebe da ein Mädel, das er umständehalber gern in seiner Nähe hätte. Wie ich denn meinen nächsten Landurlaub verbringe?«

»Landurlaub.« Mehr konnte ich beim besten Willen nicht sagen.

»Ob ich Lust hätte, einem netten Mädel beim Einrichten eines Fertighauses zu helfen.«

Meiner Kehle entrang sich ein Krächzen.

»Ich bin nämlich ein begeisterter Hobbyhandwerker, und da ich noch nie ein Häuschen eingerichtet hatte und sowieso nicht wusste, was ich mit drei Monaten Landurlaub anfangen soll, habe ich das Spiel eben mitgespielt.«

»Spiel. Gespielt. Du also auch«, stammelte ich.

»Dein Mann hatte das Grundstück schon lange gekauft. Er wollte irgendwann ein Haus für seine Söhne darauf bauen. Als Lisa von ihm schwanger war, hat er umdisponiert. Er hat Lisa dort hineingesetzt, und damit du keinen Verdacht schöpfst, musste ein Ehemann her. Einer, der praktischerweise häufig unterwegs ist. Ein Kapitän. Da hat er sich an mich erinnert. Er hatte schließlich noch was gut bei mir.«

»Ich fasse es nicht!« Ich raufte mir die Haare. Aber nach allem, was ich jetzt über Volker wusste, passte auch das.

»Aber Lisa?! Wie konnte sie so kaltblütig mitspielen? Und das über einen so langen Zeitraum? Wir waren Freundinnen! Wir haben uns GEMOCHT!«

»Zuerst hat Lisa mitgespielt, weil er ihr glaubhaft weisgemacht hat, du hättest eine ernste Erkrankung und somit nicht mehr lange zu leben.«

»Bitte? Er hat WAS?«

»Einmal kamst du doch humpelnd und blutend nach Hause, und da hat er ihr gesagt, deine Krankheit sei wieder ausgebrochen. Das hat Lisa mir erzählt.«

»Meine KRANKHEIT sei wieder ausgebrochen?« Ich lachte bitter auf. »Ich hatte eine SCHERBE im Fuß!«

»Lisa hat schreckliche Gewissensbisse gehabt«, sagte Sven nachdenklich. »Sie hatte dich so ins Herz geschlossen und wollte dir immer wieder die Wahrheit sagen, aber Volker meinte, das könne man dir in deinem Zustand nicht zumuten.«

»Ja«, erinnerte ich mich plötzlich. »Sie hatte Weinkrämpfe und Panikattacken … Und – oh, Gott, sie wollte das Kind zwischendurch sogar wegmachen.«

»Ja. Weil sie sich so mies gefühlt hat, dir gegenüber.«

Siedend heiß fiel mir alles wieder ein. Wie oft hatte sie genau das gesagt: »Ich fühle mich mies, ich habe dich nicht verdient, du bist zu gut für mich, ich bin so schlecht!« Und ich hatte das immer für pränatale Depressionen gehalten!

»Volker konnte sie nach allen Regeln der Kunst wieder vom Gegenteil überzeugen.«

»Er hat sie immer wieder manipuliert«, sagte ich betroffen.

»Der Mann scheint mir größenwahnsinnig und äußerst narzisstisch veranlagt zu sein«, erklärte Justus, der immer noch hinter mir stand und mich festhielt. »Wahrscheinlich hatte er eine furchtbare Kindheit. Solche Menschen sind krankhaft süchtig nach Liebe und Zuwendung. Sie bauen perfekte Lügengebäude auf, um sich diese Liebe und Aufmerksamkeit von allen Seiten zu holen. Da war doch vor Kurzem so ein prominenter Wetteransager in den Schlagzeilen …«

»Ja«, sagte ich leise. »Er hat mir immer erzählt, in Gegenwart seines Vaters sei es immer wie beim Militär gewesen. Und seine Mutter war selbst total geltungssüchtig.«

Oh, Gott. Das durfte doch nicht wahr sein.

Ich war seit Jahren mit einem Exemplar verheiratet, das nicht nur mehrgleisig fuhr, sondern mir auch eine perfekte Schmierenkomödie vorgespielt hatte. In der ich selbst eine Hauptrolle spielte. Wirklich unglaublich!

»Aber Lisa war doch noch mal bei dir auf dem Schiff! Oder war sie gar nicht …?« Ich schluckte. »Ich meine, sie hat mir sogar noch Fotos von euch beiden auf dem Handy gezeigt!«

»Und rate mal, wer die gemacht hat.« Sven zog eine Grimasse.

»Volker.«

»Genau. Die beiden waren als zahlende Passagiere an Bord. Zur weiteren Absprache, wie sie sich ausgedrückt haben. Sie gingen davon aus, dass du mich kontaktieren wirst.« Sven fuhr sich zerstreut über die Stirn. »Lisa hat sich wirklich immer beschissener gefühlt, je besser sie dich kannte und je lieber sie dich hatte.« Sven biss sich auf die Lippen. »Und so ist es mir ehrlich gesagt auch gegangen.« Er schaute mir plötzlich so innig in die Augen, dass ich schnell den Blick senken musste.

»Du hättest mir reinen Wein einschenken müssen!«

»Ich stand zweimal so kurz davor!«, sagte Sven. Seine Stimme schwankte. »Aber Barbara, du hättest mir nicht geglaubt. Du hattest dein Weltbild: Ich war der Böse, und dein Mann war der Gute, und ich konnte es dir letztlich einfach nicht antun.«

Justus griff nun auch nach einem Glas Champagner. Selbst für ihn, den erfahrenen Psychologen, war das nur schwer zu verdauen.

»Du stecktest quasi mit denen unter einer Decke«, stammelte ich kopfschüttelnd. »Ich fasse es nicht. Ich habe dich GEMOCHT, du IDIOT!«

Ich wollte aufstehen und gehen, aber meine Beine waren wie aus Blei.

»Die beiden haben mich auf dieser Reise angefleht, dich zu verschonen. Weil du angeblich schwer krank seist. Obwohl ich das irgendwie nicht glauben konnte, bei deinem Temperament …« Ein ganz kleines schuldbewusstes Grinsen schlich sich um Svens Mundwinkel. »Als wir dann telefoniert haben und als ich dann später vorbeigekommen bin, wollte ich es dir sagen. Aber Volker hat mich nochmals inständig bearbeitet da drüben in dem Häuschen, während du mit deinen Mädchen drinnen vor Angst fast vergangen bist! Er hat mir gedroht, meiner Reederei das mit dem Sehtest zu sagen.«

»Wie du da in der Tür gestanden bist, so schuldbewusst!«

»War ich ja auch! Und du warst wild entschlossen, wie eine Löwin für deine Jungen zu kämpfen …«

»Und da hast du dich von mir beschimpfen lassen?«

»Ich hätte mich auch von dir in Stücke reißen lassen.«

»Du bist ein Idiot.« Ich wischte mir über die heißen Wangen, blinzelte Tränen weg.

»Tut mir wahnsinnig leid, Barbara.« Sven richtete sich zu seiner vollen Größe auf und zog mich plötzlich an sich. »Es stand mir nicht zu, dein vermeintliches Glück zu zerstören«, murmelte er. »Glaub mir, damals hätte ich dich am liebsten aus deinem ganzen Lügengebäude gerissen und dich mit aufs Schiff genommen! Du hast mir so leid getan – trotzdem habe ich dich für deine Courage bewundert.« Dann fügte er mit leiser Stimme hinzu: »Und so bin ich einfach gegangen und habe mich dabei beschissen gefühlt.«

»Mit Recht.« Ich wischte mir mit dem Handrücken über die Nase. Justus reichte mir unauffällig ein Taschentuch.

Hin- und hergerissen schaute ich in Svens schuldbewusstes, aber doch rührend erleichtertes Gesicht. »In der Hölle ist noch ein Platz für dich«, verkündete ich.

»Aber vorher gibt's noch eine himmlische Mahlzeit!«, unterbrach mich die Hoteldirektorin fröhlich, die gerade wieder ihren Kopf durch die Tür steckte. Auf ihren Wink hin kamen drei weiß livrierte Kellner mit Silbertabletts herein.

Was folgte, war ein märchenhaftes Diner mit fünf Gängen. Nun saß ich also mit zwei gut aussehenden Herren, die ich beide ziemlich mochte (und sie mich auch, glaube ich), im Erkerzimmer des Schlosshotels Mönchstein und konnte das alles gar nicht fassen. Der Champagner trug auch dazu bei, dass ich zu träumen und fast ein bisschen über dem Boden zu schweben glaubte. Justus fragt mich immer wieder besorgt, ob es mir gut ginge, und ich nickte mechanisch. Eine Sekunde lang stellte ich mir vor, wie Volker jetzt gerade aus einer Schnabeltasse lauwarmen Tee trank. Welche seiner Frauen sie ihm auch reichen mochte – ich beneidete sie nicht.

»Kommen wir zum Geschäftlichen!«, sagte Sven, nachdem er sich nach dem köstlichen Dessert den Mund mit der Damastserviette abgetupft hatte. »Zum eigentlichen Grund unseres Treffens.« Er räusperte sich. »Barbara, ich wusste wirklich nicht, dass du Justus' Partnerin bist. Ein Freund aus dem Topmanagement einer Luxusreederei hat ihn mir für ein gutes Betriebsklima empfohlen.«

»Schieß los. Womit können wir dienen?«, sagte ich fröhlich.

»Ich bin inzwischen auch ein bisschen die Karriereleiter hinaufgefallen.« Svens Augen funkelten stolz im Schein der Kronleuchter. »Barbara? Hallo? Geht's dir gut?«

»Blendend!«, beteuerte ich und nahm einen Schluck von dem Cognac, den es zum Kaffee gab. »Wenn gerade die letzten fünfzehn Jahre deines Lebens nur noch ein Häuflein Scherben sind, ist das schon einen Asbach Uralt wert! Genau so muss man sich fühlen, wenn man vor sieben Millionen Zuschauern auf die versteckte Kamera hereingefallen ist. Prost, Justus, du Trunkenpolz!«

Justus schaute mich besorgt von der Seite an.

»Gut, also wenn es für dich okay ist, erzähle ich weiter …« Sven nahm auch schnell noch einen Schluck vom wärmenden Cognac. »Als General Manager fahre ich inzwischen fünf Luxusschiffe einer amerikanischen Reederei und habe fünf verschiedene internationale Mannschaften zu leiten. Ihre Mitglieder stammen aus achtundzwanzig verschiedenen Ländern.«

Er schaute uns über den Tisch hinweg an. In seinem Blick schwang eine Bitte mit. »Ich brauche ein sehr professionelles Coaching für den zwischenmenschlichen Bereich meiner Leute. Von ihnen werden Spitzenleistungen erwartet, und meine Crewmitglieder stehen permanent unter Stress. Sie haben kein Zuhause, wo sie zwischendurch Kraft tanken oder einfach nur mit lieben Menschen über ihre Probleme reden können. Ich spreche nicht nur von den Offizieren, ich spreche von den Wäschechinesen, den Filipinos aus der Küche, den indischen Butlern, den mexikanischen Zimmermädchen, den italienischen Musikern, den französischen Tänzerinnen und so weiter. Die Crewmitglieder hausen zu zweit oder sogar zu viert in kleinen Kabinen – da bleiben unterschwellige Aggressionen und Machtspielchen gar nicht aus. Zumal sie wie beim Turmbau zu Babel unterschiedliche Sprachen sprechen. Und soviel ich weiß, sprichst du vier Fremdsprachen, Barbara.«

Justus drückte unter dem Tisch ganz leicht mein Knie.

»Wie ihr euch denken könnt, braucht es Feingefühl, Einfühlungsvermögen und …« – Sven schenkte mir auf einmal ein ganz warmes Lächeln – »… eine ordentliche Portion Mütterlichkeit, um meine riesige Familie an Bord wieder zu einem harmonischen Haufen zu machen. Von dieser Harmonie hängt letztlich das gesamte Klima an Bord ab.«

Ich errötete vor Freude. DAS war ja mal ein fantastischer Auftrag!

»Ja, können die ganzen … ähm … Wäschechinesen und Filipinos, die indischen Zimmerboys und die … äh russischen Hausdamen …« – ich hatte ja eine Menge Einzelheiten von Lisa gehört – »… können die denn alle auf den Vollererhof kommen?«

Justus lachte. Es war ein lautes, befreites Lachen. Er legte den Arm um mich, und ich sah seine goldenen Härchen funkeln.

»Natürlich nicht«, sagte Sven schmunzelnd. »Das ist ja mein Problem. Das Coaching-Team müsste schon an Bord kommen. Für einen gewissen, sagen wir, längeren Zeitraum.«

»An … Bord? Deines … Luxusschiffes?«

»Äh, ja.«

»Und wohin fährt das?«

»Weltreise?«

»Ähm … ich …« Nun fächelte ich mir mit der Weinkarte Luft zu. »Das geht nicht – ich habe Kinder im schulpflichtigen Alter.«

»Das geht sehr wohl, liebe Barbara.« Justus tätschelte mir den Oberarm. »In Österreich herrscht Unterrichtspflicht, aber keine Schulpflicht. Du kannst deine Töchter selbst an Bord unterrichten.«

»Woher weißt du das?«

»Ich habe mich erkundigt.«

»Ja, also … ähm … Ich … Meint ihr wirklich?« Mir hüpfte im wahrsten Sinne das Herz vor Freude. Das war ja … Das war ja ganz unglaublich!

»Wir würden Anfang des Sommers in See stechen«, sagte Sven sachlich. »Und ein Jahr bleiben. Ihr würdet die ganze Welt sehen, deine Töchter und du. An Seetagen kümmerst du dich um die Probleme der Crew, an Landtagen geht ihr euch die Welt anschauen.«

»Eine Weltreise. Mit meinen Töchtern.«

Ich musste mir mit dem Käsemesser in den Arm stechen, um zu begreifen, dass das hier Wirklichkeit war.

»Ein bisschen Abstand tut dir bestimmt gut«, fügte Justus hinzu. »Besonders nach den jüngsten Ereignissen. Deine Wohnung würden meine Söhne sehr gern hüten. Sie und Emil wollten sowieso eine WG gründen.« Er schmunzelte. »In einem Jahr ist auch die Baustelle vorbei. Ist das nicht ein Zeichen?«

»Und … du?«

»Na ja, ich komme auch mit, wenn du nichts dagegen hast.«

Mich hielt es kaum noch auf meinem Stuhl vor lauter Vorfreude. Eine Weltreise! Mit meinen Mädchen! Und mit … Justus! Allein die Zusammenarbeit würde so viel Spaß machen! Und so interessant sein! Klar brauchte Justus mich, schon allein als Dolmetscherin.

Plötzlich klingelte es mir in den Ohren: »Sie werden eine Reise machen. Im Sommer werden Sie eine Überraschung erleben.« Maria Dornwald hatte RECHT BEHALTEN!

Ich wischte mir mit meiner Serviette über die Stirn.

Jetzt also mit Justus und ähm … Sven? Mein Herz klopfte.

»Natürlich bekommt ihr Mädels eure eigene Suite auf dem Offiziersdeck«, sagte Sven, als ob er meine bangen Gedanken gelesen hätte. »Als meine persönlichen Ehrengäste. Schließlich waren wir mal Nachbarn und sind hoffentlich immer noch Freunde.« Er grinste Justus freundlich an. »Sie bekommen eine Kabine im Crewbereich. Aus praktischen Gründen sollten Sie direkt vor Ort sein.«

»Natürlich«, sagte Justus. Er sah mich so merkwürdig an. »Bist du okay, Barbara?«

»Aber so was von!«, rief ich und musste plötzlich einen Schluchzer – oder war es ein Juchzer? – unterdrücken.

Justus griff hinter sich, wo immer noch dieses Päckchen auf der Fensterbank lag. Das hatte ich ja schon völlig vergessen! »Also, Barbara, wenn das beschlossene Sache ist …?«

»Ja!«, jubelte ich und klatschte begeistert in die Hände. »Das ist so was von beschlossene Sache! Ich kann es gar nicht glauben. Oh, Gott, ich mache eine Weltreise! Mit meinen Töchtern!« Total von der Rolle sprang ich auf. »Was muss ich noch alles organisieren und besorgen …« Wie ein aufgescheuchtes Reh wäre ich am liebsten die Treppe hinuntergelaufen, um sofort mit meinen Reisevorbereitungen zu beginnen, doch kraftlos fiel ich auf meinen Stuhl zurück.

»Fang am besten hiermit an!«, sagte Justus lächelnd und warf mir das Päckchen in den Schoß. Es war relativ leicht und weich. Das Geschenk. Das fehlte noch. Maria Dornwald.

Justus' Augen hinter den Brillengläsern funkelten. Ich sah hinüber zu Sven, der mir aufmunternd zulächelte. Täuschte ich mich, oder schielte er ein ganz kleines bisschen? Das hatte ich ja noch gar nicht bemerkt! War das der kleine Augenfehler? Oh, danke, Volker, dass du ihm den Sehfehler wegbescheinigt hast! Sonst wäre dieser Mann nie Kapitän geworden! Und hätte mich nie auf sein Schiff eingeladen …

Mit zitternden Fingern riss ich das Seidenpapier auf. Etwas weiches, mattes, wohlriechendes Rotes kam zum Vorschein.

»Ich hoffe, du wünschst sie dir immer noch?«

Ich erstarrte. Nur mit Mühe konnte ich den Blick von dem Geschenk abwenden und Justus in die Augen sehen.

»Woher weißt du …«

»Ich habe dir zugehört.«

In diesem Moment schossen mir endgültig die Tränen in die Augen.

Es war die rote Handtasche.

DANK

Personen und Handlung dieses Romans sind wie immer frei erfunden.

Doch diesmal danke ich ganz besonderen Helfern:

Wally und Günther Auer, die auf einer langen Wanderung meinen ersten Ideen zu diesem Plot nicht nur wohlwollend gelauscht, sondern sie auch noch durch eigene Vorschläge bereichert haben.

Michaela Muhr, die mich immer wieder bereitwillig auf ihre Salzburger Stadtführungen mitgenommen und mich mit Lesestoff über unsere gemeinsame Lieblingsstadt eingedeckt hat. Besonders danke ich ihr für die Geschichte mit den Indern in der Eishöhle!

Ingo Lanzdorf und Marion Schoeller, die mich auf dem Vollererhof bei einem ihrer Seminare hospitieren ließen. Mein Lebensbaum war sehr aufschlussreich, und der Brief an mich selbst hat mich mehr Mut und Kraft gekostet als so mancher Roman!

Meinem geliebten Mann, Engelbert Lainer Wartenberg, der mir während seines letzten Landurlaubs fantastisch den Rücken freigehalten hat.

Meinen Kindern Felix, Florian, Franzi und Fritzi, die sich immer wieder geduldig den Stand der Dinge anhören und meinen Tunnelblick bei Tisch gelassen hinnehmen.

Es gibt übrigens wirklich das Schlosshotel Mönchstein mit dem romantischen Erkerzimmer, und die Hoteldirektorin heißt wirklich Samantha Teufel und ist wirklich total nett.

Es gibt auch wirklich den Namen »Trunkenpolz«. Als irgendwann mal jemand dieses Namens an meinen Verlag mailte und Julia mir die Anfrage weiterleitete, schrieb sie mit einem augenzwinkernden Smiley dazu. »Ich wette, der Name taucht in deinem nächsten Roman auf!« Ich schrieb zurück: »Schon passiert!«

Mein ganz besonderer Dank gilt wie immer dem fantastisch eingespielten und bewährten Team des Diana Verlages: Doris Schuck für ihre interessanten Lesereisen, Claudia Limmer und Julia Winkel für ihre fürsorgliche Pressearbeit, Bettina Breitling für ihre professionellen Filmkontakte, meiner Lektorin Britta Hansen für ihre gründliche und strenge Qualitätskontrolle, und natürlich dem Verleger Ulrich Genzler, der immer noch und immer wieder für Neues aus meiner Feder offen ist.

Und last but not least danke ich natürlich meinen lieben und treuen Leserinnen und hoffe, Sie alle bald in Salzburg persönlich durch die Stadt führen zu können! ☺

HERA LIND IM DEZEMBER 2010

Eine Mutter kämpft für ein menschenwürdiges Leben ihrer Tochter

Als Angela Hädicke ein Kind erwartet, sind sie und ihr Mann überglücklich. Doch sie spürt bald, dass die Schwangerschaft nicht normal verläuft. Und die spätere Diagnose ist erschütternd: Anja wird geistig und körperlich behindert bleiben. Angela nimmt ihr Schicksal an und kämpft für ein menschenwürdiges Leben ihrer Tochter. Immer wieder muss sie erfahren, dass Ärzte schwerstbehinderte Kinder vernachlässigen und jede Förderung purer Luxus ist. Doch Angela und ihr Mann wollen nur eins: Ihre Tochter soll leben.

Eine wahre Geschichte, wie sie nur Hera Lind erzählen kann

Diana Taschenbuch
ISBN 978-3-453-35592-7   Leseprobe unter www.diana-verlag.de   Diana Verlag

Die bequemen halten ein Leben lang, die tollen meist nur kurz ...

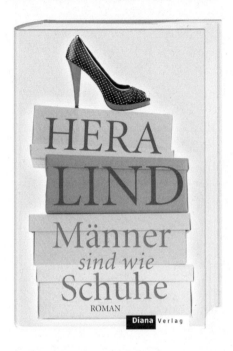

Zugegeben, der Sparkassendirektor Jürgen war nie Lottas Traummann. Aber ihm hat sie drei Kinder und die eigene Musikschule zu verdanken. Das hält so lange, bis der Flötist Christian auftaucht und Lotta vor Augen führt, in welch ausgetretenen Schuhen sie durchs Leben geht. Jürgen schießt in seiner Eifersucht ein Eigentor nach dem anderen. Aber hat Lotta den Mut, die alten Latschen gegen High Heels einzutauschen?

Diana Hardcover
ISBN 978-3-453-29122-5   Leseprobe unter www.diana-verlag.de

Diana Verlag